BASTEI LÜBBE

Taschenbücher von DIANA L. PAXSON
im BASTEI-LÜBBE-Programm:

20112 Tochter des Lichts
20114 Tochter der Finsternis

Diana L. Paxson

Silberhaar der Wanderer

Fantasy-Roman

Ins Deutsche übertragen
von Lore Straßl

BASTEI
LÜBBE

BASTEI-LÜBBE-TASCHENBUCH
Fantasy
Band 20138

Erste Auflage: April 1990

Deutsche Lizenzausgabe 1990
Bastei-Verlag Gustav H. Lübbe GmbH & Co., Bergisch Gladbach
Originaltitel: Silverhair the Wanderer
Lektorat: Wolfgang Neuhaus/Reinhard Rohn
Titelillustration: Tom Kidd
Umschlaggestaltung: Quadro Grafik, Bensberg
Satz: Fotosatz Schell, Bad Iburg
Druck und Verarbeitung:
Brodard & Taupin, La Flèche, Frankreich
Printed in France
ISBN 3-404-20138-8

Inhalt

Prolog 9

Erster Teil: Frei fliegt der Falke 10

Zweiter Teil: Das Exil 82

Dritter Teil: Der Sangmeister 170

Vierter Teil: Der Harfner der Königin 262

Für Sharon Folsom,
die Harfenkünstlerin,
die mich überzeugte,
daß mein Leben
ohne Harfe nicht vollkommen sei;

Für Jay Witcher,
den Meisterharfenbauer,
der sie für mich schuf;

Und für Pelegrin,
meine kleine Harfe,
Begleiterin auf meinen Wanderungen …

SILBERHAARS WANDERUNG
Zum Inselreich
Antyr
Wassermutter
Hüter
Das Tal
NORMONTAINE
Mazama
Balena-bucht
Falkenruh
Nebelhafen
Bergvater
Burg
Braunland
Willasfall
Deseret
Donada
Arena
ÖDLANDE
Bongarde
Laurelynn
WESTRIA
Felsmark
Awahna
Dunkelwasser
Las Costas
Bardenschule
Zum Weidemeer
Drachenöde
Rotfelstal
AZTLAN
Daneburg
Höhlen
Santibar
ELAYA
Saticoy
Los Leones
Roter Fluß
Feuervogel
Silberhaars Weg

Prolog

Vor dem KATAKLYSMUS, der den NATURKRÄFTEN ihre alte Oberherrschaft zurückbrachte, war die Welt ein Ort aus Stein und Stahl. Und auf der ganzen Erdkugel hätte bald nur noch ein einziges Volk existiert.

Doch im KATAKLYSMUS schüttelten die Lande der Menschen Werk ab, wie Hunde den Regen abschütteln, und als die Sterblichen aus ihren Löchern krochen, und sich an das klammerten, was sie an Wissen und Kenntnissen hatten retten können, hatte die Welt sich verändert. Die großen Mächte von Erde und Wasser, von Luft und Feuer herrschten allüberall mit ihren HÜTERN sämtlicher Spezies von Tieren und Bäumen und Blumen, und jedes Gebiet hatte seinen eigenen HÜTER oder seine HÜTERIN.

Die Menschen wurden mit diesen Mächten vertraut, und die HÜTER eines jeden Landes formten die Gesellschaft, welche die Menschen wiederaufbauten.

Und so bildeten sich auf dem Erdteil, der einst Amerika geheißen, neue Länder: Im Nordosten die Normontaine mit ihren schneebedeckten und feuerspeienden Gipfeln. Im Süden Elaya, ein unruhiger Zusammenschluß von Rassen und Kulturen. Im Osten von Elaya Aztlan, ein noch größerer Verband von alten und neuen Stämmen. Oberhalb von Aztlan, wie eh und je, erstreckten sich die Wüsten, mit der Theokratie Deseret in ihrer Mitte. Ostwärts, jenseits der Berge, gab es noch weitere Völker und Länder. Und an der Westküste lag das Reich Westria, dessen König mit Hilfe der vier STEINE DER MACHT herrschte.

Doch im achten Jahrhundert nach dem KATAKLYSMUS starb der König, und seine Gemahlin verschwand mit ihrem Sohn. Und so ließ der Rat nach der Königin suchen und setzte einen Regenten ein, der, wie sich ergab, zwanzig Jahre sein Amt ausübte.

DIE CHRONIKEN VON WESTRIA, II

Erster Teil

Frei fliegt der Falke

Präludium

Nistenden Vögeln gleich lassen sich des Harfners Hände nieder, und sanft, wie ein Ast erzittert, wenn ein Vogel sich von ihm in die Lüfte schwingt, so sanft erzittern die Saiten. In der großen Halle der Burg setzt Schweigen ein, während die Hochzeitsgäste sich zurücklehnen und stumm dem neuerlichen Aufklingen der Harfe harren.

Eine Note ertönt in der Stille, gefolgt von einer zweiten. Eine dritte formt den Akkord, der sich die Tonleiter auf und ab wiederholt. Niemand vermöchte zu sagen, wann die andere Hand die Saiten berührt, denn die Zuhörer vergessen bereits, daß da ein Musiker, daß da ein Instrument ist. Lider schließen sich, so wie die des Harfners geschlossen sind, und es gibt nichts mehr als die Reinheit des Tones.

Nunmehr erwächst eine Melodie aus dem Gespinst der Noten. Es sind die Klänge des Nordens von Westria, der Korona, und ein Hauch von Wehmut haftet ihnen an, als sie die verworrenen Erinnerungen an eine Zeit herbeibeschwören, die nie mehr wiederkommen wird. Die Kindheit des Harfners fließt durch seine Fingerspitzen, und der Braut, für die er diese Weise spielt, steigen Tränen auf. Einen Augenblick erhebt sich eine andere Weise, doch die tiefen Akkorde überwältigen sie, und sie verklingt.

Nun ändert sich die Musik, als der Harfner in einen Takt zupft, der an galoppierende Hufe erinnert. Der lebhafte Rhythmus einer Ballade aus Seetor vermischt sich mit älteren Weisen. Die Klänge aus der Heimat des Bräutigams hallen durch den Raum, lassen Herzen höher schlagen und lächelnd in Erinnerung schwelgen. In den acht Jahrhunderten seit dem Kataklysmus ist viel von der Zivilisation der Alten verlorengegangen und vieles nicht mehr übernommen worden, doch die Musik ist geblieben – alte und neue Weisen verschmelzen, denn in der Musik finden Mensch und Natur Einklang.

Die Musik fließt dahin, geht in eine rasche Folge von Akkorden über, steigert sich zu einem Höhepunkt, in dem die Musik der nördlichen Berge und jene der Westküste zu einem Thema verschmelzen. Und wieder durchzieht jene andere Melodie die Musik mit bitterer Harmonie, und aufs neue wird sie verdrängt. Die Musik schwillt an, selbst das Grundthema geht in einem sieghaften Glissando unter, das spürbar durch die stille Luft vibriert. Die Zuhörer atmen tief, erfüllt vom Klang.

Dann wird das Zeitmaß langsamer, und die Musik wird leiser, bis aufs neue die Reinheit einer einzelnen Harfennote zu hören ist. Ein letztes Mal schwillt die Musik an, erinnert noch einmal an die Fülle des Verklungenen, und die Luft trägt ihr Echo in die Herzen der Zuhörer, so daß es ihnen gar nicht recht bewußt wird, als sie bereits verstummt ist …

1

Farin hob die Hände von den Saiten. Seine Arme bebten, und als er sie um die Harfe legte, spürte er, wie das glatte Holz das sanfte Vibrieren auf ihn zurück übertrug. Immer noch konnte er das gespenstische Summen der Saiten vernehmen.

Es war vollbracht, und er wußte, daß sein Harfenspiel noch nie zuvor so gut gewesen war. Er hatte die Weisen aus Seetor und der Korona miteinander vermählt, genau wie Eric und Rosemarie bald vermählt sein würden. Und doch klang noch jene andere Melodie in seinem inneren Ohr nach, obgleich er sie aus seinem Vortrag verbannt hatte.

O Schönheit gleich dem Abendstern …

Das war keine Weise des Nordens oder Westens, es war seine eigene – das Lied, das er für seine Schwester Faris geschrieben und vertont hatte.

Hatten Eric und Rosemarie es gehört? Hatten sie es verstanden? Rosemarie saß mit gesenktem Kopf und gefalteten Händen zwischen ihren Eltern, ihr Gesicht unter dem weizenfarbenen Haar verborgen. Ja, vielleicht hatte sie gespürt, was Worte nicht sagen konnten. Eric aber blickte auf seine Braut wie ein Wanderer, der nach langer Reise durch das Ödland die goldenen Berge seiner Heimat erspäht.

Farin seufzte. Einst hatte Eric Faris ebenso angeblickt, doch Faris hatte statt Eric den König von Westria geheiratet, hatte mitansehen müssen, wie dieser starb, und hatte nach seinem Tod sein Kind geboren. Und dann waren eines Tages sie und das Kind verschwunden. Ihre Tragödie war der Hintergrund, vor dem die Romanze zwischen Eric und Rosemarie ihren Anfang genommen hatte. Ohne diesen Hintergrund aus Leid und Trauer wäre es nie zu dem Glück gekommen, dem Farin mit seiner Musik soeben Ausdruck verliehen hatte.

Als der Nachhall der Musik schwand, sammelten sich

die Zuhörer mit einem Seufzen, das durch die Halle säuselte wie Wind durch eine eben geöffnete Tür. Doch der Zauber bannte sie noch, als spiele Farin weiter, als würden sie mit einem anderen Sinn als dem Gehör die Musik vernehmen. Die Wirklichkeit, die sie miteinander teilten, hatte sich verschoben, und nun waren sie eingestimmt auf die innerliche und äußerliche Bedeutsamkeit der Zeremonie, die sogleich beginnen würde.

Der Wacholdermeister wartete bereits auf dem breiten Steinpodest, das die große Feuerstelle trug. Licht fiel durch die schmalen Fenster hoch in der westlichen Wand und glitzerte plötzlich auf der Stickerei seines weißen Überwurfs und dem sich lichtenden braunen Haarkranz. Obgleich er sich nicht bewegt hatte, wirkte seine Haltung doch verändert. Er zog die Aufmerksamkeit der Hochzeitsgäste an wie eine brennende Kerze Nachtfalter.

»O meine Brüder und Schwestern, wir sind hier versammelt, um Zeuge der Vermählung eines Mannes und einer Frau zu sein – der Gründung eines neuen Hausstandes in Westria, der Verbindung von zwei Liebenden, und der Weihung dieser Verbindung im Namen des Herrn und der Herrin und der Naturkräfte ...«

Der Meister sprach bedächtig. Seine Stimme war tief, manchmal sogar rauh, doch von einem Wohlklang wie der Baß von Farins Harfe. Seufzend stellte Farin das Instrument neben sich auf dem Boden ab, ohne jedoch die Hand von der sanften Rundung des Halses zu nehmen. Wie die Halle selbst, in der Bruchstücke von Beton aus der Alten Zeit mit Granitblöcken aus den Steinbrüchen am Bergvater zusammengesetzt waren, strahlte das verbrauchte, häßliche Gesicht des Meisters eine tiefe Unerschütterlichkeit aus.

Er verdankt sie der Schule der Weisen, dachte Farin. Und doch konnte es nicht das allein sein, denn nach dem Tod des Königs war der Meister wie ein Blinder in einem fremden Haus gewesen. Nun aber war er voll des Lichtes. Und nicht nur der Meister – im weichen Glühen des Sonnenuntergangs glänzte Rosemaries offen über die Schultern fließendes Haar wie Gold, und ihre kräftigen Züge leuchteten in heiterem Frieden. Farins Schwester Faris hatte wie eine Göttin ausgesehen mit den vier Steinen Westrias, während Rosemaries kraftvolle Menschlichkeit dieser Göttlichkeit half, den Sterblichen Kraft zu schenken. Und Eric war, in seinen grünen Umhang gehüllt, wie ein Baum auf einer Lichtung, gebadet in strahlende Helligkeit.

Farin spürte Tränen in den Augen brennen. Er senkte den Blick, und wurde geblendet vom Leuchten des goldenen Schwanes, der den Kopf seiner Harfe krönte. Goldschwan ... Er schloß die Lider, und seine Finger legten sich sanft um das glänzende Holz. Er hatte gedacht, der Schmerz der Erinnerung habe nachgelassen – über ein Jahr war seit Faris' Hochzeit mit dem König vergangen und vier Monate seit ihrem Verschwinden –, doch Leid und unbeantwortete Fragen hatten seine Nerven aufs äußerste beansprucht. Er kämpfte gegen das Bedürfnis an, die Harfe an sich zu reißen und aus der Halle zu stürmen.

Aber ein Rest von Selbstbeherrschung hielt ihn davon ab, die Zeremonie zu stören. Fröstelnd zog er den roten Umhang enger um sich, auf den Faris kunstfertig einen von einer Harfe auffliegenden Falken gestickt hatte. Während Eric und Rosemarie vor dem Meister einander und dem Land, in dem sie ihre Familie gründeten, Liebe und Treue gelobten, hallten in Farin Worte wie der Kehrreim eines Liedes wider – *Faris ist fort – wie kann ich bleiben*?

Jeder Teil des Rituals fügte sich an die vorhergegangen wie die ausgeglichenen Harmonien eines großen Musikwerks. Denn kein einfaches Versprechen, Bett und Herd zu teilen, würde für diese beiden genügen, nicht einmal der Treueeid gegenüber dem Volk, mit dem sie diese Zeremonie begonnen hatten. Eric war Lord Befehlshaber vom Seetor, und wie König und Königin mußten der Herrscher einer Provinz von Westria und seine Gemahlin einander und ihrem Land Priester und Priesterin sein, nicht nur durch Leib und Besitz aneinandergebunden, sondern auch durch Gemeinschaft der Seelen.

Farin schloß die Augen in einem vergeblichen Versuch,

sich der Macht des Rituals zu entziehen. Wie könnte er an all das glauben, wenn es Faris und den König verraten hatte? Und doch ließ Schönheit von Wort und Bild tief in ihm Saiten erklingen.

»Im Namen der Erde, der Luft, des Feuers und des Wassers seien sie gesegnet, wie auch im Namen des Herrn und der Herrin, und des EINEN, Unnennbaren, der der Schöpfer von allem ist!« Des Meisters Stimme hallte von der verzierten Decke wider, und er senkte die Arme.

Ein langer Seufzer folgte, als hätte die Halle selbst den Atem ausgestoßen – es war wie der Seufzer eines Kriegers nach der Schlacht oder eines Paares nach Vollendung des Liebesaktes. Behutsam löste Farin die verkrampften Finger von seiner Harfe und rieb sie.

Einen Augenblick war er nicht allein gewesen – einen Augenblick hatte er gespürt, wie es war, im Großen Tanz vereint zu werden. Und ein so vertrautes Gefühl war es gewesen! Doch wann war er je einem anderen Menschen so nahe gewesen? Vor einem Jahr hatte er mit Faris' Magd Branwen geschlafen, aber das war etwas Flüchtiges gewesen, nur eine Begegnung des Fleisches.

Er dachte nicht an Branwen, doch an eine, die wie die andere Hälfte seiner Seele war.

Da regte sich erneut Musik in ihm, und er hörte die Worte, die er bei jener anderen Hochzeit vor über einem Jahr ersonnen hatte: *Sie, die Zwilling war für mich, in Leib und Geist mit mir ein Ich…* Da stöhnte er und schlug die Hände vors Gesicht.

Ja, ja, das war es, weshalb er sich nicht damit abfinden konnte, daß Faris nicht mehr hier war – nicht aus einem fleischlichen Grund, sondern dieser Seelenverbindung wegen, die er mit keinem anderen Sterblichen mehr finden würde!

Es ist verboten, dachte er, *vielleicht strikter noch, als wenn ich mit ihr hätte schlafen wollen. Die Ehe sollte eine Verbindung von Gegensätzlichem sein, doch Faris war mein Zwilling, war wie mein zweites Ich. Sie verließ mich, um den König zu heiraten, doch ich kann keine neue Verbindung suchen, solange ich nicht weiß, ob sie noch lebt und mich braucht.*

Ein neues Lied begann, zunächst ein suchendes Plätschern von Tönen, dann eine gewaltige Woge, die seine eigene Weise davonschwemmte wie ein Fluß auf dem Weg zum Meer:

Lobet den Herrn und die Herrin; lobet IHN,
Dessen Weisheit offenbart den tiefen Sinn;
Der allgeteilt ist und doch alleins.

Im Zusammenwirken liegt die Kraft des Seins.
Aus dünnen Fasern wird ein fester Strick,
Das Lied ist ohne Sänger nicht Musik.

Der Tag wär' ohne Sinn, gäb's nicht die Nacht,
Und erst im Dunkeln zeigen Sterne ihre Pracht.
Bewegung ist untrennbar vermählt –

Mit Ruhe seit Beginn der Welt.
In Mann und Frau vor dem Altar
Wird dies Zusammenwirken offenbar.

Ganz von selbst stimmte Farin in den Gesang ein. Dann hielt er inne, als höre er die Worte zum erstenmal. Wenn die Ehe das Grundmuster der Welt war und er weiterhin allein blieb, erschuf er möglicherweise eine Disharmonie, die ihn so sicher vernichten konnte wie ein falscher Ton ein Lied. Sein Blick suchte den Meister. Der Priester hielt beide Hände über die gesenkten Köpfe Rosemaries und Erics, und seine Augen waren einem inneren Einklang zugewandt.

Benommen zwang sich Farin zu einem tiefen Atemzug, dann einem zweiten.

Selbst in der Hymne ist der Sänger mit dem Lied vermählt, dachte er schließlich. Seine Finger strichen sanft über das glatte Holz seiner Harfe. *Vielleicht gibt es auch für mich einen Weg, Goldschwans Weg …*

Der Gesang war nun einem Stimmengewirr gewichen. Glückwünsche wurden ausgesprochen. Jemand rempelte gegen Farins Arm. Da erst wurde ihm bewußt, daß die Zeremonie zu Ende war, und man die Halle für das Hochzeitsmahl herrichtete. Er entsann sich, daß er Musik für dieses Fest versprochen hatte, so riß er die Harfe zwischen den Füßen der Menge hoch und begann, fast heftig, zu spielen.

Schrill stimmten die Dudelsäcke einen weiteren Reel an, begleitet vom beharrlichen Rat-a-tat der Handtrommel. Farin öffnete die Fellüberschläge seines Harfenkastens und schob Goldschwan behutsam hinein, bis sie weich in dem Pelz kuschelte. Das Licht der niederbrennenden Kerzen glitzerte flüchtig auf den zwanzig Bronzesaiten, die sich im Schatten verloren, als Farin die Überschläge wieder schloß und sich an den Schnallen zu schaffen machte.

Paare hüpften im Tanz in der Mitte der Halle. Gäste, deren Magen noch ein wenig Platz bot, bedienten sich von den Torten und Früchten auf den großen Platten, oder lehnten sich an die Tische, die an einer Wand aufgereiht standen. Farins Finger glitten von der Schnalle ab. Er fluchte leise und zwang sich, sich auf den silbernen Verschluß zu konzentrieren. Seit dem Ende der Zeremonie hatte er fast pausenlos gespielt und gesungen. Er fragte sich, ob noch etwas von dem Braten übrig war, doch da verkrampfte sich sein Magen, und er wußte, daß er keinen Bissen hinunterbrächte.

»Farin!«

Er schloß die letzte Schnalle. Rosemarie eilte auf ihn zu, und Eric einen halben Schritt hinter ihr, als wären ihre Hände noch durch das Hochzeitsband vereint. Sie hatten getanzt, und Rosemaries Wangen war so rosig wie die wippenden Blüten im Kranz um ihrer Stirn. Sie lachte und rückte den Kranz zurecht, als Eric den Arm ausstreckte und Farin mit einer Hand auf die Füße zog.

»Du möchtest nicht mehr weiterspielen?« fragte Eric.

Farin schüttelte den Kopf. »Man hat mir den ganzen Abend Wein zum Ölen meiner Kehle gebracht, und ich kann den Takt nicht mehr recht halten. Außerdem wird das Fest zu laut, als daß irgend jemand noch Goldschwans Lied zu hören vermöchte.«

Rosemarie schob eine Haarsträhne zurück, die feucht an ihrer Wange klebte, und griff nach Farins Hand. »Als ich dich zu spielen bat, war es auch nicht so gedacht, daß du den ganzen Spaß versäumen solltest! Ich hatte noch keine Gelegenheit, dir zu danken. Es war wundervoll – ich ahnte nicht, was Musik alles ausdrücken kann ...«

Eric nickte. »Das stimmt. Du bist besser geworden. Es klang so vertraut, wie die Musik, die ich machen würde, wenn ich die Gabe dazu hätte, doch ich wußte, daß es neu war.« Er legte den anderen Arm um Rosemarie, und sie schmiegte sich an ihn.

Etwas verkrampfte sich in Farins Magen, als das Glück die Gesichter der beiden vor ihm mit seinem ihm eigenen Stempel prägte, aber er schwieg. Wie ein geschliffener Spiegel zeigte ihm die Erinnerung Erics blutleeres Gesicht nach der Schlacht auf der Drachenöde, und Rosemaries leidvolle Augen, als sie ihn pflegte ... und später ihre Gesichter gleichermaßen angespannt, als sie zu dritt berieten, wie sie Caolin, dem Seneschall, der Westria verraten hatte, eine Falle stellen könnten.

»Die Musik war alles, was ich euch geben konnte«, sagte er mit leichtem Lächeln. »Ich freue mich, daß sie ergötzte.«

Rosemarie preßte ein wenig verärgert die Lippen zusammen, ehe sie sagte: »Du weißt genau, daß sie mehr als ›ergötzend‹ war! Ist dir denn immer noch nicht klar, was deine Musik, dein Können inzwischen wert sind? Du könntest damit überall deine Zuhörer in Bann schlagen. Wenn du dich schon nicht auf der hohen Schule der Barden weiterbilden willst, dann bleib bei uns! Ich habe dir den Vorschlag schon einmal gemacht, doch du bist nicht darauf eingegangen. Komm mit Eric und mir nach Bongarde – du weißt, daß du dort immer ein Zuhause haben wirst, wenn du nicht bei deinem Vater leben möchtest.«

»Es wäre eine Vergeudung deiner Begabung, wenn du im Norden bliebst«, warf Eric ein. »Bongarde ist jetzt der Nabe aller Dinge näher ...«

Jetzt, da der König und Faris nicht mehr hier sind ..., beendete Farin den unausgesprochenen Rest von Erics Satz. Die Reihe der Tänzer näherte sich nun dem Ende der Halle, und ein Paar vom Seetor, das sich statt nach rechts nach links drehte, prallte gegen sie. Lachend ordneten sich die Tänzer aus der Korona wieder ein, und Eric zog Farin und Rosemarie dichter an die Wand.

Farin drückte seine Harfe an die Brust. Wie könnte er ihnen antworten? »Ich werde nicht zu Hause bei meinem Vater wohnen. Allerdings glaube ich, daß ich den alten Buzzard besuchen sollte, wenn ich schon in der Nähe bin.« Er versuchte zu lachen, obwohl sich sein Innerstes verkrampfte, als er sich an die Düsternis der Burg erinnerte, deren Läden nie der Sonne geöffnet wurden, und an den säuerlichen Altmännergeruch seines Vaters, der dort dumpf brütete wie ein großer, sich mausernder Vogel ohne Aussicht auf Beute. Kein Wunder, daß Faris in einem solchen Zuhause nicht hatte bleiben wollen.

Anfangs hatte er gedacht, sie wäre nach Falkenruh zurückgekehrt, nachdem sie mit dem Kind verschwunden war. Doch Faris hätte nie Zuflucht bei dem alten Mann gesucht. Es war auch nicht anzunehmen, daß ihr Vater sie willkommen geheißen hätte. Jedenfalls hatten Lord Theodors Männer dort vergebens nach ihr gesucht. Farin, der die paar Morgen Ackerland erben würde und die Burg, an deren Instandhaltung sein Vater keine Mühe verschwendete, hatte kein Verlangen danach, dort zu leben, nachdem Faris nicht mehr da war.

»Und wenn du ihn besucht hast, kommst du dann zu uns?« beharrte Rosemarie.

Farin blickte hinunter auf seine langen braunen Finger, deren Nägel sorgfältig zum Zupfen der Harfensaiten zurechtgefeilt waren. Einen Moment schwankte er. Es wäre schön, mit Eric und Rosemarie zusammenzuleben, wie sie es im Königshaus getan hatten. Er wußte, wie Rosemaries Zuhause aussehen würde – gemütlich und ordentlich, ohne unnötige Förmlichkeit, voll von Tieren, die sie gesundpflegte, und wo bald wahrscheinlich eine fröhliche

Kinderschar herumtollen würde. *Warum nicht,* fragte er sich, *wenn ich nicht beabsichtige, eine eigene Familie zu gründen?* Doch für Eric und Rosemarie war das ein Anfang, während es für ihn nur ein Versuch sein konnte, die Vergangenheit wieder aufleben zu lassen.

Ein Bild schob sich plötzlich vor sein inneres Auge: ein Falke, der frei durch die Lüfte flog. Oft hatte er dieses Bild gesehen, als er im Frühjahr des vergangenen Jahres den umherziehenden Barden gespielt hatte. Einen Moment spannte sich sein Körper vor Erregung, und er konnte geradezu die frische Morgenluft spüren.

»Ich weiß nicht, Rosemarie ...«, hörte er sich antworten. »Ich kann mich jetzt noch nicht entscheiden.« Er wußte nicht, wie er hätte rechtfertigen können, was er wirklich tun wollte, aber er war nun zumindest überzeugt, daß es ihn schmerzen würde, den Zuschauer beim Glück des jungen Paares zu spielen.

Plötzlich schlang Rosemarie die Arme um ihn, und Eric drückte sie beide wie ein Bär an sich. Der schwere Duft zerquetschter Rosen und das würzige Aroma von Erics Lorberkranz vermischten sich mit der Wärme ihrer Leiber, die vom Tanzen noch erhitzt waren. Farin mußte hochblicken, um in ihre Gesichter zu sehen, und einen Augenblick ließ sein Leid nach, als hätten ihn der Herr und die Herrin selbst in die Arme genommen.

»Was auch geschehen mag, du wirst immer ein Zuhause bei uns haben. Vergiß das nicht!« murmelte Rosemarie ihm ins Ohr.

So lange schon waren sie befreundet! War es möglich, daß sie seine Vision einer dahinschlängelnden Straße sah, die sich wie ein goldenes Band um seine Seele schlang und sie fortzog? Er errötete, als wäre allein dieser Gedanke ein Verrat an Rosemarie und Eric.

»Ich werde es nie vergessen ...«, flüsterte er schließlich.

Der Met schmeckte bitter, und Farin stellte seinen Kelch auf die Treppe. Er spähte den Gang entlang, blinzelte und bemühte sich um einen klaren Blick. Eine innere Stimme sagte ihm, daß er sich elend fühlen würde, wenn er noch mehr trank. Inzwischen müßte er den Met eigentlich gewöhnt sein, den seine ältere Schwester Berisa braute, doch wahrscheinlich nicht so viel und nicht nach all dem Wein.

Braut und Bräutigam hatten sich zurückgezogen, nicht ohne sich zuvor eine Reihe gewagter Witze anhören zu müssen, die meisten von Frauen, was Farin sogar noch durch die Schleier des Metes verlegen machte. Doch jetzt war der Korridor leer, obgleich, wie deutlich zu hören war, irgendwo in der Burg noch gefeiert wurde. Man würde sich dort fragen, weshalb er, Farin, nicht dabei war, um seine Lieder anzustimmen, doch im Augenblick war Farin höchstens noch dazu fähig, seinen Harfenkasten festzuhalten. Unwillkürlich tasteten seine Finger nach den Schnallen, um sich zu vergewissern, daß sie richtig geschlossen und die Riemen straff waren.

Bett, dachte er. *Gewiß habe ich genug getrunken, meine Träume zu ersäufen*. Er tastete sich den Korridor entlang.

Lichtschein fiel aus einer offenen Tür über den abgetretenen Steinboden. Farin stolperte hindurch und hielt sich am Türrahmen fest, während er sich bemühte, den Blick auf die graugewandete Gestalt des Wacholdermeisters am Feuer zu richten.

»Oh ... verzeiht«, murmelte er. »Meine Kammer muß wohl ein Stück weiter sein.«

Der Meister blickte auf. Seine dunklen Augen waren scharf unter den buschigen Brauen, und das Feuer schimmerte auf den lichten Stellen in seinem ergrauenden Haar. Vage wunderte sich Farin, daß dieser kleine, fast häßliche Mann der gleiche war wie die wirklich beeindruckende Persönlichkeit, welche die Trauung durchgeführt hatte.

»Möchtest du nicht ganz eintreten? Ich werde dir keinen Wein anbieten, aber ich habe Tee auf dem Feuer stehen.«

Abrupt nickte Farin. Er wurde allmählich wieder ein bißchen nüchtern, und er wollte nicht allein mit Goldschwan als einziger Gesellschaft zu Bett gehen, nicht wenn er noch zu betrunken für den Trost der Musik war.

»Danke, gern.« Behutsam stellte er die Harfe ab und ließ sich in einem Sessel nieder. Der Meister warf noch einmal einen Blick auf ihn, runzelte ein wenig die Stirn und beschäftigte sich mit dem Teekessel.

»Rosemarie und Eric möchten, daß ich mit ihnen nach Bongarde komme und bei ihnen bleibe ...«

Etwas in der Haltung des Wacholdermeisters änderte sich – von der eines entspannten Gastgebers zu der eines Mannes, der nach dem Werkzeug seines Handwerks greift.

»Und was wirst du tun?« Er schenkte Tee in einen irdenen Becher und streckte ihn Farin entgegen.

»Ich weiß es nicht ...«, begann der Harfner. Dann schüttelte er den Kopf. »Nein, das ist nicht wahr. Ich will nicht bei meinem Vater leben, aber ich kann es auch bei Rosemarie und Eric nicht, wenn Faris ...« Der Becher zitterte in seiner Hand. Rasch stellte er ihn ab, als der Schmerz ihn durchtoste wie aufgestautes Wasser, das plötzlich den Deich bricht.

»Etwas ist mit ihr passiert! In der Nacht als sie verschwand, ›hörte‹ ich sie schreien. Dieses Schreien weckte mich, obwohl es Meilen entfernt war. Ich hatte sie im Stich gelassen – so lange war es hergewesen, seit unser Geist sich berührt hatte ... Jetzt noch weckt dieser schreckliche Schrei mich in manchen Nächten, und dann liege ich bis zum Morgen wach und frage mich, wo sie jetzt sein mag ...«

Der Meister beobachtete ihn, während er ganz still saß. »Und wenn du wüßtest, was geschehen ist, was würdest du dann tun?«

»Denjenigen töten, der ihr diesen Schmerz zugefügt hat!« Farin wurde bewußt, daß er jetzt am ganzen Körper bebte, und er vergrub das Gesicht in den Händen. »Ich liebe Eric und Rosemarie, aber es war so schwer für mich, bei ihrer Hochzeit dabeizusein«, fuhr er mit gedämpfter Stimme fort. »Ich mußte ständig an Faris und Jehan denken. Auch *sie* wurde vermählt, doch welche Chance hatte sie, glücklich zu sein? Ich muß sie finden ...«

»Was macht dich so sicher, daß sie noch lebt?« fragte der

Wacholdermeister leise. »Du hast nach ihr gesucht. Alle haben gesucht. Meinst du nicht, jemand hätte sie gefunden, wenn sie sich noch auf dieser Erde befände? Was immer ihr Leben zerstörte, ist vorbei – laß dir dadurch nicht deines zerstören!«

»Ich hörte ihre Qual in jener Nacht; gewiß würde ich ihr Sterben spüren!« rief Farin heftig. Einen Moment sah er ihr Gesicht genauso, wie es bei ihrem letzten Zusammensein gewesen war – dunkle Augen, seinen eigenen gleich, in einem schmalen Gesicht, und eine Wolke schwarzen Haares, bereits von Silber durchzogen, wie Blitze an einem Gewitterhimmel. Doch das Gesicht, an das er sich erinnerte, war eine Maske der Wut.

»Wir hatten gestritten, doch das Band zwischen uns blieb unversehrt – es muß noch da sein!« Farin versuchte mit einem Kopfschütteln den schwarzen Abgrund zu verdrängen, der am Ende dieses Gedankens lauerte. »Ich hätte ihre Todesqual gespürt!«

Der Meister sah ihn an, wandte jedoch rasch den Blick ab.

»Was ist? Verschweigt Ihr mir etwas?« Farin beugte sich vor, stieß dabei gegen den Teekessel, und streckte schnell die Hand aus, um ihn festzuhalten. Sein Kopf wurde klarer, und er fand es merkwürdig, wie der Meister seinen Augen ausgewichen war.

»Es ist Caolin, nicht wahr?« Seine Gedanken überschlugen sich. »Jemand hat mir erzählt, daß Ihr Euch zum Rotberg begeben habt, um ihn aufzusuchen. Was hat er Euch erzählt? Hat er gesagt, wo Faris ist? Wir wissen jetzt, daß er ein Zauberer ist – hat er den Sturm verursacht, nachdem der Rat ihn seines Amtes enthoben hatte und er geflohen war?« Farin war aufgesprungen. Er beugte sich mit zu Klauen verkrampften Händen über den Meister.

»Setz dich! Trink deinen Tee, ehe er kalt wird!« donnerte der Meister. »Du junger Narr, bildest du dir ein, du würdest etwas von mir erfahren, wenn du mir drohst?«

Farin zuckte zusammen, sank in den Sessel zurück und wischte sich die Tränen der Wut aus den Augen. Die beruhigende Betäubung durch den Met war verflogen, der ganze Schmerz überschwemmte ihn wieder. Nach kurzem Schweigen griff er nach seinem Becher und zwang sich, einen Schluck Tee durch die zusammengeschnürte Kehle sickern zu lassen.

»Also gut. Ihr seht, daß ich jetzt ruhig bin. Was habt Ihr erfahren?«

Der Meister seufzte. »Es stimmt, daß ich mich zum Leuchtturm auf dem Gipfel des Rotbergs begab. Das Erdbeben und das Unwetter am Mittsommerabend scheinen von dort hergekommen zu sein.«

»Habt Ihr Caolin gefunden? Er ist doch nicht tot, oder?« Farin lehnte sich zurück. Ihm war, als gäbe der Boden unter seinen Füßen nach. Plötzlich wurde ihm bewußt, wie überzeugt er gewesen war, daß Caolin für das Verschwinden der Königin irgendwie die Verantwortung trug, und wie stark sein Wunsch nach Vergeltung gewesen war.

Der Meister schwieg. Farin lehnte sich vor. »Nun, wollt Ihr mich belügen?«

Der Ältere hob den Kopf, und Farin zuckte zurück, als hätte sein Blick ihn versengt. »Es gibt diese Wahrheiten und jene Wahrheiten«, sagte der Meister nach einer Weile. »Würdest du die Wahrheit erkennen, wenn ich sie dir berichtete? Und wüßtest du etwas damit anzufangen? Doch auf deine Frage – nein, ich werde dir keine Unwahrheit erzählen ...«

»Tut mir leid«, erwiderte Farin mürrisch, »aber ich muß es wissen!«

»Das Haus war zerstört«, sagte der Meister bedächtig, »doch Caolin war nicht da. Ich fand nur die arme stumme Frau, die er sich als Haushälterin dorthin geholt hatte, Margit heißt sie. Aber sie war krank und verwirrt – die Bilder, die ich ihrem Geist entnehmen konnte, waren chaotisch.« Der Meister nippte an seinem Tee.

Farin rutschte im Sessel und beobachtete den Meister wie ein Falke die Beute, die er schlagen will. »Also hat Caolin überlebt?«

»Knapp. Margit versuchte ihn zu pflegen, und nach ein

oder zwei Tagen erschien Ordrey. Von da an sorgten sie gemeinsam für ihn, bis er fähig war zu reiten. Dann brachte Ordrey seinen Herrn südwärts über die Geheimpfade in den Bergen. Sie sagten Margit nicht, wohin sie wollten. Ich habe ihr ein Zuhause in meiner Hütte auf dem Berg der Herrin gegeben, aber es wäre sinnlos, wenn du sie aufsuchen würdest. Sie weiß nichts weiter.«

»Südwärts!« rief Farin. »Dann muß Ordrey ihn nach Elaya gebracht haben! Niemand in Westria würde Caolin jetzt noch aufnehmen. Ich bin sicher, er weiß so allerlei über Prinz Palomon, um seine Hilfe zu erkaufen.« Achtlos goß er den Rest Tee in sich hinein.

»Südwärts«, bestätigte der Meister ruhig. »Und was willst du tun? Gegen die gesamte elayanische Armee kämpfen? Und Caolin foltern, um die Wahrheit von ihm zu erfahren? Was tust du, wenn er sie gar nicht *kennt*?« Scheite prasselten im Feuer, Funken sprühten auf und schickten wirr zuckende Schatten über die Decke.

»Er kennt die Wahrheit! Diese Schlange weiß etwas! Er hat Faris als letzter gesehen, und bestimmt war er es, der ihr den Schmerz zufügte, als ich ihr Schreien hörte. Schon deshalb würde ich Rache an ihm nehmen, und wenn es sonst nichts gäbe, was ich ihm vorzuwerfen hätte!«

»Du würdest Caolin verfolgen, selbst wenn du wüßtest, daß Faris tot ist?« Des Meisters Stimme war ganz leise, doch Farin schien, als würden sich die Flammen der Feuerstelle in seinen Verstand brennen. Seine Harfnerfinger zuckten. Irgend etwas im Tonfall des Meisters berührte ihn, und er stellte sich dem durchdringenden Blick des Älteren.

Was habe ich gesagt? fragte er sich. Farin schaute rasch zurück zum Feuer, als befürchte er, der Meister könne sein Innerstes in seinen Augen lesen. Seine Sehnsucht nach Faris und nach seiner Freiheit hatten sich zu einer Vision vereint; die Flammen zeigten den Weg zum Nebelhafen, wo die Kauffahrer aus dem Süden anlegten. *Ja, ich werden Caolin verfolgen, doch der Meister würde veranlassen, daß Eric oder Lord Theodor mich aufhalten,* wurde ihm bewußt. *Niemand darf wissen, wohin ich gegangen bin!*

»Ich weiß nicht, was ich tun würde«, antwortete Farin nun rasch. »Ich habe zuviel Wein getrunken, und mein Kopf schmerzt. Ich weiß überhaupt nichts mehr.«

Hastig preßte er die Lippen zusammen, bevor sie die Worte formen konnten: *Ich werde Caolin nach Neuigkeiten über meine Schwester ausquetschen, und ich werde Faris finden! Und ehe ich nicht Kunde darüber nach Westria bringen kann, werde ich weder Herd noch Herrn haben!*

Der Meister schüttelte den Kopf. »Ich hätte es dir nicht sagen sollen!«

Farin versuchte ein Lächeln. »Es spielt keine Rolle. Außerdem – Ihr ratet immer jedem, seinen eigenen Weg zu finden. Ich stolpere nur herum auf der Suche nach dem meinen. Ich sollte jetzt wirklich zu Bett gehen.« Er stemmte sich auf die Füße und schlang den Riemen des Harfenkastens um die linke Schulter. »Macht Euch meinetwegen keine Sorgen.«

Doch als er den Korridor entlangschritt, wurde ihm bewußt, daß seine Worte nicht der Wahrheit entsprochen hatten – denn er hatte das Gefühl, als wäre plötzlich alles ganz klar. Er hatte einen Weg, dem er folgen, und ein Ziel, das er suchen konnte. Und er würde es finden wie ein Falke den Aufwind. Farin wußte nun, wohin sein Weg führte.

2

Farin blies auf seine tauben Finger und zupfte den Riemen zurecht, mit dem er den Harfenkasten am Sattel befestigt hatte. Sein Rotschimmel stampfte bereits ungeduldig. Durch die schmalen Stallfenster sah er das Glitzern des Rauhreifs auf der Wiese, wo gewöhnlich die Turniere stattfanden, und die langen Bergkämme dahinter, die in der aufgehenden Sonne durch den Morgendunst schimmerten. Der Herbst setzte in diesem Jahr schon früh ein – es war gut, daß er bereits jetzt aufbrach, ehe die Winterstürme die Kauffahrer zu Hause hielten.

Amseln, die auf dem Hof um verschüttete Körner stritten, entrüsteten sich über einen zweiten Frühaufsteher. Farin zwang seine Finger, den Riemen straff zu ziehen, und langte nach dem Zaumzeug.

»Ihr seid früh auf, Junge ...«

Farin zuckte zusammen, ließ den Zügel fallen und blickte blinzelnd auf die nur in Umrissen erkennbare, hochgewachsene Gestalt an der Tür, die nun wie mit Silber gekrönt wurde, als die Sonne von hinten auf ihr Haar fiel.

»Mein Lord Theodor!«

Rosemaries Vater betrat den Stall. Sein besorgtes Gesicht erinnerte an eine alte Schnitzerei. »Stimmt etwas nicht?«

Farin bückte sich, um nach dem Zügel zu greifen. Dabei überlegte er verzweifelt. Ahnte der Wacholdermeister, was er beabsichtigte, und hatte er sich deshalb an Lord Theodor gewandt? Doch dessen hagere Züge verrieten nur Besorgnis um ihn, Farin. Er konnte natürlich behaupten, er wolle durch einen Ausritt bloß die Weindämpfe aus seinem Kopf vertreiben, doch es wäre schwer zu erklären, weshalb er seinen Reisesack und seinen Harfenkasten dabei mitnahm, und warum er die hohen Schnürstiefel und den schweren Umhang trug. Er richtete sich auf und zwang sich zu einem Lächeln.

»Ich will meinen Vater besuchen. Seine Jahre sind gezählt, und wer weiß, wann ich wieder eine Gelegenheit habe, ihn zu sehen ...« Farin unterbrach sich, als ihm einfiel, daß Lord Theodor in den Sechzigern und somit nur ein oder zwei Jahre älter war als der Herr von Falkenruh. Doch der Lord der Korona stand stolz und gerade wie eine der Tannen in seinen Bergen, und das allmähliche Ergrauen seines Haares war unmerklich vor sich gegangen. Man konnte von ihm einfach nicht als *alten Mann* denken ...

»Dagegen kann ich nichts einwenden ...« Theodor lächelte. »Aber man wird Eure Musik vermissen. Das Hochzeitsfest hat ja noch kaum richtig begonnen!«

Der Rotschimmel zerrte an seinem Zügel, und Farin

gestattete ihm, ihn in das helle Licht auf dem Hof zu ziehen. »Rosemarie versteht es ...«, sagte er über die Schulter. »Ich fürchte, ich bin nicht in der richtigen Stimmung mitzufeiern.«

»Ja, natürlich ...« Lord Theodor folgte ihm und tätschelte den Hals des Pferdes. »Ihr seid noch jung und müßt Euer Leid hegen. Die Alten dagegen lernen, Freude zu genießen, solange sie ihnen noch beschieden ist. Aber brütet nicht zu lange darüber, Junge. Ihr dürft nicht ebenfalls Euer Leben vergeuden.« Plötzlich schluckte er und wandte sich hastig dem Bergvater zu, dessen noch vom Schnee des letzten Jahres bedeckter Gipfel sich weit über die anderen Berge hob.

»Ich hatte gehofft, Rosemarie würde nicht so weit weg heiraten. Doch wer könnte etwas gegen Eric als Eidam einwenden?« Immer noch blickte Theodor auf den Berg. »Aber er ist immer so förmlich zu mir. Farin, Ihr habt an seiner Seite gekämpft. Ist er wirklich – ein Edelmann? Wird er gut zu meinem kleinen Mädchen sein?«

Farin blickte ihm nun in die Augen, ohne sich zu sorgen, was das Morgenlicht in den seinen offenbaren würde. »Wenn Ihr glaubt, Rosemarie wäre für Eric nur ein Ersatz für Faris, dürft Ihr beruhigt sein, mein Lord. Er schenkte Rosemarie bereits seine Liebe, ehe Faris ... wegging. Eric ist nicht wie der König ...« Nun schluckte auch Farin, doch er zwang sich fortzufahren, denn er und Lord Theodor waren Ebenbürtige gewesen in ihrem Dienst für Jehan von Westria, und beide hatten dem König in Liebe gedient. Farin glaubte, daß der alte Lord verstehen würde. »Eric, er ist ehrlich, ehrbar und stark. Und Rosemarie wird gut für *ihn* sein. Sie braucht einen Gemahl, der sie als Partnerin anerkennt, und ihre Fähigkeiten wären vergeudet, würde sie über Geringeres als eine Provinz herrschen! Auch ich liebe sie und habe mir diese Verbindung für sie gewünscht. Ihr wißt selbst, daß sie besser als eine Schwester zu mir ist!« Wieder schluckte er, denn er befürchtete, zuviel gesagt zu haben. Noch nie zuvor hatte er ein ähnliches Gespräch mit Lord Theodor geführt. Wie seltsam, daß es nun, da er fortzog, dazu gekommen war.

Aber der Lord Befehlshaber der Korona lachte. Er dachte an Farins älteste Schwester Berisa, die vor über zehn Jahren Theodors Sohn Sandremun geehelicht hatte, und seither das Regiment über die Burg führte.

Ein Bürschchen, das Brennholz in die Küche trug, blickte sie im Vorübergehen neugierig an. Farin konnte Stimmen hören und das Klappern von Töpfen. Die Burg erwachte. Der Rotschimmel stupste ihn am Arm, und Farin nahm die Zügel fester.

»Ich habe Euch nun lange genug aufgehalten«, sagte Theodor, »dabei werdet Ihr den ganzen Tag reiten müssen, um Falkenruh zu erreichen. So brecht denn auf, und richtet Gerard meine Grüße aus, soweit er bereit ist, sie anzuhören.« Lächelnd legte er kurz die Hand auf Farins Schulter, dann trat er zur Seite.

Farin zog sich in den Sattel und schwang das Bein vorsichtig über den Harfenkasten. Es kostete ihn seine ganze Selbstbeherrschung, sein erwiderndes Lächeln beizubehalten. Lord Theodor war ihm mehr Vater gewesen, als sein eigener es je sein würde, und er hatte nicht gedacht, daß es ihm so schwerfallen würde, ihn mit diesem falschen Lebewohl zu verlassen.

»Sag Theodor, er wird es noch bereuen, daß er seine Tochter einem Mann aus dem Süden gegeben hat!« Lord Gerards hageres Gesicht wandte sich abrupt Farin zu, der voll Abscheu sah, wie die Suppe durch den grauen Bart seines Vaters sickerte. Kauend setzte Gerard seinen Monolog fort. Töchter waren undankbare Geschöpfe, sie überließen den Vater der Gnade von Fremden. Söhne waren nicht besser, sie rannten davon, um sich am Hof zu vergnügen, oder sich in sinnlosen Kriegen töten zu lassen.

Farin verzog das Gesicht und nahm noch einen Schluck des dünnen Bieres. Hannah Rotbäckchen, die seit dem Tod seiner Mutter den Haushalt führte, schenkte ihm verstohlen ein mitfühlendes Lächeln, als sie eine Schüssel mit dampfenden Pellkartoffeln neben das Brathähnchen stellte und die Suppenterrine abräumte. So ging es schon, seit Farin am Nachmittag des vergangenen Tages die Straße zu Burg Falkenruh hochgeritten und hier eingetroffen war, und ihm wurde bewußt, daß diese Klagen der hörbar gewordene innere Dialog des alten Mannes war. Die Worte würden in einem bitteren Strom weiterfließen, ob er, Farin, nun da war oder nicht.

Und ich werde nicht da sein! sagte er sich, während sein Blick über die an vielen Stellen beschädigte Täfelung und die zahllosen Wasserflecken auf der Decke der Halle wanderte. *Selbst wenn ich nicht geschworen hätte, Caolin zu finden, würde ich nicht hierbleiben.*

»Der Regen kommt schon seit zwei Jahren immer zur unrechten Zeit – die Hälfte des südlichen Weidelands wurde im vergangenen Winter ausgewaschen und den Rest werden wir wohl im kommenden einbüßen«, klagte Gerard. »In der Schule führen sie die Zeremonien nicht mehr richtig durch. Ein neuer Kataklysmus steht bevor, wart nur, dann wirst du es sehen!«

»Wenn du nicht so lange Jahre Ziegen auf dem Land gehalten hättest, wäre es jetzt nicht kahl!« antwortete Farin ihm. »Und wenn du nicht bald das Dach flickst, wirst du in Kürze keines mehr über dem Kopf haben. Bereits jetzt fällt das Tageslicht durch die Decke des Turms.«

Es war nicht so sehr ein Wehrturm, als ein Beobachtungsturm, den man zu der Zeit erbaut hatte, als noch Räuber über die Grenze kamen und einsame Burgen überfielen. Doch Farin und Faris hatten diesen Turm geliebt und zu ihrer Zuflucht gemacht. Noch jetzt drehte sich Farin der Magen um, wenn er daran dachte, wie er die Turmräume vorgefunden hatte – der Boden verzogen, ja teilweise regelrecht gewölbt, und eine so dicke, schwere Schicht verrrotteten Laubes auf Farins Bett, daß es nach unten hing. War es etwa gar möglich, daß sein Vater die Schindeln selbst weggerissen hatte, damit alles zerstört wurde, was hier an Faris erinnern mochte? Farin schüttelte den Kopf – wenn er anfing, sich solchen Gedanken hinzugeben, würde er bald so schlimm sein wie sein alter Herr.

»Halt's Maul! Was schert es dich, wenn ein alter Mann im Winterregen ertrinkt und im eisigen Wind erfriert?« Gerard hustete, daß Kartoffelstückchen über den ganzen Tisch flogen. »Dir ist es genauso egal, was aus mir wird, wie es deiner Schwester war. Die Männer waren hinter ihr her, als wäre sie eine läufige Hündin, und sie benahm sich auch so – nicht einmal der König genügte ihr! Keinen Augenblick glaubte ich die Geschichte, wie er starb. Wahrscheinlich warf sie sich seinem Mörder an den Hals, noch ehe Jehan kalt im Grabe lag, und du kannst Gift darauf nehmen, daß ein anderer wartete, mit dem sie davonrannte!«

Farin starrte ihn völlig benommen an. Welche Fehler seine Schwester auch haben mochte, Mannstollheit gehörte ganz gewiß nicht dazu! Und ihr harmloser Flirt mit Eric lag vor der Zeit, ehe sie erkannt hatte, daß sie den König liebte. Jehan war an den Verletzungen gestorben, die ein Keiler ihm zugefügt hatte. War dies die Art von Gift, das den Alten jetzt verseuchte?

»Genau wie ihre Mutter ...«, fuhr die nörgelnde Stimme fort. »Die Hure verließ mich einfach ...«

Aber Farin wartete nicht darauf, noch mehr zu hören. Das Blut hämmerte in seinen Ohren, und die Finger hatten sich um das Tafelmesser verkrampft, als wäre er versucht, es seinem Vater in den Hals zu stoßen. Krachend kippte sein Stuhl nach hinten, als er aufsprang und aus der Halle rannte.

Farin stand im Küchengarten, und seine Hände griffen in die Leere an seinen Seiten. Der Alte zog es vor, sein Abendessen schon früh zu sich zu nehmen. So waren es jetzt noch etwa zwei Stunden, ehe die Dunkelheit einsetzte, doch der Friede des frühen Abends erfüllte bereits die Berge. Farin bemühte sich, tief zu atmen, um Herr über seinen brennenden Zorn zu werden. Er ließ den Blick auf den vertrauten Umrissen der Berge ausruhen, wie er selbst sich gern in den Armen seiner Mutter ausgeruht hätte.

Außer in den Flußtälern und um Burgen wie diese, wo der Wald gerodet war, um Acker- und Weideland zu schaffen, wuchsen überall in den Bergen tiefgrüne Nadelbäume, zwischen denen vereinzelt das weiche Beige herbstlicher Eichen und das zitternde Gold von Espen zu erkennen waren. Über dem Tal, unter dem Himmel, dessen klares Gold sich im Sonnenuntergang rosig tönte, färbten sich die schrägen Hänge bereits purpur.

»Er kommt nicht dagegen an, Junge ...«, erklang eine sanfte Stimme hinter ihm. »Er weinte, als eure Mutter starb, doch er konnte nie vergessen, daß sie wider seinen Befehl des Nachts ins Freie ging, um mit den Apfelbäumen zu tanzen.«

Hannah blieb neben ihm stehen; ihr breites Gesicht kräuselte sich vor Besorgnis. Farin nickte und legte einen Arm um ihre runden Schultern. Er und Faris waren noch sehr klein gewesen, als eine Lungenentzündung ihre Mutter dahinraffte. Er erinnerte sich nur an ihr wallendes, glänzendes Schwarzhaar und an ihre süße Stimme, die von den Geistern der Rehe und Vögel und Apfelbäumen sang, die sie gesehen hatte. Sie war am Hang oberhalb der großen Halle begraben.

»Doch so etwas von Faris zu sagen!« Farins Stimme bebte immer noch.

»Sie sah eurer Mutter zu ähnlich, und ich denke, es fällt deinem Vater fast leichter, zu glauben, daß Faris davonlief, als sich damit abzufinden, daß sie ...«

»Sie ist nicht tot!« rief Farin. »Es ist nicht möglich, ich würde es wissen!« Rasch preßte er die Lippen zusammen, als ihm klar wurde, daß er fast mit seinen Plänen, sie zu suchen, hinausgeplatzt wäre. Er ließ Hannah los und trat zur Seite.

»Ah – es tut mir leid, Junge ...«, sagte die Frau. »Natürlich ist es für dich noch viel schlimmer.«

Doch Farin stiefelte bereits über den Hof und trat, ohne einen Blick auf ihn zu werfen, nach dem kleinen schwarzweißen Hund, der hinter ihm hersprang. Sein Zorn trieb ihn am Pferdestall vorbei und den Hang hoch. Als er seine

Beherrschung halbwegs wiedergefunden hatte, stand er vor dem Falkenhaus.

Der erste Herr von Falkenruh hatte Beizvögel für die Lords der Korona abgerichtet. Doch wie alles andere hier war auch das Falkenhaus – dereinst ebenso stark und fest erbaut wie die Burg selbst – nur zum Teil instand gehalten worden. Als Farin in seine modrige Düsternis trat, spürte er, daß die ausgeglichene Spannung der Vögel ihn auch jetzt beruhigte, wie schon früher immer.

Krallen scharrten leise über Holz, als die Falken sich auf ihren Sitzstangen bewegten. Bernsteinfarbene Augen glommen im Dämmerlicht. Farin erinnerte sich, daß der große Wanderfalke im letzten Jahr eingegangen war, und daß es nun nur noch drei Vögel hier gab. Als er nähertrat, fing das rotschwänzige Falkenmännchen aufgeregt mit den Flügeln zu schlagen an. Rasch streckte Farin den Arm aus, damit der mit seltsam quiekenden Lauten schimpfende Vogel daraufhüpfen konnte.

»Aliento, Ali – mein guter Junge. Ja, ich bin es wirklich, und ich weiß, daß ich dich vernachlässigt habe ...« Als Farin die gesprenkelten Brustfedern streichelte, verstummte der Vogel und hob sich aufplusternd den Kopf. Dann schob er ihn wieder vor, als wolle er sich vergewissern, daß Farin auch wirklich noch da war. Doch als Schritte auf Stroh raschelten, drehte er schnell den Kopf, und auch Farin wandte sich um.

»Hallo, Bird – du bist aber gewachsen!«

Der Junge, der eingetreten war, grinste. Die Schatten warfen einen Schleier auf die narbige Haut, die sein Gesicht verunstaltete und, wie Farin sich erinnerte, auch einen großen Teil seines Körpers. Faris hatte Glück gehabt, daß sie sich nur die Brandwunde am Arm zugezogen hatte, als sie Bird damals als Kind aus dem Feuer gerettet hatte.

»Mutter hat mir erzählt, daß Ihr zurück seid.« Bird setzte den Eimer ab. »Ich bin sehr froh darüber. Ich lasse die Vögel fliegen, wann immer ich dazu komme, aber das genügt nicht.«

Farin nickte. Nun, da seine Augen sich an die Düsternis

gewöhnt hatten, sah er, daß das Gefieder des Weibchens stumpf war, und selbst Ali ein wenig zerrupft aussah. Bird hatte eine gute Hand im Umgang mit Falken, aber ihm blieb bestimmt nicht viel Zeit, sie fliegen zu lassen, da er seinem Vater bei all der anderen Arbeit helfen mußte.

»Mein Vater läßt sie gar nicht heraus?« erkundigte sich Farin.

»Euer Vater?« Bird schnaufte abfällig. »Bei allem Respekt, er ist recht seltsam geworden. Kaum daß es meinem Vater noch gelingt, ihn auf die Felder zu zerren!«

»Aber die Vögel dürfen doch nicht immer hier eingesperrt sein!« rief Farin entsetzt. Er empfand plötzlich eine Spur von Panik – wie damals, als Branwen, Faris' Zofe, versucht hatte, ihn zum Bleiben zu bewegen. Selbst Rosemaries gut gemeinte Fürsorge machte ihn unwillkürlich widerborstig, und er entzog sich ihr, wo er konnte. Aliento kreischte ungeduldig und kletterte seinen Arm hinunter. Farin hob ihn zurück auf seine Sitzstange.

Bird hielt den Merlin und streichelte sanft sein Gefieder. Er hatte ihn selbst abgerichtet, und er mochte ihn am liebsten, obgleich der Zwergfalke nichts Größeres als Mäuse zu fangen vermochte.

»Ihr geht wieder weg, nicht wahr ...?« sagte der Junge abrupt. »Habt keine Sorge, ich werde es niemandem sagen. Aber ich möchte Euch begleiten. Ihr müßt verstehen – nun da *sie* fort ist, ist hier alles anders ...«

Tränen schwangen in Birds Stimme mit, doch obgleich Farins Augen brannten, schien eine steinerne Faust ihn trocken zu quetschen. Bird war hier geboren, und Faris hatte ihm das Leben gerettet. Farin war für ihn verantwortlich, doch er konnte nicht einmal sein eigenes Überleben garantieren, geschweige denn diesen Jungen beschützen.

»Nein ...«, antwortete er schließlich. »Ich habe keinen eigenen Hausstand, und dein Talent im Umgang mit den Falken wäre vergeudet. Geh zu Lord Theodor oder zu Sandremun – sie werden dich zu schätzen wissen.«

Einen langen Moment starrte der Junge ihn mit tränenglänzenden Augen an. Da rief eine Männerstimme seinen Namen, und er seufzte.

»Na gut. Ich muß jetzt gehen. Vater braucht mich, die Kühe von der Weide zu holen. Würdet Ihr die Vögel füttern?«

Farin nickte, aber noch lange Zeit, nachdem Bird weggerannt war, stand er reglos. Der Abend war sehr still geworden. Die Falken warteten unruhig auf ihr Futter. Nach einer Weile ging Farin zum Vorratshaus, wo die Jagdbeutel hingen. Als er die Tür erreichte, flatterten drei Krähen, die er beim Körnerpicken überrascht hatte, krächzend hoch und verschwanden am leeren Himmel.

Er blieb stehen, starrte ihnen nach und dachte: *Selbst die Aaskrähen sind frei. Was wird aus den Falken, die ich hier zurücklasse?*

Dann schluckte er, erschrocken über den Gedanken, der sich einschlich. Aber was könnte er sonst tun? Ehe er es sich anders zu überlegen vermochte, kehrte er ins Vogelhaus zurück, löste Alientos Riemen und lockte den Vogel auf seinen Arm. Danach, was etwas schwieriger war, auch das Weibchen. Der Zwergfalke gehört Bird, und der Junge würde sich schon um ihn kümmern. Vorsichtig und etwas unbeholfen, weil er vergessen hatte, daß so ein Vogel das stattliche Gewicht von sieben Pfund besaß, trug Farin die beiden rotschwänzigen Falken den Berg hoch.

Sie waren es gewöhnt, getragen zu werden, und durch den grobgewebten Kittel spürte Farin, wie sich die Fußmuskeln der Tiere bewegten, um das Gleichgewicht zu halten, ohne sich festzukrallen. Er stieg den staubigen Pfad empor, der am Grab seiner Mutter vorbeiführte, und durch die Falläpfel, die im Obstgarten auf dem Boden lagen, bis er auch diesen hinter sich gelassen hatte und die Burg, die sich an den Berg schmiegte, seinem Blickfeld entschwunden war. Schließlich blieb er stehen, allein mit seinen Vögeln und dem Himmel.

Farins Atem kam nun in schmerzhaftem Keuchen, und seine Gedanken flatterten wie Flügel, die gegen die Gitterstäbe eines Käfigs schlugen. Er hatte die Falken hierhergetragen, um sie freizulassen, aber würden sie wegfliegen? Konnten sie die Sicherheit ihres gewohnten Zuhauses verlassen? *Kann ich es?* Farin biß sich auf die Lippe und hob den Arm, damit Aliento auf seine Schulter steigen konnte. Dann löste er den Fußriemen des Weibchens auf seinem anderen Arm. Sie war ausgewachsen gefangen worden und hatte nie so wie Ali an ihm gehangen – gewiß war es einfacher, sie in die Freiheit zu entlassen.

Sie schlug bereits mit den Schwingen, als Farin den Arm senkte, und dann warf er sie mit aller Kraft in die Luft. Einen Augenblick flatterte sie schwerfällig, als verwirre sie das Fehlen ihrer Glöckchen, doch dann fing sie den Aufwind und hob sich plötzlich in die Lüfte.

Farin zitterte. Alis Schnabel drückte zärtliche Falkenküsse auf seine Wange, und er drehte das Gesicht, um es an das weiche, goldene Gefieder an der Brust des Vogels zu schmiegen. Ein schwacher Duft wie von sonnengewärmten Wassermelonen brachte Erinnerungen zurück: Farin spürte das Gewicht des Falken an längst vergangenen Sommernachmittagen auf seinem Arm, hörte seines Vaters rauhe Stimme, um Nachsicht und Geduld bemüht, während er Farin half, den Vogel abzurichten.

So, als würde er immer noch diese sorgfältigen Anweisungen hören, setzte Farin den Falken zurück auf sein Handgelenk, öffnete die Fußriemen und ließ sie auf den Boden fallen. Dann spannte er die drahtigen Muskeln von Arm und Schulter, und schnellte Ali in die Luft.

Weil er besser geworfen worden war – vielleicht aber auch, weil er gesehen hatte, wie das Weibchen hochgeflogen war und er begriffen hatte –, stieg das Falkenmännchen geschmeidig in die Höhe. Doch statt dem Weibchen über die Bäume zu folgen, kreiste Ali über Farin und schrie klagend.

»Du bist hungrig, nicht wahr?« rief der junge Mann mit bebender Stimme. »Rundherum ist Futter für dich – Mäuse und Erdhörnchen sind auf der Wiese, sogar Kaninchen kannst du fangen, wenn du dich anstrengst. Verschwinde schon! Verdammt, so flieg doch!« Verzweifelt fuchtelte Farin mit den Armen, als der Falke über seinem Kopf kreiste.

»Bitte – bitte«, flüsterte Farin und beobachtete ihn, »laß auch mir die Freiheit …«

Das Weibchen kreiste noch über den Bäumen. Alientos Flug wurde zum Bogen, der ihn immer höher trug, während Farin sich schier den Hals verrenkte, um ihm nachsehen zu können. Dann wurde das Kreisen des Weibchens zu einem Gleiten gen Westen. Aliento schrie noch einmal rauh auf, dann folgte er ihr.

Farin blieb reglos stehen, bis beide nicht mehr zu sehen waren. Die Welt um ihn verdunkelte sich, doch noch brannte das Bild der beiden Gefiederten, die sich schwarz gegen den roten Himmel abhoben, vor seinem inneren Auge.

Es war ein Dreitagesritt von Falkenruh nach Nebelhafen, wo die Kauffahrer anlegten.

Farin hatte die letzte Nacht zu Hause kaum geschlafen. Er hatte die goldene Einlegearbeit seiner Harfe, die sie als Königsgeschenk kennzeichnete, übermalt, und die weiße Strähne in seinem Haar, die *ihn* zeichnete, mit Lederfarbe dunkel getönt. Er hatte seinen Reisesack gepackt, doch nicht zu voll, denn wenn er erst seinen Wallach verkauft hatte, um die Schiffsreise bezahlen zu können, war nicht abzusehen, wann er wieder ein Pferd bekommen würde. Den Rotschimmel, den er jetzt ritt, hatte er nach der Schlacht auf der Drachenöde herrenlos herumirren sehen, und es stand ihm frei, ihn zu veräußern. Er fand es auf amüsante Weise recht passend, daß ein elayanisches Pferd ihm die Reise nach Elaya ermöglichen würde.

Danach war er in Faris' Turmkammer gestiegen und hatte die Sachen zusammengesucht, die sie zurückgelassen hatte, und sie sorgfältig weggepackt, als könnte er durch die liebevolle Aufbewahrung ihres Eigentums ihre Rückkehr sichern.

Nichts hatte sich in der dunklen Burg gerührt, als er die Tür hinter sich schloß; das Pferd hatte nicht verräterisch gewiehert, und falls Bird aufgewacht war und die Bedeutung des Hufschlags verstand, der im Morgengrauen hallte, hatte er sich zumindest nicht bemerkbar gemacht. Farin führte das elayanische Pferd durch den Morgennebel, der die Bauten der Burg hinter ihm verschleierte wie ein Vorhang zwischen ihm und der Vergangenheit, und als die Sonne von einem klaren Himmel schien, hatte er bereits viele Meilen zurückgelegt.

Doch erst am zweiten Tag seiner Reise fand Farin den Mut, seine Harfe aus ihrem Kasten zu holen und zu spielen. Und als er schließlich den letzten Kamm erreichte und sah, wie das Band der Straße sich der blau glitzernden See entgegenschlängelte, strömten wie von selbst Worte über seine Lippen, die zu einer bedächtigen Wandermelodie paßten.

Ich seh' den Pfad, den meine Füße geh'n,
Es ist der Weg, den mein Herz nimmt.
Die Welt da draußen will ich seh'n,
Und erst wenn alle Sinne voll sind,
Wird dieser Wanderer heimwärts geh'n …

Und als Farin den Hang zur Straße hinunterritt, vermeinte er hoch über sich einen Vogel kreisen zu sehen, der schließlich davonflog und sich mit süßem Ruf im blendenden Schein der Sonne verlor.

3

Das Schiff schlingerte, und Farin schnappte erschrocken nach Luft, als ihm eisige, salzige Gischt ins Gesicht schwappte. Er klammerte sich an der Reling fest und bemühte sich gleichmäßig zu atmen, während der Schrei der Möwen an seinem Herzen zerrte. Die blaue See schäumte um ihn, und blau war auch der Himmel, an dem die Seevögel kreisten. Sein Geist flog mit ihnen, doch die

Küste war nun nah. Das Meer war neu für ihn gewesen – und jetzt bedauerte er, daß er es in Kürze verlassen mußte. Schwere Wogen brachen den Rhythmus und hoben das Schiff. Farin taumelte, als es ins Wellental glitt, fand jedoch rasch sein Gleichgewicht wieder, und die langen Wogen der Brandung trugen das Schiff der Küste entgegen.

Elaya … Farins Blick streifte über rote Klippen, die sich wie Palisaden über dem Strand erhoben, und hinter ihnen wuchsen zerklüftete graugrüne Berge zu einem gewaltigen Halbkreis um die Ebene von Tambara an und schimmerten im Dunst. Während er sich an die Reling lehnte, wechselte der Wind die Richtung und trug beißenden Holzrauch und den würzigen Salbeiatem der Berge herbei.

Bieten diese Berge meinem Feind Zuflucht? Stumm nannte er den Namen: *Caolin* …

Kahle Masten erstreckten sich entlang dem Uferdamm, und ein schlankes Boot kam auf sie zu gerudert. Der Steuermann trug eine rote Hose und den Federbusch des Offiziers. Farins Augen weiteten sich, denn noch nie hatte er jemanden gesehen, der so schwarz war. In Westria hatten die Rassen sich im Lauf der Zeit so vermischt, daß reine Hell- oder Dunkelhäutige selten waren. Seine eigene Mutter war die Tochter eines Häuptlings der Karok im Norden gewesen.

»Ahoi! Nennt Namen und Bestimmungshafen eures Schiffes!« rief der Schwarze. Gleichmäßiger Ruderschlag brachte das Boot durch das aufgewühlte Wasser, bis es längsseits lag und mit fast herablassender Mühelosigkeit neben dem großen Schiff herfuhr. Männer mit Hautfarben vieler Schattierungen – von Weiß, Bronze oder Braun – grinsten zu den Westrianern hoch.

»Dies ist die *Delphin* – ich bin Will Schwarzzahn, ihr Eigner«, rief der Kapitän hinunter. »Wir kommen aus dem Norden von Westria mit einer Ladung geteertem Holz, Fellen und Seetorwein. Seid ihr an irgend etwas davon interessiert?« Lachend übergab der Kapitän seinem Ersten Offizier das Ruder und stellte sich zu Farin an die Reling.

»O ja – vor allem am Wein!« Weiße Zähne blitzten, als

der Elayaner grinste. Er sprach den Anglodialekt, der die Amtssprache in Elaya war, doch ein weit größerer Teil der Bevölkerung hier sprach Spaniol, wie die Seeleute Farin erklärt hatten, woraufhin er versuchte, es von ihnen zu lernen.

»Folgt mir!« Der schwarze Steuermann rief einen Befehl, und das schlanke Boot schoß voraus. Seine Ruder schlugen das Wasser wie bleiche Flügel.

»Ihr habt den Mann gehört ...«, rief Will. »Zwei Strich Steuerbord, und folgt ihm!«

»Was soll's«, brummte einer der Schiffer, als der Abstand zwischen der *Delphin* und dem elayanischen Wachboot wuchs. »Unser Schiff wurde schließlich nicht für Rennen gebaut!«

Die *Delphin* krängte, als sie die Richtung änderten, und Farin klammerte sich erneut an die Reling. Sie bogen um den Wellenbrecher und glitten in das ruhige Wasser des Hafens von Sant Yamaya wie ein Schwan in einen Ententeich, als das große Luggersegel eingeholt wurde.

Es lagen bereits zwei weitere westrianische Schiffe vor Anker – große Schiffe mit stumpfem Bug, die für die Hochsee gebaut waren.

Doch das waren auch so ziemlich die einzigen Hochseeschiffe Westrias, denn der Handel des nördlichen Reiches war mehr landgebunden, und der Hauptteil des Handelsgutes wurde über die Flüsse transportiert, die das Großtal durchzogen. Der Hafen war voll von kleineren Schiffen – Fischerkähne, verschiedenerlei Ruderboote sowie ein schlankes Drachenschiff, dessen Bauweise es als Kriegsschiff auswies. Vom Drachenhaupt bis zur Südgrenze war die Küste lieblich, mit langen Sandstränden und schönen Ankerplätzen, und Elaya betrieb einträglichen Fischfang und einen beachtlichen Seehandel.

Der Steuermann riß das Ruder hart nach Backbord, als die Männer das Großsegel einholten; die *Delphin* drehte sich abrupt, und grünes Wasser gischtete an ihren Seiten. Dann half ihnen Farin, den steinbeschwerten Anker über die Seite heben, und das Schiff bäumte sich auf wie ein angebundenes Pferde, ehe es endlich zu einem schaukelnden Halt kam.

»Nun, Junge, da wären wir!«

Farin drehte sich um, wischte sich die Hände ab und erwiderte des Kapitäns zahnlückiges Lächeln.

»Bist du sicher, daß du mich nicht in die Stadt begleiten willst? Ich komme seit zwanzig Jahren hierher und kann dich zu einer guten Herberge bringen ...«

Farin blickte nervös auf seinen Reisesack und das Stück Rupfen, das seinen Harfenkasten bedeckte. Die Fürsorge des Kapitäns brachte ihn schier zur Verzweiflung, aber er wagte es nicht, dem guten Mann zu gestehen, daß er ein Ritter von Westria war und an der Seite des Königs gekämpft hatte. Da das Weiß in seinem Haar nun dunkel gefärbt war, sah er wahrscheinlich tatsächlich wie der unerfahrene Junge aus den Bergen aus, der sich die Welt ansehen wollte. Als solcher hatte er sich ausgegeben, und es war seine eigene Schuld, wenn ihm das zu gut gelungen war.

»Ich bin Euch sehr dankbar«, versicherte er Will Schwarzzahn und schüttelte ihm die Hand, »aber ich möchte lieber gleich weiterziehen.«

»Sei vorsichtig. Manche hier haben Vater, Sohn oder Bruder in der Schlacht auf der Drachenöde verloren, und das nehmen sie den Westrianern noch sehr übel. Es gibt auch einige, die versuchen werden, dich zu berauben, nur weil du ein Fremder und allein bist!«

Farin nickte. Er erinnerte sich an Lord Brians braunen Bart, der sich von der Abendröte abgehoben hatte, und an das Wehklagen seiner Krieger, als sie das Totenfeuer anzündeten. An jenem Tag hatte die Saat des Hasses auch in vielen westrianischen Herzen Wurzeln geschlagen.

Aber für Farin bestand keine Gefahr, sein Geld zu verlieren, da er keines besaß. Sein Reichtum lag im Harfenkasten, und seine langen Finger zuckten bereits vor Ungeduld, endlich wieder Goldschwans Saiten zupfen zu dürfen. Das Küstenboot rempelte leicht gegen die *Delphin*, und Kapitän Schwarzzahn ging den elayanischen Beamten entgegen, die an Bord kamen. Möwen kreischten über dem Hafen, und Farin hörte Stimmengewirr am Ufer. Er griff nach seinem Sack und kletterte ins Beiboot. Er war in Elaya angekommen.

Farin wanderte den größten Teil dieses Tages durch die gewundenen Straßen von Sant Yemaya. Er staunte über die verwitterte Betonstatue der Herrin, die irgendwie die gewaltigen Erschütterungen des Kataklysmus überstanden hatte, staunte über die Vielfalt der Farben, der Riten, der Gebräuche um ihn herum. Erst am Spätnachmittag fand er eine Ecke, wo er Musik machen konnte. Alle bisherigen waren von einheimischen Unterhaltern beansprucht worden, die ihn vertrieben hatten. Als der Abend hereinbrach, hatte er gerade genug Kupferstücke eingenommen, daß er sich ein warmes Mahl in einem Gasthaus am Ufer leisten konnte. Nach einem Monat an Bord war Farin daran gewöhnt, im Freien zu schlafen, und in der milden, südlichen Herbstluft war der Strand gewiß dem Ungeziefer und den Gerüchen vorzuziehen, die er zweifellos zwischen irgendwelchen vier Wänden finden würde. Er breitete seinen Umhang unter einem ihm unbekannten Baum mit stachligem Stamm aus, dessen fiederige Zweige in der Nacht mit weichem Rauschen aneinanderstreiften, das sich harmonisch mit dem unablässigen Seufzen des Meeres vermischte.

Gegen Mitternacht weckten ihn Frauenstimmen, die zunächst so leise klangen, daß er sie in seiner Schlaftrunkenheit für den Gesang der See hielt. Er stützte sich auf einen Ellbogen, und sah nun bewegte Gestalten, deren Umrisse sich gegen das Schimmern des mondbeschienenen Meeres abhoben.

Yemaya asesu … asesu Yemaya …
Yemaya olodo … olodo Yemaya …

Eine der Frauen bot dem Himmel ein winziges Silberschiff an. Ihre geschwungenen Arme und der nach hinten gebogene Rücken ahmten die Wölbung des Mondes nach, des Ufers, der kleinen Wellen, die gegen ihre Füße spülten, und dann bückte sie sich wie ein gespannter Bogen, um das Schiffchen ins Wasser zu setzen. Plötzlich brauste eine größere Welle über den Sand, und holte es sich. Da erhob sich frohes Lachen aus dem Singen.

Die Frauen tanzten immer noch, als Farin wieder einschlief, aber ihr Gesang verwob sich mit seinen Träumen – *Yemaya – Yemaya …*

In seinem Traum schien ihm, daß Himmel und Meer zu einem prächtigen, glitzernden Umhang zusammenflossen, dessen Wallen die Gestalt einer Frau, mit Haar wie die Nacht und Augen wie Zwillingssterne, abwechselnd offenbarte und verbarg.

»Faris!« rief er und streckte die Arme nach ihr aus. »Faris, wart auf mich!«

Da dünkte ihm, daß SIE lächelte, und er vernahm eine Stimme, die murmelte: *Wahrlich ist das einer meiner Namen. Schlaf jetzt, mein Bruder, mein Kind, mein Liebster, denn ich werde über dich wachen …*

En los ojos hay un cielo,
En tu boca un paraíso,
Un jardin en tus mejillas,
Tu pecho un cocodrilo …

Farin lächelte seine Zuhörer an, als er das Lied über die Dame beendete, deren überirdische Schönheit das Herz eines Krokodils verbarg. Ein Seemann hatte es ihn auf dem Schiff gelehrt, und es war ein willkommener Beitrag zu seinem Repertoire. Münzen klimperten auf seinen ausgebreiteten Umhang, als er eine Pause einlegte, um die Harfe neu zu stimmen, und die Menge, die stehengeblieben war, um ihm zuzuhören, löste sich auf und ging ihrer Wege – zwei Frauen, die auf spaniol plauderten, eine Schar kichernder, dunkelhäutiger Kinder, die von Höfen auf der Ebene kamen, ein mandeläugiger Nippanifischer, eine Mojavefrau mit ihrem Kind, Anglo Bergleute in Kilts, in Umhänge gehüllte Viehhändler aus den Küstenbergen, und mit wallenden Gewändern bekleidete Pferdezüchter aus der Wüste – die übliche Mischung in der Hauptstadt.

Farin hatte mehrere Tage gebraucht, sich von Sant Yemaya landeinwärts nach Los Leones zu arbeiten, das sich entlang der Kreuzung ausbreitete, neben dem Rinnsal im breiten Flußbett, das die Ebene durchschnitt. Nach einer hiesigen Sage bedeckte einst eine riesige Stadt das Becken, doch während des Kataklysmus hatte eine titanische Welle alle Häuser zerstört und den größten Teil der Trümmer in die See gespült. So hatten die Herren von Tambara Los Leones auf einem Landstück errichtet, das von allen Spuren der Vergangenheit gesäubert war, und Los Leones war zur Hauptstadt von Elaya geworden.

Farin beugte sich vor, um sein Geld zu zählen. Zwanzig Kupferstücke und ein Silberlunaro glitzerten im Schein der untergehenden Sonne. Es wurde ruhig auf der Plaza, weil die Leute in ihre Häuser zurückkehrten oder Wirtshäuser aufsuchten. Er würde heute kaum noch etwas einnehmen.

Die Plaza der Tuchhändler, wo Farin seinen Umhang ausgebreitet hatte, lag am Rand des westrianischen Viertels, und von den Gaben der Passanten des Tages und der Gäste in den Schenken am Abend konnte Farin recht gut leben. Aber mit seiner Suche nach Caolin war er noch nicht weitergekommen.

Die weißgetünchten Mauern von El Castillo, oder *Al Kaid*, wie es in der Zunge der Tambara genannt wurde, schimmerten von den Felsen südlich der Stadt und tönten sich golden und aprikosenfarben, als die Sonne unterging. Farin seufzte. Er vermutete, daß diese Mauern den Schlüssel zu seiner Suche enthielten, denn Caolin hatte Westria an den Prinzen Palomon verraten, und wenn ihm hier jemand Zuflucht gewährt hatte, dann zweifellos der Prinz.

Die Berge ringsum färbten sich im schwindenden Licht blau, während ihre unteren Hänge im Dunst durchsichtig wirkten. Trotz seiner Verzweiflung stellte Farin fest, daß die Stille des frühen Abends ihn entspannte. Natürlich mußte er seinen Feind finden, doch im Augenblick genügte es, die Abendluft zu genießen. Seine Finger wanderten über die Saiten und zupften plötzlich wie von selbst die gemessene Weise des Nachtlieds, das der König am liebsten gehabt hatte.

Zu müde, die Welt noch zu erhellen,
Schlüpft die Sonne aus ihrem Flammenkleid.
Sie deckt sich zu mit der Dunkelheit
Und versinkt in des Meeres Wellen.

Eine Vogelschar flog in perfekter Formation über den Himmel. Irgendwo bellte ein Hund und wurde zurechtgewiesen. Das Klappern von Töpfen, und Frauenlachen hallten in der stillen Luft, als die Familien sich zu ihrem Abendmahl niederließen. Farin sang weiter:

Die Kinder des Tages gehen zur Ruh'.
Sie hören das Quaken aus Sumpf und Teich,
Einem vielstimmigen Wiegenlied gleich,
Und machen schläfrig die Augen zu.

Eine Münze landete klirrend auf dem Umhang, und Farin sah Silber blitzen. Überrascht schaute er auf und erblickte einen hochgewachsenen Mann, der sich auf einen Stock stützte. Sein Gesicht war von den losen Falten der Kapuze eines weißen Gewandes verborgen, wie es in der Wüste gern getragen wurde. Farin lächelte dankend und spielte weiter, eine Tonart höher für den zweiten Teil des Liedes.

Und nun brennen die Fackeln der Nacht,
Mehr und mehr in ausgelassenem Tanz,
Wie eine Gefolgschaft ohne den Herrn;
Bis die Königin des Lichts,
die oberste Herrin, erwacht,
Und die Himmel erfüllt mit ihrem Glanz,
Und die Welt lauscht atemlos,
das Lied des Morgens zu hören.

Er endete, blickte auf seinen Umhang und erkannte, daß der Fremde ihm einen Doppellunaro zugeworfen hatte. Farin beugte sich ein wenig vor, um das Gesicht unter der tiefen Kapuze sehen zu können, doch der Mann machte einen Schritt rückwärts und stützte sich schwer auf seinen Stock.

Farin bemerkte Brandnarben auf den Handrücken des Fremden, und nun verstand er, weshalb der Mann sein Gesicht verbarg. Faris hatte sich ähnliche Narben zugezogen, als sie Bird als Kleinkind aus den Flammen rettete, und Farin erinnerte sich, wie sehr sie darauf geachtet hatte, daß ja niemand sie sah. Doch so, wie dieser Mann sich bewegte, mußte er am ganzen Körper vom Feuer erfaßt worden sein. Farin unterdrückte einen Schauder und bemühte sich, ihn zu überspielen, indem er über die Saiten strich und ein Wüstenlied anstimmte.

Sein Zuhörer drehte sich um und blickte angespannt auf jede Straße, die in die Plaza mündete. Sein Atem ging keuchend, als wäre er geeilt. Farin verspürte Mitleid mit ihm, und er spielte weiter.

»Harfner, kennt Ihr noch andere Lieder aus Westria?« fragte der Fremde heiser, als Farin das Wüstenlied beendet hatte.

Farin blickte ihn überrascht an, denn der Fremde hatte mit nordischem Akzent gesprochen. »Ich *bin* Westrianer, Freund, genau wie Ihr, wie ich glaube ...«, antwortete er. »Was hättet Ihr gern, das ich für Euch spiele?«

Er erhielt keine Antwort. Der Vermummte starrte auf die Harfe, und Farin fragte sich, ob die schwarze Farbe, mit der er die Einlegearbeit aus Golddraht überstrichen hatte, vielleicht abzublättern begann. Schützend spannten sich seine Arme. Goldschwan war wie ein Teil von ihm selbst, doch einst hatte diese Harfe König Jehan gehört. Es wäre möglich, daß man sie erkannte.

Die Schultern unter dem wallenden Gewand zuckten steif. Farin kräuselte die Stirn und begann ein Rudererlied vom Seetor, während er sich fragte, ob vielleicht er selbst erkannt worden war. Hatte dieser Mann ihn etwa am Hof gesehen? Oder in der Armee während des Elayanischen Krieges? War er gar bei der Schlacht in der Drachenöde gefangengenommen worden? Farin überlegte, ob er das Klagelied für Lord Brian spielen sollte, doch das wäre hier sicher nicht sehr klug.

Da seufzte er und blickte auf seinen einsamen Zuhörer, der sich an den geschwungenen Rand des Springbrunnens lehnte. Farin begann nun ein Potpourri von Tanzweisen, Arbeiterliedern und Balladen zu spielen, die er als Junge gelernt hatte. Die Münze auf seinem Umhang war schon einen klingenden Dank wert.

Ein Ochsenkarren rumpelte über den Platz. Der Fuhrmann blickte neugierig auf Harfner und Zuhörer; zwei Kinder rannten in die entgegengesetzte Richtung, und ein aufgeregt bellender Hund sprang ihnen nach.

Farins Musik wurde gedämpfter, als die Dämmerung sich vertiefte, und dann stellte er fest, daß er völlig unbeabsichtigt mit dem Klagelied begonnen hatte, das er nach Jehans Tod komponierte.

Der Nebel, der vom Meer herüber wallte, brachte Kälte und Feuchtigkeit mit sich, und in dem Moment, als Farin bewußt wurde, was er spielte, lockerte sich eine Saite und verursachte einen Mißklang. Rasch beendete er die Melodie. Der andere Mann verhielt sich ganz still, ja er schien kaum zu atmen, als wäre er ein Teil der Brunneneinfassung geworden.

Farin räusperte sich. »Es wird spät und zu kalt für mich, im Freien zu spielen. Gleich um die Ecke ist ein Krug, wo man mich willkommen heißt. Die Wirtin ist eine Westrianerin. Begleitet mich doch, und ...« Er hielt inne, selbst erstaunt über sein Angebot. Aber obwohl der andere nicht klagte, sah es doch aus, als kämpfe er ständig gegen Schmerzen an. Und immerhin war er ein Landsmann.

Dann sah er die Bewegung. Die Schultern des anderen zuckten. Als Farin aufstand, um ihm zu helfen, erkannte er, daß der Vermummte von Lachen geschüttelt wurde.

»Es sollte keine Beleidigung sein ...«, sagte Farin steif. Der Kopf unter der Kapuze nickte.

»Ich weiß ... und ich nehme Eure Einladung so an, wie sie gemeint ist. Ich muß gestehen, ein Bissen zu essen und Wärme würden mir jetzt guttun.«

Der weiße Außenanstrich des Kruges zum Goldenen Fluß blätterte ab, so daß die sonnengetrockneten Lehmziegel darunter zum Vorschein kamen, und in der Gaststube hatte Rauch die Wände fleckig grau gefärbt. Doch die Wirtin hatte sie zum Teil mit westrianischen Teppichen bedeckt, und in einer Ecke stand ein kleiner Hausaltar für die Hüterinnen. Beides machte die Stube heimelig. Auch war die Wirtin der Überzeugung, daß Farin aufgepäppelt werden mußte, und so quollen die Schüsseln mit Eintopf fast über, die sie vor ihn und seinen Begleiter stellte.

Sie hatten eine Weile gebraucht, um hierherzugelangen, denn der Fremde ging nicht schnell und hatte immer wieder angehalten, und sich umzusehen. Selbst als sie am Ziel angelangt waren, hatte er darauf beharrt, sich an einen Tisch zu setzen, von wo aus er die Tür im Auge behalten konnte. Eine Weile beschäftigte sich Farin voll und ganz mit dem Essen. Er bemerkte jedoch, daß sein Begleiter, obwohl etwas unbeholfen, bedächtig aß und aufhörte, als seine Schüssel noch halb voll war.

»Vielen Dank.« Die von Narben entstellten Hände des Fremden zogen sich wieder in die weiten Falten seines Umhangs zurück.

Farin nickte und tunkte Brot in den flüssigen Rest seines Eintopfs. »Es geht mich ja nichts an, aber gestattet trotzdem, daß ich frage: Ist jemand hinter Euch her?«

»Ja, aber ich glaube nicht, daß sie hier nach mir suchen werden.«

Wieder schien es Farin, als klinge des Fremden Stimme amüsiert, obwohl es schwerfiel, aus dieser Stimme irgend etwas herauszuhören. Sie war sehr heiser, als hätten durch einen Schmerzensschrei die Stimmbänder Schaden genommen.

Farin fröstelte leicht. Er winkte der Schankmaid zu, eine

Kanne Wein zu bringen. Es war natürlich kein westrianischer, aber er war trotzdem recht gut und nicht gepanscht. Er schenkte einen Becher davon ein und schob ihn über den Tisch seinem Gast zu.

»Lebt Ihr schon lange in Elaya? Ich versuche mir noch immer klar darüber zu werden, wie hier die Dinge liegen ...«, versuchte es Farin noch einmal.

»Das wissen die Elayaner für gewöhnlich selbst nicht«, antwortete der Fremde. »Doch das liegt daran, daß sie immer wieder alles umwerfen. Elaya war einst ein Königreich wie Westria, doch die Länder hörten nicht auf, um das Königtum zu streiten, und nun wählen sie einen Prinz-Statthalter, der König ist, außer dem Namen nach. Während der vergangenen vier Generationen war der Herrscher das Oberhaupt des tambaranischen Königshauses.« Er machte eine Pause, um am Wein zu nippen. »Seit zwanzig Jahren sitzt Prinz Palomon auf dem Löwenthron, trotz eifrigster Anstrengungen seiner großen Vettern- und Neffenschar, ihn zu stürzen. Er ist ein fähiger Mann.«

»Vermutlich ...«, brummte Farin widerwillig. Zu gut erinnerte er sich, wie arrogant der elayanische Prinz mit seinem Gefolge zu den Friedensverhandlungen in Laurelynn eingeritten war. Noch jetzt stieg ihm Zornesröte ins Gesicht, wenn er nur daran dachte. Einen Augenblick sehnte er sich danach, hier zu verschwinden und mit dem nächsten Schiff nach Westria zurückzukehren. Was machte er überhaupt hier inmitten seiner Feinde?

»Seid Ihr an Neuigkeiten aus der Heimat interessiert?« fragte Farin rasch. »Eric vom Seetor hat sich mit Lady Rosemarie vermählt, und ...«

»Nein«, unterbrach ihn der andere brüsk. »Elaya ist jetzt mein Zuhause.«

»Und wie nennt man Euch hier?« erkundigte sich Farin, um seine Verlegenheit zu übertünchen.

»*El Desterrado* – der Verbannte ...« Die Stimme klang müde, doch der Wein hatte sie ein wenig weicher gemacht. »Ihr wart sehr gütig zu mir, Harfner. Warum?«

»Ich weiß es nicht«, antwortete Farin ehrlich. »Vielleicht,

weil wir beide allein in einem fremden Land sind. Würdet Ihr mir verraten, wer hinter Euch her ist und warum?«

Kurzes Schweigen setzte ein, und Farin erinnerte sich plötzlich, daß es für unfein gehalten wurde, einem anderen Wanderer, dem man unterwegs begegnet, eine so persönliche Frage zu stellen.

»Die Sippschaft einer Frau, die mein Kind trägt, jagt mich«, erwiderte Desterrado schließlich.

»Waren sie es, die Euch verletzten?« fragte Farin nun schon etwas kühner in Anspielung auf die Narben.

»Nein«, antwortete Desterrado fast bitter. »Sie gaben mir Unterschlupf, und die Frau pflegte mich.« Als er den Kopf drehte, glitt seine Kapuze ein wenig zurück, und Farin sah flüchtig das Blitzen von blassen Augen.

»Habt Ihr sie geliebt?«

»Sie liebte *mich*. Sie sah mich so und schenkte mir trotzdem ihre Liebe ...« Desterrados Stimme zitterte. Er hob die Hand, um die Kapuze ganz zurückzuziehen.

Farin wappnete sich, nicht zusammenzuzucken, da schwang die Tür krachend auf. Er sah blaue Federbüsche und dunkle Gesichter gegen den noch dunkleren Hintergrund des Himmels.

Desterrado sprang erstaunlich schnell auf die Füße, während Farin nach seinem Harfenkasten griff. Als sich die Soldaten, noch vom Licht geblendet, umschauten, packte der verunstaltete Mann Farin an der Schulter und schob ihn zur Hintertür.

»Rasch! Nun, da sie Euch mit mir gesehen haben, werden Sie auch Euch haben wollen!« zischte er, während sie durch die Küche stolperten. Farin nickte atemlos. Es gelang ihm, den Riemen seines Harfenkastens über die Schulter zu schlingen, ehe er hinter dem anderen her in die Nacht hinausrannte.

Farin folgte dem schwerfällig hastenden Desterrado durch vermutlich die Hälfte aller Gassen von Los Leones. Hätte er genügend Atem dafür gehabt, würde er sich einen Narren geschimpft haben, weil er so dumm gewesen war, sich mit einem Gejagten anzufreunden – wo er doch selbst etwas wie ein Spion in diesem Lande war, oder zumindest wie einer behandelt werden würde, wenn man ihn erkannte. Aber er hatte nun keine Wahl mehr. Als Farin hörte, wie keuchend Desterrado atmete, glaubte er, daß dieser bereits am Ende seiner Kräfte angelangt sei. Hatte Desterrado lediglich ein bißchen Trost gesucht, ehe seine Feinde ihn aufspürten?

Und wer wird mich trösten? fragte sich Farin bitter. *Ich werde hier sterben wie ein Vogel in der Schlinge, und zu Hause wird nie jemand erfahren, was aus mir geworden ist!* Sie verlangsamten ihre Schritte. Es schien, als wäre Desterrado jetzt am Ende seiner Kräfte, oder als wüßte er nicht mehr, wohin sie fliehen könnten, denn sie waren nun in einem wahren Labyrinth von Lagerhäusern angelangt, wo überall auf der Straße Ballen und Kisten sowie abgestellte Karren herumstanden.

Ich sollte jetzt verschwinden, dachte Farin. *Er kann nicht mehr entkommen.*

Im selben Moment flüsterte Desterrado: »Lauft weiter. Ich kann nicht mehr.«

Farin machte drei Schritte in die nächste Gasse und blieb abrupt stehen, als plötzlich an ihrem Ende Fackeln aufleuchteten. Nun fiel auch von der anderen Seite Licht ein. Schatten huschten vorüber wie die Vorhut von Prinz Palomons Soldaten. Verschlossene Türen und Fensterläden umgaben sie. Ein Entkommen war nicht mehr möglich.

Desterrado humpelte in den trügerischen Schutz eines Eingangs und drehte sich um. »Gebt mir Euren Dolch ...«, sagte er brüsk zu Farin. »Und erinnert Euch, was Ihr von Jehan gelernt habt, wenn Ihr Eure Klinge zieht!«

Farin hatte das Messer halb aus der Scheide. Er blieb abrupt stehen. »Das ist Zauberei!« entfuhr es ihm, und er ließ alle Vorsicht außer acht. »Woher wißt Ihr das?«

»Wenn ich noch ein Zauberer wäre, befände ich mich jetzt gewiß nicht in dieser Lage ...« Der Fremde nahm Farin den Dolch aus der Hand. »Aber vielleicht ist das ganz gut so. Ich bedauere mein Ende nicht, und ich sehe eine gewisse Ironie in der Tatsache, daß *Ihr* bei mir seid ...« Er lachte leise. Farin stellten sich die Härchen im Nacken auf, denn er war sicher, daß er dieses Lachen schon früher einmal gehört hatte. Er zückte sein Kurzschwert.

»Oder möchtet Ihr mich jetzt töten und meinen Verfolgern die Mühe ersparen?« Der Mann warf die Kapuze zurück, und Farin versuchte im flackernden Licht die verwüsteten Gesichtszüge zu erkennen.

»Caolin!« rief eine tiefe Stimme durch die Gasse. »Kommt Ihr heraus, oder müssen wir Euch erschießen, wo Ihr steht?«

Die Luft summte, und ein Armbrustbolzen drang in die Tür hinter ihnen. Farin zuckte zusammen, doch nicht wegen des Bolzens, sondern wegen des Namens. Er hatte es gewußt – er mußte es gewußt haben! Aber wie hatte er sich mit seinem Feind anfreunden können? Er starrte Caolin benommen an, und sein Schwert lag kraftlos in seiner Hand, während weitere Bolzen vorbeisirrten.

Plötzlich streifte einer Farins Harfenkasten. Farin drehte sich halb, den Kasten zu schützen. Dabei stolperte er und schrie auf, als irgend etwas sein Bein traf und wie Feuer brannte.

»Nein!« erklang da Caolins Stimme neben ihm plötzlich kraftvoll. »Nein, nicht auf diese Art – nicht so einfach.« Er richtete sich auf und stand einen Augenblick wie eine eherne Statue, ohne auf die heransirrenden Bolzen zu achten. Dann trat er vorwärts, und Farin vernahm den Ruf einer tiefen Stimme. »Halt! Ich befehle es! Was hat das zu bedeuten?«

»Hört auf, es ist der Hauptmann!« schrie jemand aus einer der Gassen, und der Armbrustbeschuß aus dieser Richtung wurde eingestellt. Farin ächzte, als die erste Schmerzenswelle sein Bein hoch hinaufschoß. Sein Blickfeld verschwamm.

»Bist du verrückt? Der Hauptmann ist hinter uns!«

Farin schüttelte den Kopf. Er sah einen elayanischen Offizier unmittelbar vor sich stehen. Dann schüttelte er erneut den Kopf, und nun war es Caolin der vor ihm stand, und dann wieder der Elayaner …

»Wo ist er hin? Der westrianische Zauberer ist verschwunden!«

»Der Zauberer ist unter Euch, und er hat seine Kräfte wieder!« Caolins Stimme schwankte zwischen Hysterie und Begeisterung. Farin sah, wie er in die Gasse stürmte, doch als er nach Caolin griff, schlossen sich seine Finger nur um Luft.

»Was ist mit Faris? Ihr habt mir nichts über sie gesagt!« Doch der Schrei, den Farin ihm nachschickte, wurde nur ein Wispern, und die Bewegung brachte eine tiefe Woge von Schmerz. Sein Bewußtsein stürzte in vollkommene Dunkelheit, wie ein verwundeter Vogel vom Himmel.

4

Farin erwachte stöhnend aus einem Traum, in dem ihn feixende dunkle Kreaturen umgeben hatten, die sein Bein entzweirissen. Er öffnete die Augen, und nach einem Moment erinnerte er sich, wo er war, und drehte sich auf dem Strohlager um. Sein rechtes Bein pochte vom Widerhall des geträumten Schmerzes.

Er kämpfte gegen die Übelkeit an, die sich manchmal einstellt, wenn man tagsüber schläft, und lauschte den gedämpften Stimmen und dem Krachen, als irgendwo auf dem Gang eine Tür zugeschmettert wurde. Sie würden ihm bald sein Abendessen bringen – ein weiterer scheinbar endloser Tag in Prinz Palomons Gefängnis war fast vorüber. Durch die zu schmalen Schlitzen verengten Lider konnte Farin die schlüpfrigen Bemerkungen sehen, die seine Vorgänger in die weiß getünchte Wand gekratzt hatten, und die zweiundzwanzig Striche, mit denen er selbst die Zahl der Tage eingeritzt hatte, die er sich bereits hier befand. Und zuvor war etwa eine Woche verstrichen, während er über die dunklen Pfade des Fieberwahns gewandert war, ehe das Wundfieber ihn verließ und sie ihn hierhergeschafft hatten. Inzwischen mußte es Ende November sein.

Der Lärm kam näher. Mit erneutem Seufzen öffnete er die Augen und stolperte zum Fenster. Seine Zelle befand sich im ersten Stock des Turmes. Von hier aus konnte er das Gehege mit den königlichen Löwen sehen, das Labyrinth der Straßen und das Muster von bewässerten Feldern entlang des Flusses bis zum blauen Dunst der Bucht. Die braunen Berge um das Becken waren mit Schnee bestäubt. Nichts hatte sich verändert.

Abrupt drehte er sich zu seinem Strohlager um und griff nach Goldschwan. Seine Gedanken stolperten aufs neue den eingefahrenen Weg der Verwirrung und Verzweiflung entlang. Warum hatten sie sich die Mühe gemacht, sein Bein zusammenzuflicken, statt ihn verbluten zu lassen? Warum hatten sie ihn hier eingesperrt, ihm jedoch seine Harfe gelassen? Und warum war Caolin zu ihm gekommen, hatte ihm so viel erzählt und ihn dann im Stich gelassen?

Fluchend zwang er seine Finger, die Melodie eines spaniolischen Trinkliedes zu zupfen, das er von einem der Wärter gelernt hatte.

Der Schlüssel drehte sich im Schloß. Farin blickte auf und sah, daß ebendieser Wärter die Tür öffnete, doch er hatte keinen Eßnapf in der Hand.

»Francisco! Hört Euch das an – stimmt die vierte Strophe so?«

»Nein, nein, nicht jetzt. So unfeine Lieder sind im Augenblick unpassend.« Der Mann schüttelte ungeduldig den Kopf. »Ihr sollt mitkommen und Euch waschen. Frische Kleidung liegt auch für Euch bereit …« Er faßte Farin an der Schulter.

Farin hatte die Hälfte des Korridors zurückgelegt, als ihm bewußt wurde, daß er wie ein Kind mitgezerrt wurde. Er riß sich los.

»Kommt schon – beeilt Euch! Der Prinz wartet nicht gern.«

»Der Prinz!« Farin hielt mitten im Schritt an, wurde aber wieder mitgezerrt.

»Er sagt, Ihr sollt Euch schönmachen und für ihn spielen ...«

Farin staunte immer noch offenen Mundes, als sie das Badehaus erreichten. Benommen ließ er sich ausziehen, mit kratziger Seife abschrubben, mit Wasser übergießen und noch einmal abschrubben. Als er an sich hinunterschaute, sah er, wie dünn seine Beine waren, und ihm wurde bewußt, wie sehr er abgenommen hatte. Die Narbe von der Wunde, die der Armbrustbolzen geschlagen hatte, hob sich rot von seiner rechten Wade ab.

Als sie ihn abgetrocknet und in saubere Kleidung gesteckt hatten, führten sie ihn eine Treppe zum Hauptteil des Schlosses hoch. Ein anderer Wächter stand dort, der Schwangold unbeholfen in der Hand hielt. Farin entriß ihm die Harfe wie eine Mutter, die ihren Säugling in den Armen einer Fremden findet, und bemerkte Franciscos breites Grinsen.

»Spielt gut, ja?«

Die große Tür schwang auf, und Farin trat unsicher ein, die Harfe drückte er an seine Brust. Es war ein prächtiger Saal mit Fensterläden in feiner Filigranarbeit, um die Nachtluft nicht eindringen zu lassen, und mit Lampen aus gehämmertem Messing und Silber, die tief von den bemalten Deckenbalken hingen. Farbige Teppiche waren über den Marmorboden verteilt.

»Ihr dürft Euch setzen.« Die Stimme war tief, fast lässig, fast belustigt.

Farin blickte auf den Sprecher, einen dunklen Mann mit nur einem Hauch Silber im dicht gekräuselten Haar und gestutzten Bart. In einem leuchtend gelben Seidenkaftan lag er auf den Kissen eines langen Diwans mit Teppichüberwurf neben dem kleinen Feuer.

Palomon ... Einen Augenblick dachte Farin daran, sich ihm zu widersetzen, doch das wäre kindisch. Er hinkte zu dem niedrigen Sitzkissen, prüfte die Saiten und spannte eine nach.

»Was wünscht Eure Hoheit, daß ich spiele?«

Der Prinz schaute zu den beiden Frauen, die an der

anderen Seite der Feuerstelle saßen und nähten. Die Jüngere blickte auf, und Farin bemerkte, daß sie guter Hoffnung war. Ihm schien, daß sie lächelte.

»Wir hören hier nicht oft westrianische Musik. Spielt mir die Weisen, mit denen Ihr Euren König unterhalten habt.«

Farin erstarrte, als ihm klar wurde, daß der elayanische Herrscher genau wußte, wer er war. *Von den Friedensverhandlungen in Laurelynn kann er sich nicht an mich erinnern,* dachte Farin. *Caolin muß es ihm gesagt haben. Er darf nicht merken, wie sehr er mich aus der Fassung gebracht hat.*

Er biß sich auf die Lippe, denn er spürte, daß ihn die aufsteigende Röte bereits verraten hatte. Der Ärger ließ ihn an ein Lied denken, das er sowohl in Elaya wie in Westria gehört hatte. Seine Finger begannen die schwungvolle, spöttische Weise zu zupfen. Er sang:

Sie sammeln sich auf flinken Pfoten
(Mit Gekläff, Geknurr und Geheule),
Zur Wahl des Königs der Kojoten.
Ihr Nachtgesang weckt selbst die Toten
(Mit Geschnapp, Gefletsch und Gejaule)!

Vor allem in Elaya war es ein politisches Lied, doch Musik war jetzt seine einzige Waffe.

Der Listigste erreicht das Ziel
(Mit Gekläff, Geknurr und Geheule),
Mit Trick und Trug und falschem Spiel,
Wie es beherrschen muß, wer herrschen will
(Mit Geschnapp, Gefletsch und Gejaule)!

Die Entscheidung ist gefallen
(Mit Gekläff, Geknurr und Geheule),
Der neue König läßt vor allen
Sein Triumphgeheul erschallen
(Mit Geschnapp, Gefletsch und Gejaule)!

Die Jungen seh'n alles wachsam an
(Mit Gekläff, Geknurr und Geheule),
Denn ihre Schar wächst rasch heran,
Dann fängt alles von neuem an
(Mit Geschnapp, Gefletsch und Gejaule)!

Sie sammeln sich auf flinken Pfoten
(Mit Gekläff, Geknurr und Geheule),
Zur Wahl des Königs der Kojoten …

Die Wiederholung der ersten Strophe brachte das Lied zum bitteren Ende, doch Palomons Blick wirkte immer noch belustigt. Farin erinnerte sich an den Klatsch, den er auf dem Marktplatz gehört hatte, und er fragte sich, ob der Prinz wußte, daß seine Neffen Komplotte gegen ihn schmiedeten. Da sein Ärger im Augenblick verraucht war, wechselte er hastig zu einem Jagdlied über, und dann zu einer Ballade aus den nördlichen Bergen.

»Ja, ich verstehe jetzt, weshalb Jehan Euch schätzte«, sagte Palomon, als Farin geendet hatte. »Und Ihr seid der Bruder seiner Königin, nicht wahr? Es war töricht von Euch, Westria zu verlassen, aber Euer Verlust ist mein Gewinn …«

»Wünscht Eure Hoheit, daß ich weiterspiele?« brachte Farin schließlich heraus.

Palomon lachte. »Ich glaube nicht. Ihr müßt Euch noch erholen. Aber haltet Euch bereit, wieder zu mir zu kommen.«

Farin wurde nicht in die Zelle zurückgebracht, sondern zu einer sauberen Kammer mit einem richtigen Bett und einem Stuhl. Doch auch hier war ein Schloß an der Tür, und Farin mußte erkennen, daß er trotz Palomons Interesse – oder vielleicht gerade deshalb – immer noch ein Gefangener war.

Manchmal glaubte Farin, daß die Musik das einzige war, was ihn bei klarem Verstand hielt, als der Prinz ihn immer wieder rufen ließ. Mit der Zeit bekam er allerlei persönliche

Habe – wärmere Kleidung, Öl und Ersatzsaiten für seine Harfe, sogar ein besticktes Stirnband, mit dem er sein Haar aus dem Gesicht halten konnte –, alles, außer seiner Freiheit. Die Hofmusiker lehrten ihn die feierliche Musik Elayas, und er beschäftigte sich eingehend damit, die Noten für die Gitarre in diejenigen für sein eigenes Instrument zu übertragen. Dabei wurde ihm bewußt, daß er seit jenen endlosen Stunden, als er im Krankengemach für den sterbenden König Jehan gespielt hatte, seiner Musik nicht mehr soviel Zeit gewidmet hatte wie jetzt.

Und dann kam der Abend, als Farin in Palomons Privatgemach gerufen wurde und nicht die Schwester des Prinzen und ihre Magd vorfand, sondern einen Mann, der Palomon am Schachbrett gegenübersaß. Diesmal erkannte er ihn sofort.

Caolins Finger mit den schrecklichen Brandnarben steckten in schwarzen Handschuhen, und er trug eine blaue lose Tunika und eine Hose, deren Beine unter dem Knie in weichen schwarzen Stiefeln steckten. Ein Kopftuch, wie es die Wüstensöhne gern trugen, verschleierte seine untere Gesichtshälfte. Es war ungewohnt, ihn nicht in seinen roten Seneschallgewändern zu sehen, doch Farin würde ihn an der Haltung seines Kopfes mit dem hellen Haarkranz sofort wiedererkennen, ebenso an der Entschlossenheit, mit der er jetzt seinen Läufer über das Brett bewegte. Caolin blickte ihn nicht an.

Farin setzte sich an seinen üblichen Platz zwischen dem Luftzug von der Tür und der Wärme, die von dem kleinen Feuer ausging, und stimmte sein Instrument, während er sich fragte, was er spielen sollte. Das Gemach war mit tannen- und beerenbehangenen Stechpalmenzweigen und vielen kleinen Kerzen für das Sonnenwiederkehrfest geschmückt.

Genau zu dieser Zeit, vor einem Jahr, war Jehan, der vielgeliebte König, gestorben.

Als er sich daran erinnerte, erlebte Farin einen Augenblick lang noch einmal diesen unglaublichen Schmerz der Verzweiflung. Die Stimmen der beiden Männer erklangen vom Schachspiel herüber: Caolins Stimme heiser und mild und höflich, Palomons Stimme mit gereiztem Unterton, so als verliere er das Spiel.

Wie ist es nur möglich? fragte sich Farin. *Wie kann Caolin sich im Hause von Jehans Feind amüsieren, als bedeute ihm dieser Tag überhaupt nichts?* Farins Finger waren wie von selbst von ein paar Probeakkorden zu einer Sequenz übergegangen, die ihm nicht aus dem Kopf ging. Er runzelte die Stirn, dann erkannte er sie und hob die Linke zu den Saiten, um die Melodie hinzuzufügen.

Es war das Klagelied, das er für den König komponiert hatte.

Stockte Caolins Hand? Spannte sich sein Körper in einer Aufmerksamkeit, die nicht dem Schach galt? Mit einem bitteren Lächeln spielte Farin weiter.

Der Herr, den wir liebten, ist nicht mehr …

»Schach und Matt!« rief Palomon triumphierend. Er hatte sich des Drachenschwanzmanövers bedient, in der ein umgewandelter Bauer den König bedrohte. Er stand auf, streckte sich und trat an das Beistelltischchen, um Wein einzuschenken. Caolin blieb reglos sitzen und starrte auf das Brett. Farins Finger kamen auf den Saiten zu ruhen, und die letzten Vibrationen summten aus. Sein Herz freute sich über die Erkenntnis, daß der ehemalige Seneschall wenigstens auf eine Weise verwundbar war.

»Da, trinkt …« Der Prinz reichte Caolin einen Kelch. »Das ist das … laßt mich überlegen … dritte Mal, daß ich Euch je schlug! Ich wünschte nur, ich könnte sicher sein, daß Ihr mich nicht vorsätzlich habt gewinnen lassen.« Die rote Seide seines Gewandes raschelte, als er sich wieder setzte, und seine Zähne blitzten bei seinem Lächeln.

Farin dachte: *Ich könnte Euch sagen, wieso Ihr gewonnen habt.*

Als hätte er es gehört, lächelte Palomon den Harfner an. »Spielt weiter, Junge. Tröstet mir diesen Verbannten mit noch ein wenig Musik aus Westria …«

Er ist wie eine Katze, und wir sind die Vögel, mit denen er spielt, dachte Farin. In plötzlichem Abscheu wünschte er sich, daß Caolin wieder die Oberhand gewänne.

Er machte sich daran, die Pavana zu spielen, die Caolin für die Friedensverhandlungen einstudiert hatte, in denen Palomon Westrias Sieg eingestand.

»Ich habe einen anderen Vorschlag.« Caolin öffnete hier jetzt zum erstenmal den Mund. »Laßt mich um *ihn* spielen«, sagte er und deutete auf Farin.

Palomon lehnte sich in seinem Sessel zurück und blickte von einem zum anderen. »Aber Ihr müßt doch erkannt haben, welche Freude es mir bereitet, den Lieblingsharfner Jehans von Westria für mich zu haben ...«

»Würdet Ihr nicht die Dienste seines Seneschalls vorziehen?« fragte Caolin ruhig, ohne den Blick von seinem Wein zu nehmen. Farin riß unwillkürlich den Mund auf. Er hatte gedacht, Caolin habe sich an Elaya verkauft, als Farin festgenommen worden war, vielleicht auch schon zuvor.

»Ah – der wilde Vogel kommt endlich zu meiner Hand ... Ich kann Euch für die Vergehen an meiner Familie nicht zur Rechenschaft ziehen, und nun wollt Ihr Euch selbst in meine Hand geben?«

»Nein«, entgegnete Caolin, »denn in diesem Falle wäre ich von keinem Nutzen für Euch. Aber ich werde Euch dienen, wenn ich mir hier eine Stellung schaffen kann.«

Langes Schweigen setzte ein. Farin war erstarrt. Er hatte Angst, die Saiten zu berühren. Er erinnerte sich an die schwangere Frau, die ihm so oft zugehört hatte. Er wußte inzwischen längst, daß sie Lady Aisha war, Palomons Schwester, die mit dem Lord von Campos del Mar verehelicht war und die beabsichtigte, bis zur Geburt ihres Kindes hierzubleiben. Nun erinnerte er sich, was Caolin ihm über den Grund seiner Flucht vor Palomons Männern erzählt hatte, und ihm wurde bewußt, daß es Palomons eigene Schwester war, die sein Kind trug. Caolins Motive ihm selbst gegenüber waren Farin jedoch schleierhaft, denn wenn er ihn ursprünglich verraten hatte – warum sollte er ihn jetzt freisetzen wollen?

»Also ein zweifacher Einsatz«, sagte Palomon schließlich. »Wenn ich gewinne, bestimme ich die Art Eures Dienstes und seines! Gewinnt Ihr, dient mir zu Euren Bedingungen, und Ihr könnt nach Belieben mit dem Harfner verfahren.«

Erst da blickte Caolin Farin an, und Farin hatte das Gefühl, daß das Tuch vor der unteren Gesichtshälfte ein häßliches Lächeln verbarg.

»Was Euch betrifft, Junge ... nun, solange ich Euch noch etwas zu sagen habe, möchte ich, daß Ihr abwechselnd Weisen aus Westria und Elaya spielt, damit keiner von uns mehr als der andere ermuntert wird!« sagte Palomon.

Gehorsam begann Farin einen elayanischen Tanz, den er zu spielen vermochte, ohne sich konzentrieren zu müssen, denn seine Verwirrung war, wenn überhaupt möglich, noch gewachsen. Noch vor einer Stunde hätte er alles andere der Gefangenschaft vorgezogen, doch jetzt war er nicht mehr so sicher. Was, im Namen aller Hüterinnen, beabsichtigte Caolin mit ihm, falls er gewann? Mit dem Klagelied für König Jehan hatte er einen Pfeil abgeschossen, und vielleicht würde er den ehemaligen Seneschall auch mit dem Lied treffen, das er für Brian von Las Costas verfaßt hatte – jenes Lied, auf das hin die Westrianer sich gegen Caolin gewandt hatten, und das schließlich zu seinem unrühmlichen Ende als Seneschall geführt hatte.

Aber wollte er das?

Fasziniert sah er zu, wie Caolins schwarz behandschuhte Finger jede kunstfertig geschnitzte Figur aus weißem Onyx wieder aufstellte. Etwas an den nun gestrafften Schultern verriet ihm, daß Caolin diesmal gewinnen *wollte*.

Seine Eröffnung war jedoch nicht ungewöhnlich. Er schob den Königsbauer vor, und Palomon tat es ihm mit seinem gleich, so daß es aussah, als stünden sich zwei Herolde gegenüber, die zur Schlacht aufriefen. Dann zogen die Springer ins Feld. Caolin nahm seinen Königsläufer (seine Lieblingsfigur, wie Farin sich entsann) zurück, und die schwarzen Figuren begannen, sich um Caolins Linie zu versammeln.

Ein Blick Palomons erinnerte Farin, daß er nicht als Zuschauer hier war. Ein schmissiges Marschlied, das er von Palomons Soldaten gehört hatte, entströmte den Saiten.

Palomon lachte kurz auf, und Farin blickte auf. Caolin hatte den ersten gegnerischen Bauern mit einem eigenen geschlagen, doch nun stieß Palomon mit dem schwarzen Springer vor. Caolins Springer brachte sich in Gefahr, als er einen weiteren Bauern entfernte. Palomons Springer holte sich den des Gegners, wurde aber von Caolins Turm geschlagen, der rasch auf seine Ausgangsposition zurückkehrte.

Farin stieß den Atem aus, als er erkannte, daß das erste Kampfgetümmel vorüber war. Als Krieger sah er in dem Spiel einen Schlachtersatz, und er vermutete, daß sich der elayanische Prinz an die Erregung des Sturmangriffs erinnerte, während er seine Figuren zog. Doch es gab andere, die eine Schlacht als lebendes Schachspiel ansahen und Männer so kühl bewegten, wie Caolin die weißen Onyxfiguren. Farin war kaum mehr bewußt, was er der Harfe entlockte. Weisen von Elaya und Westria tönten sanft durch die Stille, nur von dem Klicken von Stein auf Holz und dem Prasseln des Feuers unterbrochen.

Farin bemerkte die plötzliche Anspannung in Palomons Zügen. Der Elayaner schickte seinen anderen Springer in einem scheinbar selbstmörderischen Angriff auf die Verteidigungsstellung des weißen Königs. Farin konnte Palomons Frustration verstehen, denn trotz all seiner Manöver waren Caolins Kräfte noch weitgehend unangetastet in der linken Ecke des Brettes. Er wartete gespannt, was Caolin tun würde.

Der ehemalige Seneschall lächelte sanft, zog seine Dame, um sie dem Invasor gegenüberzustellen, und weigerte sich verächtlich, das Opfer anzunehmen. Nun bedrohte er den Turm der schwarzen Dame. *Sei vorsichtig, Palomon,* dachte Farin, *er bereitet eine Falle für dich vor!*

Doch der Prinz dachte nicht daran, sein kostspieliges Unternehmen abzublasen und den Springer zurückzuziehen. Statt dessen schickte er ihm seine Dame zur Unterstützung. Gelassen öffnete Caolin seine Stellung, indem er einen Bauern vorschob. Palomon reagierte auf dieses vermeintliche Zeichen der Schwäche und schlug den Bauern, um eine Diagonale für seinen Läufer zu schaffen, die beim nächsten Zug zum Schachmatt führen konnte.

O Caolin! dachte Farin. *Wird er dich doch schlagen? Muß ich den Rest meines Lebens wie eine Spottdrossel in diesem Käfig sitzen?* Er widmete sich wieder seiner Musik. Der Unterschied in der Spielweise der zwei Meister wurde immer offensichtlicher. Palomons Figuren stürmten hin und her, während Caolin vorsichtig spielte und immer Kräfte in Reserve hielt. Aber beide waren ausgezeichnete Spieler. Was würde geschehen, wenn diese beiden Kräfte sich gegen Westria verbündeten?

Da sah Farin, daß Palomon seinen Läufer so zog, daß es wie der erste Rückzug in diesem Spiel aussah. Seine Dame ließ er tief im Feindgebiet zurück. Nun begann Caolin allmählich, den Gegner zu bedrängen, während Palomon um Zeit spielte. Und immer noch hielten die weißen Figuren ihre feste Formation, während die schwarzen ihre Kräfte mehr und mehr vergeudeten.

Und plötzlich sprang der weiße Läufer, der so lange unbewegt geblieben war, daß man kaum noch auf ihn geachtet hatte, aus dem Hinterhalt zur Brettmitte und beherrschte das Feld. In einem verzweifelten Versuch, seinen eigenen Läufer zu befreien, schob Palomon einen Bauern vor. Mit nachsichtigem Lächeln schlug ihn Caolin und ließ zu, daß sein eigener Bauer geholt wurde, denn er wußte, daß Palomons wichtigste Figuren immer noch machtlos waren.

Caolin schob nun weitere seiner Figuren in wohlbedachter Anordnung vor. Nach einem Schlagabtausch mit Bauern schoß Caolins Turm über das Brett, um erneut den schwarzen Läufer zu bedrohen. Farin wurde klar, daß Caolin seinen Gegner überlistet und dazu verlockt hatte, nur mit einem Läufer und der Dame zu agieren, eine meisterliche Täuschung, die seinen Gestaltwandlungsfähigkeiten ebenbürtig war. Farin versuchte, sich mit Musik abzulenken, doch seine Finger wollten ihm nicht gehorchen. Er fragte sich: *Welchen Zauber hat Caolin über mich verhängt?*

Palomons Läufer schlug Caolins übriggebliebenen Springer. Damit waren sämtliche Springer vom Brett. Die Krieger waren geopfert worden, wie es Kämpfern im Krieg immer erging. Nun waren nur noch die Staatsmänner übrig.

Palomons Bauer zog vor – in einem letzten Versuch, seinem König einen Fluchtweg zu ermöglichen; Caolins Bauer setzte seinen unaufhaltsamen Weg zur Umwandlung in eine weitere Dame fort. Palomon schnitt eine Grimasse und wollte seinen Turm bewegen, doch dann stellte er ihn mit verärgertem Schnauben wieder ab und legte seinen König auf die Seite, wie ein besiegter Wolf seinem Gegner die Kehle hinhält.

Selbst Farin konnte jetzt sehen, daß es keinen Zug mehr gab, der für Palomon nicht in Kürze zum Schachmatt führen würde. Meister zwangen einander nicht, eine hoffnungslose Partie bis zu Ende zu spielen.

»Also bin ich geschlagen ...« Palomon salutierte vor seinem gefallenen König. »Aber Ihr habt mich aus der Reserve gelockt, mein Freund, und auch Ihr hattet es nicht leicht. Und das war es, was ich wollte. Fordert mich heraus – kämpft immer gegen mich, Caolin. Denn ohne Herausforderung verweichliche ich, und dann wäre ich wahrhaftig eine leichte Beute für meine Feinde ...« Er beugte sich vor und zwang Caolin, ihm in die Augen zu blicken. Farin spürte voll Unbehagen, daß es hier um weit mehr als ein Schachspiel ging.

»Ja. Ja, ich weiß. Warum, meint Ihr, erbot ich mich, Euch zu dienen?«

Seltsamerweise erinnerte das Farin an die Zeremonie, in der Caolin dem König den Treueid geleistet hatte. Trotz seiner Verwirrung brannten Farins Augen plötzlich von ungeweinten Tränen. Es war keine so freudige Hingabe, wie es bei ihm, Farin, der Fall gewesen war, und doch spürte er, daß der ehemalige Seneschall es ehrlich meinte.

Und schließlich, dachte er mit ungewohnter Einsicht, warum sollte der Mann sich hier kein neues Leben aufbauen? Er selbst hatte dazu beigetragen, daß ihm das in Westria nicht mehr möglich war.

Palomon lehnte sich wieder zurück und lächelte. »Und wie ist es mit der anderen Hälfte Eures Siegespreises? Laßt Ihr den Harfner bei mir? Oder wollt Ihr ihn als Geisel haben? Oder soll ich ihn als Warnung für Eure Feinde hinrichten lassen?«

Mit einer Hand über den Harfensaiten erstarrte Farin. Geisel! Warum hatte er daran nicht gedacht? Nur zu gut wußte er, daß Eric und Rosemarie ihr Patrimonium hergeben würden, um ihn aus Palomons Hand freizukaufen. Und dann erst drang ihm die dritte Möglichkeit ins Bewußtsein, und sein Magen verkrampfte sich.

Wenn er seine eigenen Gefühle als Maßstab nahm, war es nur zu verständlich, daß Caolin diesen umständlichen Weg für seine Rache gewählt hatte. Als einziger von Caolins Feinden befand Farin sich nun völlig in seiner Gewalt. *Wenn mein Leiden alle anderen davor bewahren könnte, würde ich es gern erdulden*, dachte er, doch er hatte große Angst, als er die kalten grauen Augen des Seneschalls zum erstenmal an diesem Abend voll auf sich gerichtet spürte.

Farin folgte seinem Feind den Gang entlang, als kämpfe er sich durch tiefes Wasser. Es war alles zu schnell gegangen. Sie hatten veranlaßt, daß sein Harfenkasten und der Rest seiner Habe gebracht wurden, und jemand hatte mit unerwarteter Zuvorkommenheit sogar einen alten Umhang für ihn besorgt. Im Dezember waren die Nächte selbst so weit im Süden kalt.

Seine Gefangenschaft war zu Ende. Ob Caolin nun vorhatte, ihn zu töten oder in Unfreiheit zu halten, wußte er nicht. Palomons Gefangener war er jedenfalls nicht mehr. Während er den Rücken des Mannes vor ihm anstarrte, der ihm nichts verriet, dämpfte seine Verwirrung die quälende Angst.

Erst als sie den Platz unterhalb des Schlosses erreichten, hielt Caolin an, und Farin hatte das Gefühl, daß der Seneschall es tat, weil er den ersten Teil seines Planes durchgeführt hatte, und nun überlegen mußte, was er als nächstes tun sollte. Der Vollmond stand schon tief im Westen. Sein bleiches Licht warf ein Schachbrettmuster über die weißgetünchten Häuser mit den Ziegeldächern und hob die Silhouetten der zerklüfteten Berge am Rande der Ebene hervor. Die Kerzen, die in jeder Nacht dieser Festzeit an die Fenster gestellt wurden, erloschen allmählich.

Farins Fuß streifte buntes Papier. Festgäste, welche die Geburt des Hüters der Menschheit feierten, hatten es offenbar achtlos weggeworfen. Seine Muskeln spannten und entspannten sich, als das plötzliche Verlangen, wild an Caolin vorbei in die Nacht zu fliehen, durch Furcht und die Tatsache, daß er inzwischen an die Gefangenschaft gewöhnt war, erstickt wurde. Und durch Neugier. Er fröstelte. Die lose Schnalle an seinem Harfenkasten schlug laut auf und verstummte. Caolin drehte sich abrupt um. Farin sah den stumpfen Widerschein des Mondlichts in seinen Augen, und die weiße Stirn über dem dunklen Tuch.

»Wieso seid Ihr noch hier?«

»Was werdet Ihr mit mir tun?«

Sie riefen es fast gleichzeitig.

»Ich habe es bereits getan«, antwortete Caolin. »Ihr seid frei.«

Farin zitterte nun noch heftiger als zuvor, vielleicht vor Kälte, vielleicht auch vor Erleichterung. In dem langen Schweigen betrachtete ihn Caolin und seufzte schließlich.

»Ich hätte ja bis zum Morgen gewartet, aber ich hielt es für besser, Euch wegzubringen, ehe der Prinz es sich anders überlegt. Doch ganz offensichtlich könnt Ihr nicht hierbleiben, und die Herbergen sind geschlossen. Ich habe eine Kammer. Ihr könnt auf dem Boden schlafen. Kommt.«

»Ich verstehe es nicht«, gestand Farin. Sie kamen an drei brennenden Kerzen vorbei, die als Opfergabe an der Kreuzung aufgestellt worden waren, und betraten schließlich das Straßenlabyrinth dahinter. »Ihr wart es doch, der mich

Palomon in die Hand spielte. Wieso laßt Ihr micht jetzt gehen?«

»Ihr wurdet verletzt«, antwortete Caolin abwesend. »Die einzige Möglichkeit, Euch zu retten, bestand darin, ihnen zu sagen, wer Ihr seid.« Er bog in eine Gasse ein, öffnete ein knarrendes Gatter an ihrem Ende, und führte Farin einen Fußweg entlang zu einer Hütte, die an ein größeres Haus angebaut war.

Farin folgte ihm ins Innere und stellte seinen Harfenkasten ab, während Caolin sich mit der Öllampe befaßte. Sein Bein schmerzte stark von dem ungewohnten Laufen. Er ließ sich unbeholfen auf dem Boden aus festgestampftem Lehm nieder und streckte das Bein mit einem Seufzer aus.

Es war nur ein einziger Raum: eine Kammer mit einem Fenster, einer arg mitgenommenen hölzernen Truhe, und einem Strohlager, das nicht viel besser war als das in Farins Zelle in Palomons Turm. Caolin setzte sich vorsichtig auf die Truhe, als bereiteten auch ihm seine alten Verletzungen Schmerzen.

»Ich verstehe nicht«, sagte Farin nach längerem Schweigen. »Wollt Ihr Lösegeld für mich? Als wir uns hier begegneten, dachte ich, Ihr müßtet Euch verstecken. Doch dann habt Ihr mit dem Prinzen Schach gespielt. Weshalb wohnt Ihr hier?«

»Hier?« Caolin blickte sich um, als würde er sich seiner Umgebung erst jetzt bewußt. Er lachte bitter. »Etwas Besseres kann ich mir nicht leisten. Ich habe mir meinen Unterhalt durch Zauberkunststücke auf den Stadtplätzen verdient!« Farins erstaunter Blick entging ihm nicht. »Ich habe Euch nicht angelogen, als wir uns begegneten – Palomons Leute jagten mich. Ich glaubte, sie abgehängt zu haben, ungestört Eurer Musik lauschen und ein bißchen rasten zu können.« Er zuckte die Schultern.

»Ich hatte mich getäuscht, aber ich schulde Euch Dank. Offenbar wart Ihr für mich ein Schlüssel, der Fähigkeiten wiedererschloß, die ich verloren glaubte.« Er blickte Farin mit einer Spur verärgerten Stolzes an, der Farin an den Mann erinnerte, den er in Westria gekannt und gehaßt hatte. Er entsann sich, wie Caolins Gestalt im Fackellicht verschwommen und scheinbar zu einem elayanischen Offizier geworden war, und eine Gänsehaut lief über seine Arme.

Traue ihm nicht, warnte er sich, *nicht einmal, wenn es jetzt den Anschein hat, daß er dir hilft. Du darfst nicht vergessen, was er getan hat, was er tun kann …*

»Und so entkam ich ihnen«, fuhr Caolin fort. »Und obwohl meine Hände jetzt ungeschickt sind, kann ich doch den Leuten immer noch etwas vorgaukeln …«

Aus dem Ausschnitt seiner Tunika zog er ein silbernes Medaillon, das Farins Blick ebenso anzog wie den Lampenschein; es vergrößerte sich, wurde zu einer Rose, drehte sich wie ein Windrädchen, und schrumpfte wieder zum Medaillon.

»Eine Truppe fahrender Komödianten bricht morgen nordwärts auf. Sie könnten noch einen Musiker brauchen. Sie sind bereit, Euch mitzunehmen. In ein paar Wochen seid Ihr wieder zu Hause.« Das Medaillon blinkte wie ein Spiegel in Caolins behandschuhten Fingern.

»Aber wir sind doch Feinde!« platzte Farin heraus.

»Ich habe keine Feinde«, sagte Caolin leise. »Ihr müßt mir glauben, daß der Mann, den Ihr gehaßt habt, vor sechs Monaten gestorben ist.«

Farin starrte ihn an. Caolin glaubte, was er sagte – dessen war Farin nun sicher. Aber konnte er ihm trauen?

»Es gibt eine Frau, für die ich eine gewisse Verantwortung habe, und einen Mann, der mich benutzen wird, wenn er kann. Es genügt mir, ein neues Leben darauf aufzubauen. Aber ich habe jetzt nichts mehr mit Westria zu schaffen …«

»Nein?« Farins Stimme bebte. »Caolin, warum, glaubt Ihr, bin ich nach Elaya gekommen?«

Der halb verhüllte Kopf des anderen hob sich und blickte Farin leicht amüsiert an. »Ich dachte, um mich zu töten.«

»Ich kam, um Euch Fragen zu stellen! Ihr mögt vielleicht mit Westria fertig sein, aber ich nicht. Und wir wissen immer noch nicht, wohin meine Schwester verschwunden ist. Ihr habt nicht geantwortet, als man Euch zuvor danach fragte, doch ich flehe Euch jetzt an, sagt mir, was Ihr wißt!«

Caolin schloß die Augen nicht, aber es schien, als wäre der Mensch dahinter verschwunden. Farin beobachtete ihn und hatte für einen Moment den Eindruck, Caolin hätte vergessen zu atmen, doch als er selbst tief Luft holte, wurde ihm bewußt daß er es gewesen war, der den Atem angehalten hatte.

Was immer auch geschehen war, er wußte nun, daß es Caolin ebenso gezeichnet hatte wie die Königin. Er beschwor das Bild seiner Schwester herbei, um dem plötzlichen Wunsch zu widerstehen, die Frage zurückzunehmen.

»Ich entsinne mich nicht. Ich entsinne mich nicht ... Wenn ich mich erinnere, wird dieser andere wieder erwachen. Könnt Ihr denn die Toten nicht in Frieden ruhen lassen?« Das heisere Flüstern wirkte kaum noch menschlich.

»Caolin, um Jehans willen, bitte!«

Nach langem Schweigen kam eine Antwort aus der Stille.

»Sie wurde zur Dämonin ... oder wenigstens glaubte ich das. Ich kämpfte mit ihr, und sie floh. Ich weiß nicht, wohin – wenn ich es gewußt hätte, hätte ich sie getötet, und euch alle mit ihr.« Caolin schüttelte den Kopf wie ein verwundeter Wolf. »Aber da war noch etwas anderes ... ein Traum ... in dem sie zu mir kam. Sie kam aus dem Osten, von den Bergen, und dann ...« Die Stimme brach, als würde die forschende Erinnerung die Endgültigkeit der Worte nicht zu ertragen vermögen.

Farin sah, wie Caolin am ganzen Leib zitterte. Und obwohl der Seneschall soeben gestanden hatte, daß er Faris hatte töten wollen, empfand Farin unbegreiflicherweise Mitleid, denn die Qual des anderen ließ ihm sein eigenes Leid fast unbedeutend erscheinen. Er erinnerte sich an Gerüchte, die er in Laurelynn gehört hatte, und daran, daß der Wacholdermeister etwas von Zauberei erwähnte. Caolin hatte versucht, Westria zu zerstören. Offenbar war Faris schließlich ihrer eigenen Kräfte mächtig genug gewesen, ihn daran zu hindern.

Caolin hat Faris nicht getötet, dachte er. *Er weiß nicht, wo sie jetzt ist. Ich kann nach Hause zurück …* Doch dieser Gedanke brachte ihm keinen Trost, nur eine ungeheure Müdigkeit, die gleichermaßen körperlich wie seelisch war. *Ich muß jetzt schlafen,* sagte er sich. *Es ist sehr spät, und morgen steht mir ein anstrengender Tag bevor.*

Caolin saß immer noch auf der Truhe. Farin stand auf, um die Lampe auszudrehen, doch als er danach griff, rührte sich der andere.

»Nein. Laßt sie brennen. Bitte, laßt mich nicht in der Dunkelheit zurück …«

5

Ein Maultier schrie empört auf, und klappernde Hufe und Verwünschungen wurden laut. »He, du westrianischer Tunichtgut! Schläfst du etwa?«

Rauh wurde Farin in die Wirklichkeit des billigen Sattels unter ihm, seines aufbäumenden Pferdes, des schreiend bunt bemalten Wagens vor ihm und der Packtiere zu beiden Straßenseiten, zurückgerissen. Er hatte sich vor einer Woche dieser Truppe angeschlossen, die sich *Los Pajaritos* – die kleinen Vögel – nannte, doch Verwundung und Gefangenschaft hatten seine Muskeln und seine Gesundheit geschwächt, und er wußte nicht, wie lange er noch mithalten konnte.

Es kostete ihn schon Mühe, seinem knochigen Gaul die Fersen in die Seiten zu drücken, damit das Tier den Hang zum Ufer hinunterrutschte, den anderen nach, die jene Teile der Ausrüstung trugen, für die im Wagen kein Platz war. Zwei weitere Tiere zauderten noch am Straßenrand. Farins Peitsche knallte über ihre Flanken, woraufhin sie sich ergeben umdrehten und dem Wagen folgten. Das Maultier jedoch kletterte zur anderen Richtung den Hang hinunter, und seine Packsäcke schwankten bedrohlich.

Darauf hätte ich eigentlich gefaßt sein müssen … Farin zog den Kopf seines Pferdes herum, um dem störrischen Tier zu folgen. *Seit wir Los Leones verlassen haben, versucht dieses verrückte Vieh, mich zu ärgern.*

Er brauchte fast eine Stunde, bis er das Maultier überzeugt hatte, daß es umkehren mußte, und sie die kleine Karawane eingeholt hatten. Als er schließlich seinen Platz an ihrem Ende wieder eingenommen hatte, erntete er einen ausgesprochen ungehaltenen Blick von *Maestra* Luisa, die den Wagen lenkte. Eigentlich war ihr Mann Jorge, der Clown, der Leiter der Los Pajaritos, doch seine Frau, der schwerste Vogel der Truppe, gegen die Jorge nur eine halbe Portion war, schwang das Zepter.

Farin bemühte sich, wieder zu Atem zu kommen, und erwiderte ihren Blick unfreundlich, ehe er sich bückte, um sein Bein zu reiben, das wieder sehr schmerzte. Red Duncan, der Eidam, der vor dem Wagen ritt, schüttelte die Faust und brummte etwas auf spaniol, das Farin nicht verstand. Der Mann spielte bei den Aufführungen den Bösewicht, den Schläger und den Maulhelden. *Wahrhaftig Rollen, die zu ihm passen!* dachte Farin.

Oben am Hang, der ihnen schier endlos vorgekommen war, ließen sie die Tiere rasten, ehe sie weiter der Straße zum Drachenpaß folgten. Farin drehte sich im Sattel, um ihren Weg zurückzublicken. Das lange Tal mit den zahllosen Obstbäumen unter ihnen, durch das sie gekommen waren, lag nun verträumt in der Nachmittagsonne. Goldener Dunst verschleierte die Berge an seinem Südende und verbarg die Ebene von Tambara. Irgendwo dort trat jetzt Caolin seinen Dienst für Palomon an …

Hat er mir die Wahrheit gesagt? fragte sich Farin. Es fiel ihm schwer, den Haß zu vergessen, der sich in einem Jahr aufgestaut hatte. Aber Caolin hatte ihn freigelassen, und im Grund genommen war Farin überzeugt, daß der Mann, der ihm sein eigenes Bett überlassen und den Rest der Nacht damit zugebracht hatte, bei der kleinen Lampe zu wachen, viel zu sehr von seinen eigenen Ängsten niedergedrückt war, als daß er ihn angelogen hätte. Er mußte sich damit abfinden, daß Caolin sich verändert hatte – daß er zumindest im Augenblick anders als früher war.

Farin schaukelte im Sattel vor und zurück, um seinen schmerzenden Rücken ein wenig zu entspannen. Der eisige Wind, der in sein Gesicht blies, kündete Schneefall an. Er widerstand der Versuchung, sich schon jetzt in seinen Umhang zu hüllen. Heute nacht erst würde er ihn wirklich brauchen, wenn sie ihr Lager im oberen Abschnitt der Paßhöhe aufschlugen.

Morgen um diese Zeit müßten sie den Paß bereits überquert und den steilen Abstieg ins große Tal, das Herz von Westria, begonnen haben. Farin schloß die Augen und versuchte ein Bild vor seinem inneren Auge zu beschwören: den Sonnenuntergang auf den rosa Ziegelmauern von Laurelynn, oder den Bergvater im Schein der aufgehenden Sonne, oder Faris …

Nach der Abmachung, die sie getroffen hatten, sollte er die Truppe bis Rivered begleiten, zu ihren Aufführungen aufspielen, beim Transport der Ausrüstung und der Versorgung der Tiere helfen, und dann von Rivered aus allein nach Hause weiterziehen.

Aber ich kann nicht nach Hause! sagte sich Farin verzweifelt. *Ich weiß immer noch nicht, was aus Faris geworden ist. Sie war meine Zwillingsschwester, mein anderes Ich – wenn ich heimkehre, wird ihr Gesicht zwischen mir und allem stehen, was ich je geliebt habe!*

»Träumer! Kommt Ihr jetzt mit oder nicht? Ich würde Euch ja hierlassen, aber Ihr gehört nach Westria zu Eurer wunderlichen Familie.«

Farin fand wieder in die Wirklichkeit zurück. Sein Pferd machte einen Satz, denn als er nach seinem Messer griff, preßte er unwillkürlich die Beine in die Flanken des Tieres. Duncan saß auf der anderen Straßenseite auf seinem Pferd und lachte ihn aus.

»Ah, ein Hitzkopf? Spart Euch Eure Kraft lieber für die Maultiere!« Der Mann lachte, ruckte an den Zügeln und ritt wieder dem Wagen voraus.

Farin holte tief Luft, und der Schwall kalter Luft ließ ihn

husten. Er mußte sich sehr beherrschen, dem Burschen nicht das Messer in den Rücken zu werfen. *Ich bin ein freier Mann, und niemand hat das Recht, mich herumzukommandieren!* Einen Moment sah er nicht Duncans rotes Gesicht, sondern das höhnische Grinsen all jener, die ihn bewacht hatten. Die Welt verdunkelte sich um ihn, und seine Hand verkrampfte sich um den Sattelknauf.

So darfst du nicht mit mir reden!

Doch nach einer Weile verging der Grimm, wie bei einem Löwen, der noch ein bißchen warten will, ehe er sich auf seine Beute stürzt. Farin lenkte sein Pferd den Weg hinauf.

»He, Orfeo – worin hast du deinen Mischmasch gekocht? In Maultierpisse?« Der kleine, dunkle Mann, der für die Requisiten zuständig war, lehnte sich zurück und fuchtelte mit dem Löffel in der Luft herum. Der Koch, ein blonder junger Mann, der den jugendlichen Liebhaber spielte, fuhr sich mit dem Handrücken über die Stirn und grinste.

»Ajili, *mi trasgo*, heißt das, daß du von jetzt an kochen wirst?«

»Wer, ich?« Ajili schüttelte den Kopf. In dem flackernden Licht sah er noch mehr als sonst wie ein Gnom aus. »Habe ich denn gesagt, daß es schlecht schmeckt? Ich doch nicht!« Gesichter verzogen sich zum Lachen, als der alte Witz zum x-tenmal aufgewärmt wurde.

Farin stellte seinen Teller ab. Er wußte, daß es nur ein Spaß war – der Eintopf schmeckte höchstens ein bißchen nach dem Gußeisen des Topfes und nach allzuviel elayanischem Pfeffer, aber er fühlte sich übel vor Ärger und Erschöpfung, und er brachte plötzlich keinen Bissen mehr hinunter.

Orfeo begann eine schier endlose Ballade aus den Küstenbergen vorzutragen, deren schlüpfriger Kehrreim allen bekannt war. Die anderen stimmten ein und ließen einen Krug Bier herumgehen. Farin nahm einen tiefen Schluck, als er an der Reihe war, doch er sang nicht mit. Maestra Luisas Tochter hatte ihr Baby in den Wagen zum

Schlafen gelegt, kehrte jetzt zurück und strich ihr glänzendes schwarzes Haar aus der Stirn. Orfeo sang eine besonders zotige Strophe für sie, und sie dankte mit einem schmachtenden Klimpern ihrer Wimpern, ehe sie sich neben ihren Mann setzte. Einen Moment ruhte ihr feuriger Blick auf Farin, doch er wandte rasch den Kopf zur Seite. Duncans Gesicht war röter, als es vom Feuer allein sein konnte, und Farin fragte sich, ob die junge Frau tatsächlich eine Liebschaft mit dem Mann hatte, der auf der Bühne ihren Liebsten mimte, oder ob es ihr ganz einfach Spaß machte, ihren Mann zu ärgern.

Ajili, der sich in sehr schnellem Spaniol mit Jorge unterhalten hatte, beugte sich plötzlich herüber und stupste Farin auf die Schulter. »Du bist so schweigsam, Junge – hast du ein Mädchen in Los Leones zurückgelassen, nach dem du dich sehnst? Komm, trink und sing! In Westria gibt es viele Frauen, und ihren Männern ist es egal, was sie tun!« Ein Grinsen entblößte fleckige Zähne, als er Farin einen Weinbeutel entgegenstreckte.

Unwillkürlich schoß Farins Arm empört vor, und der Weinbeutel flog durch die Luft. Jorge fing ihn auf, drückte ihn an die Brust und schüttelte den Kopf.

»He, Freund! So behandelt man guten Wein nicht ...« Der dunkle Mann war mehr überrascht als verärgert. »Komm, mach dir auch ein bißchen Spaß!«

Farin funkelte ihn an. Er atmete schwer und kämpfte um seine Beherrschung.

»Ho, Ajili – du solltest dir deine Trinkkumpane besser aussuchen!« Duncan lachte. Sein Gesicht war jetzt sogar noch röter. »Weißt du denn nicht, daß der Bursche Westrianer ist? Vielleicht macht er dich mit seiner Schwester bekannt, wenn er wieder zu Hause ist!«

Farin sah jetzt nur noch den Mimen. Ihm war nun ganz und gar nicht mehr kalt. Brennende Wut schüttelte ihn und vertrieb allen Schmerz. Mit einem Aufstöhnen, gleichermaßen aus Seelenqual und Erleichterung, warf er sich auf den anderen und griff nach den Fleischfalten an dessen Hals. Ein Hieb prallte von Farins Schulter ab, aber er hatte den

Mann jetzt am Kittel. Jemandes Hand zerrte ihn zurück, und Stoff riß. Er wirbelte herum und schlug wild auf eine Gestalt ein, in der er die Gesichter aller Elayaner sah, denen er im Krieg gegenübergestanden hatte. Seine Faust schmetterte gegen Knochen. Er kämpfte keuchend um sein Gleichgewicht, als etwas seine Rippen traf. Er versuchte seinen Gegner auszumachen und schlug erneut zu.

Eine heftige Ohrfeige warf ihn fast von den Füßen und sandte feurigen Schmerz von seiner Wange bis ins Hirn. Eine laute Stimme schrillte in seinen Ohren. Er schwankte. Er blinzelte, um wieder einen klaren Kopf zu bekommen. Dann verstummte der Lärm. Jemand schüttelte ihn, und sein Blick richtete sich auf das breite Gesicht von Maestra Luisa.

»Junger Mann, Ihr seid störrischer als ein Maultier. Ich habe gehört, was Duncan gesagt hat, aber Ihr schleppt eine größere Last mit Euch herum als irgendeines unserer Packtiere. Legt diese Last ab, eh, *hijo*? Es gibt schon genug Schwierigkeiten auf der Straße, als daß Ihr Euch auch noch mit Euren Weggefährten anlegen müßtet!« Sie schüttelte Farin noch einmal, dann ließ sie ihn los.

Farin holte tief und zittrig Atem. Maestra Luisa funkelte den anderen an, der jetzt grinste.

»Duncan, das reicht – laß ihn gefälligst in Ruhe!« Sie wandte sich wieder Farin zu. »Und Ihr ebenfalls! Haltet Euch im Zaum. Schwört mir irgendeinen westrianischen Eid, daß Ihr nicht wieder rauft!«

Farin starrte sie an, dann den Streithahn, der immer noch beleidigend grinste. Eisiger Grimm härtete Farins brennende Wut. Er sah Feinde in allen Gesichtern, die nun auf ihn blickten. Welchen Frieden könnte er mit ihnen machen?

»Ich halte meine Hand zurück, wenn er seine Zunge hütet! Aber einen Eid leiste ich Euch nicht!«

»Ihr strapaziert meine Geduld, *hijo*!« Maestra Luisa machte ein finsteres Gesicht. »Schwört es mir, oder Ihr seid Eure Anstellung bei uns los! Das bißchen Arbeit, zu dem Ihr fähig wart, schaffen wir auch ohne Euch!«

Farin straffte die Schultern. Der Tonfall und die Worte waren wie ein Echo all der Demütigungen, die er in Palomons Gefängnis hatte erdulden müssen. Er schüttelte den Kopf.

»Junge – ich befehle es Euch!«

»Nein, nicht mehr. Denn ich verlasse Euch jetzt, weil Ihr nur einen Sklaven in mir seht!« Andere Worte schrien in Farins Kopf, doch er wußte nicht, ob er seiner Stimme jetzt trauen konnte. Schmerz durchschnitt ihn, daß ihm fast schwindelig wurde. Stumm griff er nach seinem Packsack, schlang sich den Harfenkasten über die Schulter, bemühte sich um eine feste Haltung und klammerte sich an seine schwer errungene Würde. So stapfte er vom Feuer.

»Westrianer sind offenbar *tatsächlich* verrückt!« sagte Orfeo. »Diese Berge sind kein Ort für einen einsamen Wanderer!«

»Nun, Duncan«, sagte die junge Frau, »du wirst dich jetzt wohl selbst um die Maultiere kümmern müssen!«

Das Lachen klang häßlich und vefolgte ihn in der Dunkelheit. Farin beschleunigte seine Schritte und stolperte über lose Steine, bis sich seine Augen an die Dunkelheit gewöhnten. Er hielt nicht an, ehe er außer dem Heulen des Windes keinen Laut mehr hören konnte.

Ein Stein gab unter seinen Füßen nach, und Farin taumelte. Hastig griff er nach dem Harfenkasten, dessen Riemen ihm von der Schulter gerutscht war, und stürzte mit den Knien auf die Steine.

Als sich sein Herzschlag beruhigt hatte, wurde er sich der Stimmen der Nacht bewußt. In seinem ersten Ärger hatte er die Straße verlassen, um zu verhindern, daß die Truppe ihn am Morgen überholte. Nun waren keine von Menschen verursachten Geräusche mehr zu vernehmen, die ihn hätten reizen können, lediglich das Rauschen der windgeschüttelten Zweige, das Säuseln des Windes in den Büschen, und sein Klagen hoch droben in den schneebetupften Gipfeln, die im Mondschein schimmerten.

Farin seufzte. Er kauerte sich auf die Fersen und rieb sich die aufgeschlagenen Knie. Die Flucht hatte seine letzten Kraftreserven aufgebraucht. Er zitterte von der Anstrengung. *Sie hatten recht, ich bin verrückt,* dachte er. *Ich bin allein und zu Fuß in diese Wildnis gerannt, wo ich sterben werde. Die Sage vom verschwundenen Harfner wird sich zu der von der verschwundenen Königin von Westria gesellen.*

Es war bitter kalt, und das Wispern des Windes zerrte an seinen Nerven, doch seine Beine wollten ihm nicht mehr gehorchen. Eine Weile saß er ganz still und lauschte dem Wind. Zwischen einer Böe und der nächsten hörte er ein schwaches Gurgeln, das ihn plötzlich bewußt werden ließ, wie trocken sein Mund war. Er benetzte die Lippen und kroch auf das sanfte Plätschern zu.

Das Wasser sickerte aus einem Spalt im Felsen, und der Mondschein glitzerte auf dem winzigen Tümpel, der sich darunter gebildet hatte. Durstig trank Farin, und der Wind trocknete mit eisigem Atem seine Wangen. Die Felsblöcke hier boten ein wenig Schutz vor dem Wind. Hinter den Felsen fiel das Gelände zu einem Wiesenstreifen ab und erhob sich dahinter wieder zu einem trutzigen Felswall. Er war allein auf dem Dach der Welt.

Selbst wenn er noch die Kraft gehabt hätte weiterzukriechen, hätte er vermutlich keinen windgeschützteren Flekken in der Umgebung finden können. Dürre Zweige hatten unter ihm gekracht, als er zu Boden gefallen war. Er bückte sich, um genug davon für ein kleines Feuer zusammenzuraffen. Es kostete ihn viel Mühe, Funken mit Feuerstein und Stahl zu schlagen, aber schließlich erwachten doch Flämmchen unter seinen Fingern. Er rollte seine Decken auf und kuschelte sich hinein.

Beim Zurücklegen vernahm er ein Husten, das zweifellos nicht der Wind verursachte. Er erstarrte, als er es ein zweites Mal hörte, wobei es zu einem Laut anschwoll, der irgendwo zwischen Gähnen und Brüllen lag. Dieser Laut war ihm aus El Castillo bekannt, aus den Gehegen, in denen Palomon seine Wappentiere, hielt: Löwen. Keine dieser mächtigen, goldfarbenen Tiere streiften in diesen

Bergen herum, aber er hatte gehört, daß einige von ihnen – ehe die Fürsten von Elaya sie alle hatten einfangen lassen – in die Wildnis abgewandert waren und sich mit den heimischen Katzen gepaart hatten. Die Nachkommen waren angeblich stärker und listiger als die beiden ursprünglichen Rassen. Plötzlich wechselte der Wind die Richtung, und es herrschte wieder Stille.

Farin aß ein wenig vom harten Brot aus seinem Packsack. Er fragte sich, wie er zu weiterer Nahrung kommen würde, wenn es aufgegessen war. Er hatte nur sein Messer, und er konnte es nicht sehr gut werfen. Doch wenn der Hunger zu groß würde, könnte er vielleicht aus den Harfensaiten Schlingen legen.

Dann müßte ich allerdings schon sehr verzweifelt sein, dachte er schaudernd. Und als er sich die ihrer Saiten beraubten Harfe vorstellte, erinnerte er sich, daß er gestürzt war, und sah sie plötzlich mit Rissen durchzogenem und gar geborstenem Rahmen vor sich. Erschrocken nestelte er an den Schnallen des Kastens.

Der Harfe war glücklicherweise nichts geschehen. Ehrfürchtig strich Farin über die glatte Oberfläche, wie ein Mann seiner jungfräulichen Braut über die Haut streichen mochte. Seine Fingerspitzen fuhren über die goldene Einlegearbeit des Schallkörpers. Im Mondschein glitzerten die Saiten wie Silber. Wann würde er sie wieder in Muße spielen können?

Es war nicht deine Schuld ..., dachte er, als eine unbeabsichtigte Berührung ein paar Saiten schwach aufklingen ließen. *Auch du warst Gefangene der Elayaner.*

Seine Arme sehnten sich nach dem vertrauten Gewicht der Harfe, doch ihm fiel keine Weise ein, die nicht durch Palomons sardonisches Lächeln beschmutzt worden war. Da vernahm er ein tiefes Knurren, so laut, als erklinge es nur wenige Schritte entfernt. Ohne zu überlegen, zog Farin die Harfe aus ihrem Kasten in den Schutz seines Schoßes.

Hatte er wahrhaftig einen Löwen gehört, oder hatte er es sich in seiner Angst nur eingebildet? Er spürte, wie ihn eine Gänsehaut überlief. Er konnte weder kämpfen noch fliehen! Er besaß keine Waffen, und die Kraft, die ihn vielleicht hätte retten können, hatte er in einem törichten Streit vergeudet. Sein Körper zuckte noch vor Erschöpfung, und er wußte, daß er nicht fliehen konnte.

Da hörte er den Löwen erneut, und außerhalb des Feuerscheins sah er einen Schatten, der zuvor nicht dort gewesen war.

Wenn er das Messer zückte, könnte er der Kreatur vielleicht zumindest eine Verletzung zufügen, ehe sie ihn zerriß. Furcht zog seine Gedärme zusammen, als der Schatten sich bewegte. Da wurde ihm bewußt, daß seine steifen Finger die Saiten der Harfe berührten.

Was soll's? dachte er in einem Augenblick der Klarheit. *Ich bin Harfner, und als Harfner will ich auch enden.*

Der Schatten näherte sich. Er schien von Fels zu Fels zu fließen. Farin zwang seine Finger, sich zu krümmen, zu zupfen, und eine einsame Note erklang in der lebendigen Stille der Nacht. Der Schatten hielt inne.

»O mein Bruder! O mein Feind!« Farins Finger entlockten der Harfe eine neue Weise: das Schnurren einer großen Katze, ihr majestätischer Schritt beim Beutesuchen, und das verspielte Hüpfen von kleinen Kätzchen. Er steckte seine ganze Kraft in die Musik, und die Konzentration erwies sich als wirksame Waffe gegen die Furcht.

Während er spielte, erwärmten sich seine Finger, die in Prinz Palomons Diensten über einen Monat reichlich Übung gehabt hatten, und die Barriere brach, die seine innere Musik gefangengehalten hatte. So wurde die Melodie zur Flut, die seine Furcht fortspülte.

Leben ist Gesetzmäßigkeit und Harmonie und Schönheit, und ich lebe! dachte er. Die Musik bestätigte es, und die Felsen ringsum verstärkten den Klang. Fortgetragen von den Tönen, blickte er auf und sah nicht einen, sondern zwei Löwen, die sich am Rand des Feuerscheins ausgestreckt hatten. Einen Moment stockte die Musik, doch dann trug die Melodie ihn wieder mit sich, und er blickte furchtlos in die unbewegten goldenen Augen.

Bruder! Schwester! dachte er erfreut. *Wir sind alle Teil der selben Harmonie!* Er beugte sich erneut über seine Harfe. Und als er wieder aufblickte, waren die beiden Löwen verschwunden.

Doch er spielte weiter, ließ sich vom Fluß der Musik in ein Reich tragen, in das die Wirklichkeit ihm nicht zu folgen vermochte. Seine Finger bewegten sich fast ohne sein Zutun, und die Musik wurde sowohl zu seinem Pfad wie zu seinem Ziel.

Bilder bewegten sich so mühelos und veränderlich wie treibende Wolken an seinem inneren Auge vorbei. Er sah Caolins leidgequältes Gesicht und Faris' glühende Augen ... er sah schneebedeckte Gipfel und eine staubige Straße ...

Caolin dachte, sie wäre im Osten, erinnerte er sich. *Dort sind die Felsmark und dahinter das Ödland, wo ich nach ihr suchen könnte ...*

Sein Gedanke forschte nach ihr und fand statt dessen einen Sternenhimmel und eine lichtgewandete Gestalt, der er folgte, bis er nichts mehr wußte.

Als Farin aufwachte, war es Morgen. Er lag zusammengekauert neben der Asche seines kleinen Feuers, und seine Finger ruhten auf den kalten Saiten von Goldschwan.

Vorsichtig bewegte er sich. Er stellte fest, daß seine Muskeln zwar schmerzhaft steif waren und er durch und durch fror, doch die lähmende Erschöpfung war vergangen. Eine seltsame, unbestimmte Freude erfüllte ihn, aber er vermochte sich nicht zu erinnern, was er geträumt hatte, nur daß da etwas oder jemand gewesen war, bei dem er Trost gefunden hatte. Aber er entsann sich seiner Vision von Faris, und er zweifelte nicht, daß er als nächstes im Nordosten nach ihr suchen müsse. Doch es galt zu überlegen, wie er am besten vorankommen würde.

Wie ein Echo hallte da ein Gespräch wider, das er in seinem zügellosen Ärger nicht wirklich aufgenommen hatte: *Wenn wir in den Städten am Fluß gespielt haben, ziehen wir in die Berge – dort gibt es viele kleine Ortschaften und Burgen, die außer ihrer eigenen keinerlei Unterhaltung haben. Dort werden wir bestimmt gut und lohnend aufgenommen!*

Das Gebiet, das sich die Los Pajaritos vorgenommen hatten, war genau das, wohin auch Farin nun wollte!

Er stolperte hinüber zu dem kleinen Tümpel, um zu trinken. Dahinter fiel der Hang steil zur Straße ab. Farin schüttelte zerknirscht den Kopf. Seine Flucht hatte ihn nicht sehr weit gebracht! Er packte die Harfe ein, hob einen abgebrochenen Ast auf, um ihn als Wanderstab zu benutzen, und machte sich daran, den Hang hinunterzusteigen.

Die Straße unter ihm glänzte in der Morgensonne, und ein Falke kreiste über den blauen Bergen. Musik regte sich in Farins Erinnerung – nicht die hehren Melodien der vergangenen Nacht, sondern eine einfachere Weise –, das Wanderlied, das ihm eingefallen war, als er Westria verließ. Nun fanden sich neue Strophen wie von selbst, und er fing zu singen an:

Ich hab' die Sonne, die meine Schritte lenkt,
Die klaren Bäche, die mich laben.
Solange die Natur ihm Nahrung schenkt
Und ihn verwöhnt mit ihren Gaben,
Kein Wanderer an Heimkehr denkt.

Als der schreiend bunte Wagen und die störrischen Maultiere der Los Pajaritos endlich um die Straßenbiegung kamen, fanden sie Farin am Straßenrand spielend. Seine Weise ließ die Sonne noch heller strahlen, und er lächelte.

Zweiter Teil

Das Exil

Interludium

Die Saiten summen unter den Fingern des Harfners, doch im Stimmengewirr der Schenke ist es kaum zu hören. Der Harfner spielt, und es ist ihm egal, ob jemand zuhört oder nicht. Er sitzt auf einem roten Kissen auf einem vergoldeten Hochsitz, und er weiß, daß er nicht nur hier ist, um gehört zu werden – seine Anwesenheit soll vor allem die Eitelkeit des Wirtes befriedigen.

Er schlägt auf die Saiten, um den härteren Klang der Gitarre nachzuahmen. Eine neue Melodie erklingt – ein Stück aus Aztlan, das er auf Palomons Hof gelernt hat. Der Text ist eine Sage aus der alten Zeit, und er erzählt von dem großen Eroberer Cortes, der nicht in seiner Gruft bleiben wollte. Der Harfner spielt heftiger, wilder, ohne eine Note des harmonischen Mollakkords zu verfehlen. Die Gäste unterbrechen ihre Gespräche, um zuzuhören. Sie spüren die wortlose Leidenschaft in diesem Lied.

Der Harfner lächelt bitter, denn er weiß, daß er der Geist ist, der ruhelos durch das Land streift. Fünf Jahre zieht er bereits durch die Berge an Westrias Grenze, zuerst mit den Los Pajaritos, dann allein, und seinen Unterhalt verdient er sich mit Arbeit auf den Feldern oder in den Wäldern, oder durch Goldschwans süßen Klang. Die fruchtlosen Jahre machten sein Haar dem Pelz des Grauwolfs ähnlich, und nun lachen die Menschen, denen er seinen Namen nicht nennen will, und rufen ihn Silberhaar. Er versucht, das Lied zu finden, das ihn trösten könnte oder ihn zumindest seine Sehnsucht hinaussingen läßt, doch diese Melodie, diese Worte gibt es nicht – es ist, als wären die Liebe zu seiner Schwester und sein Bedürfnis nach Musik ein und dasselbe geworden, und da seine lange Suche bisher vergebens war, scheint auch der Quell der Lieder in ihm versiegt zu sein.

»Bist du morgen auf dem Markt?« fragt ein dicker Mann mit

rotem Gesicht und einem goldenen Ohrring seinen Tischnachbarn, ohne sich um den Harfner über ihm zu scheren. Er braucht nicht sonders zu erwähnen, daß er den Sklavenmarkt meint. Arena ist die Stadt, wo alles zu erstehen und zu verkaufen ist, einschließlich Menschenleben.

»So eine Frage!« Der andere kichert. »Wo soeben eine neue Schiffsladung angekommen ist! Dieser neue Mann, den der Prinz zum Innenminister gemacht hat, ist sehr tüchtig – wer das Mißfallen des Prinzen erregt, wird mitsamt Familie verhaftet. Hinrichtungen würden zu öffentlichem Aufruhr führen. Darum verschwinden diese Menschen einfach!«

Ihr Gelächter bildet eine obszöne Harmonie, und die Finger des Harfners kribbeln auf den Saiten. Caolin! Er hat immer öfter von ihm gehört, und immer mit Angstschauder. Doch Caolin weiß nichts von Faris, davon ist er überzeugt, und es gibt keinen Grund, weshalb sie sich je wieder begegnen sollten. Aber immer, wenn er an Caolin denkt, durchzuckt es ihn kalt, so, wie der Gedanke an den Sklavenmarkt glühende Wut in ihm aufsteigen läßt. Wenn er nur sicher sein könnte, daß Faris, als sie vor Caolin floh, nicht gefangengenommen und verkauft wurde! Es ist der Grund, weshalb er sich immer noch auf diesen verrufenen Straßen herumtreibt – er hofft, irgendeinen Hinweis zu finden, ein zufälliges Wort aufzuschnappen.

Er beißt die Zähne zusammen und zwingt seine Finger weiterzumachen, von der Ballade über Cortes zu einem schmalzigen Liebeslied zu wechseln, das er spielen kann, ohne daran zu denken, wie eine Maschine der Alten. La Carmina flattert durch das Gedränge wie ein farbenprächtiger Vogel und zwitschert hohle Drolerien, ohne daß ihr Humor ihre Augen erreicht. Eine Weile hielt ihre Schönheit den Harfner so versklavt, wie einer der Händler hier die Bedauernswerten in ihren Pferchen. Das ist vorbei, doch er wagt es nicht, ihr zu sagen, daß er wieder zur Besinnung gekommen ist. La Carmina bildet sich ein, daß er, der Harfner, leide, weil sie den milchhäutigen Sohn eines Kaufmanns mit in ihr Bett genommen hatte. Er lächelt, wenn sie in seine Nähe kommt, und versucht seine Erleichterung zu verbergen, wenn sie vorbeigeht.

Zwei von Arenas reicheren Bürgern haben sich an den Tisch unter seinem luftigen Sitz niedergelassen. Sie bestellen Wein.

»Die Karawane von Radiston ist wirklich schon aufgebrochen?« fragt der Dunkelhaarige. Sein Begleiter nickt und schenkt den Wein ein. Der Harfner riecht ihn und benetzt die trockenen Lippen. Er lernt das Vergessen schätzen, das Alkohol bringen kann.

»Verdammt!« flucht der Dunkelhaarige. »Ich hatte gehofft, Büffelhäute aus dem Weidemeer einzuhandeln! Weshalb waren sie in solcher Eile?«

»Keine Ahnung ...« Der andere nimmt einen tiefen Schluck. »Sah ohnehin nicht so aus, als wären sie überhaupt an Handel interessiert gewesen. Sie hatten eine Gefangene, vielleicht war sie auch die Hüterin des Kindes – hübsch, soviel ich sehen konnte, mit schwarzem Haar. Aber sie setzten mich an die Luft, als ich fragte, ob sie bereits einen Preis für sie festgesetzt hätten. Zappelig waren sie, wie ein Kojote mit einer Schnauze voller Stachelschweinborsten. Ich will verdammt sein, wenn ich je wieder Geschäfte mit ihnen mache!«

Eine Saite reißt unter einem unvorsichtigen Finger, springt über seine Nachbarn und kratzt die Hand des Harfners auf. Er spürt es nicht. Er starrt auf den Kaufmann, dessen Worte die Saiten der Erinnerung lauter zum Schwingen bringen, als er hätte spielen können. Eine Gefangene mit einem Kind – eine Frau mit schwarzem Haar! Eine Melodie, die fast vergessen war, erklingt in seinem Gedächtnis.

»Welchen Weg hat die Karawane genommen?« Er beugt sich abrupt hinunter und wirft dabei die Weinkanne um.

Der Kaufmann blinzelt verblüfft. »Ostwärts, durch den Paß ...«, beginnt er, und dann sieht er den ausrinnenden Wein und fängt zu fluchen an.

»Da – bestellt Euch neuen ...« Der Harfner wirft ein Silberstück auf den Tisch und rutscht von seinem Hochsitz hinunter. »Sagtet Ihr, die Karawane sei heute morgen aufgebrochen? Mit der Frau und dem Kind?«

Der Mann nickt. Einen Moment bleibt der Harfner stehen, während das Blut von der aufgekratzten Hand in die Weinlache auf dem Boden tropft. Dann greift er nach seiner Harfe und eilt aus der Schenke.

6

An der höchsten Stelle des Passes hielten die Pferde mit gesenkten Köpfen und bebenden Flanken an und atmeten schwer die dünne Luft ein. Farin, der seinen Grauen ebenso an der Leine geführt hatte wie die scheckige Stute mit dem Gepäck, ließ ihnen ihren Willen. In den vergangenen fünf Jahren hatte er genug über Pferde gelernt, um sie ihren eigenen Schritt wählen zu lassen. Obwohl er vor Ungeduld zitterte, brauchte er die Atempause nicht weniger als die Tiere.

Er straffte die Schultern, rückte seine Schwertscheide an seiner Seite zurecht und schob den Harfenkasten etwas weiter über den Rücken. Hinter ihm schlängelte sich die Straße hinunter zu dem Kessel Arenas, der Stadt der Schenken und Sklavenmärkte mit den steilen Bergen der Felsmark dahinter, die den Weg nach Elaya schützte.

Er wischte sich mit einem abgetragenen Wollärmel übers Gesicht, ohne den Blick von dem zerklüfteten Land vor sich zu nehmen. Er sah Pferdeäpfel und ein abgerissenes Stück Zaumzeug auf der Straße. Gewiß war er der Karawane bereits näher gekommen. Mit beladenen Wagen mußten sie hier vorsichtiger fahren. Ihm wurde bewußt, daß sein Pulsschlag schneller war, und sein wettergegerbtes Gesicht verzog sich zu einem ungewohnten Lächeln ... Bald würde er wissen, ob die Gefangenen der Karawanenmeister Faris und ihr Kind waren.

Der Graue schnaubte leise und stupste ihn am Arm. Farin drehte sich zu ihm um und strich ihm über den schweißnassen Hals. »Hast du dich ausgeruht, alter Junge? Nun, ich auch, und von hier an geht es bergab ...« Er griff nach den Zügeln und schwang sich mühelos in den Sattel. Die gescheckte Stute stampfte und schüttelte den Kopf, doch Farin lachte nur und zupfte an ihrem Leitriemen, ehe er sich wieder dem Weg zuwandte. Vorsichtig tasteten sich die beiden Pferde den Berg hinunter.

Nach drei Tagen auf der Straße kam Farin aus den Bergen in ein Land, das der Frühling scheinbar vergessen hatte. Doch das kümmerte ihn nicht, denn jeder Tag brachte ihm neue Beweise, daß er der Karawane näherkam. Und als er am Ende des dritten Tages einen Staubschleier voraus sah, der in der untergehenden Sonne schimmerte, fiel es ihm schwer, nicht die ganze Nacht hindurch weiterzureiten. Aber er hatte den Pferden schon fast zuviel abverlangt und würde sie ausgeruht brauchen, um – falls sie es tatsächlich waren – Faris und das Kind auf den Rücken der Tiere fortzubringen.

Er schlief unruhig und erwachte noch vor Sonnenaufgang. Im frühen Morgengrauen folgte er einer frischen Fährte, doch erst als die Sonne schon hoch am Himmel stand, sah er etwas – etwas Dunkleres als Staub, das sich dünn in den Himmel kräuselte. Fluchend trieb er seine Pferde an. Er wußte, daß es Rauch war, noch ehe er ihn roch. Aasgeier kreisten am schmutzigen Himmel.

Da ritt er langsamer, und als er die krächzenden Schreie der Vögel hören konnte, band er die Pferde fest und ging vorsichtig zu Fuß weiter, obwohl er bereits vermutete, daß ihm niemand den Weg verwehren würde.

Das verkohlte Holz der Wagen schwelte auf der Straße. Farin zögerte, und sein Blick folgte den aufsteigenden, dünnen Rauchschwaden. Eine Woche war er dieser Karawane gefolgt. Nun, da er sie gefunden hatte, griff Angst nach ihm.

Vögel flatterten verärgert auf, als er sich einer leblosen Gestalt nach der anderen näherte, in die Gesichter schaute und wie entschuldigend ihre verkrümmten Glieder gerade richtete. Braungefiederte Pfeile ragten aus den Rücken der Leichen. Nur ein paar, die noch dazu gekommen waren, sich ihren Feinden zu stellen, hatten die Pfeile in der Brust. Zwei Pferde lagen verendet in ihrem Geschirr. Die anderen waren verschwunden.

Farin zählte die Toten – fünf, sechs, sieben –, alle in besticktem Leder, wie es die Barbaren trugen. Sein Gesicht unter dem silberdurchzogenen Haar war ausdruckslos, aber es fiel ihm schwer, sich gegen die wachsende Furcht zu wappnen. Er verfluchte sich, weil er nicht kühler war – schließlich sah er Ähnliches nicht zum erstenmal –, und wandte sich der nächsten Leiche zu. Er sah langes schwarzes Haar, das aus einem versengten Wagen heraushing, ebenso wie eine schlanke, verkrampfte Hand. Einen Augenblick hielt er mit heftig hämmerndem Herzen inne, dann hob er die Planken zur Seite. Nach einem Herzschlag entglitten sie seinen plötzlich tauben Fingern und fielen klappernd auf den Boden. Farin seufzte tief.

»Arme Dame, wer immer Ihr auch sein mögt, ich bedauere Euer Schicksal ...«, flüsterte er. »Aber beim Allschöpfer, es tut mir nicht leid, Euer Antlitz zu sehen.«

Es war nicht Faris! Sein Herz sang. Doch da erschauderte sein Geist unter einem gebieterischen Ruf. Automatisch machte er einen Schritt, ehe er sich besann. Er zog sein Schwert.

Unter den ausgeraubten Wagen rührte sich nichts. Nur eine flüchtige Brise wirbelte Staub auf und wehte Farin das Haar ins Gesicht. Doch der Druck auf seinen Geist war ein besserer Führer. Farin lockerte seinen Widerstand ein wenig, so, wie ein Fischer Leine gibt, und schritt vorsichtig auf den seltsamen Ruf zu.

Er führte ihn weg von den Wagen. Hinter einem Dickicht schimmerte etwas Blaues. Farin stieg um die Sträucher herum und blickte hinunter.

Es war ein Kind. Nicht jenes, das er suchte – das hier war ein Mädchen von etwa zehn Jahren. Ihre blaue Ledertunika war staubig, doch Blut sah er keines. Als spüre sie seinen Blick, wimmerte die Kleine und bewegte sich unruhig. Er kniete sich neben sie und strich über das zerzauste Haar.

»Hab keine Angst, Kind. Deine Feinde sind fort.«

Plötzlich endete die Geistesverbindung. Das Mädchen verzog das Gesicht wie im Schlaf, dann erzitterten ihre Lider und große, graue, überraschend blasse Augen blickten unbefangen in die seinen.

»Wasser ...«, flüsterte sie schwer. Die Augen fielen ihr wieder zu.

Farin stützte sie und drückte seinen Wasserbeutel an ihre Lippen. Er fragte sich, was er mit ihr tun sollte. Sie trank gierig, ohne die Augen zu öffnen. Nach einer Weile legte er sie in den Schatten des Gestrüpps zurück. Dann holte er seine Pferde herbei und band sie in der Nähe an. Sie machten sich sofort daran, von dem kargen Gras zu fressen, und warfen ihre Köpfe nur dann nervös herum, wenn der Wind den Totengeruch in ihre Richtung blies.

Das Mädchen schlief, also wandte sich Farin den Wagen zu und schichtete, was an Holz übriggeblieben war, zu einem Scheiterhaufen auf. Eine nach der anderen zerrte er die Leichen von den protestierenden Vögeln weg. Es lenkte ihn auch von den quälenden Gedanken ab, was er als nächstes tun könnte. Wohin, in aller Welt, sollte er sich jetzt wenden, um Faris zu suchen? Die Sonne näherte sich bereits den westlichen Bergen, als er allmählich fertig wurde.

»Was tust du da?«

Farin wirbelte herum. Das Kind stand in der Nähe, rieb sich den Schlaf aus den Augen und bohrte die Zehen in den warmen Staub. Er verzog das Gesicht, denn er hätte wissen müssen, wann sie aufwachte. Dies hier war kein Land, das Unachtsamkeit verzieh.

»Es sind zu viele Tote, und der Boden ist zu hart, als daß ich sie begraben könnte«, antwortete er schließlich. »Ich habe gehört, daß euer Volk glaubt, die Geister von Toten müssen ruhelos umherirren, wenn Raubtiere ihre Gebeine verstreuen. Wenn man bei uns in Westria Tote nicht in die Erde betten kann, schicken wir sie durch unsere Lady Feuer heim.«

Das Mädchen zuckte die Schultern. »Tu, was du willst, sie gehören nicht zu meiner Familie.«

»Nein? Du bist mit ihnen gereist. Du trägst die gleiche Kleidung wie sie ...«

»Sie haben mich von zu Hause geraubt!« Das Mädchen spuckte in die Richtung des Scheiterhaufens.

Farin musterte sie einen Augenblick, dann hob er die letzte Leiche auf den Haufen. Er hatte dürres Gestrüpp gesammelt, das er nun zwischen die Planken schob. Das Mädchen kauerte im Staub und schaute ihm zu.

»Kannst du reiten?« fragte er sie schließlich. »Ich möchte einen möglichst großen Abstand zwischen uns und so ein Feuer bringen.« Wozu er sich auch immer entscheiden würde, hier konnte er das Kind jedenfalls nicht lassen.

Sie nickte. »Wenn du mir noch ein bißchen Wasser gibst. Ich wüßte nicht, warum ich hier bleiben sollte.« Sie redete steif, als hätte sie es fast verlernt.

Farin trat zu den Pferden und holte wieder seinen Wasserbeutel. Die Wüste war fast unheimlich still. Das Mädchen nippte vom Wasser wie ein Vögelchen. Er seufzte, dann kehrte er zum Scheiterhaufen zurück und holte Feuerstein und Stahl aus seinem Beutel.

»In deine Hände, Allmutter, geben wir uns …«

Wie von selbst begann seine Stimme die Bestattungshymne. Funken entzündeten das dürre Reisig, Flämmchen leckten nach dem bereits angesengten Holz und wuchsen. Das Holz war sehr trocken und die Hitze bereits fast unerträglich, als er die Hymne beendete.

Er trat zurück und winkte dem Mädchen zu. Wortlos band er die Pferde los und hob die Kleine vor sich in den Sattel. Der Graue tänzelte kurz beim Anblick des Feuers. Farin zügelte ihn und blickte über die Schulter.

Der Sonnenuntergang hatte einen rotblauen Schleier über die Berge gelegt. Das Tageslicht schwand allmählich vom Himmel. Der Scheiterhaufen loderte nun, als hätte die Sonne sich entschlossen, inmitten der Wüste statt hinter den Bergen unterzugehen. Dann drehte sich der Wind. Farin roch brutzelndes Fleisch und sah, daß sich verkohlende Gliedmaßen aus dem Feuer hoben. Rasch drückte er seinem Pferd die Fersen in die Weichen und ritt davon.

Die braune Wüste wurde freundlicher, während sie dahinritten. Mehrere Stunden später, als sich die Umrisse des Landes nur noch als dunkle Schatten vom Sternenhimmel abhoben, hielt er seine Pferde an der windgeschützten Seite eines trockenen Flußbettes an.

Das Mädchen hatte nicht geklagt, aber sie taumelte, als er sie aus dem Sattel hob, und stand ganz still, bis er zusammengefaltete Satteldecken zu einem Sitzplatz für sie aufeinandergelegt hatte. Mit raschen, geübten Bewegungen entfachte Farin ein Lagerfeuer, dann schüttete er Haferflocken und Wasser in seinen Kupfertopf und gab Dörrfleisch dazu. *Ich muß die Kleine zu ihrer Familie zurückbringen, oder sie zumindest an einem Ort absetzen, wo ihre Leute sie abholen können ...*, dachte er und blickte auf das blasse Gesichtchen gegenüber am Feuer.

»Wir sollten nicht mehr Wasser als dies hier verbrauchen«, sagte er laut. »Die Pferde können eine Nacht auch ohne Wasser auskommen, doch morgen brauchen wir welches. Wir müssen uns auch für eine Richtung entscheiden. Weißt du, wo dein Zuhause liegt?«

»In Willasfall ...« Sie schloß kurz die Augen. »Es liegt im Norden von hier, und ein klein wenig östlich. Ich weiß nicht, wie weit entfernt, aber ich werde es erkennen, wenn wir näher kommen.«

Farin runzelte die Stirn und rückte den Topf auf dem Feuer zurecht. Er hatte von Willasfall gehört, vielleicht in einem alten Lied. Er konnte sich nicht erinnern wo, oder worum es in diesem Lied gegangen war. Es weckte jedoch ein Gefühl von Alter, Reichtum und etwas beunruhigend Ungewöhnlichem in ihm. Abwehr – das war es! Nach der Sage wurde Willasfall von einer unbekannten Kraft geschützt.

»Wir werden versuchen, es zu finden.« Er fragte sich, ob er ein Narr war. Aber eine Richtung war so gut wie jede andere. Und wenn es tatsächlich diese Kraft in Willasfall gab, konnte sie ihm vielleicht sagen, wo er Faris und ihr Kind finden würde.

»Auf Wasser werden wir ebenfalls stoßen«, versicherte ihm das Mädchen ruhig, »ein Stück nördlich von hier, unter einem Hügel. Gib mir noch einmal deinen Wasserbeutel.«

Ihre Sicherheit überraschte ihn, und unwillkürlich reichte er ihr den Beutel, während er noch überlegte, wie er ihr den Wunsch abschlagen könnte. Er beobachtete sie, während sie trank.

»Wie heißt du?« Sie nahm den Beutel endlich von den Lippen und blickte ihn an.

»Wie ich heiße?« Er spürte, wie seine Züge erstarrten. Einst war er Farin von Falkenruh gewesen, dann Farin Harfner, Ritter von Westria, doch nun hielt er den Jüngling, der diesen Namen einst getragen hatte, für so tot, als lägen seine Gebeine in der Drachenöde. Er schob die weiße Strähne zurück, die ihm in die Stirn gefallen war.

»Du kannst mich Silberhaar nennen.« Er kramte in seinem Sack nach einem Löffel, dann hob er den Kupfertopf vom Feuer. »Wart einen Augenblick bis es abkühlt ...«, sagte er rasch. »Du hast mir gesagt, woher du stammst, doch nicht, wer du bist«, fügte er hinzu.

»Ich bin die Wi...« Ihre rasche Antwort verstummte.

»Diwi?« wiederholte er. Sie bedachte ihn mit einem Seitenblick und nickte.

Farin bezweifelte, daß das die ganze Wahrheit war, doch wenn er seinen Namen hinter Silberhaar verbarg, konnte er kaum mehr Offenheit von ihr erwarten.

Sie aßen. Farin, der jetzt Silberhaar war, breitete die Satteldecken aus, um ein Nachtlager für sie zu machen, und hüllte sich auf der anderen Feuerseite in seinen Umhang. Bald verriet ihm Diwis regelmäßiger Atem, daß sie schlief. Er selbst jedoch lag noch lange wach und blickte zu den weisen, fernen Sternen empor.

Nach einer Woche erreichten sie ein langes Tal zwischen zwei ockerfarbenen Bergketten. Farin Silberhaar richtete sich in seinen Steigbügeln auf und spähte voraus. Wo ein Bergausläufer in die Ebene reichte, glaubte er Grün zu erblicken.

»Was siehst du?« Diwi lenkte die Schecke neben den Grauen.

»Eine Ansiedlung, hoffentlich. Wir brauchen Wegzehrung.«

»Aber kein Wasser ...«

Er antwortete nicht. Sie hatten unterwegs genug Wasser gefunden, doch nach einer Woche in Diwis Gesellschaft wollte Silberhaar auch wieder andere Gesichter sehen, und Wasser trinken, das er nicht Diwis Wegbeschreibungen verdankte.

Farin konnte jetzt Bauten erkennen, einen fensterlosen Block mit Innenhof. Einmal waren er und das Mädchen an Ruinen vorbeigekommen – das Werk der Alten hielt sich lange in diesem trockenen, menschenleeren Land, wo niemand das Baumaterial plünderte. Hier jedoch hoben sich bewässerte Felder in üppigem Grün gegen die gelbbraunen Berge ab. Der Graue stolperte über Wagenfurchen, während Silberhaar ihn zu der Ansiedlung lenkte.

Das Hallen eines Gonges dröhnte durch die Luft, als sie näher kamen. Silberhaar lächelte. Hunde bellten, und plötzlich erschien eine Gestalt mit einem Speer in der Hand am Tor. Der Harfner hielt den Arm zum Zeichen des Friedens hoch.

Bald waren sie im Innern, umgeben von Leuten, die so schnell erschienen, als sprängen sie aus den Wänden. Ihre zu ihm hochblickenden Gesichter wiesen eine eigenartige Ähnlichkeit auf. Inzucht, wahrscheinlich, dachte er, obwohl sie durchaus gesund aussahen. Er warf einen raschen Blick auf das Mädchen an seiner Seite, und fragte sich, ob das ihre Züge erklärte. Etwas war zu ausgeprägt an der Größe ihrer Augen, der hohen bleichen Stirn, dem spitzen Kinn, ihren schmalen, langfingrigen Händen. Aber Willasfall war eine Stadt – dort dürfte es dieses Problem gewiß nicht geben. Allerdings machte er sich nicht zum erstenmal Gedanken über Diwis Familie.

Im Hof saß er ab und versuchte, sein Pferd still zu halten. Es scheute, als ein kleiner Junge unter seinem Bauch hindurchrannte, Silberhaars Arm faßte und ihn mit Fragen überschüttete.

»Halt, Junge – ich kann nicht alles gleichzeitig beantworten!« wehrte Farin lachend ab. »Man nennt mich Silberhaar. Ich bin aus dem Westen. Und dies ist Diwi, deren Leute von Wegelagerern überfallen wurden. Ich bringe sie nach Hause. Wir brauchen Wegzehrung und – ja, das Ding auf meinem Rücken ist eine Harfe ...« Weiter kam er nicht. Durch das Aufjuchzen des Jungen bäumten sich die Pferde erneut auf.

»Ein Harfner! Mama, komm doch!«

»Tol – sei endlich still, und gib diesen Leuten Zeit, zu Atem zu kommen!«

Der Junge verstummte endlich, und auch die Schar Neugieriger hielt sich zurück, als eine große Frau in Wildlederrock und roter Wollbluse aus dem Haus kam. Aus der Nähe konnte Silberhaar die tätowierten Schnörkel auf ihren Wangen und der Stirn sehen.

»Ich bin Marda, die Mutter hier. Wenn Ihr in Frieden kommt, seid Ihr uns willkommen.«

»Lady, ich komme in Frieden. Möge der Segen aller gütigen Mächte mit Euch und diesem Hause sein.« Silberhaar verbeugte sich.

»Eure Anwesenheit bringt uns den Segen, Harfner. Es ist lange her, seit wir hier Musik hörten.« Sie lächelte.

Ihre Pferde wurden weggeführt. Die Leute drängten sich um sie, und Diwi klammerte sich an Silberhaars Arm. »Es gefällt mir hier ...«, flüsterte sie aufgeregt. Silberhaar lächelte. Er wunderte sich, daß dieser winzige Ort einen solchen Eindruck auf ein Kind aus der Stadt machte.

Mardas Leute schlachteten ein Schaf und brieten es über einer Feuergrube auf dem Hof. Nach so vielen Tagen Haferbrei schmeckte das frische Fleisch besonders köstlich, und das Bier war ausgezeichnet. Die Leute warteten sogar, bis Silberhaar in aller Ruhe gegessen hatte, ehe sie ihn bedrängten, für sie zu spielen.

Achtungsvolle Stille setzte ein, als er seinen Harfenkasten öffnete. Die goldene Einlegearbeit in dem honigfarbenen Holz glitzerte im Feuerschein. Die schwarze Farbe, die er darübergestrichen hatte, war schon längst abgeblättert, und er hatte sich nicht die Mühe gemacht, sie zu erneuern. Er hob die Harfe behutsam heraus und stützte sie auf ein Knie.

»Das ist Goldschwan ...« Seine Finger strichen sanft über

den Hals des goldenen Schwanes, dessen Brust und Schwingen sich an den oberen Teil des Schallkörpers schmiegten. Er holte den Stimmschlüssel aus dem Beutel, prüfte die Bronzesaiten und stimmte sie behutsam, bis er zufrieden war.

Dann spielte er für sie.

Als erstes wählte er Tanzmusik, daß die Füße zuckten und die Zuhörer sich von ihren Sitzen hoben, bis die halbe Ansiedlung zu Melodien tanzte, die schon lange vor dem Kataklysmus alt gewesen waren.

Auch Diwi war aufgesprungen, doch sie kannte den Tanz nicht. Sie bat den Jungen Tol, ihr die Schritte zu zeigen, doch er wollte nicht von seinem Platz zu Silberhaars Füßen weichen. Mit verschlossenem und bleichem Gesicht, doch mit funkelnden Augen setzte sich Diwi wieder.

Als alle vom Tanzen müde waren, stimmten Silberhaars begabte Finger Mollakorde an, und alle setzten sich so nahe wie möglich zu ihm und an das Feuer. Er begann die alte Sage von Bryn Schwarzstirn zu singen, dessen Mutter aus Westria verschleppt worden war, und die im Kindbett starb, als sie ihn ihrem barbarischen Entführer gebar. Man sang dieses Lied in Westria nicht häufig, denn es handelte davon, daß Bryn, als er erwachsen und seine Stirn mit dem Zeichen des Clans seines Vaters tätowiert war, nach Westria reiste, um die Sippschaft seiner Mutter zu töten, weil diese das Lösegeld für die Mutter nicht bezahlt hatte, und daß er danach als Wegelagerer sein Unwesen auf der Oststraße trieb.

Sie genossen es, wie Silberhaar es erwartet hatte. Doch er hatte kaum geendet, als Tol wimmernd Trost bei seiner Mutter suchte. Er preßte die Hände auf die Augen und klagte, daß ein Dämon sich in sein Gehirn bohre. Marda drückte ihn an besorgt an sich, während Silberhaar Diwi anblickte, denn er erinnerte sich an das Stechen in seinem Geist, durch das er sie gefunden hatte.

Sie saß ganz still, mit Unschuldsaugen und lächelnden Lippen. Er rückte ein wenig näher zu ihr.

»Laß ihn in Ruhe, Diwi – hör sofort auf!« zischte er. Sie blickte ihn mit großen Augen an, und er faßte sie am Arm.

»Laß den Jungen in Frieden, oder ich bringe dich hinaus in die Wüste und lasse dich dort allein!«

Sie schmollte, dann entspannte sie sich. »Er hat es nicht anders verdient – er wollte nicht mit mir tanzen!«

Auf der anderen Seite des Feuers stieß Tol einen Seufzer der Erleichterung aus. »Es ist fort!«

»Ich würde wetten, daß er von deinem Bier gekostet hat, Marda«, sagte der Mann, der neben ihr saß.

»Wenn ja, wird er es nicht wieder tun. Nicht wahr, mein Schatz?« Marda drückte ihn liebevoll an sich. Doch Tol antwortete nicht, und obwohl er nicht mehr klagte, blieb er bleich und ungewohnt still sitzen, bis jemand ihn ins Bett trug.

Der Harfner spielte traurige Lieder und fröhliche Weisen, während das Feuer niederbrannte und die Sterne allmählich verblichen. Er spielte, bis ein Zuhörer nach dem anderen auf dem Hof zum Schlafen niedersank oder sich unauffällig zurückzog.

Nach einiger Zeit stellte er fest, daß er der einzige war, der noch wachte. Er legte seine Harfe in ihren Kasten zurück, schlang diesen um die Schulter und erhob sich, ohne zu wissen, was er tun sollte. Jemand hatte eine Decke über Diwi, die neben dem Feuer lag, gebreitet. Da spürte er eine Hand auf seinem Arm, und als er sich umdrehte, sah er Marda dicht hinter sich.

»Ich habe ein Bett für Euch ...«, sagte sie leise. »Kommt mit.«

Silberhaar holte tief Atem. Er hatte eine sehr lange Zeit allein geschlafen und spürte nun Mardas Nähe wie die Hitze des Feuers. Sie ging zum Haus, und er folgte ihr. Ein leichter Wind spielte auf dem Hof. Er wirbelte den Staub auf und fächelte die Kohlen zu neuer Glut. Die beiden verschwanden durch die Tür.

Die Luft über dem Hof wurde wärmer, stieg auf und machte Platz für einen kalten Windhauch von außerhalb der Ansiedlung. Noch mehr Luft erwärmte sich, schneller jetzt, und bald loderte das Feuer, während ein eisiger Wind von den Bergen herabpfiff. Türen ratterten, und Staub blies durch offene Fenster. Schläfer wälzten sich herum, setzten sich auf und rieben sich die Augen.

Ein plötzlicher Windstoß ließ Funken durch den Hof wirbeln. Von außerhalb war Krachen zu hören, als Holz aufschlug, dann das Klappern von Hufen.

»Staubsturm!« murmelte jemand. Dann: »Verdammte Winddämonen. Die Pferde gehen durch!«

Nun waren alle wach und rannten aufgeregt durch die Dunkelheit. Diwi setzte sich auf. Der Wind brauste herab, und Funken stoben aufwärts. Die Holzveranda flammte auf.

»Feuer!« schrie Diwi schrill.

Jemand rannte auf die Veranda und versuchte die Flammen auszustampfen.

»Das Dach!« brüllte ein anderer. »Um Himmels willen, löscht endlich das Feuer, ehe noch mehr Funken fliegen!«

Das Mädchen wich in eine Ecke des Hofes zurück.

Da schnitt Mardas ruhige Stimme durch die Aufregung. Sie kam aus dem Haus und band ihren Rock zu. Der Feuerschein zuckte bronzen auf ihrem entblößten vollen Busen. Silberhaar stolperte hinter ihr durch die Tür. Sein Kittel saß schief, doch die Harfe hing sicher um seine Schulter. Sein Blick suchte die Menge ab, bis er Diwi gefunden hatte.

»Ist dir nichts passiert? Gut – halt dich aus dem Gedränge. Ich muß löschen helfen.«

Das Mädchen setzte sich wieder in ihre Ecke, beobachtete ihn und lächelte.

7

Am nächsten Morgen ritt Silberhaar schweigsam und schlechtgelaunt aus der Siedlung. Marda war großzügig gewesen und hatte die Pferde reichlich beladen, doch die Blicke vieler Einwohner der Ansiedlung waren sehr merkwürdig gewesen, während Silberhaar und Diwi sich zum Aufbruch bereit gemacht hatten.

Die Gegend, in die sie jetzt kamen, schien noch trostloser zu sein als die Wüste im Süden. Diwi jedoch war fröhlich und pfiff beim Ritt lautlos durch die Zähne.

Die Tage vergingen. Jeden Abend bedrängte Diwi Silberhaar, auf der Harfe zu spielen. Und in seiner Musik fand er Trost und vergaß die Rätsel der Gegenwart und das Leid der Vergangenheit.

»Du bist frei«, sagte Diwi eines Abends leise, als der Mond seinen Silberschein in jede winzige Sandmulde schickte. »Du kannst überallhin – wie ein Vogel.«

Er starrte sie an und erinnerte sich seit Tagen zum erstenmal wieder an die Zeit, da er von sich als Farin gedacht hatte, nicht als Silberhaar. Frei? Er war nicht frei, nach Hause zurückzukehren ...

Sie legte den Kopf nach einer Seite und blickte ihn an. Dabei erinnerte sie ihn schmerzlich an die älteste Tochter seiner Schwester Berisa.

»Du verstehst nicht«, sagte er bitter. »Ich habe es mir nicht selbst ausgesucht ...«

»Wirklich nicht?« Sie schüttelte den Kopf. »Dann bist du ein Tor! Wer würde hinter Mauern bleiben wollen, wenn er frei fliegen kann?«

»Auch in einem seßhaften Leben ist Freiheit ...« Silberhaar kämpfte gegen die Erinnerungen an eine weiße Straße an, die in der Sonne schimmerte, an den ersten Blick auf einen Berggipfel, an die Anfangsnoten eines neuen Liedes, das niemand in Westria kannte, und er verstummte. Konnte er diese Augenblicke verleugnen, die manchmal all den Schmerz aufzuwiegen schienen? »Und Annehmlichkeit«, fügte er ein wenig lahm hinzu. »Ich habe gehört, daß Willasfall eine schöne Stadt ist.«

»Willasfall herrscht über die Handelswege ...« Aus Diwis Stimme klang eine seltsame Bitterkeit, die er nicht verstand. »Auf dem Markt dort gibt es alle möglichen hübschen Dinge. Einmal hat man mir einen Vogel geschenkt, rot und grün und mit einem großen gelben Schnabel. Sie sagten, er käme aus einem Land weit im Süden von Aztlan. Aber er sang nicht.«

»Dann ist deine Familie wohl reich?« fragte er. »Ist dein Vater ein Kaufmann? Sie werden bestimmt froh sein, wenn du wieder zu Hause bist ...«

Ihr Lachen unterbrach ihn. »Oh, sie werden sogar sehr glücklich sein.« Wieder lachte sie, und er schauderte bei dem Klang ihres Lachens, doch sie sagte nichts weiter.

Danach kuschelte sich Diwi in ihre Decken, und bald hörte er ihren gleichmäßigen Atem. Silberhaar aber lag noch lange wach und grübelte. Woher wußte Diwi immer, wo Wasser zu finden war? Wieso kamen die Stürme, die sie in der Ferne sahen, nie nahe genug, ihn und das Mädchen zu belästigen? Und wie hatte Diwi die Kraft erworben, den Geist anderer mit oder gegen ihren Willen zu berühren?

In Westen verfügten ausgebildete Adepten über diese – und andere – Kräfte, doch Silberhaar fand es beunruhigend, daß ein Kind ihres Alters sie besaß. Und obwohl Diwi ihm hatte versprechen müssen, daß sie keine weiteren Streiche spielte, schlug er einen Bogen um die ohnedies wenigen Ansiedlungen, an denen sie vorbeikamen. Es war immerhin möglich, daß Tol die Schuld Diwi gegeben hatte, und er wollte wahrhaftig nicht als Hexenmeister mit ihr zusammen verbrannt werden.

Er konnte allerdings nicht verhindern, daß andere sich für sie interessierten, denn für so manche, die in dieser Öde wohnten, wären ihre Pferde und die Ausrüstung eine reiche Beute. Er ließ zusehends größere Vorsicht walten, als die Gegend immer wilder wurde. Sie lagerten nur noch, wo sie guten Sichtschutz hatten, und sie löschten ihr kleines Feuer immer, sobald sie ihr Abendessen gekocht hatten.

Trotzdem wunderte es ihn nicht, als Diwi ihn in den kalten Stunden vor dem Morgengrauen weckte. Er lauschte und hörte verstohlene Bewegungen im Gebüsch. Es waren zweifellos mehrere Personen, dachte er, sonst hätte er sie gar nicht hören können. Sicher hatten sie Speere, wahrscheinlich auch Messer, und bestimmt einen reichlichen Vorrat an braungefiederten Pfeilen, wie er sie aus den Leichen der überfallenen Karawanenleute hatte ragen sehen.

»Wer sind sie?« wisperte Diwi.

»Nomaden, die vom Land leben«, flüsterte er zurück. »Und im Augenblick schließt das Land uns mit ein. Im Dunkeln haben sie Angst vor Geistern. Deshalb werden sie uns auch nicht vor dem Morgen überfallen. Es sei denn, wir versuchen, vorher zu entkommen. Hier ist jedenfalls kein guter Platz für einen Kampf, und ich habe nur mein Schwert. Wenn sie angreifen, mußt du zusehen, daß du den Felsblock dort erreichst, und dich dahinter verstecken. Ich werde sie ablenken, bis du dort bist, und selbst wenn sie mich besiegen, finden sie dich vielleicht nicht. Leg dich jetzt wieder hin ...«

Diwi kroch zu ihren Decken zurück, und Silberhaar seufzte. *Selbst wenn sie mich besiegen!* dachte er sarkastisch. Wenn er sich um des Mädchens willen zur Zielscheibe machte, war es so gut wie unmöglich, daß sie ihn nicht besiegten. Es würde jedoch ein guter Kampf werden, nahm er an, und er hatte gehört, daß diese Menschen Totengesang zu schätzen wußten. Er vermied es aber, an ein solches Ende seiner Reise zu denken.

Ihn fror. Er drehte sich auf die Seite und blickte gen Osten. War der Himmel hinter den Bergen bereits grau? Vorsichtig schlug er seinen Umhang zurück und griff nach dem Schwert. Da erstarrte er, als sich wenige Fuß entfernt etwas bewegte. Jetzt schon? Er spähte in die Dunkelheit, und seine Finger schlossen sich um den kalten Schwertgriff.

Diwi! Das Mädchen hatte sich gebückt und scharrte im Boden. Dann warf sie irgend etwas. Silberhaar spürte Staub auf der Wange. Sie warf erneut, und im noch zögernden Grau sah er eine Wolke. Von irgendwoher kam ein leises Pfeifen. Diwi?

Nun war Bewegung ringsum. Silberhaar wappnete sich, hielt das Schwert fest in der Hand. Warum lief das Mädchen nicht weg? Als er sich aufrichtete, sah er ein Wirbeln in der Luft, Schatten in Schatten, ein formloses Etwas, das weder menschliche noch tierische Gestalt hatte, das abwechselnd besser und wieder schlechter zu sehen war. Ach was. Das bildete er sich nur ein. Es konnte gar nicht anders sein!

Da kauerte sich Diwi auf ihre Fersen zurück und lachte. Das Etwas, von dem Silberhaar wußte, daß es gar nicht wirklich da war, wurde von einem plötzlichen Windstoß in die Büsche gewirbelt, und das hohe, dünne Pfeifen, das Silberhaar gehört hatte, wurde von Schreien übertönt.

Als die Sonne über den östlichen Horizont spitzte, war alles vorüber. Fußabdrücke und herumliegende Waffen verrieten, wo ihre Feinde gelauert hatten, von ihnen selbst jedoch war nichts zu sehen. Silberhaar hoffte, daß sie in ihrer Panik einfach davongelaufen waren. Der Himmel war bleich und klar, doch in der Ferne bewegte sich eine Staubwolke am Horizont. Er stand auf und starrte dieser Wolke nach, bis er sie nicht mehr sehen konnte.

Silberhaar stellte keine Fragen, als sie zum Aufbruch rüsteten. Doch während sie dahinritten, erforschte der Harfner sein Gedächtnis nach Einzelheiten des vergessenen Liedes über Willasfall.

Als sie bereits zwei Wochen unterwegs waren, blieben die rauhen Berge zurück, und sie kamen in ein ebeneres, weites Land. Diwi betrachtete die landschaftlichen Merkmale eingehend, doch Silberhaar fragte nicht, wonach sie suchte. Er sprach auch nicht über den Wind, der jede Nacht um ihr Lager pfiff.

Einmal sahen sie Reiter, nicht mehr als schwarze Punkte im hellen Sand, und Silberhaar spürte aufkommenden Wind an seiner Wange. Rasch schaute er zu Diwi hinüber. Ihre Augen blitzten, und als sie seinen Blick bemerkte, kicherte sie leicht. Vor ihnen wirbelte weißer Staub auf.

»Diwi – hör auf! Wir wissen doch gar nicht, ob es Freund oder Feind ist!«

»Sie sind jedenfalls in der Überzahl, und ich möchte nicht, daß sie mich sehen. Außerdem, was macht es denn schon? Ich bin die …« Sie verbesserte sich. »Ich kann tun, was ich will!« Ihre Stimme bebte. »Du weißt nicht, was ich tun kann …«

Silberhaar schluckte. Er kam sich vor wie ein Mann, der

versuchte, den Wirbelwind zu zähmen, und es blieb ihm nichts anderes übrig, als die offenbar einzige Macht zu benutzen, die er über sie hatte. »Vielleicht weiß ich es nicht. Aber ich weiß, was *ich* tun kann. Ich kann dich nämlich hier allein lassen!«

Sie warf ihm einen raschen Blick zu und sah, daß es ihm ernst war. »Ich möchte ihnen nicht begegnen«, flüsterte sie.

»Es gibt einfachere Möglichkeiten, das zu verhindern ...« Silberhaar führte sie in ein trockenes Flußbett hinunter, wo sie vor Beobachtung geschützt waren. Aber er blickte über die Schulter. Er sah, daß die Staubwolke schrumpfte und noch kurz an einer Stelle wirbelte, ehe sie sich ganz auflöste. Unwillkürlich fröstelte er, obwohl ihm der Schweiß über das Gesicht rann.

Danach wurden sie beide noch schweigsamer, bis sie schließlich eines Tages auf einer Erhebung lagerten, von der aus das Glitzern eines Wasserstreifens zu sehen war. Dahinter, einige Meilen ostwärts, wo niedrige Berge sich ins breite Tal erstreckten, entdeckte er eine Ansammlung von Häusern, so weiß wie gehäufte Gebeine.

Silberhaar blickte Diwi an. »Ist das Willasfall?« Sie senkte die blassen Augen. »Du wußtest, wo wir die Stadt finden würden«, stellte er fest. »Meinst du nicht, daß es an der Zeit ist, mir zu sagen, wie? Und wer deine Familie ist?«

Ihr Blick suchte die ferne Stadt, ehe sie ihn wieder Silberhaar zuwandte. »Du wirst mich nicht alleinlassen?«

Er schüttelte den Kopf. »Fang damit an, daß du mir deinen ganzen Namen nennst.«

»Du hast mir deinen nicht gesagt. Aber natürlich könnte ich ihn herausfinden, wenn ich wollte.« Ihr Lächeln war eine winzige Spur boshaft. »Doch meinen kann ich dir nicht nennen – weil ich keinen habe. Weißt du, ich bin die Willa, und deshalb wußte ich auch, wo Willas Fall ist.«

Vergrabene Erinnerungen regten sich – an eine Nacht, als der Wind um die Mauern von Laurelynn heulte und der Meister der Bardenschule für den König gespielt und gesungen hatte ...

Eine einsame Straße führt durch den Sand,
Durch die ewigen Dünen im öden Land.
Dort steht eine Stadt in der Einsamkeit
Aus beinweißen Mauern, gebleicht von der Zeit ...

Sanft sang Silberhaar diese Strophe und blickte dabei auf die Stadt hinter den hohen Pappeln. Nun fiel ihm auch der Rest des Liedes ein.

Man hat von seltsamen Bräuchen gehört,
Daß niemand von dort je wiederkehrt,
Nur wer die Wachen mit Gold bezahlt,
Den lassen sie zieh'n aus Willasfall.

Doch wenn es manchesmal geschieht,
Daß einer statt der Börse die Klinge zieht,
Dann heben die Priester zu singen an,
Und ihre Dämonin hört den Gesang,
Und ihr Pfeifen bricht Stein von Stein,
Reißt Haut von Fleisch und Fleisch von Bein,
Und Wind aus der Hölle sucht überall
Nach den Feinden von Willasfall.

Er erinnerte sich an den Wind, der die lauernden Nomaden vertrieben hatte – oder hatte er Schlimmeres getan? Sein Blick schweifte von der Stadt zu der Willa, und während er ihr stilles Gesicht beobachtete, sang er weiter.

Manche, die ihr kalter Zauber ruft,
Verehren sie als Geist der Luft.
Für andere ist sie das pfeifende Kind,
Die Herrin über den Todeswind,
Deren dunkle Künste der Nacht
Schon vielen Tod und Verderben gebracht.
Doch die Wahrheit, die kennt nun einmal
Nur der, der zurückkommt aus Willasfall ...

Silberhaars Stimme versagte. Im schwindenden Licht lag das Gesicht der Willa im Dunkeln, doch glaubte er, daß sie süß und boshaft zugleich lächelte, wie ein Kind, das an einer Tischdecke zieht, um zu sehen, ob das Geschirr herunterfallen wird. Und als erlege das Lächeln ihm einen Zwang auf, fuhr er heiser fort zu singen.

Die, die der Willa begegnet sind,
Sie kennen das Wüten des Todeswinds.
Seht sie nicht an, dreht euch um und geht,
Und wenn der Wind sie mild umweht,
Flieht und verschließt Tür und Tor,
Verberget euch, betet und seht euch vor
Und hört die Warnung ein letztesmal:
Nehmt niemals die Straße nach Willasfall!

Aber er *hatte* diesen Weg eingeschlagen, sogar in Gesellschaft dieser Dämonin in der Gestalt eines Kindes. Und doch war sie wirklich nur ein Kind, und sie war gefangengehalten worden.

»Wie hat dich jemand verschleppen und festhalten können?« fragte er und versuchte es zu verstehen.

Sie zog die Brauen zusammen. »Sie haben mir ein Schlafmittel eingeflößt. Ich bin die ganze Zeit über, bis du mich gerettet hast, keine zehn Minuten wach gewesen.«

»Wer waren sie? Was wollten sie mit dir tun?«

»Willasfall übt das Wegerecht über die Nordstraße aus, und meine Priester verlangen eine Gebühr von allen, die sie benutzen wollen.« Sie leierte die Worte wie eine auswendig gelernte Lektion herunter. »Doch die Kaufleute von Radiston wollten nicht bezahlen. Ohne mich fehlt der Stadt die Macht, sich durchzusetzen. Ich glaube, sie hatten Angst, mich zu töten, und nahmen mich als Geisel, um die Stadt zu zwingen, ihnen freien Handel zuzusichern. Sie reisten durch Westria, ehe sie wieder gen Osten bogen, um mögliche Verfolger in die Irre zu führen … Ich wünschte, ich wäre wach genug gewesen, als sie mich gefangenhielten – sie hatten einen viel zu leichten Tod!« endete sie mit sich überschlagender Stimme. Ihre blassen Augen glühten jetzt.

»Du wirst bald sicher zu Hause sein«, versprach Silberhaar. »Bestimmt werden sie dich mit Freuden willkommen heißen.«

Mit abfälliger Miene entgegnete sie: »Ich bin ihre Göttin und ihre Sklavin! Auf meinem Weg mit dir habe ich etwas Neues kennengelernt ...« Bitter fügte sie hinzu: »In Willasfall betet man mich an, doch ich habe dort keinen Freund. Es gibt auch niemanden, der Musik macht wie du. Sei *mein* Harfner und bleib bei mir! Ich werde dir mehr Gold geben, als ein Spielmann je sah – Willasfall herrscht bereits seit dreihundert Jahren über den Handelsweg. Du mußt mitkommen – ich *möchte* es!«

Silberhaar schüttelte sanft den Kopf. Ihre Worte machten ihm zu schaffen, und er suchte nach einer Ablehnung, mit der er sie nicht zu sehr kränken würde. Abwesend schichtete er mit Kienspänen gemischtes Reisig auf und machte ein kleines Feuer.

»Tut mir leid, Diwi, aber das geht nicht«, antwortete er schließlich. »Ich suche jemanden, und ehe ich sie nicht gefunden habe, kann ich niemanden meine Dienste anbieten, und kein Zuhause haben.«

Sie lehnte sich zurück, betrachtete ihn nachdenklich, und wärmte sich die Hände über dem aufflackernden Feuer. »Warum sollte dann ich in den Käfig zurückkehren? Kann ich nicht mit dir mitkommen? Niemand kann uns verweigern, was wir wollen, wenn ich nur einen Wind herbeizupfeifen brauche!«

Silberhaars Mitleid wurde plötzlich zu Angst. Er stellte sich vor, wie die Staubwolke, die sie am Nachmittag herbeibeschworen hatte, immer größer wurde und das ganze Gebiet verwüstete. Es stimmte, selbst wenn sie den Windkristall an der Brust getragen hätte, könnte sie kaum mehr Macht haben.

»Nimm mich mit – ich werde dir Glück bringen ...«

»Nein.«

»Du bist auf der Suche. Soll ich dir sagen, was du finden

wirst?« Sie lachte über die Hoffnung, die kurz in seinen Augen aufleuchtete. Über die Macht ihrer anderen Kräfte hatte er ganz ihre Gabe der Weissagung vergessen.

»Wenn du mir irgend etwas sagen kannst, was mir helfen könnte, dann sprich. Ich glaube, das schuldest du mir.« Seine Stimme war angespannt, doch er bemühte sich um eine unbewegte Miene.

Sie bedachte ihn mit einem raschen Seitenblick, dann wurden ihre Züge schlaff. Nach einer angespannten Stille öffnete sie wieder die Augen, und er las eine Spur Bosheit in ihren kristallklaren Tiefen.

»Du wirst umherwandern, bis dein Haar weißer als Mittwinterschnee ist, und deine Suche wird neben einem einsamen Grab enden«, sagte sie. »Deine eigene Entscheidung macht dir einen Freund zum Feind, der zuerst deine Harfe brechen wird, dann die Hände, die sie zum Klingen brachten ...«

Caolin ... Etwas tief in ihm deutete die Prophezeiung, doch er gestattete sich nicht, darüber nachzudenken – nicht jetzt.

»Sonst hast du nichts mehr zu sagen?« Seine Stimme war leer. »Drohungen binden nicht mehr als Versprechen. Ich habe dir gesagt, daß ich dich nach Hause bringe, und das werde ich auch!«

Da lächelte sie leicht. »O wirklich? Hast du denn einen eigenen Willen? Ich fürchte, nein. Ich bin die Willa, und meine Diener werden dich dorthin treiben, wohin *ich* es will!« Ihre Lippen bewegten sich, und ein dünnes, wisperndes Pfeifen erklang.

Die Nacht wurde plötzlich kälter. Das kleine Feuer flakkerte wild, und Silberhaar versuchte, den Druck in seinen Ohren abzuschütteln. Das Pfeifen schwoll an. Unsichtbare Finger zupften an seiner Kleidung und zausten sein Haar. Die Pferde wieherten und bäumten sich auf, und er hörte den Wind immer lauter werden.

Er langte nach dem Dämonenkind, das ihn über das Feuer hinweg anlächelte. Diwi wehrte sich, als er sie packte, und er spürte, daß ihr Herz heftig pochte, wie das des kleinen Vogels, der einmal in seiner Hand gestorben war. Sie pfiff schrill und versuchte ihn zu treten, und der Wind toste in seinen Ohren und zerrte an ihm.

»Hör auf!« Er verstärkte seinen Griff. »Wenn du den Wind auf mich hetzt, wirst auch du sterben!«

Nun hielt sie still in seinen Armen. Der Wind ließ nach, und für einen Augenblick glaubte er, er habe gewonnen. Doch da befahl eine Stimme in seinem Kopf: *Laß sie los ... Laß sie los!* Er biß die Zähne zusammen, als die Stimme zum schmerzhaften Donnern wurde, und hielt Diwi fest, mit aller Kraft, die ihm geblieben war. Der Schmerz schwand.

Dann wurde der zuvor gebieterische Ruf zum Flehen, doch jetzt mit verschiedenen Stimmen: die seines Vaters, König Jehans, Erics, der sein Freund war. Vage erkannte er sie als Trugstimmen. Und dann erklang eine weitere Stimme. Der unverkennbare Ruf einer Frau, die schluchzte und um Hilfe bat. Faris' Stimme – Faris in Gefahr –, Faris, die denselben qualvollen Schrei ausstieß, den er unmittelbar vor ihrem Verschwinden vernommen hatte.

Farins Arme lockerten sich. Das letzte Mal war er nicht imstande gewesen, Faris' Ruf zu folgen. Er wollte sich schon erheben, da wand sich die Kreatur in seinen Armen plötzlich. Faris' Schrei ging in einem Kreischen unter, das den Verstand taub werden ließ. Er wimmerte, doch mit letzter Willenskraft umklammerte er das Handgelenk der Willa wie ein Ertrinkender. Wieder hörte er seine Schwester schreien.

Das ist nicht Faris!

Er zwang sich, ihre Stimme zu hören, wie sie wirklich gewesen war. Erinnerungen hoben ihre Stimme in seinem belagerten Gehirn ... Faris' klare Stimme rief die alten Zeilen, die sie für ihre Initiation gelernt hatte ...

Erde und Feuer, Wasser und Wind ...

»Der Wind kann Lieder ebenso tragen wie Zauber!« rief er lautstark und riß die Willa heftig zu sich zurück, als erneut Chaos um sie toste. Dann sang Silberhaar:

Die vier Gewalten des Lebens sind –
Erde und Feuer, Wasser und Wind …

Er wiederholte die einfachen Zeilen, und er stellte sich dabei vor, daß seine Schwester mit ihm im Chor sang:

Seien immer sie im Gleichgewicht
Und untertan dem Bösen nicht …

Er rief diese Worte triumphierend ins Heulen und Jaulen des Sturmes und verstärkte seinen Griff um das Dämonenkind.

Die Erde ist unsere Mutter mild,
Die allen Lebens Hunger stillt;
Das Wasser klar vom Himmel fällt,
Und reinigt mit seiner Flut die Welt.

Der scheinbar schwankende Boden war nun wieder fest unter seinen Füßen. Er stieß die Worte, eines nach dem anderen, heraus, zwang dem Pulsieren seines Gehirns Rhythmus und der Welt Ordnung auf.

Der Wind sendet an jeden Ort …

Sein eigener Gesang hallte in den Ohren, zitterte in der knisternden Luft.

Vom Himmel herab Gottes Wort …

Um sie herum vibrierte es von ausgewogenen Kräften …

Das alle dunklen Zauber bricht,
Und die Welt erfüllt mit Feuer und Licht!

Seine Stimme verlor sich in einem tiefen Schweigen.

Nichts rührte sich.

Die Willa lag schlaff in Silberhaars Armen, und im Licht

des aufgehenden Mondes wirkte ihr Gesicht leer. Nur das Pochen des Pulses an ihrem dünnen Hals verriet, daß sie noch lebte. Silberhaar holte tief Luft und schaute sich um.

Die Glut ihres Lagerfeuers lag verstreut um sie herum. Alles Buschwerk in einem Umkreis von gut hundert Fuß war entwurzelt, der Boden aufgewühlt. Kleidungs- und Ausrüstungsstücke lagen überall verstreut. Die Pferde standen zitternd und schweißüberströmt am Ende ihrer Halteriemen.

Behutsam setzte Silberhaar das Mädchen ab und zog sein Schwert. Doch wie sie so dalag, war ihr weißes Gesicht nicht geheimnisvoller als das jedes anderen Kindes. Gab es noch eine weitere Möglichkeit?

Seufzend schob er das Schwert in die Scheide zurück. Er entsann sich der alten Sage von einem Mann, der eines Nachts mit einem Geist gerungen, diesen besiegt hatte, und ihn nicht freigab, ehe der Geist ihn gesegnet hatte. Er beugte sich über das Kind.

»Diwi!«

Sie rührte sich ein wenig und stöhnte. Ihr Gesicht war kreideweiß. Er drückte die Hände an ihre Schläfen und rief erneut. Ihre Lider flatterten, und sie blickte zu ihm hoch.

»Diwi – ich habe dir einen Namen gegeben! Gib du mir Hoffnung! Sag mir, ob ich die Antworten finden werde, die ich suche, und das Kind, das König von Westria sein sollte. Was wird aus meinem Feind?«

Sie blickte ihn an, dann durch ihn hindurch. Nach einer Weile wisperte sie: »Dein Feind wird sich selbst zugrunde richten, und Westria wird seinen rechtmäßigen König haben …« Aus ihren Augen quollen Tränen, die glitzernde Spuren auf ihre Wangen zeichneten.

Silberhaar nahm sie in die Arme wie ein Baby. Er wiegte sie sanft und summte dazu tief in der Kehle.

»In Willasfall beherrschen sie mich mit Worten«, flüsterte sie schließlich. »Seit meiner Geburt muß ich den Riten gehorchen. Wenn der Gesang beginnt, habe ich keine Wahl, als das zu tun, was sie verlangen. Ich will nicht mehr zurück …«

»Du hast jetzt deinen eigenen Namen«, sagte Silberhaar eindringlich. »Wenn du lernst, dich selbst zu beherrschen, kannst du frei sein! Du weißt, daß ich dich in die Stadt bringen muß, sobald es Morgen ist.« Er strich über ihr zerzaustes Haar. In Willasfall würde es Proviant geben, vielleicht auch brauchbare Auskunft.

»Sing für mich, Silberhaar ...«, bat Diwi leise. Er hatte geglaubt, sie schlafe. Zum letztenmal tat er es.

Er besang die Ordnung der Schöpfung, die alles Leben verherrlicht. Er sang von Königen und Helden, von Liebenden und ihrem Leid. Er sang die Wiegenlieder, mit denen man Faris und ihn in den Schlaf gewiegt hatte. Er sang für die Willa, bis ihr Atem ruhiger und tiefer wurde, und er wußte, daß sie endlich eingeschlafen war. Doch immer noch hielt er sie in den Armen, während die Sterne übers Firmament wanderten, der Mond unterging, und die aufgehende Sonne schließlich die Mauern des fernen Willasfall rosa färbte.

Nicht der leiseste Windhauch war zu spüren.

8

»Ein Harfner ist keine Belastung auf einer Reise, aber auch keine Notwendigkeit ...« Der stämmige Händler musterte Silberhaar von Kopf bis Fuß. Im Willastempel hatte man Silberhaar gesagt, daß der Händler vom Stamm der Dineh war. Er trug einen breiten Hut mit Silberscheiben wie Münzen am Band. Und er brauchte Männer für seine Karawane.

Silberhaar straffte die Schultern. »Ich habe schon mit Packtiergespannen gearbeitet.« Er fragte sich, wie der andere ihn sah – eine hagere Gestalt, vom Wanderleben noch dünner, Greisenhaar um ein Gesicht, das schon tiefe Furchen und Linien aufwies. Er deutete auf das scheinbare Durcheinander von Wagen, aufgestapelten Ballen und Kisten, und die Reihe von angebundenen Maultieren und

Kamelen, die diese Lasten ziehen oder schleppen würden. »Was braucht Ihr?«

Hosteen grinste. »So gut wie alles. Kannst du mit dem Schwert umgehen?« Er deutete auf den abgegriffenen Knauf, der aus der Scheide an des Harfners Seite ragte.

»Gut genug«, versicherte ihm Silberhaar. »Ich habe in den Bergen von Westria gegen Gesetzlose gekämpft, und im Süden gegen elayanische Soldaten. Und seither überstand ich so manchen anderen Kampf.« Die Jahre hatten die Förmlichkeit der Sprache abgerieben, die er in Laurelynn gelernt hatte, und er sah keinen Nutzen darin, dem Mann zu erzählen, daß er vom König von Westria zum Ritter geschlagen worden war. Das würde nur zu Fragen führen, auf die er keine Antworten geben wollte.

Die Priester der Willa hatten ihm ein neues Paar Stiefel gegeben, dazu ein weites Kapuzengewand als Schutz vor der Sonne, und außerdem Auskunft. Sie sagten ihm, daß zwischen Arena und dem Tal der Sonne in Aztlan geringer, aber stetiger Sklavenhandel stattfand. Wenn Faris Westria verlassen hatte, mochte sie dorthin gebracht worden sein. Die Erinnerung zog Silberhaars Blick über den Marktplatz, auf dem reger Betrieb herrschte, hin zu den weißgetünchten Tempelmauern, über denen sich das blaubemalte Rad des Windherrn drehte. Diwi war dort. Er fragte sich, ob sie wohl aus einem der hohen Fenster schaute und ihn beobachtete. Er wandte seinen Blick wieder Hosteen zu. Er wollte Faris finden, doch im Augenblick hatte er keinen sehnlicheren Wunsch, als Willasfall zu verlassen.

»Ich kann auch Bogenschießen ...«, sagte er rasch.

»Wenn du mit uns kommen willst, mußt du das wohl. Und du wirst jeden Abend üben, gleichgültig, wie müde du bist, bis ich zufrieden bin.«

Hosteens Augen glitzerten wie schwarze Steine, und Silberhaar erinnerte sich, was die Leute über ihn sagten. Der Händler war ein harter Mann, aber ein guter Führer, der sowohl seine Ware wie seine Männer heil durch die Wüste brachte.

»Dann nehmt Ihr mich also mit?«

»Du bist etwas zu hager, aber in der Hitze ist das ganz gut«, antwortete Hosteen. »Du siehst aus, als wärst du die Straße gewohnt. Außerdem habe ich keine Zeit mehr, noch länger herumzusuchen. Wenn du hier noch was zu erledigen hast, dann tu es gleich. Wir brechen in einer Stunde auf.«

Hosteen drehte sich bereits um und blickte mit finsterem Gesicht einen Mann an, der etwas von einer Rauferei bei den Kamelen heraussprudelte. Silberhaar verzog das Gesicht und kehrte zu seiner Herberge zurück. Das Geld, das er für seine gescheckte Stute bekommen hatte, würde gerade reichen, um seine Rechnung begleichen zu können. Vielleicht hätte er das Silber annehmen sollen, das die Willapriester ihm hatten geben wollen. Aber obwohl er nicht daran zweifelte, daß es richtig gewesen war, die Willa zurückzubringen – er hätte sich wie ein Verräter gefühlt, hätte er die Belohnung dafür eingestrichen.

Bestimmt würde Willa bald wieder glücklich sein. Mit dem kleinen Fluß, der Willasfall Wasser gab, und der herrlichen Aussicht auf die Berge, gab es nicht so leicht eine schönere Stadt in diesem Wüstengebiet. Und sie war reich. Die weißgetünchten Wände der Häuser waren mit glasierten Fliesen eingelegt, und die Kuppel des großen Tempels war mit Blattgold überzogen. Lächerlich, einen solchen Luxus gegen das Leben eines ruhelosen Wanderers zu tauschen!

Als die Karawane sich eine Stunde später auf dem Marktplatz sammelte, war dieser fast leer, und monotoner Gesang erklang aus der Richtung des Tempels, begleitet von schwerem Trommelschlag. Die Priester verloren keine Zeit, dem Volk zu zeigen, daß ihre Göttin zurück war. Der Singsang wurde zum Gebrüll, das schließlich verstummte, und Silberhaar schauderte.

Beim Überqueren der Hauptstraße sah er aus den Augenwinkeln ein Blitzen von Gold und wurde so auf eine prächtige Sänfte aufmerksam, die man soeben aus dem Tempel trug.

»Willa! Wil-lah! WIL-LAH!« Der Ruf erschallte von schier

überallher, als die Sänfte sich schwankend die Stufen hinunterbewegte und ihren langsamen Zug durch die Straßen begann, umgeben von weißgewandeten Priestern, deren kahlgeschorene Köpfe in der heißen Sonne glitzerten. Selbst hier, in dieser Entfernung, ließen die unzähligen Stimmen den Boden noch vibrieren. Silberhaar spürte, wie die Harfe auf seinem Rücken voll Mitgefühl summte.

Doch als die Karawane sich durch die Stadt aufs offene Land davor geschlängelt hatte, war das Brüllen nur noch als Gemurmel zu vernehmen, so schwach wie der Wind, der über den Sand blies. Und nicht *Willa* echote es in Silberhaars Kopf, sondern *Diwi ... Diwi ...*

So viele Straßen liegen hinter mir –
So viele Lande ...

Nein, so klang es nicht ganz richtig. Silberhaar runzelte die Stirn und blinzelte in die Grelle der Wüste. Obwohl er die Kapuze tief ins Gesicht gezogen hatte, schimmerte die schwerfällige Reihe von Wagen und Tieren vor seinen Augen, und der sandige Boden wellte sich und wogte scheinbar wie die See.

So viele Jahre liegen schon zurück,
So viele Lande, wo man mich nicht kennt ...

Ja, so war es besser. Den ganzen Morgen war ihm die Melodie seines alten Wanderlieds nicht aus dem Kopf gegangen, und er hatte verzweifelt nach den richtigen Worten für eine neue Strophe gesucht. Es war qualvoll, denn die blendende Helligkeit verursachte ihm Kopfschmerzen, und seine Rippen taten weh, wo ihn Hosteens hölzernes Übungsschwert am vergangenen Abend getroffen hatte. Doch vermochte der Schmerz ihn zumindest ein wenig von der Gluthitze und der endlosen Eintönigkeit des Weges abzulenken.

Ich such' wo immer auch mein Glück –

Es paßte im Versmaß und reimte sich, war jedoch nicht genau das, was er wollte. Es lag an dem *wo immer auch*. Es nahm zuviel Platz in der Zeile ein, ohne wirklich etwas auszusagen.

Sein Pferd stolperte. Silberhaar riß am Zügel und kehrte wieder voll in die Wirklichkeit zurück. Bei allen Hüterinnen, war das heiß! Seine schweißgetränkte Kniehose rieb an den Schenkeln. Sie waren inzwischen bereits über eine Woche südwärts unterwegs, und bei jedem Schritt stieß der Sommer vor. Quellen, die reichlich geflossen waren, als Hosteen Langschritt vor einem Monat erst nordwärts gekommen war, sickerten jetzt nur noch. Hosteen sagte, dies wäre die letzte große Karawane, die bis zum Winterregen diesen Weg nahm. Die Wagen mit den Maultiergespannen ratterten und knarrten, und die Kamele beschwerten sich immer wieder lautstark über ihr Los. Und wenn es schon den Kamelen zuviel wurde ...!

Unwillkürlich blickte Silberhaar auf den Harfenkasten, den er hinter sich am Sattel befestigt hatte. Um ihn wenigstens ein bißchen schützen zu können, hatte er ihn in ein weißes Tuch gehüllt, trotzdem mußte die Temperatur im Kasten ungeheuer sein. Er fragte sich, was die Hitze und die trockene Luft Goldschwan anhaben konnten. Es war seine eigene Schuld. Er hätte die Harfe in einen der Wagen legen können, doch nach sechs Jahren auf Wanderschaft war sie fast zu einem Teil von ihm geworden. Er fühlte sich nackt ohne sie und machte sich zu große Sorgen, wenn sie nicht in Reichweite war.

Heute abend würde er sie sorgfältig ölen, nahm er sich vor, und sobald sie in eine Stadt kamen, würde er die Risse, die sich in dem feinen Holz gebildet hatten, mit Leim schließen.

Wenn sie je eine Stadt erreichten! Ihr Bestimmungsort war die Feuervogel, eine Stadt, die sich zwischen bewässerten Feldern und Kanälen im Tal der Sonne kuschelte. Doch es fiel ihm schwer sich vorzustellen, daß es je wieder ein anderes Leben geben würde, als diesen endlosen Ritt unter der glühenden Sonne.

»Halt! Hei!«

Bei dem plötzlichen Gebrüll riß Silberhaar die Lider auf. Er sah Tumult vor sich und vermutete, daß eines ihrer Tiere gestürzt war. Er trieb bereits seinen Grauen vorwärts, als etwas an ihm vorbeisirrte und ihm bewußt wurde, daß es ein Pfeil war. Es war also zu dem Angriff gekommen, auf den Hosteen sie mit seinen Waffenübungen vorbereitet hatte.

»Rasch! Bildet einen Kreis!«

Männer und Tiere eilten vor ihm her. Silberhaar trieb ein Kamel vor sich her und brüllte den Fuhrleuten zu, es in die Wagenburg hineinzulassen, die sie sich zu bilden abmühten. Im Lärm der schreienden Maultiere und Kamele gingen Hosteens Befehle unter, doch der Karawanenmeister hatte Silberhaar und den anderen gründlich genug eingetrichtert, was sie in einem solchen Fall tun mußten oder zumindest zu tun versuchen mußten – denn unter Pfeilbeschuß war die Errichtung einer Wagenburg gar nicht so einfach, vor allem wenn die hysterischen Kamele ständig in die Wüste ausreißen wollten, wo sie leichte Beute würden.

Ich habe Kamele nie gemocht, dachte Silberhaar, während er den Kopf seines Grauen herumriß und dem Kamel hinterherjagte, dessen Packsäcke zum Bauch hinuntergerutscht waren. Quiekend wie ungeölte Angeln drehte sich das Tier in steifbeinigen Kreisen, als die Säcke immer wieder gegen seine Schenkel schlugen. Zwei Reiter hatten ihren Angriff unterbrochen, um auf Silberhaar loszugaloppieren. Sie hatten Tücher um die Köpfe gebunden. Silberhaar hätte nicht zu sagen vermocht, ob sie Indianer waren oder Wüstenwölfe wie jene, die Diwis Karawane überfallen hatten.

Fluchend zog er den Bogen über den Kopf und fummelte nach einem Pfeil im Köcher an der Sattelseite. Sein erster Schuß ging weit daneben. Er holte tief Atem, zwang sich zur Ruhe, schoß erneut, und sah, daß einer der Angreifer mit einem Aufschrei nach dem Bogenarm langte.

Brüllend donnerte Silberhaar auf das Kamel zu, das panikerfüllt den Kopf hochwarf und schließlich in die Richtung der Wagen lief. Der Ring war nun fast geschlossen – die letzten zwei Wagen wurden herbeigezerrt, und die ausgespannten Maultiere in die Mitte zu den anderen, unruhigen Tieren getrieben. Silberhaar schlug mit dem Bogen auf das Hinterteil des Kamels, und es taumelte steifbeinig durch die Lücke zwischen den Wagen.

Silberhaar selbst wurde fast von den Maultieren gegen einen Wagen gequetscht, als er dem Kamel folgte. Er riß den Köcher vom Sattel, fand einen Platz zwischen den anderen Männern hinter den Wagen, und schoß auf jeden Angreifer, der sich zumindest einen Herzschlag lang still verhielt. *Draußen beim Feind war ich sicherer!* dachte er und drückte sich dichter an den Wagen, als die panikerfüllten Tiere sich wieder hinter ihm vorbeidrängten. Einen Moment hatte er Angst um seine Harfe, die immer noch hinter dem Sattel des Grauen befestigt war, doch es bestand keine Möglichkeit, sie in Sicherheit zu bringen – oder sich selbst.

Ein Angreifer machte den Fehler innezuhalten, um sorgfältig zu zielen. Zufrieden sah Silberhaar, daß sein letzter Pfeil sich unter den erhobenen Arm des Burschen bohrte. Da bebte der Wagen, gegen den er lehnte, und er sah jemanden mit gezücktem Schwert über die Ballen klettern.

Er brüllte nach Hosteen und zog seine eigene Klinge, doch schon schrillten Rufe von überall her im Kreis, als der Feind die Barrikaden stürmte. Drei Männer hieben vom Wagen gleichzeitig auf Silberhaar hinunter. Er duckte sich, stieß seine Klinge in ein Knie, riß sie zurück und schmetterte sie auf den Hals des zusammensackenden Angreifers.

Blieben noch zwei. Silberhaar sprang vor und zurück. Verzweifelte wünschte er sich einen Schild. Wenn sie ihn niederschlugen, gelangten sie in die Wagenburg und konnten den anderen Verteidigern in den Rücken fallen. Sein Arm schmerzte, als er Hiebe mit einem Angreifer wechselte. Dann sah er den anderen vom Pferd springen und stürmte auf ihn zu, in der Hoffnung, ihn niederzustrecken, bevor er sein Gleichgewicht fand.

Doch diese Wüstenwölfe hatten gelernt, von galoppierenden Pferden zu springen, seit sie laufen konnten. Der Mann duckte sich bereits und erwartete den Angriff. Sein

Schwert war kürzer und breiter als Silberhaars und vielleicht gerade deshalb im Nahkampf gefährlicher. Der Harfner machte einen Schritt zurück. Die vorbeirasenden Tiere stießen ihn wieder vorwärts, und er nutzte den Schwung zu einem Stich, der durch den weiten Ärmel des Räubers schnitt, über die Rippen scharrte und dann, als Silberhaar die Klinge hochriß, in die Brust drang.

Silberhaar warf sich zur Seite. Das schwere Schwert seines Gegners sauste herab. Es gehorchte noch dem Willen seines Besitzers, obwohl dessen Augen bereits blicklos zum Himmel starrten. Einen Moment befürchtete der Harfner schon, sein eigenes Schwert stecke in dem Zusammensakkenden fest. Doch als die andere Klinge neben ihm auf den Boden fiel, drehte er die seine verzweifelt und konnte sie befreien. Er stolperte rückwärts und kämpfte um sein Gleichgewicht, als der zweite Räuber ihn ansprang.

Da seine ganze Aufmerksamkeit seinem Gegner galt, sah er die dunkle Form kaum, die sich plötzlich zwischen ihm und der Sonne befand. Dann schmetterte irgend etwas die Luft aus seinem Körper und das Schwert aus seiner Hand. Er krachte auf den harten Boden, und scharfe Hufe trampelten über seine Brust und seine ausgestreckte Hand.

Während der langen Zeit, die darauf folgte, gab es für Silberhaar nur Schmerzen und Fieber und scheinbar endloses Holpern, das, wie ihm vage bewußt wurde, von dem Wagen herrührte, in dem er lag, denn des Nachts, wenn der Wagen stand, war der Schmerz geringer. Auch die Luft war dann kühler; deshalb erkannte er den Unterschied zwischen der Glut in seinem Körper und jener der unbarmherzigen Sonne.

Des Nachts wurde ihm auch bewußt, daß ein Verband um seine Brust gewickelt war, ebenso um seine Hand. Eine Wunde in seinem Bein schwärte, und sein Kopf pochte von einem Schlag, den er abbekommen hatte. Doch tagsüber litt er unter Fieberwahn: Er sah Faris' Gesicht, das wie ein Trugbild in der Wüste schwankte; er sah Diwi weinen; und einmal erblickte er auch den Wacholdermeister, der einen staubigen Bergweg hochschritt.

So viele Jahre liegen schon zurück,
So viele Lande, wo man mich nicht kennt …

Die Strophen, die er gedichtet hatte, echoten spöttisch in seinem Kopf. An sie klammerte er sich mit den letzten Fetzen seines klaren Verstands, als könne er sich und seine Suche mit der Fortsetzung des Liedes am Leben erhalten.

Selbst die Erinnerung ist weit entrückt,
Doch solange noch ein Funke brennt,
Sucht dieser Wanderer sein Glück …

Dann kam ein Tag, als ihn plötzliche Kühle zur Besinnung brachte, obgleich es noch nicht Nacht war. Er sah Deckenbalken über sich, schwarz von Rauch und Alter, und hörte eine Vielfalt von Lauten, wie sie nur von einer Stadt kommen konnten. Eine Frau sprach Spaniol mit sanfter, melodischer Stimme. Er schloß die Augen, um Faris' Gesicht zu sehen, doch es wollte sich nicht zeigen. … *selbst die Erinnerung ist weit entrückt …*

Ihre Lippen bewegten sich, doch kein Wort drang aus ihrem Munde. Kühle Hände berührten seine Stirn, und er zwang sich, wieder die Lider zu öffnen. Er sah ein braunes Gesicht mit hellbraunen Augen hinter einem Schleier aus goldbraunem Haar, das in der Sonne glänzte. Das Gesicht einer Frau …

Ihre Augen blickten kurz in die seinen, dann lächelte sie. »Ja …«, sagte sie über die Schulter zu jemandem, den Silberhaar nicht sehen konnte. »Ich werde mich um ihn kümmern.«

Silberhaar seufzte und sank in die Schwärze zurück. Er wußte, daß er zumindest eine Weile keine andere Wahl hatte, als seine Wanderschaft zu beenden.

Die Frau hieß Jolande. Die Stadt war Feuervogel, und die Deckenbalken, die ihm aufgefallen waren, gehörten zur Türkistaverne, deren Wirtin Jolande war. Wundersamerweise hatte Silberhaars Harfe selbst den Überfall unversehrt überstanden, doch der goldene Schwan, der sie krönte, war so stark beschädigt, daß er kaum noch zu erkennen war. Des Harfners Finger brauchten lange, um zu heilen.

Später war er überzeugt, daß nur Jolandes unermüdliche Pflege und Zuneigung ihn davor bewahrt hatten, den Verstand zu verlieren, während er darauf wartete festzustellen, ob die Finger seiner Rechten je wieder die Saiten der Harfe zupfen konnten. Und er lernte ihre Steifheit auszugleichen. Selbst jetzt war sein Daumen noch etwas taub, und er bezweifelte, daß sich das je bessern würde.

Es war unausbleiblich, daß er das Bett mit Jolande teilte, und – als er wieder dazu imstande war – die Gäste in ihrer Taverne unterhielt. Manchmal schickte die Erinnerung an seine Suche Silberhaar mit anderen Karawanen fort, immer ostwärts. Er reiste durchs Grasmeer, wo der Boden flach war wie die Tafel eines Riesen und durch das die Menschen wie Ameisen zogen, die darauf warteten, von einer Riesenhand zerquetscht zu werden. Auch eine Reise nordwärts machte er, nach Deseret, das unter der Hegemonie der Priesterschaft stand, in ein Tal, wo Möwen über einem See kreischten, der mehr Salz als Wasser war. Doch er erfuhr nichts über Faris.

Und Silberhaar kehrte immer wieder in die Türkistaverne und zu Jolande zurück.

Warum auch nicht? dachte er, während er sich auf der Bank zurechtrückte, damit sein Rücken ganz dem kleinen Feuer zugewandt war, und nach seinem Stimmschlüssel griff. Wenn er schon keinen Hinweis auf Faris finden konnte, gab es hier zumindest nichts, was ihn an sie erinnerte. Inzwischen waren schon fast zehn Jahre vergangen, seit er Westria zum letztenmal gesehen hatte. Sie würden ihn dort bereits vergessen haben. Und das war gut so. Hier hatte er eine Frau und ein Zuhause und Zuhörer, und wenn die zerklüfteten Berge des Tals der Sonne auch nicht die dunstverhangenen Hügel seiner Heimat waren, und wenn er mit der Frau etwas teilte, das weniger Leidenschaft, denn Freundschaft und Zweckdienlichkeit war, und wenn die Zuhörer kritiklos seinen Liedern lauschten – nun, wie viele Männer hatten mehr?

Seine Finger zupften kraftvoll die Bronzesaiten, und die Gäste an den umliegenden Tischen wandten ihm die Gesichter zu. Indianer waren es – Mescaleros und Chiricuas aus dem Südosten, Papagos aus dem Tal der Sonne, und an den Tischen hinter ihnen, zwischen den hellhäutigeren Bürgern von Feuervogel, saßen einige Angehörige von Spaniolstämmen sowie ein rotgesichtiger Elayaner und zwei Dinehs. Im großen und ganzen die übliche Zusammensetzung.

Silberhaar lächelte ihnen zu und schlug drei Akkorde, die alle Gäste im Gespräch verstummen ließen. Er fing zu singen an:

Sie sitzt ganz allein an ihrem Feuer
In der Wüste mit starrem Gesicht,
Ihre Finger spielen mit ihrem roten Schal,
Ihre Augen blicken ins Nichts,
Und die Männer der Karawane
Beobachten sie stumm.
Sie kennen ihn gut, diesen Schmerz,
Oft genug kommt einer der ihren um.
So sitzt sie abseits,
Und zieht den Schal tief über ihr Haar
Und sucht sich zu erinnern,
Wie es in glücklichen Tagen war …

Es war ein neues Lied, das er auf seiner letzten Reise von einem alten Mann gelernt hatte, und jetzt war die richtige Zeit, es zu singen, ehe der Lärm zu groß für alles andere denn lautstarke Trinklieder wurde.

In einem Tal, übersät von Rosen, war es,
Daß alles begann,
Als ein Mädchen auf einem Hügel Ausschau hielt
Und die Große Karawane kam.
Es war zwei lange Jahre her, seit die Händler
Im Rosental waren,
Da war sie noch ein Kind gewesen für den Mann
Mit den schwarzen Haaren,
Und ihr Herz stellte ihr törichte Fragen,
Ob er sie wohl noch kannte,
Und es schlug schneller vor Sehnsucht,
Die so lange ungestillt brannte.

Das Lied erzählte, wie die Maid ihrem Liebsten gefolgt war, ihm ein Kind geboren hatte, und wie die beiden wohlhabend geworden waren und ihre eigene Karawane geführt hatten. Die Männer und Frauen in der Gaststube lauschten und nickten; sie kannten die Wüste und ihren Ruf. Die meisten waren selbst Karawanenhelfer oder Hirten, die ihren Rinder- oder Schafherden dorthin folgten, wo immer sie Gras fanden. Oder es waren Krieger, denn jeder Stammeshäuptling mußte, wenn es nötig war, seinen Stamm in den Krieg führen können, auch wenn nur der oberste Häuptling in Elbarran, der aus Höflichkeit Hochkönig genannt wurde, eine ständige Armee unterhielt.

Das Leben war gut, bis ihr Mann ein Heim
Für sie wollte und eigenes Land,
Denn sie kam nicht los von der endlosen Straße
Und dem Seufzen des Winds auf dem Sand.
Eines Nachts streiften die menschlichen Wölfe
Der Wüste heulend heran,
Und töteten das Kind und in grimmigem Kampf
Den schwarzhaarigen Mann.
Sie fand keine Tränen, sie schwor nur Vergeltung
Mit jedem Wort,
Sie ritt hinaus zur Großen Karawane
Und zog mit ihr fort.

Silberhaar sah Jolande mit den Händen an den Hüften stehen, den üppigen Busen vorgeschoben, damit man die prächtige Halskette aus in Gold gefaßten Türkisen, nach denen die Taverne genannt war, auch gut sehen konnte. Man munkelte, sie habe die Kette vom Hochkönig persönlich verehrt bekommen, als sie noch Tänzerin war. Andere raunten, die Kette gehöre zu einem alten Schatz, dessen Finder an einem Fluch starb, nachdem er sie Jolande geschenkt hatte. Es gab aber auch solche, die spöttisch behaupteten, das Geld sowohl für die Kette wie die Taverne wäre eine Anleihe vom alten Halsabschneider, und daß die Rückzahlung längst überfällig wäre. Silberhaar hatte Jolande nie gefragt, welche der Geschichten stimme, und sie hatte ihn nie gefragt, weshalb er Westria verlassen habe.

Nur einen Augenblick lang schnürte etwas seine Kehle zu, als er sich fragte, wie es wäre, eine Frau zu haben, die Rache schwor, wenn er starb – so, wie er Rache für Faris geschworen hatte.

Rasch stimmte er die letzte Strophe an.

Ein Jahr verging, in zahlreichen Kämpfen
Ertränkte sie ihren Grimm in Blut,
Und die Zeit ließ Schmerz und Erinnerung
Schwinden und begrub die hilflose Wut.
Sie wurde die Herrin der Karawane,
Und von aller vergangenen Qual.
Blieb nur ein Schatten von Traurigkeit
Und ein roter Seidenschal.
Doch manchmal kehrt alles wieder,
Wie tief es auch begraben war,
Und sie träumt von dem Tal der Rosen
Und dem Mann mit dem schwarzen Haar.

Silberhaars Blick suchte Jolande, als er das Lied beendete, das ihn erschüttert hatte, wie schon lange nichts mehr. Doch sie unterhielt sich mit Hosteen Langschritt, der soeben, nach einem Jahr, von einer Reise zurückgekehrt war. Automatisch modulierten des Harfners Finger die Schlußakkorde. Ein Murmeln erhob sich um ihn, halb Bewunderung, halb Unbehagen.

Er griff nach dem Weinkrug, nahm einen tiefen Schluck, und spielte die Ballade vom Maultiertreiber und seiner Schwiegermutter, die alle zum Lachen brachte. Als er damit fertig war, begann sich die Wirkung des Weines bemerkbar zu machen, und Silberhaar vergaß die eigenartige Traurigkeit, mit der er das Lied angestimmt hatte.

Jetzt war die Zeit des Abends, die er am liebsten hatte: wenn seine Finger und seine Stimme sich genug für eine gute Darbietung gelockert hatten, wenn die Zuhörer genug getrunken hatten, sie zu genießen, und wenn weder er noch sie der vom Wein verursachten Gefühlsduseligkeit oder gar Gewalttätigkeit verfielen. Die Taverne machte ein gutes Geschäft, und es herrschte eine kameradschaftliche Stimmung, an welche die Männer sich später, in der Einsamkeit ihrer Hütten und Zelte oder auf dem Weg, gern erinnern würden.

Feuerschein glitzerte auf der kupfernen Abzughaube über dem Herd in der Stubenmitte, fiel auf die Teppiche an den weißgetünchten Wänden, auf die braunen, lächelnden Gesichter. Silberhaar ging fast unmerklich von einer Weise zur anderen über, wählte Melodien der verschiedenen Stämme und Völker, denen die Anwesenden angehörten, wechselte vom fröhlichen Trinklied zum schwermütigen Liebeslied und wieder zurück, und ging so gekonnt mit den Zuhörern um wie mit seiner Harfe. Er spürte, wie die Kraft, die er ihnen schickte, zurückstrahlte und berauschender war als der Wein.

Er endete mit einem Stück, das nur die Harfe sang, dann lehnte er sich seufzend zurück. Seine Erregung klang ab. Es wurde zu laut in der Gaststube. Der Krug stand noch neben seinem Ellbogen. Er griff danach und leerte ihn. Dann winkte er dem Pimamädchen zu, das mit der Weinkanne herumging, und fing wieder zu singen an.

Die köstlichen Weine Westrias
Sind mild und süß und rot;
Ein Krug voll Elayaner Bier
Holt dich zurück vom Tod;
Doch der beste Tropfen, den es gibt,
(Und ich hab' alle ausprobiert)
Ist der, den mir die Schankmaid,
Zu dieser Stund' serviert!

Er hielt die Harfe mit Knie und Schulter und zupfte mit der Rechten weiter, während er den Krug ausstreckte, damit das Mädchen ihn füllen möge.

In Normontaine gibt's Most, Tekilah in Aztlan;
Doch einer im Öden Lande trinkt,
Was er gerade kann!

Damit erntete er Lachen. Silberhaar beendete den Kehrreim und nahm einen weiteren Schluck. Er hatte gelernt, sein Trinken mit derselben Präzision abzuwägen, mit der er seine Harfe stimmte. Er trank nie vor dem Abend, und dann gerade genug, um die Kehle zu ölen, während er sang. Erst nach seiner Darbietung brauchte er den Wein, um die Leere zu füllen, die er ohne die Harfe unter seiner Hand empfand, und um ihn in die richtige Stimmung zu bringen, die er brauchte, um sich als guter Wirt unter den Gästen zu bewegen.

Uisquebagh vertreibt die Kälte,
Und kühles Bier den Schweiß!
So reicht das volle Horn herum
Im frohen Freundeskreis!

Er mußte den letzten Kehrreim zweimal spielen, und dann grölte jemand ein Lied, ohne sich an die Melodie zu halten, doch das störte jetzt niemanden mehr. Silberhaar setzte seine Harfe behutsam ab. In seinen Ohren war nun ein angenehmes Summen, und der saure Wein schmeckte endlich süß.

»Das war ein schönes Lied – das über den Jungen, der den großen Löwen jagte ...«

Silberhaar drehte sich um und sah, daß es der Elayaner war, der dies gesagt hatte. Er nickte und lächelte. Die Ballade von dem Jüngling, der einen Löwen von Elaya tötete und schließlich der Stammvater des Fürstenhauses wurde, war eines der Lieder, das er an Prinz Palomons Hof gelernt hatte. Es war die Lieblingsballade der Tambaraner.

»Heuer jagte man Menschen in Elaya ...«, fuhr der Mann fort. »Der Sohn von Palomons jüngstem Bruder stellte in Kilima und dem Süden eine Armee zusammen, und es kam bis nach Nippan zum Kampf.«

Silberhaar schluckte, von plötzlicher Erinnerung aufgewühlt. »Wer hat gesiegt?«

»Oh, Palomon, wie üblich. Er ist ein alter Fuchs, und er hätte gar nichts Schlaueres tun können, als die ganze Sache diesmal dem Ausländer El Desterrado zu überlassen.«

»El Desterrado!« Silberhaar verstummte. Er erinnerte sich an eine Straße in Los Leones und an Caolins narbige Hände unter dem weißen Gewand. »Soll das heißen, daß dieser ›Desterrado‹ die Schlachten schlug?« fragte er.

»Er führte den Oberbefehl.« Der Elayaner zuckte die Schultern. »Der Prinz hat El Desterrado den Titel Condé und Landbesitz an der Nordgrenze gegeben.« Er pfiff der Pimamaid, die rasch herbeikam und ihre Krüge nachfüllte.

Silberhaar bemühte sich um eine ausdruckslose Miene. Vom Innenminister zum Oberbefehlshaber – Caolin dürfte sich über diesen Aufstieg freuen. Es gab keinen Grund, weshalb diese Neuigkeit ihn, Silberhaar, beunruhigte. Je mehr die konföderierten Staaten von Elaya untereinander kämpften, desto weniger würden sie Westria belästigen können. Und Caolin war offenbar mit seiner Stellung zufrieden.

Caolin gab einen guten Diener ab, aber einen schlechten Herrn, fand Silberhaar. Und nach so vielen Jahren erkannte er sogar, daß seine Schwester Faris keinen Gefallen an der Rolle der Königin gehabt hatte. Wäre Faris mehr wie Rosemarie gewesen, wäre Caolin vielleicht nicht vom rechten

Weg abgekommen. Er runzelte die Stirn. Es war nicht gut, daran zu denken, wie es hätte sein können. Wenn Caolin selbst stärker gewesen wäre, hätte er Faris lehren können, eine gute Königin zu sein.

Während er geistesabwesend dasaß, wandte der Elayaner sich einem anderen Gesprächspartner zu. Silberhaar legte seine Harfe in ihren Kasten zurück, und machte sich daran, von Tisch zu Tisch zu gehen und sich da und dort einem Gast zu widmen. An einem Tisch beschrieb ein Händler aus dem Osten eine neue Religion, die im Grasmeer gegründet worden war – doch das war wahrhaftig keine Neuigkeit. Manchmal sah es so als, als machten die Stadtstaaten und die nomadisierenden Stämme der Prärie einen Wettstreit daraus, immer neue Religionen zu erfinden.

An einem anderen Tisch hatten vier Männer Figuren auf einem Brett aufgestellt und spielten Schwert und Schild. Nach den Wetten zu schließen, mußten die Einsätze bereits ziemlich hoch sein. Am Nachbartisch feilschten die beiden Frauen, die das Färbereigeschäft der Stadt so gut wie allein in der Hand hatten, mit einem Händler aus Tenochtitlan um eine Ladung Indigo.

Und wie üblich diskutierten ein paar Stammgäste auch über Politik, denn der gegenwärtige Hochkönig war ein alter Mann, und dem Tal der Sonne gefiel es nicht, von Elbarran regiert zu werden. Soweit Silberhaar es beurteilen konnte, machte es jedoch überhaupt keinen Unterschied. Häuptlinge regierten ihre Stämme nicht anders, als die Lordbefehlshaber von Westria ihre Provinzen regierten, und der König konnte nicht viel mehr tun, als zu schlichten, wenn es Streit zwischen ihnen gab. Aztlan reagierte mit stürmischer Wildheit, wenn jemand seine Grenzen verletzte, aber es war noch nie in ein benachbartes Land eingefallen. Nach ein paar schmerzhaften Lektionen hatten selbst die habgierigen Fürsten von Elaya es in Frieden gelassen.

Der Harfner machte seine Runde zwischen den Tischen und blieb da und dort stehen, um kurz mit Stammgästen oder mit Bekannten aus den Karawanen zu plaudern. Das Feuer war niedergebrannt, doch die schmiedeeisernen Lampen, die von den Deckenbalken hingen, brannten noch stetig, und Silberhaars erfahrenes Ohr hörte aus dem Stimmengewirr die allgemeine Zufriedenheit heraus. Ein guter Abend – Jolande würde sich freuen.

Als hätte er ihren Namen gerufen, blickte sie neben Hosteen Langschritt auf und winkte Silberhaar. Die goldene Rundung ihres Busens schimmerte im Lampenschein unter dem Gewicht der Halskette, welche die Stickerei am tiefen Ausschnitt ihrer ärmellosen weißen Bluse verbarg. Sie trug über einem orangenen Petticoat einen langen, gerüschten Rock in der Farbe von Salbei im Sonnenlicht, durch dessen Bundschlaufen eine bunte Xicanoschärpe gezogen war.

Silberhaar lächelte ihr zu und bewunderte aufs neue ihre Schönheit. Wenn der Abend weiterhin so gut verlief, würde sie ihn später bei sich im Bett haben wollen. Er spürte bereits die erste Erregung, als er sich neben sie auf die Bank setzte, den Arm um ihre Taille schlang und die feste Elastizität ihres Fleisches durch die dünne Baumwolle spürte, ihren warmen, würzigen Duft einatmete, als sie sich ihm zuwandte, um ihn zu küssen.

»Hosteen möchte dir einen Vorschlag machen ...«, flüsterte sie ihm zu.

Silberhaar richtete sich auf und wandte den Blick von ihr zu Hosteen. Er hatte gehört, daß Hosteen früher Jolandes Liebhaber gewesen war – das spielte natürlich keine Rolle, aber er fragte sich, ob das ihre Urteilsfähigkeit beeinträchtigen könnte, was den Vorschlag betraf.

»Ein Schatz!« sagte Hosteen. Seine Augen unter dem roten Baumwollstirnband glänzten.

»Was hat das mit mir zu tun?« fragte der Harfner. »Ich brauche kein Gold.«

»Nicht Gold – glaube ich zumindest, obwohl es sich in Gold verwandeln läßt, wenn wir es erst haben.«

Silberhaar spreizte die gebräunten geschmeidigen Musikerfinger. Seine Hände waren kräftig, trotz allem, was sie in den vergangenen zehn Jahren mitgemacht hatten. »Mein Schatz ist hier.« Er lächelte.

Jolande lachte und schenkte etwas aus einer grünen Glaskaraffe in einen kleinen schwarzen Steingutbecher. »Koste das! Hosteen hat es aus dem Süden mitgebracht.«

Silberhaar griff danach. Im dem Becher war es unmöglich, die Farbe zu erkennen. Das Getränk roch kräftig und fruchtig, als er es an die Lippen hob, und schmeckte süß und schwer, als es die Kehle hinunterrann. Doch als es die Wärme des Weines in Silberhaars Magen erreichte, flammte es auf wie Kienholz im Küchenfeuer, und er hustete heftig.

»Wa-as war das?« fragte er, als er die Sprache wiederfand.

»*Torbellino* – sie stellen es aus einer Kaktusfrucht her«, erklärte Hosteen.

»Ich glaube, ich werde meinem Lied eine neue Strophe hinzufügen müssen!« Vorsichtig nahm er einen zweiten, kleinen Schluck und verwandelte das Feuer in seinem Magen zu einem gleichmäßigen Tosen. Die Luft vor ihm flirrte wie Hitzeflimmern an einem heißen Tag. Ihm war, als wäre einer dieser Geistschilde sichtbar geworden, von denen der Wacholdermeister manchmal gesprochen hatte, und er lachte. Das war viel besser als Wein!

Jolande schmiegte sich an ihn. Ihre Augen leuchteten vor Erregung, vielleicht aber auch von demselben Getränk, das nun in Silberhaars Blut sang.

»Du kennst doch den großen Cañon, wo die Götter die Erde bis zum Knochen durchschlugen? Weißt du, daß es dort Höhlen gibt?« fragte sie.

Silberhaar hatte Reiseabenteuer über einen solchen Ort gehört, der angeblich noch aus der Zeit vor dem Kataklysmus stammte, und er kannte einige Geschichten, die sich um diesen Ort rankten, zweifelte jedoch an ihrer Wahrheit. Seine eigenen Wanderungen hatten ihn nie dorthin geführt.

»Ich erfuhr, daß sich während des Kataklysmus einige der Alten dort versteckten, mit allen Schätzen, die sie retten konnten«, sagte Hosteen.

»Aber was betrachteten sie als Schätze? Ich kenne einige Ruinen der Alten in Westria. Es ist schwierig genug zu erkennen, wozu das meiste gut war, aber fast unmöglich zu sagen, weshalb die Alten es für wertvoll hielten!« Silberhaar lachte.

»Du würdest zu schätzen wissen, was sie in jener Höhle in Sicherheit brachten«, sagte Hosteen leise. »Es war das Eigentum eines reichen Mannes – Statuen, Gemälde, Schmuck ... Diese Art von Reichtum ist zeitlos.«

Silberhaar schüttelte den Kopf. «Wenn es noch dort ist. Gewiß wurde alles, was von Wert war, schon vor langer Zeit von irgendeinem Häuptling dort weggeholt. Außer ...« Abrupt unterbrach er sich und zog die Brauen zusammen. »Möglicherweise habe ich doch von diesen Höhlen gehört! Nennen die dortigen Indianer sie etwa Erdmutters Schoß? Sie bringen ihr Opfer dorthin, aus Angst, die Erdmutter würde die Welt noch einmal erschüttern. Es ist Wahnsinn, auch bloß daran zu denken, Hosteen. Diese Indianer bewachen sie bestimmt gut!«

»Nicht zu dieser Jahreszeit! Die Walapai pilgern jeden Sommer zu den Höhlen, doch jetzt überwintern sie im Cañon!« versicherte ihm Hosteen rasch. Er beugte sich vor und goß weiteren Torbellino in Silberhaars und seinen eigenen Becher. »Ich muß nächste Woche eine Karawane nach Arena bringen. Und es gibt zu viele, die auf jeden meiner Schritte achten. Deshalb dachte ich an dich ...«

»Ja«, warf Jolande ein. »Niemand wird sich etwas dabei denken, wenn du wieder mal auf Wanderschaft gehst. Schon ein einzelner kann dort genügend Schätze bergen, um uns alle reich zu machen. Hosteen hat eine Karte der Höhlen, Silberhaar ...«

Der Harfner seufzte. »Ich verstehe es nicht. Diese Sachen liegen seit achthundert Jahren dort. Sie werden doch auch jetzt nicht von einem Tag auf den anderen verschwinden. Warum nimmst du dir nicht die Zeit, alles gründlich zu planen, Hosteen, und holst dir den Schatz nächstes Jahr selbst?«

»Weil ich nicht weiß, wem der Mann, von dem ich die

Karte habe, diese sonst noch verkaufte!« rief Hosteen heftig.

Kurzes Schweigen setzte ein. Dann seufzte Jolande und nahm Silberhaars Arm. Er blickte sie an und sah überrascht, daß sich ihre Augen mit Tränen füllten.

»Und weil ich das Geld jetzt brauche«, flüsterte sie stokkend. »Ich habe es dir nie gesagt – oh, es schmerzt mich, jetzt davon zu sprechen –, aber ich stecke bis zum Hals in Schulden. Ich lieh mir Geld von Meister Santiago, um die Taverne eröffnen zu können. Ich dachte, ich könnte es nach einem Jahr zurückzahlen. Aber irgendwie war da ständig etwas anderes, wofür ich dringend Geld brauchte – im vergangenen Jahr spülte mir der Regen fast das ganze Dach fort, wie du dich gewiß erinnerst. Dann versperrten die Schneestürme den Paß, und zwei Monate lang kam niemand hierher.« Ihre braunen Finger griffen nach den goldenen Gliedern ihrer Halskette und streichelten die glatten Türkise, als könnten diese sie beruhigen.

Ihr entging Silberhaars Blick auf die Kette nicht, und sie errötete verärgert. »Du meinst, ich sollte lieber die Halskette verkaufen? Und an wen, wenn ich fragen darf? Und was wäre diese Taverne – was wäre ich, wenn es diese Kette nicht mehr gäbe? Würdest du deine Harfe für Brot verkaufen?«

Silberhaar wand sich innerlich. Zu gut wußte Jolande, wo er verwundbar war. Er konnte sich sie in den Armen eines anderen vorstellen, doch nicht Goldschwan in fremden Händen.

»Aber ich war nie in jenem Gebiet, und ich verstehe nichts von Höhlen ...«, gab er mit etwas unsicherer Stimme zu bedenken. »Es kann nicht so leicht sein, wie ihr es darstellt. Und ich verstehe auch nicht, warum ihr das von mir verlangt ...«

»Komm, trink noch etwas Torbellino«, forderte ihn Hosteen Langschritt auf.

Silberhaar war bewußt, daß er in Jolandes Bett lag, obwohl er nicht die verschwommenste Erinnerung daran hatte, wie er hierhergekommen war. Er versuchte darüber nachzudenken, aber vom späteren Teil des Abends war absolut nichts in seinem Gedächtnis haften geblieben. Sie hatten weiter Torbellino getrunken, und Hosteen hatte weiter auf ihn eingeredet. Aber was hatten sie beschlossen?

Jolandes warme Finger beschäftigten sich mit dem Verschluß seiner Hose. Seinen Kittel trug er bereits nicht mehr, und er spürte ihren Busen auf seiner nackten Haut. Er atmete heftig und rückte zur Seite, um ihr mehr Platz zu geben. Die Öllampe auf dem winzigen Hausaltar gegenüber dem Fuße des Bettes flackerte schwach und beleuchtete die kleine Statue von Guadelupe und die Kachinafiguren – *los Santos,* die Hüter der verschiedenen Völker von Aztlan.

Jetzt streiften Jolandes Lippen dort über die Haut, wo zuvor ihre Hände gewesen waren. Silberhaar stöhnte und zog sie an sich. Sein Mund suchte den ihren, während seine erfahrenen Finger die Schönheit ihrer üppigen Brüste erforschten und über die herrliche Landschaft ihres Körpers wanderten, bis sie das ersehnte Obdach zwischen ihren Schenkeln fanden.

Doch als sein Begehren entflammte und er sich auf sie hob, erschütterte ihn eine zweifache Empfindung. Er kannte ihren Körper gut, doch ihm war nun, als versinke er in einem dunklen Gang, der zu Höhlen führte, in denen ein Schatz harrte – aber auch ein Grauen, schrecklicher als alles, wovor er sich bisher gefürchtet hatte. Er versuchte sich zurückzuziehen, doch sein Körper beherrschte bereits seinen Verstand, und als sein Bewußtsein in Feuer und Finsternis explodierte, erschütterten Zuckungen die Frau unter ihm, als erreiche die Erde selbst den Höhepunkt.

Danach lag er erschöpft auf Jolandes noch zitterndem Leib und wartete auf die Kraft, sich zurückziehen zu können. Das wiederkehrende Bewußtsein sagte ihm, daß die Leidenschaft zwischen ihnen noch nie zuvor so erschütternd gewesen war. Doch nun erinnerte er sich auch, daß er sich irgendwann an diesem langen Abend einverstanden erklärt hatte, in die Höhlen zu steigen ...

9

Silberhaar kauerte sich dicht ans Feuer. Er fröstelte und fragte sich, weshalb er das Tal der Sonne verlassen hatte. Und doch genoß er hin und wieder die Kälte und Einsamkeit. Schneidender Wind hatte die Wolken am Himmel vertrieben, und das Firmament über ihm war mit glitzernden Sternen übersät, die riesig und unglaublich nahe aussahen. Zu lange war es schon her, seit er sich die Zeit genommen hatte, sie zu betrachten.

Ein Dreiwochenritt hatte ihn hierhergebracht – drei Wochen unterwegs, drei Wochen des Grübelns, was er an seinem Ziel vorfinden würde. Noch zeichneten sich die Furchen von Wagenrädern im Sandboden ab, und die Überreste von behelfsmäßigen Sommeranbauten an den Felsen zeigten den Eingang zu den Höhlen an. Diese Bauten schenkten zumindest den Anschein von ein wenig Geborgenheit, und sie boten ein bißchen Schutz für sein Feuer. Er hatte sein scheckiges Pferd an eine der Stangen angebunden. Das gleichmäßige Kauen des Tieres, das sich an den kargen Grasbüscheln gütlich tat, begleitete das Seufzen des Windes.

Das Land streckte sich flach und eintönig dem fernen Kreis der Berge entgegen. Von Silberhaar abgesehen war es offenbar menschenleer, und nur ein Kojote hatte sich bisher durch seinen klagenden Gesang in unregelmäßigen Abständen bemerkbar gemacht. Das Tier heulte auch im Augenblick wieder. Fröstelnd wickelte sich Silberhaar in seinen schweren Umhang und legte sich dicht ans Feuer.

Ein vernünftiger Mann würde am Morgen weiterziehen. Aber ein vernünftiger Mann hätte ja auch nie Westria verlassen.

Ich weiß nicht einmal mehr, wie es ist, Faris treu zu sein, dachte er, als der Schlaf schließlich die Kälte vergessen ließ. *Aber ich kann zumindest versuchen, Jolande treu zu sein …*

Eine Treppe führte hinunter in die Höhlen – ein schier endloses Zickzack von hallenden Eisenstufen in einem großen Schacht, in dem sich die Überreste irgendeiner Maschine befanden. Silberhaar verteilte das Gewicht seines Rucksacks, der sehr unförmig war, weil er noch zwei Wasserbeutel daran befestigt hatte, sowie ein Bündel Fackeln und die Harfe. Er fragte sich, ob dieses rostende Metallding den Alten für irgendeine Magie gedient hatte, um Leute den Schacht hinauf und hinunter zu bringen, ohne daß sie sich so anstrengen mußten, wie er jetzt – seine Beinmuskeln zitterten bereits, und das Atemholen schmerzte in der Brust.

Die Treppe machte eine scharfe Biegung, und die Harfe schlug laut klickend gegen das Geländer, als er zurückzuckte. Ein Dämon! Nein – Silberhaar hielt den Atem an –, eine Maske, die mitten in der Luft hing. Er machte wieder einen Schritt vorwärts und sah, daß es doch keine Maske war, sondern ein riesiger Schädel, der von der grob behauenen Wand hing. Er sah wie der Schädel einer Echse aus, doch Echsen dieser Größe gab es heutzutage nicht mehr. Da kam ihm die Erleuchtung: Es mußte ein Drache sein, dessen Schädel die Alten zur Bewachung des Schreines hierhergebracht hatten.

Und wenn sie sich soviel Mühe gemacht hatten, ihn zu bewachen, gab es da unten vielleicht tatsächlich etwas von Wert. Die gleichbleibende trockene Kälte der Luft begann Silberhaars Kleidung zu durchdringen. Er setzte seinen Weg fort. Dunkles Metall schimmerte im schwachen Fackelschein. Noch nie zuvor hatte Silberhaar so viel Metall an einem Ort gesehen, oder überhaupt irgendein Artefakt der Alten, dem die Zeit so wenig hatte anhaben können. Alles auf der Erdoberfläche war von den Überlebenden des Kataklysmus vor Jahrhunderten ausgeschlachtet worden. Ganz gewiß waren die Alten mächtige Handwerker gewesen. Seine Haut prickelte plötzlich vor Aufregung. Was mochte sich alles hier befinden?

Am Fuß der Treppe gelangte er in eine Kammer, deren Wände mit den religiösen Symbolen der Walapai bemalt waren. Silberhaar zog die Karte heraus, die Hosteen ihm mitgegeben hatte, studierte sie, und schaute sich an der Wand um. Er mußte hier nach einem bestimmten Muster suchen – drei schwarze Dreiecke, die von einem Punkt auf einem gelben Feld ausgingen. Dies war das Symbol, mit dem die Alten ihre Geheimnisse geschützt hatten. Es würde ihn zum Schrein führen.

Er folgte den Symbolen durch den rechten Gang und hielt inne, als er zu der riesigen Höhle am Ende kam. Sie war gewiß hundertfünfzig Fuß lang und fast ebenso breit. Ringsum befanden sich stufenförmig Sitzreihen übereinander. Sie bestanden aus grobem Stein mit langen Brettern darüber. Dazwischen war der Boden eben und glänzend wie eine Tanzfläche. In der Mitte sah er die Bühne, wo die Trommler während der Zeremonie saßen.

Trommeln mußten hier wie Donner hallen – er versuchte es sich vorzustellen. Doch die Stille um ihn war fast greifbar. Silberhaar hörte das Rasseln seines Atems, das Hämmern seines Herzschlags in den Ohren. Plötzlich spürte er das Gewicht und die Festigkeit von Stein. Die kalte Luft war frisch genug, aber er hatte mit einemmal das Gefühl, als würde sie mit jedem Augenblick dicker, tief in seinen Lungen erstarren und ihn in Stein verwandeln.

Er holte tief Atem und ging um den Rand der Tanzfläche herum. Nun, da er der Wand näher war, sah er die Unterschiede in der Steinoberfläche. Die natürlichen Höhlenwände waren vermutlich einst durch einen Fluß geglättet worden, doch an manchen Stellen waren sie so sauber geschnitten, wie ein Messer Käse schneidet. Silberhaar nahm an, daß dies das Werk von Maschinen der Alten war. Und dann gab es auch noch andere Merkmale, hauptsächlich in den Seitengängen. Dort war der Stein durch Muskelkraft behauen, zweifellos von den Walapai, als sie zusätzlichen Raum für ihre Zeremonien gebraucht hatten.

Am hinteren Ende der Höhle fand er eine hölzerne Stiege und noch einen glatten Gang, der tiefer in die Erde führte. Seine Fackel begann zu knistern und zu flackern. Er zündete eine neue an ihr an und steckte die alte in einen der eisernen Halter an der Wand, wo sie niederbrennen konnte. Als die neue Fackel zögernd aufflackerte, ehe sie gleichmäßig brannte, wurde ihm bewußt, daß Licht vom hinteren Gangende kam. Silberhaar ging an steinernen Gebilden vorbei, die an dichte Trauben erinnerten und im Fackelschein schimmerten. Das Licht voraus wurde immer heller, bis er das seiner Fackel nicht mehr brauchte.

Er blieb stehen, blinzelte, und ging dann langsameren, vorsichtigeren Schrittes in die zweite Höhle. Instinktiv folgte er dem Weg, der an der Höhlenwand entlangführte, an weiteren Trauben vorbei. Fackeln steckten in regelmäßigen Abständen in Haltern. Sie alle brannten. Doch Silberhaar blickte nicht auf die Wände.

Hier war es also. Und es war Wirklichkeit, keine trunkene Phantasie.

Es war ein heiliger Ort – und eine Schatzkammer.

Und eine Gruft.

In der Mitte der Höhle sah Silberhaar die Erdgöttin, wie die Sagen sie beschrieben – ein riesenhaftes Abbild aus glänzender Bronze, in grober Form gegossen, so als hätte der Künstler versucht, mehr das Wesen auszudrücken, denn Einzelheiten einer weiblichen Figur. Das augenlose Gesicht schien ihn mit boshafter Eindringlichkeit zu mustern, die auch das Glänzen von Goldketten und das Funkeln von Edelsteinen nicht minderte, mit denen dieses Gesicht geschmückt war. Es standen noch andere Statuen ringsum, und Gemälde in Goldrahmen lehnten auf Simsen in den niedrigen Steinwänden, mit Schutzdächern aus einheimischem Stoff darüber.

Und mumifizierte Leichname lagen auf ihren Totenbahren aus kaltem Stein. Kalt – ja –, selbst in seinem Schock erkannte Silberhaar, daß es die trockene, eisige Luft sein mußte, welche die Toten so gut erhalten hatte. Wie lange schon? Die Haare in seinem Nacken sträubten sich.

Die Menschen, deren Leichname dem Schrein am nächsten ruhten, waren alle alt geworden, und ihre Blässe war die von Leuten, die nie die Sonne gesehen hatten. Sie trugen die merkwürdige, einförmige Kleidung der Alten.

Dahinter lagen andere Leichen, doch dies waren Leichen von Menschen unterschiedlichsten Alters und verschiedener Völker, alle verwittert und braun. Und noch einen Unterschied gab es: Während die Gesichter der Alten in bitterem Lächeln erstarrt schienen, waren die der später Gestorbenen Masken des Entsetzens, die auch der lange Vorgang der Mumifizierung in der kalten Höhlenluft nicht zu mildern vermocht hatte.

Silberhaar tat einen Schritt hinein, um das Rätsel zu deuten, das dort geschrieben stand.

Ein Lufthauch, der seine Wange streifte, warnte ihn. Er wirbelte herum, griff nach seinem Schwert, doch so beladen wie er war, sah er, noch ehe er das Schwert in der Hand hielt, am Eingang zu einem Stollen einen jungen Indianer, der einen Bogen auf ihn gerichtet hielt. Silberhaar erstarrte. Er erkannte, daß es ein schwerer Kampfbogen war, von der Art, welche einen Pfeil durch das Bein des Gegners und den Sattel, in dem er saß, und in den Körper des Pferdes schießen konnte, das er ritt.

»Dieb! Ich hoffe, du hast dich gut umgesehen! Dieser Anblick ist der letzte in deinem Leben!« Die Worte waren kaum mehr als ein Wispern, doch die Fackeln flackerten, als bewegte sich etwas durch die Höhle und verdrängte die Luft. Der Schütze war sehr jung. Er hatte ein braunes Gesicht und helle Augen und trug die zeremonielle Wildlederkleidung seines Stammes. Silberhaar erinnerte sich, daß nach dem Kataklysmus viele Anglos Zuflucht bei den Indianern gesucht hatten. Doch in den Augen, die den seinen begegneten, war kein verwandtschaftliches Gefühl.

Er atmete mit tiefem Seufzen aus und suchte nach Worten. Die Höhle wurde also doch bewacht. Er hätte es wissen müssen! Hatte Hosteen es gewußt? Silberhaar wollte dem Indianer sagen, daß er nur vorgehabt hatte, einen unbedeutenden Teil des Schatzes zu nehmen, und daß er keinesfalls etwas entweiht hätte. Vielleicht hätte er überhaupt nicht gewagt, irgend etwas anzurühren, jetzt, wo er diesen Ort gesehen hatte. Doch nun würde er nicht mehr erfahren, wozu er sich entschlossen hätte. Aber vermutlich hatte jeder sein Leben bereits verwirkt, wenn er nur den Fuß hier hereinsetzte!

Vorsichtig holte er Atem, zwang seine starren Muskeln zur Entspannung, und gewann, scheinbar ohne sich zu bewegen, sein Gleichgewicht zurück. Seine Last war ein ungeheurer Nachteil, aber wenn er den jungen Krieger dazu bringen könnte, sein Ziel zu verfehlen …

Silberhaar sprang vor und warf seinem Gegner das Fakkelbündel entgegen. Der Pfeil, den der andere unwillkürlich abschoß, drang in einen Wasserbeutel und streifte Silberhaars Oberschenkel, und er hätte nicht zu sagen vermocht, ob die Nässe, die er spürte, Wasser oder Blut war.

Unbeholfen, weil er den Harfenkasten auf seinem Rükken schützen wollte, rang Silberhaar mit dem Indianer. Doch ehe er sein Messer zu ziehen vermochte, rutschte er auf dem nassen Stein aus und stürzte schwer auf die Seite.

Als er wieder zu sich kam, spürte er die kalte Schneide eines Messers am Hals. Seine Hände waren bereits gefesselt. *Wenn ich mich nicht gedreht hätte, um nicht auf die Harfe zu fallen, hätte ich ihn vielleicht überwältigen können*, dachte er bitter. *Hosteen sagte immer, daß sie einmal mein Tod sein würde.*

Er fand seine Stimme wieder. »Wirst du mich jetzt töten?«

»Nicht hier, das würde die Geister erzürnen. Steh auf!« Der Indianer zerrte bereits an seinem Arm. Silberhaar stöhnte und taumelte. Er kämpfte um sein Gleichgewicht. Sein Kopf hämmerte, während ihn der andere an der Wand entlang zu einem Ausgang hinter dem Schrein zerrte.

Aus dem Gang, durch den Silberhaar gekommen war, erklang ein Schrei. Abrupt blieben sie beide stehen und starrten dorthin. Silberhaar sah einen dunklen Kopf, dann einen zweiten. Mit erwachender Hoffnung erkannte Silberhaar Hosteen und drei seiner Männer. Doch Hosteen blickte ihn nicht einmal an.

Der junge Walapai ließ Silberhaar los und brüllte den Eindringlingen irgend etwas zu. Doch diese sprangen vom Pfad herunter und rannten durch den Gang zwischen den Totenbahren zum Schrein. Erst als Hosteen das Abbild erreichte, hielt er an und starrte auf die Edelsteine.

»Berühr sie nicht!« brüllte der Krieger, doch der Augenblick der Reglosigkeit war verstrichen. Hosteens Linke strich über das glatte, metallene Fleisch der Höhlengöttin.

Silberhaar schwankte, als sich der Stein unter ihm bewegte und ein plötzlicher Windstoß durch die Höhle wirbelte, der alle Fackeln gleichzeitig löschte. Wieder erbebte die Höhle, und Silberhaar hörte das Poltern herabstürzender Steine. Eine Hand packte seine Schulter. Instinktiv folgte er dem Indianer auf den verhältnismäßig sicheren Gang zu.

Als die Fackeln erloschen, hatte Hosteen zu fluchen begonnen. Doch dann entrang sich ein rauher Entsetzensschrei seiner Kehle, als wäre Hosteen von völlig unerwarteter und unerträglicher Furcht gepackt worden. Auch seine Begleiter brüllten. Es war ein grauenvoller Mißklang. Und noch andere Laute vernahm Silberhaar: das Krachen von Steinen, ein verzweifeltes Scharren, und dann nichts mehr, nur hin und wieder ein tiefes Grollen und das Klappern, als noch ein paar Bruchstücke zu Boden fielen. Schaudernd krallte er die Finger in den Fels, auf den er sich geworfen hatte.

Doch das Ende des Erdbebens beendete seine Furcht nicht. Es waren keine Schreie, die ihn erschütterten, sondern spürbare Wellen heftiger, boshafter Wut, die aus der Höhle pulsierten wie Wind von einer unendlichen, stürmischen See.

Er spürte, wie der junge Indianer, der seine Hüterinnen anrief, neben ihm erzitterte. »Sie haben die Geister geweckt! Die Geister sind erzürnt – sie werden unsere Seelen verschlingen!«

Kalter Schweiß rann über des Harfners Rücken. Er stieß den jungen Krieger an. »Wir sollten zusehen, daß wir ein Stück weiterkommen ...«, keuchte er. »Weiter weg.« Er kroch unbeholfen rückwärts und war sich der Fesseln um seine Hände kaum bewußt. Als der Druck der Angst schwächer wurde, atmete er ein wenig leichter. Das heisere Keuchen des anderen wurde langsamer; dann schluchzte er zweimal und verstummte schließlich völlig.

Wie jemand, der aus einem Alptraum erwacht und noch unter der Erinnerung des Schreckens zittert, spürte Silberhaar immer noch, was in der Höhle wütete. Aber er konnte wieder klar denken. Seine Handgelenke pochten schmerzhaft.

»Wenn du mich töten willst, dann tu es jetzt«, sagte er rauh. »Wenn nicht, dann nimm mir die Stricke ab!«

»Dich töten und die Schar der Geister mit einem weiteren Geist verstärken?« Die Stimme des Walapai überschlug sich. Da wurde Silberhaar bewußt, daß der andere trotz seiner Kraft noch ein Junge war. »Aber ich muß dich ohnehin nicht töten, denn jetzt sind sie wach und werden uns erwischen. Wir sind bereits so gut wie tot!« Er lachte. Es klang wie zerreißender Stoff, was auf seine Weise noch schrecklicher war als die Schreie zuvor, denn es übertünchte die Tränen. Dann schluckte der Walapai und machte sich an Silberhaars Fesseln zu schaffen.

Geister ... Der Harfner biß sich auf die Lippen, als das Blut in seine tauben Hände zurückströmte. Er grübelte über die Worte des Jungen nach. Sie mußten wahr sein. Einstürzende Wände allein hätten einem Mann wie Hosteen Langschritt kein solches Entsetzen einflößen können. Die Wut, die er immer noch spürte, kam von etwas Vernunftbegabtem, nicht von bloßem Stein.

Er hatte sich immer gefragt, weshalb die Indianer von Aztlan eine solche Furcht vor den Toten hatten, daß sie sogar deren Habe verbrannten, oder das Haus niederrissen, in dem jemand gestorben war, damit er nicht dort bleiben und spuken konnte. In Westria wurde der Leib den Elementen zurückgegeben und die Seele auf den Heimweg gewiesen. Doch er hatte gehört, daß ein Mensch, der großes Leid erfahren hatte, oder von Haß verzehrt wurde, einen Teil seines Geistes zurückließ, um am Ort seines Todes sein Unwesen zu treiben, vor allem, wenn er nicht der Erde zurückgegeben worden war.

Doch hier war nicht Westria. Wenn Silberhaar hier starb, würde sein Leib nicht friedlich verwesen und zu seinem Ursprung zurückkehren, sondern auf unnatürliche Weise erhalten bleiben und in Kälte und trockener Luft verdorren, bis seine Züge zu derselben Fratze des Entsetzens oder des grausigen Frohlockens erstarrt waren, wie er es bei den Mumien in der Höhle gesehen hatte.

»Wir müssen hinaus!« sagte er lauter als beabsichtigt. «Ihr bewacht doch diese Höhlen – gewiß kennst du einen Weg zum Ausgang, der nicht durch *das* führt …« Er wollte durch den Gang deuten, als ihm bewußt wurde, daß dies in der Dunkelheit ja nicht zu sehen war.

»Meint Ihr etwa, daß *sie* menschliche Wächter braucht?« entgegnete der junge Mann bitter. »Ich kam nur für meine Mutprobe hierher und um die Mittwinterfeuer anzuzünden. Ich war erst zwei Tage hier, als du ankamst – kaum genug, mir die Lage der Gänge einzuprägen! Ohne Licht finde ich mich nicht zurecht. Du hast deine Fackeln nach mir geworfen, und mein Feuerstein und Stahl sind im anderen Gang.«

»Wir könnten Kleidungsstücke anzünden …«, begann Silberhaar, als ihm einfiel, daß er seinen Feueranzünder ja bei den Fackeln gehabt hatte, damit dieser griffbereit war, falls eine der Fackeln erlosch. Sie hatten weder Brennstoff, noch eine Möglichkeit, Feuer zu machen. Kein Licht – keinen Weg aus den Höhlen …

Er versuchte seine trockenen Lippen zu benetzen; dann griff er nach dem unbeschädigten Wasserbeutel, nahm einen Schluck, und bot ihn dem anderen an.

»Das ist alles Wasser, das wir haben.« Der Indianer gab ihm den Beutel zurück, ohne zu trinken. »Diese Höhlen sind so trocken wie Gebeine – wie Gebeine …« Es hörte sich an, als brächte er kein weiteres Wort heraus.

»Dann kehren wir zurück und sterben aus Angst, oder wir bleiben hier und verdursten«, sagte Silberhaar dumpf. Aber er konnte immer noch nicht an ein solches Schicksal glauben. Es erschien ihm unmöglich, daß er nach allem, was er getan und erlitten hatte, dazu bestimmt sein sollte, Teil einer Geisterschar zu werden, die in einer Höhle in Aztlan spukte.

»Die Geister rührten sich nicht, als ich kam – bestimmt

schlafen sie wieder. Und wird dich denn niemand vermissen, wenn du nicht zurückkehrst?«

»Was bedeutet *ihnen* schon die Zeit? Wenn der Schamane zum Mittwinterfest kommt, wird er sie beruhigen. Er kennt keinen Unterschied zwischen dem Reich der Lebenden und der Toten. Aber was mich betrifft – meine Familie wird trauern und glauben, daß wilde Tiere oder die menschlichen Wüstenwölfe mich getötet haben. Oder sie wird annehmen, daß ich meine Mutprobe nicht bestand, und wird nie wieder meinen Namen nennen – und das wird der Wahrheit am nächsten kommen«, sagte der Walapai.

Nach längerem Schweigen stützte sich Silberhaar auf und lehnte sich mit dem Rücken an die rauhe Wand. Der Harfenkasten drückte schmerzhaft dagegen, so daß er den Gurt über den Kopf zog und die Harfe neben sich lehnte.

»Du könntest mir erzählen, woher die Leichen in der Höhle stammen. Wenn ich schon hier enden soll, möchte ich zumindest wissen, in wessen Gesellschaft ich die Ewigkeit zubringen werde.«

Der junge Krieger stieß einen Laut aus, der ein Lachen sein sollte. »Die ersten waren die Alten, die während des Kataklysmus hierherkamen. Sie brachten ihre Göttin und ihre Schätze und genug zu essen und zu trinken mit, um viele Jahre davon zu leben. Und sie blieben auch viele Jahre hier – den Rest ihres Lebens. Ich weiß nicht, ob der Eingang blockiert war, oder ob sie nur Angst hatten, sich ins Freie zu begeben. Jedenfalls starben sie schließlich hier, klammerten sich an ihre Schätze, und haßten und fürchteten alles über der Erde. Das tun sie noch immer ...«

Silberhaar nickte in der Dunkelheit. »Und die anderen kamen später, stießen auf ihre Geister, starben und schlossen sich ihnen an?« Die Kälte drang wieder durch seine Kleidung, und er zitterte heftig. »Wir müssen hinaus ...«, sagte er schließlich erneut, ohne Hoffnung.

Er spürte, wie der Walapaijunge die Schultern zuckte. »Es ist mein Schicksal. Jeder, der hierherkommt, um Macht zu suchen, geht das Risiko ein, seine Seele zu verlieren.

Aber weshalb bist *du* hier? Du scheinst mir nicht wie diese anderen zu sein.«

Silberhaar schüttelte den Kopf. Jetzt, wo er hier saß und wußte, daß der Tod ringsum auf ihn lauerte, fiel es ihm schwer sich zu erinnern, weshalb Jolandes Flehen ihm so verzweifelt vorgekommen war, und weshalb er geglaubt hatte, es wäre entschuldbar, in ein Heiligtum einzudringen und einen Edelstein zu stehlen. Vielleicht verdiente er diese Strafe ... Aber nein, es war nicht gerecht! Er hatte nicht gewußt, was ihn hier erwartete.

Aber wußte denn irgend jemand, was hinter der nächsten Wegbiegung lag? Es hing alles davon ab, den richtigen Weg zu wählen. Er versuchte sich Faris' Gesicht vorzustellen, doch er sah nur Dunkelheit.

Der junge Walapai hörte sein Stöhnen und legte sanft die Hand auf seinen Arm. »Wenn wir kein Wasser mehr haben und du dich nicht selbst töten kannst, tue ich es für dich.«

Silberhaar konnte nicht antworten. Blindlings griff er nach dem Harfenkasten, öffnete die Schnallen, zog die Harfe heraus und drückte sie an die Brust. Wie oft hatte er die Stunden, wenn der Schlaf ihn mied, erträglich gemacht, indem er die Harfe von ihrem Platz neben dem Bett hob und sie im Dunkeln spielte? Seine Finger brauchten längst nicht mehr die Hilfe seiner Augen, um sich mit den Saiten zurechtzufinden.

Vorsichtig strich er über das glatte Holz, denn er befürchtete, die Harfe könnte bei dem Kampf beschädigt worden sein. Doch das dicke Pelzfutter des Harfenkastens dämpfte Erschütterungen, und das schwere Nußbaumholz war sehr widerstandsfähig. Sanft zupfte Silberhaar eine Saite.

Der Indianer richtete sich erschrocken auf. »Was war das?« Panik schwang in seiner Stimme mit.

Silberhaar lachte bitter. »Hast du etwa gedacht, der große Kasten auf meinem Rücken sei dazu da, die Schätze fortzuschleppen? Ich wollte nicht mehr, als eine oder zwei Goldketten. Goldschwan ist ein größerer Schatz, als alles, was sich in der verfluchten Höhle befinden mag!« Er fand den Stimmschlüssel, stimmte die Saiten und fing zu spielen an.

Eine Weile entströmten die Melodien aufs Geratewohl dem Instrument. Doch eine Melodie schlich sich immer wieder ein, und als Silberhaar schließlich bewußt wurde, welche es war, fing er zu singen an.

Die goldenen Berge Westrias
Schimmern im Sonnenlicht,
Dort bette ich mein müdes Haupt,
Wenn die Nacht anbricht.
Wohin mein Weg mich führen mag,
Wie viele Jahre auch vergehn,
Immer werden diese sanften Hügel
Vor meinem inn'ren Auge stehn.

Die Erinnerung malte die niedrigen Berge, die das Große Tal von Westria einschlossen, die mit Eichen bewaldeten Hügel an der Küste, die sanften Hänge, die zur Bucht hinabführten – und die Musik stockte. Ein rotschwänziger Falke segelte über den blauen Himmel seines inneren Auges, und einen Moment vermochte er fast den würzigen Duft des trocknenden Fenchels auf den Hängen zu riechen, und den Salzgeruch des Meeres. Er holte tief Atem und sang weiter.

Der Sonnenschein fällt bernsteinfarben
Nieder auf die Höhen,
Und schmückt mit seinem Silberglanz
Das blaue Kleid der Seen.
Die schneebedeckten Gipfel stehn,
Den Zinnen einer Festung gleich,
Zum Schutz der grünen Täler
Dieses märchenhaften Reichs.

Dieser Gedanke beherrschte ihn nun völlig. Er war der Sonnenschein, er war die Musik. Ganz deutlich sah er den Berg der Herrin vor sich und den Wacholdermeister in seiner Hütte dort. Er arbeitete in seinem Garten, und als Farin ihn beobachtete, blickte er auf, so als hörte er die Sehnsucht aus dem Lied des Harfners. Dann verdunkelte sich das Bild, und Silberhaars Spiel wurde gemessener, als solle es die Schatten in Schach halten.

Die Welt ist weit und wundervoll,
Ich sah ein gutes Stück,
Mein Leitstern war die Schönheit,
Mein Begleiter die Musik.
Jetzt locken den müden Wanderer,
Den seine Träume narrten,
Die goldenen Berge Westrias,
Die immer auf ihn warten.

Er bemühte sich, das Bild festzuhalten, aber es schwand wie ein Traum im Morgengrauen. Die goldenen Berge würden für immer warten, doch nicht mehr auf ihn. Nicht einmal seine Gebeine würden je in ihrem Frieden ruhen. Trauer schnürte ihm die Kehle zu, seine Finger jedoch bewegten sich scheinbar ohne sein Zutun weiter. Sie entrissen den Saiten eine so aufwühlende Klage, daß der Junge an seiner Seite leise zu weinen anfing, nachdem dieser Aufschrei gegen die Dunkelheit seine Apathie verjagt hatte. Der Stein ringsum hallte, als wäre selbst er gerührt.

Sie wußten nicht, wieviel Zeit so verging, aber schließlich schmerzte Silberhaars Rücken durch den Druck auf den unebenen Stein, an den er sich lehnte, und seine Finger zitterten. Er fühlte sich leer, als hätte die Sturzflut der Trauers jegliches andere Gefühl mit sich gerissen. Sein Geist dachte mit schmerzhafter Klarheit über ihre Zwangslage nach.

Bilder meldeten sich ungebeten und wirr durcheinander: Erlebnisse aus seiner Wanderung, die ihn hierhergebracht hatte, aus seiner Kindheit, aus der Zeit mit Faris und dem König. Er erinnerte sich an die stumme Verzweiflung in Diwis Augen, als er sie in Willasfall zurückgelassen hatte – jetzt war er der Gefangene. Geschichten fielen ihm ein, Bruchstücke alter Balladen und Bardensagen … Gleichmütig sah er sie kommen und gehen. Eine Sage haftete länger: die eines Harfners, dessen Spiel seine Braut aus der Gewalt des Höllenfürsten zurückgebracht hatte. Wenn er nur ...

Abrupt verließ ihn seine Gleichgültigkeit. Seine Finger verkrampften sich schmerzhaft um Goldschwans sanften Hals. War es möglich, daß diese Sage auf Wahrheit beruhte? Konnte die Musik, die seinen Geist rührte, vielleicht auch die Geister der Männer und Frauen rühren, die seit achthundert Jahren tot waren? Sein Herz begann zu hämmern. Aber er konnte es nicht – wäre irgend jemand imstande, kaltblütig in das Grauen der Höhle zurückzukehren?

Doch die andere Möglichkeit war nur die, auf dem Gang zu bleiben und sich an seine Harfe zu klammern, bis er starb. Wäre er ein Krieger, würde er vorziehen, kämpfend zu sterben, und Farin Silberhaar war Kämpfer genug, daß ihm der Gedanke mißfiel, ergeben auf den Tod zu warten. Nur war *seine* Waffe die Harfe. Mit Musik war er auf seinen Wegen durch die Welt gezogen. Hatte er den Mut, sich auch der Verdammnis mit Musik zu stellen?

Silberhaars Magen rebellierte, als er fast gegen seinen Willen aufstand. Er schlang sich den leeren Harfenkasten über die Schulter, während er sich den Riemen der Harfe selbst um den Hals hängte, wie ein Krieger, der den Arm in die Schildschlaufe steckt.

»Was machst du?« Der Walapai hörte, daß Silberhaar sich bewegte.

»Ich werde unsere Gastgeber in der Höhle unterhalten. Vielleicht lassen sie uns dann gehen.«

»Du bist verrückt! Du kannst doch nicht dorthin zurückgehen!«

»Ja, vielleicht bin ich verrückt«, antwortete Silberhaar. »Doch ehe ich fast zum Dieb wurde, war ich Harfner, und ich muß es versuchen ...« Mit weichen Knien machte er einen Schritt und zupfte einen leisen Akkord. Obgleich er nicht verstand, wieso er es wußte, zeigte ihm das Echo den Weg und leitete ihn.

Schritt um Schritt zwang er sich, auf die Höhle zuzugehen. Nach einem Augenblick verriet ihm ein Schlurfen, daß der Indianer ihm folgte. Obgleich seine Finger zitterten, fuhr Silberhaar fort zu spielen, bis er den Höhleneingang erreichte, und der finstere Druck auf sein Bewußtsein ihm verriet, daß die Toten noch wachten und warteten.

»Geister der Ahnen!« rief er. »Ich bin nicht gekommen, um Euch zu bestehlen, sondern um Euch von der Welt der Sonne zu künden!« Silberhaar bemühte sich, seine Stimme so ruhig wie möglich klingen zu lassen. Er schlug den ersten Akkord des ältesten Liedes, das er kannte, einer Ballade über einen Bergmann, die noch aus der Zeit vor dem Kataklysmus stammte. Dann wechselte er rasch zu einem fröhlichen Liebeslied über, denn düstere Geschichten über die Geister verlorener Liebster würde seine Zuhörer daran erinnern, wo sie sich befanden und nicht daran, was sie einst gewesen waren.

Als er die letzte Strophe von *O Susanna* beendet hatte, tat er einen vorsichtigen Schritt vorwärts und begann ein Wiegenlied. Obwohl die Finsternis wachsam blieb und das Grauen unmittelbar außerhalb des Klanges seiner Harfe nach wie vor pulsierte, rührte sich nichts. Da sang Silberhaar von der Wüste und dem Mond, der silberhell am Himmel schien, und von den langen, seufzenden Wellen des Meeres. Er machte einen zweiten Schritt, dann einen weiteren, und tastete sich mit den Zehen den Weg um den Rand der Mulde herum, in der die Mumien lagen.

Obgleich seine Stimme heiser wurde und seine Finger schmerzten, gestattete er ihnen nicht zu stocken, denn er spürte die Vibrationen der Musik wie einen Schild um sich und seinen Begleiter, und daß dahinter die Geister warteten wie ein ruheloser Ring hungriger Wölfe. Doch als er eine Spur seiner Aufmerksamkeit vom Spiel ablenken konnte, um ihr Schweigen zu erforschen, vermeinte er, daß die Gefühle, die ihm entgegenschlugen, sich verändert hatten – Haß und Wut wandelten sich zu Verwirrung, Neugier und etwas, das fast Bedauern sein mochte.

Silberhaar schluckte und gestattete der Dur-Melodie, mit der er ein Trinklied begleitet hatte, in eine wehmütigere

Melodie in Moll überzugehen. Er sang von der Liebe eines Jünglings zu einer Maid, einer Mutter zu ihrem Kind, eines Kriegers zu seinem König – einer Liebe, die das Herz vor Sehnsucht beflügelt und die Seele in die höchsten Sphären hebt, ob diese Liebe nun Erwiderung findet oder nicht. Und während die Tränen über seine kalten Wangen rannen und unbeachtet auf den Boden tropften, spürte er eine Veränderung um sich, eine Bewegtheit, als wäre das Bewußtsein seiner Zuhörer – was immer ihnen davon geblieben war – jetzt von Traurigkeit erfüllt.

Alles Leid, das er für seine eigenen, verlorenen Hoffnungen und seine ferne Heimat empfunden hatte, seine Sehnsucht nach Faris und seine Liebe zum König, das alles schwang in den Klängen der Saiten mit. Und alle Sehnsucht der gefangenen Geister strömte auf ihn zurück: die Sehnsucht nach der Welt, die im Kataklysmus verlorenging, nach den Freunden und Verwandten und Liebsten, die nicht mehr waren.

Weinend, ganz in seine Musik vertieft, bewegte sich Silberhaar Schritt um Schritt voran. Erst die Hand des jungen Kriegers auf seinem Arm sagte ihm, daß sie den anderen Gang erreicht hatten. Da hielt Silberhaar an. Er drehte sich zu der murmelnden Tiefe der riesigen Höhle um. Immer noch spielte er, doch jetzt ein Schlaflied, ein Wiegenlied von säuselnden Bäumen und würzig duftenden Wiesen, die friedlich unter dem Sternenhimmel ruhten; ein Lied von warmen Decken und weichen Kissen und liebenden Armen, die einen in traumlosen Schlaf wiegten. Leiser, immer leiser spielte er, bis das Bewußtsein seiner Zuhörer mehr und mehr schwand und schließlich schlief.

So sehr zitternd, daß er die Saiten nicht mehr finden konnte, ließ Silberhaar sich von dem Walapai durch den Gang führen. Als sie sein Ende erreichten, hatte er sich soweit gefangen, daß er mit Hilfe des Widerhalls ihrer Schritte den Weg über die Tanzfläche zu den Gängen finden konnte, die zum Eingangsschacht führten. Aber immer noch zitterte er am ganzen Körper. Er berührte das kalte Eisen der Stufen und sah die Umrisse des Drachenschädels, der sich gegen ein Rechteck goldenen Himmels abhob.

Erst da wagte Silberhaar, die Harfe in ihren Kasten zurückzulegen und ihn zuzuschnallen. Und nur die Angst, die Geister könnten aus dem Schlaf erwachen, in den seine Musik sie gewiegt hatte, verlieh ihm die Kraft, sich an dem kalten Geländer festzuhalten und sich die endlosen Stufen zum Licht hochzuziehen.

Es war Sonnenuntergang. Unwillkürlich schloß Silberhaar die Augen vor der schmerzenden Pracht, doch dann öffnete er sie hungrig. Er wartete nicht, bis sie sich der Helligkeit angepaßt hatten, sondern blickte auf die Berge am Horizont und den glühenden Himmel. *Licht!* Vor Freude krampfte sich sein Herz zusammen. Dann brachte ein Zupfen an seinem Bein ihn zu sich, und er zog sich das restliche Stück aus dem Eingangsschacht hoch, damit der Walapai ihm folgen konnte.

Er sah Bewegung vor sich und hörte ein Durcheinander von Stimmen. Verwirrt schüttelte er den Kopf. Wer konnte das sein? Da erinnerte er sich an Hosteen. Der Karawanenführer hatte sicher einige Männer als Wachen zurückgelassen.

Doch dann schrie eine Frauenstimme. Silberhaar blinzelte und richtete die Augen auf Jolande.

»Hosteen!« schrie sie erneut.

Silberhaar starrte sie an. Er kam vor Schwäche zitternd auf die Füße, als sie auf ihn zurannte. »Er ...« Seine Stimmbänder waren wund von den Stunden des Singens, seine Stimme krächzte, und er mußte schlucken, ehe er den Satz beenden konnte. »Er ist mir gefolgt ... Er ist noch drinnen.« Silberhaar erinnerte sich an das Entsetzen in den Schreien, die er gehört hatte, und irgend etwas schnürte seine Kehle zu.

»Er hat Hand an die heiligen Dinge gelegt. Darum haben die Geister der Ahnen seine Seele verschlungen.« Die Stimme hinter ihm war so unerbittlich wie die Steine in der

Höhle. Silberhaar drehte sich um und sah, daß es der Walapai war, dessen Haar in der untergehenden Sonne flammte.

»Du hast ihn getötet!« kreischte Jolande. Ihre Augen hatten weiße Ringe wie die eines verängstigten Pferdes. »Du bist davongelaufen und hast ihn seinem Schicksal überlassen!«

Silberhaar schüttelte den Kopf. »Nein. Er hat *mich* dorthin geschickt, damit ich den Zorn der Hüter auf mich ziehe und er freien Weg zu dem Schatz hat. Er brauchte einen Köder, und dafür kam ich ihm gerade recht – ein einsamer Wanderer, den niemand vermissen würde, ein Narr, der auf die falschen Tränen und offenen Schenkel einer Frau hereinfiel. Du und er, ihr habt das miteinander geplant, nicht wahr, Jolande?« Die Bitterkeit war gewachsen, bis sie in seiner Kehle brannte, und seine Stimme scharrte über ihr Schluchzen wie ein Schwert, das aus der Scheide gezogen wird.

»Nein – nein – ich wußte nicht, wie alles kommen würde!« Immer wieder schüttelte Jolande den Kopf.

»Vielleicht war es dir auch egal?«

»Was ist passiert?« rief sie mitleiderregend. »Warum sollte ich dir glauben? Wenn Hosteen tot ist, wie konntest du dann entkommen?«

Silberhaar starrte sie an. Er versuchte über die Erkenntnis hinwegzukommen, daß sie selbst *jetzt* noch sein Leben gegen das des Mannes eingetauscht hätte, der so habgierig auf die Statue zugerannt war. Höchstwahrscheinlich waren Jolande und Hosteen nach wie vor ein Liebespaar gewesen und hatten heimlich über ihn gelacht.

Hosteens Männer begannen vor ihm zurückzuweichen und sie machten das Zeichen gegen den bösen Blick.

»Ich stieg aus Liebe in die Tiefe der Erde, Hosteen aber aus Habgier. Und die Habgier war es, welche die Geister weckte – zornige Geister, Jolande! Weißt du denn nicht, wozu Tote imstande sind, welche die Erde nicht verlassen können? Doch der Schöpfer aller Musik gab mir die Kraft, für sie zu spielen, und so ließen sie mich gehen ...«

Nun wich auch Jolande zurück. Silberhaar folgte ihr einen Schritt.

»Komm und berühr mich! Sieh, ob ich aus Fleisch und Blut bin. Vielleicht bin auch ich nun ein Geist, um dich dort hinzuschicken, wo deines Liebsten Seele ist!« Er lachte, denn es schien ihm plötzlich unfaßbar, daß er überlebt haben sollte, nach allem, was er gehört, nach allem, was er getan hatte. »Komm, Liebste – küß mich doch, überzeuge dich, ob ich noch ein Lebender bin! Ich habe mich verändert, Jolande – verändert!« Er streckte die Arme aus, als wolle er sie an sich ziehen, und das Lachen, das ihn schüttelte, erstickte alle weiteren Worte.

Doch sie kletterte bereits hastig in den Sattel und schlug dem Pferd die Zügel in den Nacken, daß es verstört den beiden Männern nachtänzelte.

Während Silberhaars kreischendes Gelächter zu Schluchzen wurde, das seiner wunden Kehle noch mehr zusetzte, holte der junge Walapai Feuerstein und Stahl aus einem Versteck nahe dem Eingang und machte Feuer. Das Tageslicht verlor sich am westlichen Horizont, und die ersten Sterne blickten bereits auf das aufglühende Auge tief unten in der Wüste.

Silberhaar ging zum Feuer. Die Nachwirkung seiner Gefühle schüttelte ihn noch, als er sich steif in den Sand setzte. Das Haar des Indianers glänzte nun im Feuerschein wie zuvor im Sonnenuntergang, und ein Stich durchzuckte Silberhaar, als er jetzt erst bemerkte, daß in den wenigen Stunden, die sie in der Höhle zugebracht hatten, alle Farbe aus dem Haar des Jungen geblichen war.

Ich war bereits grau, dachte er und zog eine Strähne ins Gesicht, *doch nun bin ich wahrhaftig Silberhaar …* Aber zu viele Gefühle hatten ihn ausgebrannt, als daß es ihn jetzt noch tiefer berührt hätte. Er lebte, und nur das zählte im Augenblick.

10

Seit zwei Tagen schneite es bereits, und Silberhaar hatte sich verirrt. Er zerrte am Zügel, doch das Pferd folgte ihm nur widerstrebend den Hang zwischen den kaum sichtbaren Klammwänden hinunter. Er wußte, daß Klüfte dazu neigten, sich zu Sackgassen zusammenzuziehen oder an steilen Abgründen zu enden, wo nur ein Wasserfall noch einen Weg fand. Doch solange er dieser Kluft hier folgen konnte, bot sie ihm zumindest Schutz vor dem ärgsten Schneetreiben und dem Wind.

Er hätte ins Tal der Sonne zurückkehren und sich der Hysterie stellen sollen, zu der es durch Jolandes Gerede wahrscheinlich gekommen war. Doch er scheute die Furcht, mit der die Aztlaner einem Mann begegnen mochten, der lebend aus den Höhlen zurückgekehrt war. Vielleicht hätte er besser daran getan, den Winter bei den Walapai zu verbringen, doch er hatte auch die Ehrfurcht gescheut, die diese Indianer ihm entgegengebracht hätten.

Also hatte er sich darauf verlassen, daß es ein milder Winter würde, und war westwärts gezogen, mit dem vagen Plan, sich nach Norden zu wenden, sobald er den Fluß überquert und Arena erreicht hatte. Doch jetzt sah es eher so aus, als würde er irgendwie in diesen unwegsamen Bergen sein Ende finden. Nässe und Witterung würden seine Kleidung zum Verrotten bringen und die Raubtiere seine Knochen abnagen, bis nur noch seine verstreuten Gebeine übrigblieben und die zerfallenden Reste seiner Harfe. Aber das war immer noch besser, als in der Höhle zu verenden – von hier aus würde wenigstens sein Geist den Heimweg finden. Trotzdem schmerzte es ihn, daß Rosemarie und Eric und der Wacholdermeister nie erfahren würden, was aus ihm geworden war.

Er machte einen weiteren Schritt, rutschte auf einem Stein aus, den er nicht bemerkt hatte, und stürzte. Er spürte weitere Steine unter der Schneedecke und blieb einen Augenblick fluchend liegen, als seine Blutergüsse zu schmerzen anfingen. Nasse Flocken fielen sanft auf sein Gesicht und die Lider, und er bemühte sich, sie abzuschütteln. Kalte Schneeküsse berührten seine Lippen, verlockten ihn, sich der Umarmung des Schneesturms ganz hinzugeben. Das Pferd warf den Kopf hin und her und schnaubte. Nur die dunklen Flecken auf seinem weißen Fell machten es im Schnee überhaupt sichtbar. Instinktiv griff Silberhaar nach den Zügeln, doch das Tier war viel zu erschöpft, als daß es davongelaufen wäre. Silberhaar überlegte, ihm den Sattel abzunehmen und es laufen zu lassen, damit es sich selbst einen Unterschlupf suchen konnte, doch das Tier trug seine spärlichen Vorräte. Außerdem könnte es ihm, wenn sie nicht mehr weiterkamen, ein bißchen Wärme und Schutz bieten.

Aber weshalb wehrte er sich denn noch? Der Schnee versprach einen leichten Tod. Sein Gesicht und die Finger schmerzten bereits, und er zitterte am ganzen Körper. Es konnte nicht mehr lange dauern, bis alles gefühllos war und er unter der weichen Leichendecke des Schnees ungestört schlafen würde. Er verzog das Gesicht. Es war die gleiche widernatürliche Unfähigkeit sich geschlagen zu geben, die ihn aus den Höhlen zurückgebracht und aus anderen Gefahren herausgeholt hatte, die nun verhinderte, daß er den leichteren Ausweg wählte. Sein Atem kam schluchzend aus der Kehle, aber er langte nach dem Steigbügel und zog sich daran hoch.

Ich seh' den Pfad, den meine Füße geh'n ... Diese Zeile aus seinem alten Wanderlied schlich sich in seinen Kopf. Er lachte bitter, denn vor ihm lag gar kein sichtbarer Pfad. Er konnte sich nicht einmal mehr vorwärtstasten. Mit gemischten Gefühlen dachte er darüber nach. Er erkannte die Warnung, während er noch dankbar für das Nachlassen des Schmerzes war.

Selbst sein Pferd stolperte jetzt. Silberhaar klammerte sich an seine Mähne, während sie sich weiter vorankämpften. Er hatte angenommen, die Schneedecke würde dünner, wenn sie tiefer kamen, doch seine tauben Füße verrieten ihm nicht, was unter ihnen lag, und durch den dichten

Schneevorhang vermochte er nicht zu sehen. Trotzdem setzte er weiterhin Fuß vor Fuß, denn er wußte, daß er nie wieder aufstehen würde, falls er oder das Pferd fiel.

Ein Schritt, der nächste ... So stapfte er dahin, während die klaren Gedanken sich in dem weißen Treiben verloren und er sich schließlich nur noch bewußt war, daß er sich aufrecht und in Bewegung befand.

Dann blieb das Pferd stehen, und Silberhaar hatte keine Kraft mehr, es weiterzutreiben. Der Boden sah plötzlich merkwürdig eben aus. Er blinzelte und vermeinte, dunkle Buckel durch den Schnee zu sehen. Seine Ohren klingelten vor Kälte, machten ihn fast taub, doch das Pferd wieherte, und einen Moment lang glaubte er, er hätte andere Pferde als Antwort wiehern hören. Und dann mußten auch seine Augen ihm einen Streich gespielt haben, denn er sah Schatten, die durch das Schneegestöber tanzten. Also schloß er die Augen, bis schließlich seine Beine nachgaben und er zu Boden fiel.

Als Silberhaar die Augen wieder aufschlug, sah er eine niedrige Decke über sich. Einen schrecklichen Herzschlag lang befürchtete er schon, er sei wieder in der Höhle. Doch das war nicht möglich – sein Kopf fühlte sich an, als wäre er mit Wolle vollgestopft; trotzdem wußte er, daß er rein gar nichts sehen würde, wenn er sich in den Höhlen befände. Er blinzelte, und als er klarer sehen konnte, erkannte er, daß die Decke hoch über ihm nicht aus Stein war, sondern aus enggeflochtenen Gerten, die mit rotem Ton abgedichtet waren.

Er wollte tief Luft holen, keuchte jedoch aus schmerzender Lunge, als sein Körper aufbegehrte. Er brannte! Weshalb war es hier so heiß? Es gelang ihm, den Kopf zu drehen, und dann sah er braune Gesichter um sich herum. In plötzlichem Schrecken fragte er sich, ob etwa die Walapai ihn verfolgt hatten und bestrafen wollten, weil er in die Höhlen eingedrungen war.

Als sein Kopf klarer wurde, spürte er, daß seine Hände

und Füße am meisten schmerzten, doch sein ganzer Körper zu brennen schien. Man hatte ihn ausgezogen und in Dekken gehüllt, die so rauh waren, daß er glaubte, sie auf der jetzt überempfindlichen Haut nicht ertragen zu können. Er versuchte zu sprechen, brachte jedoch nur ein Krächzen hervor. Das Gesicht einer Frau schob sich über ihn, kräftige Hände hoben seinen Kopf, und eine Schale mit heißer, bitterer Flüssigkeit wurde an seine Lippen gedrückt.

Silberhaar kannte den Geschmack aus seiner Kindheit. Es war Tee aus Weidenrinde, und nun wußte er, daß die Leute hier ihm helfen wollten. Er bemühte sich um ein dankbares Lächeln, das aber zur Grimasse wurde. Als er ein paar Schluck hinuntergewürgt hatte, legten sie seinen Kopf wieder zurück. Diese Anstrengung hatte ihn so erschöpft, daß er sogleich wieder einschlief.

Als er das zweite Mal erwachte, beugte sich jemand anderer über ihn. Er sah ein Gesicht, das so furchig und runzelig war, wie Äonen von Wind und Wetter das Land geformt hatten. Doch aus den Augen, die ihn begutachteten, sprach eine zeitlose Kraft. Die Person drehte sich um und sagte etwas in der Stammessprache. Da erst sah Silberhaar, daß sie eine Frau war, so alt, daß das Geschlecht das Aussehen kaum mehr bestimmte.

Sie wandte sich ihm wieder zu und sprach in sorgfältig betontem Spaniol. »Ruhe dich aus, wir sorgen jetzt für dich.«

Plötzlich wurde Silberhaar von Schüttelfrost gepackt. Schwäche übermannte ihn. Ihm fielen die Augen zu, und alsbald kam die Finsternis und wirbelte sein Bewußtsein und die Frage, wer und wo er war, davon.

Er befand sich auf einem steinigen Pfad, der sich im Schlund der Erde verlor. Zunächst dachte er, er befände sich wieder in den Höhlen, doch dieser Pfad führte stetig tiefer, als wären die Höhlen, die er kannte, nur ein Vorraum gewesen. Er hatte keine Fackel, doch ein merkwürdiges, lavendelfarbenes Leuchten zeigte ihm ein steinernes Rippengewölbe, an dem Kristalle glitzerten, und das mit Gebeinen von Drachen durchzogen war, ähnlich dem, dessen Schädel am Höhleneingang gehangen hatte.

Er wußte nicht, weshalb und wohin er schritt, nur daß am Ziel etwas oder jemand wartete, wonach er sich sehnte – obwohl er diese Erkenntnis gleichermaßen fürchtete. Die Vernunft riet ihm, umzudrehen und zu fliehen, doch seine Füße trugen ihn unerbittlich weiter.

Und dann, als er so lange dahingeschritten war, daß eine Ewigkeit hätte sterben und die Zeit hätte neugeboren werden können, erreichte er eine ungeheure Höhle, voll von Wispern und dem kalten Odem des Windes. Nie hatte die Sonne ihren Weg hierher gefunden. Nie hatte hier ein Feuer gebrannt. Diese Höhle war nicht auf den Besuch von Lebenden eingerichtet.

Doch sie war nicht leer. Er erschauderte, als er das Wispern und Rascheln wie von unzähligen winzigen Krallenfüßen hörte. Rasch drehte er sich um. Doch die Wände der Höhle waren in Finsternis gehüllt. Nicht einmal den Eingang vermochte er zu finden, durch den er gekommen war. Nun wurden die Geräusche lauter, und in der Dunkelheit flackerten glühende Augen.

Schritt um Schritt wich er zurück, bis er gegen etwas Hohes und Hartes stieß. Was immer ihm folgte, war näher gekommen und schimmerte im Dunkel. Er sah kleine Füße mit Krallen, wie die von Ratten. Er sah ausgestreckte Finger und Gesichter mit leuchtenden Augen und aufgerissenen Mündern. Ein plötzlicher Schrei zerriß schier seine Kehle, denn er erkannte die Gesichter als die der mumifizierten Alten, die ihn zu sich holen wollten. Doch auch andere Gesichter sah er: das von Brian von Las Costas, die von Männern, mit denen er die Karawanen begleitet hatte, die von Jehan und Faris, und die Gesichter von Soldaten, mit denen er Seite an Seite gekämpft hatte. Auch Diwis Gesicht erblickte er, und selbst das seines Vaters. Und sie alle starrten ihn hungrig an.

Da wurde ihm bewußt, daß seine Musik ihm lediglich einen Aufschub erwirkt hatte, nicht jedoch Vergebung. Unvorbereitet und ungeläutert hatte er die heiligen Dinge gesehen. Sein Leben gehörte nun den Alten. Ohne die Kraft zu haben, sich zu widersetzen, fiel er rückwärts auf den Altar, die Kehle entblößt und die geschickten Harfnerhände ausgestreckt.

»Ich habe es nicht anders verdient«, sagte er, als sich die scharfen Zähne in sein Fleisch gruben. »Ich gehöre euch.«

Sein Körper zuckte vor Schmerz und Ergebenheit, als die Geister sich an ihm stärkten. Sie rissen ihm die Geschlechtsteile aus, bohrten sich in den Bauch, zerrten die Muskeln aus seinen Armen und Beinen, und sein Blut floß in Strömen über den kalten Stein.

Nach einer Weile konnte ihn sein Körper nicht mehr halten. Er schwebte, unstofflicher noch als die Geister, die sich von seiner jetzt leeren Hülle nährten, und sah neugierig zu, wie sie seine Knochen bloßlegten. Dann wirbelte ihn ein Wind schwindelerregend weit hoch, ein Wind, der gleichzeitig die Geister von den Knochen vertrieb, die sie inzwischen abgenagt hatten. Der Wind seufzte und stöhnte eigenartig vertraut, warf seine Knochen umher, zupfte an seinem Brustkorb, als wären die Rippen Saiten einer Harfe. Der Wind wuchs. Und Silberhaar vermeinte das Schlagen mächtiger schwarzer Schwingen zu hören.

»Dies ist mein Reich ...« Die Stimme schien aus allen Richtungen zu dröhnen. *»Ergib dich mir, dann schenke ich dir einen Körper, der nie sterben wird!«*

Er antwortete: *»Gib mir einen Körper, der mit dem Wind singen kann!«*

Da explodierte die Dunkelheit in einem Sterngestöber. Die Sterne waren Kristalle, die Schneeflocken gleich auf sein aufgegebenes Gerippe fielen, daran festklebten und wuchsen wie Eiszapfen an kahlen Ästen oder Stalaktiten von einer Höhlendecke. Sie hüllten die Gebeine in klares, kristallenes Fleisch, das im tanzenden Licht gleißte. Unaufhörlich sanken die Flocken herab und klingelten ganz zart wie Silberglöckchen.

»Aber er ist nicht lebendig ...« protestierte der Funken Bewußtheit, der Farin gewesen war.

»Ich kann dir nur einen Körper geben – die Seele muß deine eigene sein!«

Verwirrt spürte der Harfner, wie er in zögernden Spiralen zu der reglosen Gestalt hinabschwebte. Sie war so hart und kalt – wie konnte er da in sie eindringen? Öffnung gab es keine. Er flog dagegen und schlug auf die eisige Oberfläche wie ein Falter gegen eine Glasscheibe.

Schlagen – schlagen ... Doch nun war er es, der geschlagen wurde, geschlagen von den mächtigen Schwingen eines Adlers. Aber es war so heiß hier, und roter Feuerschein flackerte auf den runden Wänden. »Uff! Uff!« riefen viele Stimmen.

Dann war er in der Höhle zurück, doch die Statue vor ihm schimmerte, als spiegelte sie das Feuer wider. Farben wogten und schillerten, daß man meinen konnte, sie würden die Oberfläche schmelzen. Er warf sich hinunter, hinein, und ertrank in dieser kristallenen Schmelzsee.

Hitze versengte sein Fleisch. Er lag auf einer nassen Decke, und der Schweiß rann ihm aus allen Poren, als zerfließe er. Etwas zischte in der Nähe, und er atmete Dampf ein. Er hustete und hatte dabei das Gefühl, auch seine Lunge habe sich aufgelöst. Starke Hände hoben ihn, als er die ganze Flüssigkeit von sich gab, in der er ertrunken war.

Sie legten ihn wieder nieder. Das Leiern ging weiter und darüber erhob sich, mit der Reinheit einer Kristallglocke, eine feine Stimme, die im Gebet an- und abschwoll. Nach einer Weile verstummte sie. Er spürte einen Hauch kühlerer Luft und Bewegung um sich, später stieg ihm würziger Geruch in die Nase, und er vernahm weiteren Singsang in dieser Sprache, die er nicht kannte.

Als er wieder erwachte, war er warm und trocken. Er lag auf einem Bett aus weichen Rehhäuten, die über angenehm riechendes Heu gebreitet waren. Die Decke über ihm war dieselbe, die er schon zuvor gesehen hatte. Es kostete ihn alle Kraft, die Augen offenzuhalten. Alles tat ihm weh. Er fühlte sich so schwach, als wäre er ohne Knochen in seine Haut zurückgegossen worden.

Schwarzer Vogel, dachte er, *gib mir meine Gebeine wieder!*

Er mußte wohl ein Geräusch verursacht haben, denn der Türbehang bewegte sich, und die Greisin kam herein. Die Furchen in ihrem Gesicht schienen noch um ein Zoll tiefer geschnitten zu sein als bei seinem ersten Blick auf sie, doch als sie sah, daß er sie beobachtete, lächelte sie.

»Du bist zurückgekehrt. Das war eine lange Reise. Wie fühlst du dich jetzt?«

Silberhaars Halsmuskeln bewegten sich, doch er brachte keinen Laut hervor. Die Greisin trat näher und legte eine Hand auf seine Stirn. Licht schimmerte um sie. Er blinzelte und starrte sie an. Es war immer noch da.

»Morgen behandeln wir dich weiter. Du wirst dich dann besser fühlen«, versicherte sie ihm.

Auch am nächsten Morgen vermochte er sich kaum zu rühren, doch er war bei klarem Verstand. Eine junge Frau und ein Halbwüchsiger pflegten ihn, die beide Anglo sprachen. Sie fütterten ihn mit einem kräftigen, nach Fleisch schmekkenden Haferbrei, als die Greisin hereinkam. Sie hatten ihm gesagt, daß er sie Weißvogelfrau nennen solle.

Mit der Schüssel in der Hand stand die junge Frau achtungsvoll auf. Als die Greisin ihr zunickte, verließ sie damit die Stube. Der Harfner drehte den Kopf auf dem Kissen, um die Alte anzublicken.

Im Licht, das durch die mit Häuten behangenen Fenster fiel, war sie nur eine alte Frau in unförmigem blauen Gewand und bunt gemustertem Wolltuch, auch wenn ihre vielen Halsketten aus Muscheln und Türkisen darauf hindeuteten, daß sie eine reiche Frau war. Doch als er sie das letztemal gesehen hatte, trug sie eine Fellmütze, die mit den Schweifen vieler Tiere verziert war, und ihr Umhang hatte von Schmuck aus Metall und Bein geklingelt. Weißvogelfrau war eine Medizinfrau, eine Schamanin! Und aus dem zu schließen, woran er sich erinnerte, mußte sie beachtliche Kräfte haben.

»Lady, ich danke Euch ...« Seine Stimme zitterte wie eine ungestimmte Harfe.

Sie musterte ihn, dann nickte sie. »Wie fühlst du dich?«

»Das Böse hat mich verlassen. Aber ich habe keine Kraft. Ich – ich fühle mich leer«, antwortete er mühsam.

»Ja, du hast deine Geister verloren. Wir müssen dir neue besorgen.«

Er verzog das Gesicht. »Vielleicht haben die anderen Geister sie verschlungen.«

Abrupt setzte sie sich und blickte ihn eindringlich an. »Erzähl mir davon.«

Silberhaar fröstelte bei der Erinnerung daran, obwohl er dick eingewickelt und die Stube angenehm warm war. »Ich sollte Euch besser warnen – vielleicht bin ich verflucht.« Stockend erzählte er ihr von den großen Höhlen der Walapai und daß er in seinem Fieberwahn geglaubt hatte, er sei wieder dort.

»Und so sah ich meine Gebeine und erhielt einen neuen Körper. Nur scheint er nicht viel zu taugen«, endete er mit einem tiefen Seufzer.

»Das war ein Schamanentraum«, entgegnete sie. »Die Ahnen haben dich anerkannt und werden dir Macht geben.«

»Ich bin ein Harfner.« Schwach schüttelte er den Kopf. »Ich will die Macht eines Schamanen nicht.«

»Keine Sorge. Sie geben dir, was du brauchst. Heute mußt du noch einmal schwitzen, um zu Kräften zu kommen. Dann besorge ich dir neue Geister, damit du wieder stark wirst.« Die Weißvogelfrau stand auf. »Wenn du etwas brauchst, dann sag es meiner Tochter.«

»Ich bin ein Harfner«, wiederholte Silberhaar hartnäckig. »Ich würde mich besser fühlen, wenn man meine Harfe neben mein Bett brächte, auch wenn ich sie noch nicht spielen kann.«

Die Schamanin lächelte und verließ ihn. Doch ihre Tochter nahm Goldschwan behutsam aus dem Kasten und legte sie neben Silberhaars Lager, wo er sie berühren konnte. Er schlummerte den Rest des Tages, beruhigt durch die Berührung des glatten Holzes unter seiner Hand.

Diesmal war Silberhaar bei Bewußtsein, als sie ihn in die runde Schwitzhütte trugen und auf die Binsen legten. Die Hütte war wie vollgepfercht – bestimmt war jeder Erwachsene der Ansiedlung hier. Der Junge, der Antilope hieß, saß neben dem Harfner. Sein Gesicht glänzte vor Scheu und Stolz zugleich. In der Mitte der Hütte befand sich eine rußige Grube, und Silberhaar, der sich unter seiner Decke schon mehr als warm genug fühlte, spürte, wie ihm Schweiß ausbrach, als zwei Männer glühende Steine auf Hirschgeweihen hereintrugen und sie in der Grube aufbauten – einen für jede Richtung und einen für die Mitte –, bis eine glühende Pyramide Hitze nach allen Seiten ausstrahlte.

Die Türklappen aus festem Tuch waren zugezogen. Sengender Dampf strömte über Silberhaar hinweg, als die erste Kelle Wasser auf die Steine gegossen wurde. Silberhaar schnappte nach Luft. Er hatte das schon als Halbwüchsiger erlebt, als er seinen Karokgroßvater besuchte, der am Bergvater gelebt hatte. Er wußte auch, daß in der Schule der Weisen Besuche in diesen Schwitzhütten ebenfalls üblich waren – Sauna nannte man sie dort, wenn er sich recht erinnerte –, aber damals war er jung und von robuster Gesundheit gewesen.

Und gestern abend war ich halb tot, erinnerte er sich. *Und ich habe überlebt!*

Singsang wurde in der Dunkelheit laut, unterbrochen von Gebeten. Silberhaar verstand das spaniolische Wort für Harfe, und ihm wurde bewußt, daß sie für *ihn* beteten. Etwas verschnürte ihm schmerzhaft Kehle und Brust, und plötzlich weinte er heiße Tränen, die sich mit dem Schweiß vermischten, in den er bereits gebadet war.

Ihr kennt mich ja nicht einmal! rief sein Geist. *Warum tut ihr das für mich?*

Die Hitze wuchs, bis ihm fast schwindelig wurde. Doch als er glaubte, die Besinnung zu verlieren, wurden die Türklappen aufgerissen, und kühle, belebende Luft strich segnend über seine Haut. Ein Schöpflöffel mit kaltem Wasser wanderte von Hand zu Hand. Antilope hielt ihn an Silberhaars Lippen, und das Wasser erschien ihm süßer und belebender als der edelste Wein.

Weitere glühende Steine wurden hereingebracht, die Tür

wieder geschlossen, und Dunkelheit drückte auf ihn, als erneut Wasser auf die Steine geschüttet wurde und die Schwitzhütte sich aufs neue mit Dampf füllte.

»Großväter, Großmütter, erhört uns! Helft unserem Bruder mit dem Silberhaar. Großväter, macht ihn wieder kräftig und stark!« Antilopes klare Stimme erhob sich über die anderen.

»Uff! Ai-ja!« riefen alle.

Die Steine sind Erde vom Feuer erhitzt, und der Dampf ist Wasser und Luft vereint ..., dachte Silberhaar benommen. Gewiß wurden hier die Hüterinnen der Elemente mit gleicher Inbrunst gerufen wie in den großen Zeremonien von Westria. *O ihr Hüterinnen dieses Ortes und meines eigenen goldenen Landes! Helft mir und stärkt mich, und segnet diese Menschen hier, die mir ihre Hilfe angedeihen lassen!*

Wieder trug sein Gefühl ihn davon, auf einer bitteren Flut der Liebe zu diesen schwitzenden Menschen um ihn, des Leides um alles, was er je geliebt und verloren hatte, und von allem, was sein mochte und hätte sein können. Bis jetzt hatte er stumm verharrt, doch die keuchenden Atemzüge, die er einsog, verwandelten sich in rhythmische, stöhnende Laute, die zu einem Schrei wurden, einem Ruf der Macht, scheinbar viel zu gewaltig für Silberhaars entkräfteten Körper.

Er hörte das schrille Murmeln der Medizinfrau neben sich und zuckte schmerzhaft zusammen, als sie mit der Adlerschwinge seinen Körper auf und ab schlug. Sie trieb ihn an den Rand des Bewußtseins, jenseits alle Beherrschung. Er zuckte und schrie in einer Qual, die sich in unerträgliches Verlangen nach einer Schönheit verwandelte, deren Art seine Sinne nicht zu begreifen vermochten, nach einer Verbindung mit JEMANDEM, dessen Namen er nicht kannte.

Die Federn fuhren ohne Unterlaß seinen Körper entlang, die überhitzte Luft in der Hütte wirbelte in mächtigen Strudeln, aufgewühlt durch das Fächern der anderen Schwingen, die in der Enge der Hütte wie Donner rollten. Das Singen wurde eindringlicher und schwoll zu einer Leidenschaft an, die fast zu gewaltig war, als daß ein Mensch sie hätte ertragen können. Sie beflügelte ihn – gleich würde er davongetragen werden …

Dann wurde es still, das Schlagen der großen Schwingen verstummte. Jemand zog die Türklappen zur Seite, und Silberhaar atmete tief die abkühlende Luft ein. Sein Herzschlag wurde gleichmäßig, und er wußte wieder, wer er war und wo er sich befand.

Es kam zu einer dritten Runde, in welcher der Gesang zu einem langsamen, harmonischen Sprechchor des Dankes und Abschieds wurde. Die Hitze war nun fast erträglich. Als der Gesang endete und die Klappen zurückgeschlagen wurden, damit man den Elementen die heilige Pfeife anbieten konnte, ehe man sie reihum gehen ließ, stellte Silberhaar fest, daß er sich aufzusetzen vermochte.

Der aromatische Rauch der Pfeife kräuselte auf ihn zu, als einer nach dem anderen einen langen Zug nahm. Er atmete ihn ein, spürte wie sein Blut in den Adern zu singen begann, und als die Pfeife ihn erreichte, konnte er sie bereits halten, ohne befürchten zu müssen, daß sie seinen Fingern entglitt, und er hob sie in der zeremoniellen Weise an die Lippen. Der Pfeifenkopf war kühl und mit geschnitzten Zeichen, die er nicht sehen konnte. Holzperlen und Federn schmückten den Stiel. Er sog den Rauch behutsam, ehrfürchtig ein, spürte, wie er seinen Körper mit neuer Kraft lud, wie seine Finger, wo er die Pfeife berührt hatte, prickelten, nachdem er sie weitergereicht hatte.

Sein Körper erholte sich von der Schwäche, die ihn gelähmt hatte, doch sein Geist war noch leer und wartete wie ein hohles Gefäß darauf, daß die Hüterinnen ihn füllen mochten. Sein ganzes Leben hatte er Mühen auf sich genommen, seine Wirklichkeit selbst zu formen – zum Ritter geschlagen zu werden, ein Harfner zu werden, Faris zu finden und heimzubringen. Nun jedoch wartete er nur und war bereit zu empfangen, was immer die Großväter ihm geben wollten.

Auch den nächsten Abend verbrachten sie in der Schwitzhütte. Danach konnte Silberhaar stehen und sogar ein wenig vom zeremoniellen Mahl zu sich nehmen, das dann folgte. Doch immer noch fühlte er diese Leere, die die Krankheit in ihm zurückgelassen hatte.

»Nächste Woche, wenn der Mond zu wachsen anfängt, führen wir eine Zeremonie durch«, sagte die Weißvogelfrau zu ihm. »Du brauchst neue Geister, die dir helfen, sonst wirst du wieder krank.«

So ruhte er sich aus, wartete und fing an, ein bißchen auf der Harfe zu klimpern – und lächelte, wenn die Indianer scheinbar aus dem Nichts auftauchten, sobald sie ihn spielen hörten.

Der Name des kleines Ortes war Rotfelstal, und der Stamm überwinterte hier, weil die hohen Felswände ihn vor dem schlimmsten Wetter schützten. Silberhaars Pferd hatte die Herden seiner Retter gewittert und ihn hierhergebracht. Die Indianer fanden das keineswegs erstaunlich, doch ohne ihre Naturkenntnisse und ihren Spürsinn war es ein Wunder, das wußte Silberhaar.

Dann kam die Nacht, in welcher der Wind die Wolken vertrieb und der neugeborene Mond sich wie ein dünner Perlenrand über die weißen Gipfel hob. Silberhaar, in einen neuen weißen Kittel mit roter Stickerei gewandet, schloß sich den anderen an, die sich zum größten Haus am Platz begaben, dessen übliche Einrichtung für den heutigen Anlaß entfernt worden war. Eine festliche Stimmung herrschte. Normalerweise wurde diese Zeremonie an der Schwelle des Erwachsenwerdens durchgeführt, um die Hilfe der Geister zu sichern. Nur selten war es erforderlich, daß ein Erwachsener sie noch einmal brauchte.

Antilope blieb mit Silberhaar vor dem Haus stehen, bis alle anderen es betreten hatten. Dann führte er ihn durch die niedrige Tür und bat ihn, sich auf die Decke nahe der Mitte des Raumes zu setzen. Die zwei Trommler hatten bereits ihren Platz eingenommen. Die Weißvogelfrau saß ihnen gegenüber und unterhielt sich mit ihrer Tochter. Als Silberhaar eintrat, blickte sie auf und lächelte ihm zu.

»Ich verstehe immer noch nicht ...«, fing er an, aber sie beruhigte ihn mit einem Kopfschütteln.

»Du brauchst gar nichts zu tun. Du mußt nur auf der Decke sitzen und dich vielleicht hinlegen, wenn ich es dir sage.«

Etwas schwerfällig ließ er sich auf der Decke nieder und stellte überrascht fest, daß Goldschwan bereits dalag. Wieso hatten sie die Harfe hierhergebracht? Dachten sie, er hätte Angst, von ihr getrennt zu werden? Oder ... Er erinnerte sich ein wenig unbehaglich, was die Medizinfrau über eines Schamanen Werkzeug gesagt hatte, und über ihre Deutung seiner Fieberträume. Beabsichtigte sie, ihn und die Harfe mit schamanischer Kraft zu segnen?

Er wollte aufstehen und sie daran hindern. Schamanentum war etwas, das er mied! Doch ihre heitere Gelassenheit hielt ihn beschämt davon ab. Gewiß konnte so etwas nicht gegen seinen Willen geschehen!

Die Weißvogelfrau nickte. Jemand schloß die Tür, und es wurde stockdunkel. Silberhaar zuckte zusammen, denn unwillkürlich dachte er an die Höhlen. Doch hier war eine warme, behagliche Schwärze, nicht die kalte Finsternis der Höhlen. Der würzige Duft von Salbei stieg ihm in die Nase. Sofort wußte er, daß jemand mit einem Federfächer den Rauch der schwelenden Kräuter im Raum verteilte.

Langsam zunächst, dann mit größerer Sicherheit und Lautstärke, begann das Trommeln. Silberhaar spürte die Vibrationen durch den Lehmboden. Mehrere Minuten geschah nichts anderes, außer daß ihm auffiel, wie sein Atem sich dem Schlag der Trommeln anpaßte.

Dann spürte er Bewegung in seiner Nähe und hörte das trockene Klappern einer Rassel. Lederfransen streiften seine Hand, und ihm wurde bewußt, daß die Weißvogelfrau zu tanzen begonnen hatte. Alsbald sang sie auch, kurze Zeilen, die sie ständig wiederholte und welche die anderen ringsum echoten. Ein schwaches Summen erklang neben ihm – die Harfensaiten vibrierten im Einklang mit dem Lied.

Silberhaar fragte sich, wie lange es dauerte, ehe es unerträglich langweilig würde, doch als der Gesang weiterging, konnte er immer neue Feinheiten in Ton, Höhe und Rhythmus heraushören. Sein Bewußtsein zog sich zusammen, konzentrierte sich, bis es nur noch das Singen für ihn gab.

Er fühlte sich etwas schwindelig, als hätte die Neigung der Erde sich verlagert, und er blinzelte, denn plötzlich war die Dunkelheit mit wirbelnden Lichtpunkten durchzogen. Er spürte, wie seine Haut prickelte und einen Druck, als wäre der Raum mit Kräften überladen.

Dann hörte die Schamanin zu singen auf und rief etwas. Ein tiefer, süßer Ton und das Flattern aufsteigender Schwingen antworteten ihr. Ein Luftzug streifte sein Haar, und er spürte, wie Gänsehaut seine Arme überzog. Die Weißvogelfrau rief aufs neue. Diesmal antwortete ein schweres Tappen und das weiche Knurren einer Raubkatze. Erneut rief sie. Und nun hörte Silberhaar zierliche Hufe auf dem harten Lehmboden klicken, und ganz nahe ein feuchtes Schnauben. *Hüterinnen, beschützt mich!* dachte er. *Wenn sie noch mehr ihrer Verbündeten ruft, wird hier unmöglich genug Platz für uns alle sein!*

Doch nach einer kurzen Weile hörten diese körperlichen Erscheinungen auf, obwohl das Gefühl der Anwesenheit von Tieren im Raum immer noch stark war. Silberhaar atmete tief aus. Dann zuckte er zusammen, als er spürte, daß die Greisin sich neben ihn kniete. Ihre trockene Hand berührte seine Stirn, dann seine Brust, und sie drückte ihn auf die Decke neben seiner Harfe. Er fühlte genau, wie seine Sinne ihn verließen, und dann, so plötzlich, als hätte sie ihn durch eine Tür gestoßen, war er nicht mehr in dem dunklen Raum.

Er befand sich im Freien, im strahlenden Sonnenschein eines Sommermorgens. Doch es war kühl, denn er stand auf einer von säuselnden Tannen umgebenen Wiese, hoch in den Bergen. Hinter den Bäumen erhoben sich graue Steilwände, wie bestickt mit dem Silber von Wasserfällen. Der Ort war ihm vertraut, obwohl er wußte, daß er noch nie zuvor hiergewesen war.

Ein Ruf, wie der eines Falken, doch musikalischer, kam

von über ihm, und er sah die dunklen Umrisse eines Vogels, der durch die klare Luft segelte und schließlich so tief kreiste, daß Silberhaar das Glitzern von Sonnenschein auf bronzenem Gefieder sehen konnte, ehe der Vogel wieder in die Höhe schoß. Er vergaß zu atmen, während er ihn beobachtete, denn der Flug dieses Vogels war von der prägnanten Schönheit vollkommener Harmonie.

Dann war er verschwunden, und Silberhaar wandte den Blick wieder anderem zu. Ein Pfad führte durch die Wiese zu den Bäumen, in die Richtung, die der Falke geflogen war. Silberhaar nahm den Pfad. Der Vogel wartete auf ihn, als er aus den Tannen auf eine andere Lichtung trat. Der Falke saß auf einem hohen Zweig und drehte den Kopf, um ihn mit leuchtend goldenen Augen zu beobachten. Plötzlich flog er auf und stieß tief hinunter, fast bis zu des Harfners Kopf, und schoß dann hoch und über die Kuppel eines runden Gebäudes aus blassem Granit hinweg, die in der Sonne glänzte.

Nein, es war mehr als ein Glänzen. Es war dieselbe Art von Schimmern, das Silberhaar um die Weißvogelfrau herum gesehen hatte, und um den Wacholdermeister, wenn er eine Zeremonie durchführte. Trotzdem fand Silberhaar es völlig natürlich, daß er die breite Freitreppe hochstieg und die schwere Rotholztür öffnete.

Die Stille im Innern war so gewaltig, daß sie fast hörbar schien. Einen Moment blieb er blinzelnd stehen, bis seine Augen sich an das schattenlose, silbrige Licht gewöhnt hatten. Vier hohe Fenster in gleichmäßigen Abständen bildeten Rechtecke aus blauem Himmel.

In der Mitte des Saales hob sich ein Marmorthron aus dem glänzenden Stein des Bodens. Silberhaar sah zwar niemanden darauf sitzen, trotzdem spürte er, daß jemand dort wartete, jemand von nie endender Geduld und unermeßlicher Macht.

»Suchender, weshalb bist du hierher gekommen?«

Einen Augenblick wußte er nicht, was er erwidern sollte, doch dann gab er die gleiche Antwort wie bei seiner ersten Initiation, in der Westrianer ihren Erwachsenennamen bekamen. *»Ich möchte mein Ziel erfahren und meinen Namen.«*

»Nur du selbst kannst entscheiden, wer du bist, und was der Zweck deines Lebens sein wird.« Der Druck ließ nach, als Silberhaar darüber nachdachte. Dann erklang die lautlose Stimme wieder. *»Wähle eine der Richtungen. Dein Führer wird zu dir kommen ...«*

Als er sich an die Lage des Tales erinnerte, wurde Silberhaar bewußt, daß die Fenster in die vier Himmelsrichtungen schauten. Wandte er sich nordwärts, würde er die Kraft der Erde wählen – die Festigkeit ihres Grundes, die lebenspendende Kraft ihrer Scholle und ihre Fruchtbarkeit. Blickte er südwärts, sah er sich dem Feuer der Sonne und der Sterne gegenüber, dem Feuer des Vulkans, das zerstörte, und dem des Herdes, das der Menschheit diente. Dort lag das Reich aller warmblütigen Geschöpfe und der Leidenschaften, von denen sie beherrscht wurden. Die Herrin der Liebe regierte dort. Er wandte sich gen Westen, wo der Mond über das Reich des Meeres segelte; doch die Macht des Wassers war nicht für ihn.

Noch einmal drehte er sich, bis er wieder in den Osten schaute, wo die Mächte der Luft zu Hause waren.

In diesem Moment blies der Wind durch das Fenster. Tief atmete er die Luft ein, als wäre sie der Odem der Sterne. Das Licht schien heller, blendete ihn, als er eine Gestalt im Fenster zu sehen vermeinte, deren Gewand wie ein orangefarbenes Banner flatterte, und er hörte das fröhliche Lachen eines Jungen.

Dann taumelte er kurz, denn etwas Schweres, Warmes ließ sich unerwartet auf seiner Schulter nieder. Scharfe Krallen stachen in seine Haut, wie die von Aliento, als er den Falken vor so langer Zeit in die Freiheit getragen hatte.

»Vorwärts ...« Die Aufforderung schien von ganz dicht neben ihm zu kommen. *»Worauf wartest du noch?«*

Silberhaar trat ans Fenster und blickte staunend auf die herrlichen Wolkenbilder.

»Steh nicht gaffend herum ...«, hörte er. *»Schwing dich endlich in die Lüfte!«* Krallen bohrten sich in seine Schulter, dann hob der Vogel ab, und im selben Moment erkannte der Harfner, daß er wahrhaftig Flügel besaß, gewaltige

Schwingen, die aus seinen Schulterblättern ragten. Er sprang aufs Fensterbrett, breitete sie aus, spürte, wie der Wind nach ihm griff und ihn hob, und mit kräftigem Flügelschlag schwang er sich in die Lüfte, hinter dem Falken her, der dicht vor ihm flog.

Natürlich, dachte er, während er höherbrauste und schließlich mit ruderndem Schwanz die Richtung wechselte und geradeaus flog. *Das ist Fliegen! Wie konnte ich es bloß vergessen?* Denn er kannte diese Gegend aus seinen Träumen, und in seinen Träumen hatte er immer Schwingen gehabt.

Der Falke hatte einige Kreise gezogen, nun flog er neben und ein Stück hinter ihm, und er hörte ihn wieder sprechen.

»Das ist unser Reich! Das Reich des Windes, der alle Laute der Erde zu uns trägt, und uns selbst, wohin immer wir wollen.«

Eine zeitlose Weile folgte, in der ihm der Falke den Einsatz seiner Kräfte lehrte, ihm zeigte, wie er sich hinaufschwingen und hinabstoßen konnte, wie er den Wind zum Segeln und den Aufwind zum Emportragen benutzen mußte. Und Silberhaar folgte ihm, trunken vom Flug, und die frische Luft zischte und pfiff durch seine ausgebreiteten Schwingen.

Sie stießen durch Wolkenschichten, nahmen sich immer wieder Zeit, andere Geschöpfe zu grüßen, die dort schwebten, ohne jedoch ihren steten Aufwärtsflug zu beenden, bis er allmählich weniger eine körperliche Bewegung schien, denn ein gefühlsmäßiges Gleiten durch das Himmelsgewölbe.

»Wohin führst du mich?« fragte der Geflügelte, der Silberhaar war. Die Luft um ihn war nun so grell, daß nur noch Vogelaugen in ihr zu sehen vermochten. Die beiden waren von Licht getränkt, von Licht erfüllt. Es schien durch sie hindurch, so daß der Falke zu glühen, sein Federschmuck aus Gold geschmiedet zu sein schien.

Und der Falke war gewachsen. Silberhaar hielt ihn nun nicht mehr für einen gewöhnlichen Vogel, sondern für einen der Hüter. Und während er das noch dachte, öffnete der Falke den Schnabel und fing zu singen an.

Ich bin der Geist, der ewig fliegt,
Ich bin der Sänger und das Lied;
Ich bin das Licht, das alle Dunkelheit besiegt,
Ich bin der Inbegriff der Harmonie …

Und während er sang, verloren sich seine Umrisse in einem noch stärkeren Strahlen, und sein Singen verschmolz mit einer Musik, die anschwoll und komplexer wurde, als zunächst eine, dann weitere Stimmen die Melodie aufnahmen. Anfangs vermeinte Silberhaar, die Töne stammten von Instrumenten – Geigen, Flöten, Hörnern und Harfen –, und dann hielt er sie für menschliche Stimmen, jede in ihrer eigenen Tonlage, und schließlich für die vielfältigen Stimmen der Vögel.

Aber es war alles in einem. Die Melodien verschmolzen zu einer Einheit, die jeder Stimme ihren eigenen, besonderen Beitrag zum Ganzen gestattete. Es war die absolute Vollendung der Musik, von der Silberhaar dann und wann eine Ahnung bekam, wenn er aufhörte, die Musik zu beherrschen und er und Goldschwan zu einem eigenen Instrument wurden, auf dem jemand anderes flüchtig spielen konnte.

»Das ist es, wonach ich suchte!« rief er. *»Gib mir die Macht, die Musik zu spielen, die ich jetzt höre!«*

Er schlug mit den Flügeln, um höher zu kommen, wo keine irdische Atmosphäre seine Schwingen mehr zu tragen vermochte, um mit den Ohren eine Musik zu hören, die seine Sinne nicht verstehen konnten. Doch ihm schien, als verstünde er die Stimmen nun einen Augenblick lang doch. Sie waren das Drehen der Erde, die Bewegung von Ebbe und Flut, der Wechsel der Jahreszeiten, Geburt und Tod, und die Verwandlung von allem Lebenden. Und dann begriff er einen Augenblick lang, daß all dies nur einzelne Noten waren, vereint zu einer überirdischen Musik von JEMANDEM, der die Welt spielte, wie Silberhaar Goldschwan, mit Saiten aus Wind. Er bemühte sich, mit dieser Musik zu verschmelzen, doch selbst jetzt, selbst hier fehlte etwas, war eine Barriere. Überwältigt wirbelte sein Geist davon.

Silberhaar öffnete die Augen. Er war nach seiner Rückkehr immer noch benommen von der Vielfalt der Bilder. Er stöhnte und versuchte, in sich selbst zurückzusinken, doch die Hände der Schamanin hielten seinen Kopf fest, und ihr Blick ließ ihn nicht los.

»Du hast einen mächtigen Helfer – es ist der rotschwänzige Falke, der kleine Adler«, sagte sie. »Aber ich glaube, das weißt du.« Sie sah sehr müde aus, aber auch sehr zufrieden.

Die Tür war geöffnet worden und die Lampen angezündet. Um sie herum erhoben sich die Leute, um zu gehen. Ihre Gesichter strahlten eine Gefühlsbewegung aus, die an das Abendrot erinnerte, das die untergehende Sonne zurückließ. Nun erst fragte sich Silberhaar, wie sich sein Erlebnis äußerlich bemerkbar gemacht hatte. Hatte er laut gesprochen? Oder sich auf dem Boden herumgerollt? Ihre Augen ruhten voll Freundschaft oder Neugier auf ihm, doch wenn sie sich der Harfe neben ihm auf dem Boden zuwandten, trat Ehrfurcht in ihre Gesichter.

»O ja«, sagte die Weißvogelfrau. »Die Vision war nicht nur für dich. Während deiner Reise spielte die Harfe ganz allein im Wind.«

Dritter Teil

Der Sangmeister

Zweites Interludium

Der Harfner reitet mit der Harfe in seinen Armen. Die Zügel hängen lose auf dem Nacken des Pferdes. Musik erklingt unter seinen Fingern, sanft und frei wie der Wind, der mit seinem Silberhaar spielt. Die Sonne scheint scheu, als wüßte sie nicht recht, ob sie nach der Winterkälte willkommen sei, und Frühlingsblumen schmücken die braunen Hänge, wo die Wüste von den Hügeln herabkommt.

All das klingt aus des Harfners Musik – die verspielte Brise, die blühenden Blumen, die blaue Reinheit des Himmels. Die Sonne sprüht goldene Funken von den Saiten, während des Harfners Finger in schimmernden Glissandos darübergleiten, welche sich in einzelne Töne auflösen, die schließlich pulsierend in der lauschenden Luft verstummen. Dann bricht ein Akkord die Stille, gefolgt von einem zweiten, bis die Musik in einen fröhlichen Tanz fällt, der das Pferd schneller traben und seine Hufe in den Rhythmus einstimmen läßt.

Wie lange ist es her, seit der Harfner mit solcher Freude gespielt hat? Er kann sich nicht erinnern; in diesem Moment ist er sich nur des Augenblicks und der Freude am Klang bewußt. Und doch fehlt noch etwas – seine Finger sind noch nicht ganz imstande, die Melodie zu formen, die sein Herz hört – die vollkommene Harmonie, die er sucht, hält sich außerhalb seiner Reichweite.

Dennoch ist dies nun soviel mehr, als er all die Jahre zuvor vermocht hat, so daß plötzliche Tränen seine Augen verschleiern. Das Gesicht seiner Schwester wird zu einem schönen Traum, doch seine Suche nach ihr ist Teil einer größeren Suche geworden. Geschützt durch die Einsamkeit der Wüste, geläutert vom Flügelschlag des Todes, weiß er nun, daß das Ziel, das er nun vor Augen hat, ein Leben der Wanderschaft wert ist.

11

Ich seh' den Weg, den keine Füße gehn,
Der mich ans Herz der Schönheit bringt,
Und wo, für den, der Augen hat zu sehn,
Im weiten Himmelszelt der Falke singt.
So muß der Wanderer weiterziehn ...

Silberhaar stand ganz oben am Paß, der von den Bergen nördlich der Tambara zu den langen Tälern der Campos del Mar hinabführte. Er blinzelte gegen das Glühen der untergehenden Sonne auf das ferne Meer und spürte lächelnd, wie sein Herz schneller schlug. Er hatte zwar erst den halben Weg bis zu seinem Ziel zurückgelegt, doch der schlimmste Teil lag hinter ihm. Nun wagte er zu hoffen, daß er die Bardenschule erreichen würde.

Er hatte die Weißvogelfrau und ihren Stamm verlassen, als der kurze Wüstenfrühling die Hänge mit Grün überzog, und sich seither westwärts gehalten. Es war ihm nicht leichtgefallen, die Indianer zu verlassen. Sie waren ihm während der langen Wintermonate zur Familie geworden, und sie wollten nicht, daß er wegging. Doch er hatte jetzt seine Kraft zurück, und die Medizinfrau selbst hatte seine eigene Überzeugung, die ihm die Vision gegeben hatte, in Worte gekleidet: »*Die Geister wollen, daß du ihnen dienst, doch Musik ist deine Macht. Such dir Lehrer, tu es richtig.*«

Er hatte sich das Harfenspiel selbst beigebracht, und die Jahre der Wanderschaft hatten ihn nachlässig und plump gemacht. Doch nun, da er die Sphärenmusik gehört hatte, zuckte er zusammen bei der Unebenheit des Klanges, dem holprigen Rhythmus, den Fehlern seiner Finger und der Phantasielosigkeit seiner Harmonien.

Es gab nur einen Ort, wo er die Techniken, die Disziplin und die musikalischen Theorien lernen konnte, die er so dringend benötigte, und das war die Bardenschule in Westria.

So war er denn aus dem Tal südwärts gezogen, dann gen

Westen durch die Eisenberge und die Trockengebiete von Elaya. Seine Wegzehrung verdiente er sich, indem er zu Festlichkeiten in den einsamen Burgen am Weg aufspielte. Der einzige Grund für diese Feste war manchmal lediglich seine Gegenwart gewesen. Er war mit den Kurieren gereist, manchmal auch mit den langsameren Maultierzügen, die Roheisen zu den Gießereien östlich der Tambara brachten. Und manchmal war er allein dahingeritten und hatte sich des Abends unter dem unendlichen Wüstenhimmel ein Schlaflied gespielt.

Die Straße, die er nun vor sich sah, führte durch den nördlichsten der elayanischen Staaten, und dann die Küste nach Santibar hoch. Und dahinter lagen die goldenen Hügel von Westria. Silberhaar hatte nicht die Absicht, den Namen zu benutzen, den er vor zehn Jahren zurückgelassen hatte; auch nicht Rosemarie und Eric oder sonst jemanden zu besuchen, den er gekannt hatte. Trotzdem wurde ihm allein schon bei dem Gedanken leichter, den vertrauten Geruch von Lorbeerbäumen an einem sonnenbeschienenen Hang einzuatmen, oder die weiche Sprache seiner Heimat wieder zu hören.

Er lächelte und lenkte sein Pferd hangab, und die Melodie seines Wanderlieds erwachte in ihm. Voraus kreiste ein einsamer Falke, rief, und segelte davon.

Saticoy war voller Soldaten. Silberhaar ritt langsam die Hauptstraße entlang und über den Stadtplatz und wich den Trupps Bewaffneter in ihren ärmellosen Harnischen aus gehärtetem Leder und den Lederhelmen mit Stahlbändern aus. Die Offiziere trugen polierte Brust- und Rückenpanzer, welche die Sonne blendend spiegelten, und stählerne Helme mit Krempen und dunkelroten Federbüschen. Wenigstens gehörten sie nicht Prinz Palomons Leibgarde an. Zu gut erinnerte sich Silberhaar an solche Helme, wie er sie jetzt sah, nur waren diese mit leuchtend blauen Federbüschen gekrönt gewesen. Aber nicht nur Soldaten, auch Bürger eilten über den Platz, vollbepackt mit Einkäufen, oder hielten vor den Ständen der Handwerker an. Das breite Tal, das sich zwischen den bewaldeten Hügeln im Süden und den höheren und zerklüfteten Bergen im Norden dahinschlängelte, war sehr fruchtbar, und so hatte der Markt eine Vielfalt von frischem Gemüse zu bieten. Die Rufe der Händler, die ihre Ware feilboten, hallten von den Lehmziegelwänden wider und übertönten das Feilschen der Käufer mit den Handwerkern, deren Lächeln verriet, daß sie den Wert ihrer Web-, Leder- und Silberarbeiten sehr wohl kannten. Ganz offensichtlich herrschte kein Krieg in diesem Land. Aber warum befanden sich dann so viele Soldaten hier?

Durch die Entfernung gedämpftes Trompetenschmettern erklang von der weißgetünchten Festung auf dem Hügel. Ein rotes Banner wehte über ihrem Turm, doch es war zu weit entfernt, als daß Silberhaar das Wappen darauf hätte erkennen können. Wieder schallte die Trompete, und Silberhaar bemerkte die Aufregung, die sich in der Menge ausbreitete. Er sah, daß die Soldaten die Schultern strafften, und spürte eine seltsame Erhöhung der Aufmerksamkeit. Fast greifbare Spannung hing in der Luft.

Er lenkte sein Pferd in eine Gasse und drehte sich um, damit er sehen konnte, was vor sich ging. Er hatte keine Eile. Die Vorräte in seinen Sattelbeuteln würden bis Santibar reichen, wo er ein Schiff finden konnte, das ihn nordwärts brachte. Er könnte sich dort aber auch neue Vorräte beschaffen und die Küstenstraße nehmen. Im Augenblick aber wollte er den hohen Herrn sehen, der eine so betriebsame Stadt in Aufregung versetzen konnte, nur indem er hindurchritt.

Er lauschte den Gesprächen der Bürger, um vielleicht seinen Namen zu erfahren, doch ihnen genügte es offenbar, ihn den ›Protektor‹ zu nennen, und ein paarmal hörte er auch etwas, das wie ›der Verborgene‹ klang. Ein kleiner, dunkelbärtiger Mann erwähnte etwas von Zauberei, doch als er bemerkte, daß Silberhaar ihn beobachtete, machte er rasch das Zeichen gegen den bösen Blick und zog seinen Begleiter mit sich fort.

Silberhaar zuckte die Schultern und trieb seine Schecke vorwärts. Neben zwei Männern, die am Gassenausgang standen, hielt er an.

»Verzeiht«, sagte er höflich. »Ich bin zum erstenmal in dieser Stadt. Wer ist denn dieser hohe Herr, der erwartet wird?« Im Laufe der Jahre hatte sein Spaniol den Akzent der Aztlaner angenommen, und mit seinen weichen Stiefeln und der Indianerdecke würde sicher niemand einen Westrianer in ihm vermuten.

»Er ist der Lordprotektor der Campos del Mar …«, begann der kleinere der beiden Männer.

»Er ist *El Sangrado*, der Blutlord, der sein Gesicht nicht zeigt«, unterbrach ihn sein Begleiter. »Aber diesen Namen spricht man besser nicht laut aus.«

»Nun, da der Conde de Las Palisades tot ist, herrscht er über die Campos, als gehörten sie ihm allein. Doch es wird zur Abrechnung kommen, wenn des Condes Sohn erst erwachsen ist …«

»Pst!« zischte sein Begleiter. »Sie kommen!«

Silberhaar richtete sich im Sattel auf und blickte über den Platz. Der gleichmäßige Trommelschlag war nun näher, und er konnte den fast zwitschernden Ton von Querpfeifen hören. Dann sah er die Musikanten – elayanische Gardisten, die beim Spielen im Gleichschritt marschierten, gefolgt von zwei Paar Soldaten, deren polierte Rüstungen silbern glänzten und deren Umhänge im Sonnenschein blutrot schimmerten.

Mit ihren Piken, die in der Sonne blitzten, schritten sie in genau ausgerichtetem Winkel über den Platz. Ihre Gesichter, die durch die breiten Helmkrempen im Schatten lagen, waren unbewegt. Silberhaar fragte sich, ob sie ihrem geheimnisumwobenen Führer aus Furcht oder blinder Loyalität gehorchten.

Mehrere Männer im graubraunen Gewand des Beamten bemühten sich, auf ihren Maultieren so etwas wie eine Formation einzuhalten. Auf der linken Brust jedes dieser Gewänder befand sich ein Wappen – das gleiche wie auf dem Banner, das hinter ihnen hergetragen wurde: ein silberner Wolfsschädel, der nach vorn schaute, auf rotem Feld. Silberhaar erkannte es nicht, doch sein Besitzer verstand ganz offenbar etwas von Zeremoniell.

Und nun kam er selbst. Fest hielt er die Zügel seines hochbeinigen beigen Pferdes in der Hand, das tänzelte und kurbettierte, als das Banner im Wind knallte. Silberhaar wunderte sich, weshalb man ihn den Verborgenen nannte, denn sein Gesicht unter dem breiten roten Hut war deutlich zu sehen. Etwas an seiner Haltung – wie er auf dem Pferd saß –, nagte an des Harfners Erinnerung. Wenn er nur besser sehen könnte!

Der Zug war nun schon ganz nahe. Silberhaar sah weiteres Gefolge und einen Trupp Gardisten hinter ihrem Führer marschieren. Da zischte der kleine, dunkle Mann vor ihm: »Etranjero!« und spuckte aufs Kopfsteinpflaster, gerade als der hohe Herr vorüberritt.

Der Beige schnaubte und versuchte sich aufzubäumen. Und sofort stürzten Soldaten auf sie zu. Sie packten den kleinen Mann, der gespuckt hatte, und griffen nach dem Zügel von Silberhaars gescheckter Stute. Der Harfner merkte es kaum. Er starrte auf den Reiter des beigen Pferdes. Das Gesicht konnte er mühelos sehen, doch irgendwie war er nicht imstande, sich auf die Züge zu konzentrieren. Der Soldat zerrte Silberhaars Pferd auf die Straße hinaus. Die Bewegung brachte den Harfner zu sich, doch sein Blick kehrte zu dem Zug zurück und blieb auf einem Mann mit sonnigem Gesicht haften, der auf seinem scheckigen Pferd dem Mann im roten Gewand folgte.

Ihn erkannte Silberhaar mühelos. Und dann fügten sich all die kleinen Mosaiksteine zusammen, und er wußte, wer der gesichtlose ausländische Lord der Campos del Mar war.

Die Gardisten faßten Silberhaar am Arm und begannen ihn aus dem Sattel zu ziehen. Der kleine dunkle Mann wurde bereits weggezerrt. Silberhaar sah die Erwartung in den Gesichtern der Münner und wußte, daß sie ihn töten würden, wenn er sich zu wehren versuchte.

»Desterrado!« schrie er verzweifelt. »Desterrado, erinnert Ihr Euch an mich?«

Der Mann in Rot zügelte sein Pferd, daß es sich leicht aufbäumte. Ihr Blick begegnete sich, und einen Moment schwankte der Wille, der die Züge des anderen verbarg, und Silberhaar blickte in das narbige Gesicht Caolins.

»Meine Soldaten sind manchmal übereifrig, aber Ihr müßt zugeben, daß es wirkungsvoll ist«, sagte Caolin.

Silberhaar wandte sich von den scharlachroten Bougainvilleen ab, die in üppiger Pracht über die Felsen wucherten und sich dem Tal entgegenrankten, und wurde sich eines wachsenden Gefühls von Unwirklichkeit bewußt. Wenigstens hatte Caolin sich inzwischen umgekleidet und trug nun einen hochgeschlossenen Kaftan aus weißer Seide mit roter Paspellierung. Es hatte Silberhaar ein wenig erschüttert, ihn in Rot zu sehen, als wäre er noch Westrias Seneschall.

Er erinnerte sich an die Elendsunterkunft, in der er mit Caolin das letztemal beisammen gewesen war. Der Gegensatz zwischen jener Armseligkeit und der eleganten Einfachheit dieser Villa, mit ihrem Blick über Tal und Meer, ihren fein gemusterten Fliesen und glatten, weißgetünchten Wänden, war eigenartig beunruhigend. Er schaute seinen Gastgeber an, dann wandte er rasch den Blick zur Seite.

»Danke, daß Ihr sie zurückgepfiffen habt, ehe sie mir etwas antun konnten.« Der Harfner lächelte verlegen. Es war ein nervenaufreibender Augenblick gewesen, ehe Caolin ihn erkannt hatte. Die Soldaten hatten bereits ihre Schwerter gezückt.

Jetzt, da er darüber nachdachte, staunte er, daß Caolin ihn überhaupt wiedererkannt hatte, war sein Gesicht doch von der überstandenen Krankheit gezeichnet und von der Wüstensonne verbrannt und furchig, und sein Haar war weiß wie Schnee. Wieder warf Silberhaar einen heimlichen Blick auf den Älteren. Caolin bediente sich jetzt keiner Magie mehr, um seine Züge zu verschleiern oder sie vollkommener wirken zu lassen. Die zehn Jahre, seit sie sich nicht mehr gesehen hatten, hatten die Wunden ausheilen und die Narben verblassen lassen, doch glatte fleckige Haut verzerrte und entstellte Caolins Gesicht noch immer.

»Ich verstehe nicht, warum dieser Mann ...« Er suchte nach einem taktvollen Ausdruck. »... Euch beleidigen wollte. Seid Ihr jetzt nicht der Lord hier?«

Caolin nickte und griff nach des Harfners Kelch, um ihn nachzufüllen. Es war ein lieblicher Weißwein, wahrscheinlich aus Westria, und so gut gekühlt, daß man seinen Alkoholgehalt kaum spürte. Aus Höflichkeit hob Silberhaar den Kelch an die Lippen, dann setzte er ihn wieder ab. Seit er das Tal der Sonne verlassen hatte, hatte er nichts anderes getrunken als Wasser und Kräutertee, und er wollte jetzt nicht die Beherrschung über sich verlieren, nicht, wenn er mit Caolin dinierte.

»Ich bin der Regent«, erklärte Caolin. »Mein eigenes Land liegt in den Campos, in den Bergen nahe dem Drachenschwanzpaß. Als der Conde vergangenes Jahr starb, hielt der Prinz es für das Vernünftigste, mich zu ernennen, damit ich mich hier um alles kümmere, bis des Condes Sohn alt und stark genug ist, die ererbte Herrschaft anzutreten.«

Caolin nahm sich noch eine Krabbenpastete von dem Tablett aus gehämmertem Silber, das auf einem Untersatz aus poliertem roten Holz mit weißlicher Maserung stand. Es gab auch noch andere Appetithappen auf dem Tablett, stark gewürzte Schweinebratenwürfelchen etwa, oder süßsaure Reisbällchen mit scharf eingelegtem Ingwer, in dünnen Seetang gewickelt. Silberhaar hatte ein paar der Happen gekostet, als er und Caolin sich niedergesetzt hatten, doch für seinen Gaumen, der sich an die einfache Kost der Indianer gewöhnt hatte, waren die Speisen fast zu üppig.

Caolin hatte früher überhaupt nicht darauf geachtet, was man ihm vorsetzte, erinnerte sich Silberhaar. Als er ihn jetzt heimlich eingehender musterte, entging ihm nicht, daß die Gestalt unter dem weiten Kaftan fülliger geworden war. Sowohl das Mehrgewicht als auch die Narben hatten der Kinnpartie die feste Kantigkeit genommen. *Er sieht jetzt gar nicht mehr so sehr wie ein Bergwolf aus*, dachte Siberhaar.

Caolin blickte ihn an, und Silberhaar wurde bewußt, daß er zu lange geschwiegen hatte.

»Aber weshalb hat er Euch gewählt, statt des Condes Witwe?« fragte er, denn er erinnerte sich, daß Lady Alessia die Regentschaft von Las Costas übernommen hatte, nachdem Lord Brian tot war.

»Hier ist nicht Westria. Die Edelfrauen in diesem Land sind verzärtelte Geschöpfe. Lady Aisha ist zwar aus dem Königshaus, doch sie hat keinerlei Erfahrung in Regierungssachen. Ihr Sohn befindet sich in Los Leones bei Prinz Palomon, und sie selbst bleibt in Las Palisadas und beschäftigt sich mit der Erziehung ihres zweiten Kindes, einer Tochter.«

Einen Moment fand Silberhaar keine Erklärung dafür, weshalb Caolin das hinzugefügt hatte. Doch dann erinnerte er sich, daß die Condesa Prinz Palomons Schwester war, und plötzlich hätte er wetten mögen, daß ihre kleine Tochter jetzt ungefähr neun Jahre alt war. Er fragte sich, ob sie wohl wie Caolin aussah. Weil er befürchtete, daß seine Miene seine Gedanken verraten könnte, drehte er sich rasch um und betrachtete die Marmorstatue, die in einer Wandnische stand.

»Ich verstehe ...«, sagte er vorsichtig.

»Davon bin ich überzeugt.« Leichte Belustigung schwang in Caolins Stimme mit, und Silberhaar war plötzlich überzeugt, daß der andere beabsichtigt hatte, daß er es verstehen *sollte.*

»Wer immer diesen Staat erbt, wird feststellen, daß er wohlhabend ist und daß Ordnung herrscht. Natürlich lehnten die Leute mich zuerst ab. Sie waren nicht an eine feste Hand gewöhnt, und es gab Proteste. Aber ich glaube, sie fangen an, die Vorteile einer straffen Ordnung zu erkennen.«

Dafür sorgen schon deine Schergen, dachte Silberhaar, sprach es jedoch nicht aus. Gedankenlos griff er nach dem Wein und nahm dankbar einen tiefen Schluck.

Ein schlanker, dunkeläugiger Junge trat ein. Er räumte das Silbertablett ab, während ein anderer, der sein Zwillingsbruder sein mochte, ein neues auf den Tisch stellte, mit hübsch darauf angeordneten Früchten und Naschwerk.

»Und was ist mit Euch? Was werdet *Ihr* haben, wenn Ihr diese Regentschaft aufgebt?« Er verstummte rasch, als er bemerkte, daß der Wein stärker als erwartet die Zunge gelöst hatte, und er befürchtete schon, Caolin verärgert zu haben.

Doch der Lord der Campos drehte seinen Kelch zwischen den Fingern und starrte in die kristallklare Tiefe. Dem Harfner wurde bewußt, daß die Bemerkung über Lady Aisha und Caolins unverhülltes Gesicht dasselbe sagten. Caolin mochte zwar Vorgesetzte haben, wie Palomon, und Diener, die seine Geheimnisse kannten, wie Ordrey, doch nur Silberhaar wußte so viel von seiner Vergangenheit und hatte so wenig mit seiner Gegenwart zu tun. Deshalb war der Harfner vermutlich der einzige, mit dem Caolin jetzt offen sprechen konnte. Vage erinnerte sich Silberhaar an Diwis Prophezeiung, nahm sie jedoch nicht ernst. Diwi hatte sich in so vielem getäuscht. Caolin war nicht sein Feind.

»Mein Lord Palomon weiß meinen Wert zu würdigen«, sagte Caolin ruhig. »Er versteht es, mich richtig einzusetzen, und ich glaube, daß ich ihm gute Dienste geleistet habe.«

»Auf dem Marktplatz erzählte man, daß er krank ist, daß seine Kräfte nachlassen ...«, entgegnete Silberhaar. »Wird sein Neffe Euch ebenso schätzen, wenn er die Herrschaft übernimmt?«

»Palomon ist ein alter Löwe, der noch viele Jahre vor sich hat. Die Berichte über seine Krankheit wurden von hysterischen Narren aufgebauscht. Aber ich habe meine eigenen Vorkehrungen getroffen. Bis es zu einem Herrscherwechsel in Elaya kommt, werde ich so mächtig sein, daß niemand mich mehr hindern könnte.«

Silberhaar öffnete schon den Mund, um zu fragen, woran man ihn nicht mehr würde hindern können, doch rechtzeitig wurde ihm klar: Wenn Caolin wahrhaftig seine eigenen Pläne mit Elaya hatte, würde seine Offenheit ihm gegenüber wohl kaum so weit gehen, daß er es ihm auf die Nase band. Und es war ohnehin besser und sicherer für Silberhaar, wenn er es nicht wußte.

»Ihr seht, wie ich aus der Asche der Vergangenheit auferstanden bin ...« Caolin deutete auf die Schönheit um sie herum. »In weiteren zehn Jahren wird die Welt wissen, was ich kann. Dafür bin ich geschaffen ...«

Es war nun schon fast dunkel. Diener zündeten kleine Lampen mit Schirmen aus farbigem Glas an. Silberhaar nahm einen weiteren tiefen Schluck Wein, als er Caolins Blick auf sich spürte. Er setzte den Kelch ziemlich abrupt ab.

»Aber Ihr habt mir noch nicht von Euch erzählt«, sagte Caolin weich. »Seid Ihr gekommen, um in meine Dienste zu treten? In Euren Jahren der Wanderschaft habt Ihr sicher viele Wunder gesehen.« Im gedämpften Licht wirkten Caolins Züge verschwommen, vielleicht lag es aber auch nur an der Wirkung des Weines.

Silberhaar schüttelte den Kopf. Als er sich an die Hoffnung erinnerte, mit der er diese Wanderschaft begonnen hatte, zog sein Herz sich aus Schmerz über den verlorenen Traum zusammen. Caolin war in Elaya zu einem Lord geworden. Und er – was hatte er erreicht?

»Als ich Euch verließ, begab ich mich über die Berge in die Felsmark, später in die Ödlande ...«, begann er. Manchmal stockend, manchmal bildhaft, wenn die schwelende Erinnerung aufloderte, erzählte er. Als er endete, war es dunkel, und er fühlte sich so müde, als hätte er das Ganze noch einmal durchgemacht.

»Und so habe ich schließlich erkannt, wie wenig ich tatsächlich von Musik weiß. Ich werde in die Bardenschule gehen, nicht als Sir Farin Harfner, sondern als Silberhaar der Wanderer, und bitten, daß man sie mich richtig lehrt.«

Er schloß die Augen und hörte in seiner Erinnerung aufs neue die Sphärenmusik seiner Vision. Da sprach Caolin, und Silberhaar hatte fast das Gefühl, daß Wehmut in seiner Stimme lag.

»Ja, ich glaube, das solltet Ihr wirklich tun. Auf gewisse Weise beneide ich Euch fast.«

Am Morgen gab Caolin Silberhaar Begleitschutz für ein Stück des Weges mit. Gegen Mittag folgte er bereits allein der kurvenreichen Küstenstraße, wo die zum Meer herabreichenden Berge zusehends beeindruckender wurden. Als die Dunkelheit hereinbrach, hatte Silberhaar bereits die zwei Steinpfeiler hinter sich, welche die Grenze von Westria kennzeichneten, ebenso den Weg an den stolzen Sandsteinmauern der Festung Balleor vorbei, und erreichte gerade die Stadt Santibar, wo er ein Gasthaus fand, in dem man ihm für ein paar Lieder ein Nachtquartier zusagte.

Es reizte ihn, eine Weile hierzubleiben, denn in Santibar brachte die Buntheit und Lebhaftigkeit Elayas frischen Wind in den ausgeglicheneren Geschmack Westrias. Er schritt die breiten Straßen entlang, an denen stattliche Eichen und biegsame Palmen einträchtig nebeneinander wuchsen, und er verstand, weshalb es um diese Stadt so oft Krieg zwischen Westria und Elaya gegeben hatte. Ein Machtanspruch auf Santibar war auch die Ursache für den Krieg vor zehn Jahren gewesen, an dem er teilgenommen hatte, dessen Hauptschlacht jedoch nicht hier, sondern im Großen Tal stattgefunden hatte.

Trotzdem zog er bereits nach drei Tagen weiter. Wieder folgte er der Küstenstraße, wo steile Hänge zu sanften Stränden führten, und wo nur der Rauch von weit verstreuten Höfen auf die Anwesenheit von Menschen deutete. Bei der Burg Steintor wandte er sich landeinwärts und tauschte die mit Gestrüpp überwucherten Hänge des Südens gegen die sanften, eichenbewachsenen und jetzt frühlingsgrünen Hügel seiner Träume ein.

Hier war wahrlich Westria! Der Duft in der Luft, der Geschmack des Wassers und die Formen der Hügel verrieten es. Er versuchte seine Gefühle zu deuten und stellte fest, daß ihm gerade diese Vertrautheit Westria seltsamer erscheinen ließ als jedes fremde Land, in dem er gewesen war.

Stetig hielt er sich nordwärts. Viele Tage, an denen die Sonne strahlend schien, oder der Dunst wie Silberschleier vom Meer herbeischwebte, folgte er der Straße, bis sie geradewegs zu einem langgestreckten Tal führte, durch die ein kleiner Fluß seinen Weg nordwestwärts zum Meer zog. Von nun an ritt er schneller, ohne sein Pferd oder sich selbst zu schonen, denn jetzt war er seinem Ziel bereits sehr nahe.

Es war ein fruchtbares Tal mit vielen Höfen und Burgen, wo man ihm ein Lager in einer Scheune zuwies oder auch am Herd, wenn die Nacht hereinbrach. Silberhaar war dankbar dafür, denn die Frühsommernächte waren noch sehr kalt. Er war zwar an die Kälte in den Bergen von Aztlan gewöhnt, doch hier war die Kälte feucht, und sie machte seinen alten Wunden zu schaffen. Goldschwan dagegen schien in der feuchten Luft aufzuleben. Silberhaar glaubte, ihre Stimme noch nie so voll und schwingend gehört zu haben wie hier.

Mehrere Tage brauchte er, bis er die Nebelbank erreichte, die das Talende wie eine Mauer verschloß. Ende Mai erreichte er endlich das Meer und fand Leute, die freundlich nickten und auf die bewaldeten Berge am Nordende der Bucht deuteten, wenn er sie nach der Bardenschule fragte.

Der Geruch von Sequoien füllte die Luft mit trockenem, würzigem Duft. Silberhaar bog um die letzte Kurve der Straße, zügelte das Pferd am Tor und blieb sitzen, um diesen berauschenden Duft einzuatmen. Er wußte nun, gleich was jetzt oder später hier mit ihm geschah, daß ihn dieser Duft sonnenwarmer Sequoien stets in Gedanken hierher zurücktragen würde, hierher zu diesem Augenblick, zu diesem Ort …

Nach einer Weile hatte er sich so weit erholt, daß er auch auf andere Hinweise aufmerksam wurde, die ihm bestätigten, daß er die Bardenschule erreicht hatte. Vereinzelte Musikfetzen wehten aus dem Haus und dem Wald, hauptsächlich wiederholt geübte Akkorde, aber auch Stimmchöre, die häufig von verärgerten Korrekturanweisungen unterbrochen wurden. Das Tor, vor dem er saß, war aus kräftigen Sequoienbalken. Zu beiden Seiten davon befanden sich Holztafeln, deren abblätternde Vergoldung einmal die gesamten Umrisse einer im Relief geschnitzten Harfe bedeckt hatte.

Es war auch ein sehr niedriges Tor. Nach kurzem Überlegen saß Silberhaar ab und band das Pferd an den Zaun. Dann schlang er sich den Harfenkasten über die Schulter und trat hindurch. Ein blonder Junge im braunpurpurnen Wollkittel der Schüler harkte den Weg. Als er Silberhaar kommen sah, hielt er in seiner Arbeit inne und lächelte.

»Kannst du mir sagen, wo ich den Schulleiter finde?« Silberhaar hoffte, daß er sich in den vergangenen zwei Wochen angewöhnt hatte, wieder wie ein Westrianer zu reden.

Der Junge richtete sich auf und wischte den Schweiß von der Stirn. »Leider nein«, bedauerte er. »Meister Andreas reiste auf eine Woche nach Sanjos und ist noch nicht zurückgekehrt. Aber ich könnte seine Stellvertreterin rufen, wenn Ihr mit ihr sprechen möchtet.«

Silberhaar nickte und folgte dem Jungen zu den abgetretenen Stufen, die zur Veranda des Haupthauses führten. Alle Bauten waren aus Sequoienholz errichtet, so daß man fast meinen konnte, sie wären wie natürlich aus dem Boden gewachsen. Silberhaar wartete ohne jede Ungeduld. Ungeduld und Stolz hatte er abgelegt, als ihm der Falke in jener Vision gezeigt hatte, was Musik wirklich sein konnte.

Er hörte die Stimme des Jungen wieder. Er redete bittend auf eine gewichtige Gestalt ein, die fast die ganze Türöffnung ausfüllte. Da wurde Silberhaar bewußt, daß seine neue Demut jetzt möglicherweise auf ihre erste Probe gestellt würde.

»Also, sprich, was willst du? Meine Zeit ist kostbar!« Die Stimme der Frau war laut und schallend. Leiser wandte sie sich dem Jungen hinter ihr zu. »Aurel, du hättest ihn gleich wegschicken sollen! Ich kann mich wahrhaftig nicht um jeden Bettler kümmern, der des Weges kommt!« Sie trat jetzt aus der Tür, und Silberhaar sah eine kräftig gebaute Frau, deren dunkles Gewand so reichlich mit Stickerei verziert war, daß die Farbe des Stoffes kaum mehr zu erkennen war. Nur die winzige Goldharfe an ihrer Kette verriet, daß sie eine Bardenmeisterin war – das und ihre Stimme, deren Resonanz er selbst aus ihrem Schelten spürte.

»Also?« wiederholte sie und fixierte ihn mit blassen Augen. Er kam sich plötzlich wie ein kleiner, unartiger Junge vor.

»Ich bitte nicht um Brot ...«, entgegnete Silberhaar mit aller Würde, deren er mächtig war. »Ich bitte um Aufnahme als Schüler.«

Einen Augenblick verschlug es der Frau sichtlich die Sprache, und sie riß den Mund auf, während sie ihn von Kopf bis Fuß musterte. Silberhaar wand sich innerlich, denn er konnte sich vorstellen, welchen Eindruck er auf sie machte, mit seinen geflickten Stiefeln, der fadenscheinigen gestreiften Decke, die er um die Schultern trug, und dem fleckigen Filzhut, der sein ungestutztes weißes Haar nur halb verbarg.

»Alter Mann, es tut mir leid«, sagte sie beherrscht. »Wenn du Musik liebst, kannst du ihr in Montera oder Sanjos lauschen. Dafür sind wir nicht da.«

»Freut mich, das zu hören«, antwortete er und kämpfte gegen seinen Ärger an. »Doch ich bin nicht so alt, wie ich aussehe. Ich bin Harfner, und zehn Jahren lang verdiente ich mir meinen Unterhalt, indem ich auf meiner Wanderschaft spielte.« Er warf die Indianerdecke zurück, damit sie den abgegriffenen Harfenkasten sehen konnte.

»Dann tut es auch die nächsten zehn Jahre!« Ihr unerwünschtes Mitgefühl hatte sie verärgert, und ihr Gesicht färbte sich rot, als sie Luft holte, um ihn anzuschreien.

»Dies ist eine Schule für Musiker, nicht für Landstreicher! Wenn du begabt wärst, hättest du vor zehn oder fünfzehn Jahren hierherkommen sollen! Wie auch immer, wir nehmen hier niemanden ohne Empfehlung auf, selbst wenn er jung ist! Und keiner kommt ohne einen Beitrag für die Unkosten seiner Ausbildung hierher!« Ihre Stimme hallte von den Bäumen wider, und trotz seines Ärgers fragte sich Silberhaar unwillkürlich, wie sie wohl beim Gesang war.

Er richtete sich auf, und seine Lippen zitterten unter dem Drang von Worten, derengleichen sie vermutlich noch nie zuvor gehört hatte. Doch die Wanderschaft hatte ihn gelehrt, sich zu beherrschen, und er sagte sich, daß einer, der die Höhlen der Alten überlebt hatte, auch die Beschimpfung durch eine kräftige Sopranstimme überleben würde. Sie drehte sich bereits mit abschließendem, abfälligem Schnauben um. Silberhaar zuckte zusammen, als sie die Tür hinter sich zuschmetterte.

Einen Augenblick war es sehr still, und er hörte das unentwegte Murmeln des Windes in den Bäumen. Schließlich seufzte Silberhaar, und sein Ärger begann zu schwinden. Was sollte er tun? Er hatte nur bis zu diesem Augenblick geplant und war überhaupt nicht auf den Gedanken gekommen, daß man ihm die Aufnahme verweigern würde. Ziellos machte er sich daran, den Weg zurückzukehren, doch dann verließ er ihn und setzte sich mit dem Rücken an eine freundliche Sequoie.

Er könnte zurückkehren, an die Tür pochen und ihnen sagen, wer er war – nur war er nicht sicher, ob sie ihm glauben würden. Er könnte Rosemarie oder Alessia von Las Costas eine Botschaft schicken und sie um Geld und das erforderliche Empfehlungsschreiben bitten ... Ohne daran zu denken, hatte er den Harfenkasten neben sich gelegt und geöffnet. Als ihm bewußt wurde, was er tat, lächelte er, holte Goldschwan heraus und nahm sie aufs Knie. Hier war ein guter Ort für Musik, egal wie unfreundlich die Leute sein mochten. Aber sie würden ihm doch gewiß nicht verbieten, hier zu spielen, und vielleicht half die Musik ihm zu entscheiden, was er jetzt tun sollte.

Sorgfältig stimmte er Goldschwan, dann ließ er die Finger über die Saiten wandern, um die richtige Melodie zu finden. Nach einer Weile schloß er die Lider, stützte den Kopf an den Stamm und vertiefte sich ganz in die Musik.

»Eine sehr hübsche Weise – woher ist sie?«

Einen Augenblick hielt Silberhaar die Stimme für einen Teil seiner Gedanken. Doch dann zuckten seine Lider, und als er sie öffnete, sah er einen hochgewachsenen Mann in einem Gewand von stumpfem Purpur nur ein paar Fuß entfernt auf dem Boden sitzen. Sonnenschein fiel durch die Zweige, daß das Silber in dem borstigen Braunhaar glitzerte, doch die Augen des Zuhörers waren die eines staunenden Kindes.

Der Harfner wandte seine Aufmerksamkeit wieder der Melodie zu, die er spielte. »Es ist ein Liebeslied aus Elaya, mit ein paar eigenen Variationen«, antwortete er fast verlegen. Er war noch halb in seiner Musik gefangen und sehr verwundbar.

»Kennt Ihr noch mehr Weisen aus den südlichen Ländern?« erkundigte sich die sanfte Stimme.

»Ja ...« Silberhaar lächelte in der Erinnerung. »...Und die Musik der Ödlande, und Aztlans, ja sogar ein paar Lieder aus dem Weidemeer. Ich habe sie gelernt und davon gelebt ...« Die Worte erinnerten ihn an die Frau am Eingang, und er spürte, wie die Freude sein Gesicht verließ.

»Singt ...«

Silberhaar kniff verärgert die Augen zusammen, doch an dem Mann, der vor ihm saß, als wäre er dort aus dem Boden gewachsen, war etwas Unpersönliches und Zwingendes. Und was spielte es schon für eine Rolle?

Boot, bring mich zurück, über das Meer,
Zurück in das Land meiner Sehnsucht.
Voll Herzweh ist der Wanderer,
So fern vom Land seiner Sehnsucht ...

»Ja, als ich Eure Harfe sah, dachte ich mir, daß Ihr es seid«, sagte der Fremde. »Ich habe Euch einmal für den König singen hören. Er wollte Euch hierherschicken. Warum habt Ihr so viele Jahre gewartet, ehe Ihr zu mir gekommen seid?«

Silberhaar blickte ihn starr vor Überraschung an, während sich seine Gedanken überschlugen. Viele Leute hatten ihn am Hof in Laurelynn spielen gehört, und auch in Nebelhall, als der König dort im Sterben lag. Es waren immer so viele Menschen dabei gewesen, daß ihm der Mann vermutlich gar nicht aufgefallen war. Doch einmal hatte Jehan davon gesprochen, ihn zur Bardenschule zu schicken, und zwar zum Schulleiter, der …

Silberhaar stieß den Atem aus und setzte Goldschwan vorsichtig ab. Wie dumm von ihm, daß er nicht sofort erkannt hatte, wer da zu ihm sprach.

»Mein Lord Andreas, verzeiht mir«, sagte er leise. »Ich hatte Gründe, Westria zu verlassen, die mir damals sehr zwingend schienen, und auf gewisse Weise bin ich noch nicht heimgekehrt. Ich bin jetzt nicht mehr Sir Farin Harfner. Aber ich habe genug gelernt, um zu wissen, wie weit mein Spiel von wahrer Musik entfernt ist, und ich hatte gehofft, daß ich sie hier richtig lernen könnte …« Hilflos zuckte er die Schultern.

»Natürlich können wir Euch einiges lehren, doch werdet Ihr es nicht immer leicht finden. Ihr werdet sehr viel umlernen müssen, wenn ich dieses Wort benutzen darf«, sagte der Bardenmeister. »Aber weshalb sitzt Ihr hier heraußen? Habt Ihr auf mich gewartet?«

Silberhaar blickte ihn erstaunt an. »Man hat mir eben erst gesagt, daß ich zu alt bin zu lernen, und ich habe weder Empfehlungsschreiben, noch kann ich für meine Unkosten aufkommen. Eure Stellvertreterin hat mir die Tür gewiesen!«

»Oh. Huldah … Ihr dürft es Euch nicht zu Herzen nehmen. Ihr werdet ihr besser gefallen, wenn sie Euch singen gehört hat. Was Euer Empfehlungsschreiben betrifft – nun, ich werde für Euch bürgen, wenn Ihr es nicht bekanntmachen wollt, daß Euer Förderer Jehan von Westria war.« Er lächelte.

»Und die Kosten?« fragte Silberhaar leise.

»Die Lieder, die Ihr uns lehren könnt, sind uns mehr wert als Gold!«

12

»Musik ist Mathematik!« Meister Sebastian machte eine Pause und fixierte jeden Schüler mit scharfem Blick, als wolle er sie warnen, diese Behauptung ja nicht anzuzweifeln. Zufrieden über ihre Aufmerksamkeit, hob er seinen Rocksaum und setzte sich wieder. Er war einer der wenigen Lehrer, die immer ihr tief purpurfarbenes Gewand trugen. Es war so oft ausgebessert und mit Flicken besetzt, daß die Schüler behaupteten, er trüge es bereits, seit er angefangen hatte, Musiktheorie und Kompositionslehre an der Bardenschule zu unterrichten, bestimmt zu einer Zeit, ehe die meisten Schüler dieser Klasse geboren waren.

»Mathematik ist die reinste der Wissenschaften, da sie sich mit Zahlen befaßt, die ewig sind und deren Werte unabhängig von der stofflichen Welt existieren«, erklärte der Meister. »Musik ist die reinste Kunst, da sie aus purem Klang besteht. Sowohl Musik wie Mathematik können auch anderen Zwecken dienen, doch sie sind am schönsten, wenn sie um ihrer selbst willen eingesetzt werden. Klang, wie ihr alle wißt, ist Vibration. Ihr könnt ihn in euren Instrumenten spüren oder in eurem eigenen Körper, wenn ihr singt. Und was ist Vibration anderes als Zahl?« fragte er triumphierend.

Einige Schüler waren sichtlich verwirrt. Silberhaar unterdrückte ein Lächeln. Er hatte die ersten Wochen nach seiner Ankunft mit Meister Sebastian verbracht, der jede Melodie und jede Begleitung, an die der Harfner sich erinnern konnte, fast so rasch notierte, wie Silberhaar sie spielte, bis ein Wust von Notenblättern den großen Tisch bedeckte. Silberhaar staunte darüber. Er war gezwungen gewesen, im Kopf zu komponieren – schließlich konnte man schlecht Notenpapier hervorholen, während man Maultiere antrieb. Doch selbst wenn sich ihm die Gelegenheit bot, konnte er die Noten nur dann niederschreiben, wenn er mühsam auf den Harfensaiten vor und zurück zählte. Glücklicherweise brauchte er eine Melodie nur einmal zu hören, um sie spielen zu können, und die Worte merkte er sich ebenso leicht.

Als sie fertig waren, hatte Meister Sebastian ein umfangreiches Buch der Lieder zusammengestellt, die Silberhaar in Elaya, den Ödlanden und Aztlan gelernt hatte, und sogar mit den kleinen Stücken, die er sich selbst hatte einfallen lassen, um den Weg zu verkürzen. Und wenn der Harfner eine Verschnaufpause hatte einlegen oder die Saiten hatte neu stimmen müssen, war er zum benommenen Zuhörer von Meister Sebastians Musiktheorie geworden.

»Ich sehe, daß einige von euch mir nicht glauben ...«, sagte der Meister geduldig. »Aber es läßt sich demonstrieren – es ist eine Abstraktion, die man sehen und hören kann.« Er trat an den Tisch, wo ein seltsames Instrument heimliche Blicke auf sich lenkte, seit die Stunde begonnen hatte. Es bestand aus einer Harfensaite, die zwischen zwei Wirbeln über einem Resonanzkasten gespannt war.

»Das ist ein Monochord.« Er hob den Einsaiter, damit alle ihn sehen konnten. »Es wurde von einem Mann namens Pythagoras erfunden. Er war ein großer Philosoph, der lange vor jenen lebte, die wir die Alten nennen, zu einer Zeit, als die Welt noch jung war. Ich möchte, daß einer von euch diese Saite zupft ...« Er streckte das Monochord aus, und eine junge Schülerin, eine Flötenspielerin, berührte die Saite. Ein tiefes Summen erklang.

»Ihr seht, daß es in zwei Abschnitte geteilt ist, und daß es einen verschiebbaren Steg gibt.« Meister Sebastian hielt das Monochord wieder hoch und schob den Steg so, daß er die Saite in der Mitte hielt. »So, zupf die Saite noch einmal.«

Lächelnd streckte das Mädchen die Hand aus, und sie hörten ein stumpfes *Ping*, eine Oktave höher, als die erste Note gewesen war.

»Seht ihr?« rief Meister Sebastian eifrig. »Und nun, wenn ich den Steg wieder bewege und die Saite an der Terzmarkierung zupfe, hören wir ein *Sol*, und an der Quintmarkierung wieder ein *Do*. Es waren drei Noten zwischen der Sekunde und der Quinte in der ersten Oktave, doch zwischen der Quinte und der Sexte ist nur eine. Die Intervalle werden kürzer, seht ihr ...« Er schob den Steg den Kasten entlang und zupfte die Saite. »So bilden die Teilungen eine mathematische Progression; die Oktave, die die Grundlage für unsere ganze Musik ist, hängt vom präzisen Verhältnis ab.« Er legte das Monochord auf den Tisch zurück. Die bitteren Linien seines Gesichts wurden weicher bei diesem Thema. Er gab diese Lektion jährlich, seit er zu lehren angefangen hatte, doch er empfand sie immer noch als nie versiegende Quelle, die ihm Zufriedenheit brachte.

»Nun zur Oktave. Ihr glaubt vielleicht, die Noten am Anfang und Ende jeder Tonleiter wären dieselben ...« Meister Sebastian setzte sich an das antike Klavier und spielte sieben C-Noten auf der Tastatur, von der höchsten angefangen bis zur tiefsten. Silberhaar verzog das Gesicht. Wenn der Deckel offen war, sah das Klavier aus, als hätte jemand eine große Harfe in einen Sarg gelegt und zum Hohn eine Tastatur daran gefügt.

»Hört gut zu!« Der Meister wiederholte die Noten. »Jede Note hat die halbe Frequenzvibration derjenigen über ihr. Die höchsten Vibrationen sind zu schnell, als daß wir sie hören könnten, doch wenn ich die tiefsten schlage, ist das Summen vernehmbar. In den tieferen Noten gibt es auch mehr Obertöne, und die Oktaven werden komplexer, je tiefer man kommt.« Er spielte eine Reihe ansteigende Akkorde und schlug dabei ganz fest auf die Tasten, um ihre volle Kraft zu entfalten, bis allen die Ohren schmerzten.

»Für mich ist das Klavier der König der Instrumente, weil es nicht nur Halb- und Ganztöne hervorzubringen vermag, sondern auch sämtliche sieben Oktaven, die das menschliche Ohr wahrnehmen kann.« Fast widerstrebend nahm er die Hände von der Klaviatur und drehte sich wieder der Klasse zu. Offenbar bestärkte diese Analyse Sebastians Vertrauen in ein geordnetes Universum. Seine Lieblingsübung war, vorzüglich balancierte Tonkaskaden zu spielen, in denen jede Note mit absoluter Präzision an ihren Platz in einem Muster fiel, das mit Variationen in einer Leidenschaft reiner, im Klang verkörperter Logik wiederholt wurde. Es war schön, doch sicherlich war Musik auch noch viel mehr, dachte Silberhaar.

»So, wer von euch kann mir die Grundakkorde nennen?« fragte Meister Sebastian.

Aurel hob die Hand. Sein blondes Haar glänzte in der Sonne, als er sich vorbeugte. »Da ist dieser hübsche Dreitonakkord, wißt Ihr, der so geht, *do, me, sol …*« Er summte die drei Noten, und sofort spielte Meister Sebastian sie auf dem Klavier – c, e und g.

»Richtig. Ihn nennt man seiner Perfektion wegen den goldenen Akkord. Er ist auch das Intervall, das man Quinte nennt, weil die höchste und tiefste Note fünf Noten auseinander sind. So, wenn ich jetzt die erste und zweite Note dieses Akkords spiele, wie hieße das Intervall dann?«

»Terz?« fragte ein dunkelhaariges Mädchen aus Sanjos rasch, als die Töne der zwei Noten verklangen. Silberhaar glaubte sich zu erinnern, daß ihr Instrument das Horn war.

»Sehr gut. Ihr seid sicher auch mit dem Einsatz dieses Akkords in einem Lied vertraut …« Mit zwei Fingern spielte er ganz in Terzen eine bekannte Weise. »Und wer kann uns sagen, wie das andere Intervall genannt wird?«

Ein stämmiger Mann aus dem Norden hob die Hand. »Das dürfte eine Quarte sein!« Er war einer der älteren Schüler, dessen Stimme sich weiterentwickelt hatte, bis es ihn danach gedrängt hatte, seinen Hof zu verlassen, um zur Ausbildung hierherzukommen.

»Und wenn ihr eine Quarte an eine Quinte fügt, wohin kommt ihr dann?« fuhr der Meister eifrig fort.

»Zur nächsten Oktave«, antwortete Silberhaar.

»Ja. Ihr seid ein Harfner – natürlich müßt Ihr das wissen. Das Grundmuster kann unbegrenzt variiert werden, und es ist eine der schönsten Möglichkeiten, eine Melodie zu begleiten.«

Silberhaar erwiderte des Meisters Lächeln. Er hatte dieses Muster selbst entdeckt, als er zu spielen angefangen hatte, doch nie wäre er auf den Gedanken gekommen, daß es etwas mit Arithmetik zu tun hatte.

»Nun gut – es ist schon fast Mittag. Ich werde meine Ausführungen über den Rhythmus, der ebenfalls von Zahlen abhängt, wie ihr sehen werdet, auf die nächste Stunde verschieben. Inzwischen möchte ich, daß ihr auf euren Instrumenten übt. Spielt keine Weisen, sondern Terzen und Quinten und Oktaven – einfache Klangkombinationen, bis ihr ihre Beziehung zueinander *hören* könnt!«

Fröhlich plaudernd verließen die Schüler den Klassenraum. Einige gingen zu ihren Kammern in den Schlafhäusern, andere direkt zum Speisesaal, um sich einen guten Platz zu sichern. Silberhaar schlenderte zum Meistergarten, einer friedvollen Anlage mit smaragdgrünem Moos, kunstvoll angeordneten Steinen und vereinzelten Bänken an besonders schönen Fleckchen. Tief atmete er die kühle Luft ein. Es hatte geregnet, und kristallklare Tropfen glitzerten wie Edelsteine an den Sequoienzweigen, und Dunst krönte die Wipfel.

»Was hältst du von Sebastians letzter Stunde?«

Silberhaar drehte sich abrupt um und sah, daß Aurel ihm gefolgt war. Er unterdrückte seinen Ärger, denn der junge Mann hatte sich in den ersten Wochen, als Silberhaar noch wie der armseligste Landstreicher Westrias ausgesehen hatte, seiner sehr nett angenommen. Dummerweise hatten ein paar unüberlegte Bemerkungen über seine Wanderschaft dem Jüngling den Eindruck vermittelt, daß er eine romantische Figur wäre. Silberhaar verstand nicht, weshalb Aurel sich ausgerechnet ihn als Vorbild nahm, wenn es hier so viele echte Musiker gab, aber er fand, daß er dem jungen Mann wenigstens etwas Freundlichkeit schuldete.

»Man muß seine Gründlichkeit bewundern«, antwortete er nach kurzem Überlegen. »Aber gewiß ist Musik mehr, als Zahlen zählen. Niemand würde behaupten, daß für ein Gedicht allein schon das Maß der Silben reicht ...«

»Genau das ist auch meine Meinung!« rief Aurel. »Musik läßt einen *empfinden*, so daß andere Leute, wenn man spielt, das gleiche fühlen!«

Das Ende seines Satzes wurde von der tiefen Mittagsglocke übertönt. Die beiden Männer blickten zum Glokkenturm empor, während der immer gleiche Ton in ihrem Blut und in ihren Knochen hallte.

»Da! Das habe ich gemeint!« rief Aurel, als die Glocke verstummte. »Jedesmal, wenn ich diesen Klang höre, halte ich den Atem an, aber nicht, weil ich hungrig bin oder weil ein Satz mathematisch berechneter Schallwellen mein Trommelfell zum Vibrieren bringen!«

Stimmengewirr war aus dem Speisesaal zu hören. Silberhaar lächelte und ging zum Tor. Plötzlich erinnerte er sich an die Vision, die ihn hierhergeschickt hatte. Er hatte Musik gehört, deren Schönheit seine Seele rührte, doch er hatte sie nicht mit den Ohren vernommen. Plötzlich sehnte er sich nach dem beruhigenden Gewicht von Goldschwan in seinen Armen.

Silberhaar setzte sich auf den dreibeinigen Hocker und lehnte die große Harfe zurück an seine Schulter. Nach Goldschwan war es ihm schwergefallen, sich an ihre Größe zu gewöhnen, und er mußte immer noch das Gefühl unterdrücken, er wäre einer aufopfernden Frau untreu. Trotzdem mußte er zugeben, daß vierzig Saiten und ein Resonanzkörper von vier Fuß nicht nur einen breiteren Tonumfang boten, sondern eine bedeutend größere Klangstärke.

Er klemmte den Schallkörper fest zwischen die Waden und blickte zur Meisterin Siaran hoch, die ihre Harfe spielbereit hielt.

»Ich möchte, daß Ihr nun zuhört, und dann die Phrase ganz langsam nachspielt. Achtet besonders auf die Phrasierung am Ende.«

Er lauschte nicht nur, sondern beobachtete aufmerksam, wie ihre kräftigen Finger sich über die Saiten bewegten. Sie war eine Frau mit üppiger Figur, glänzendem rotbraunen Haar und dunklen Augen, und sie bewegte sich mit der Grazie eines herabstoßenden Greifvogels. Er staunte über die Präzision, mit der sie jede Saite zupfte: eine schnelle, saubere Bewegung, die nie dieses Summen nach sich zog, das *seinem* Spiel die Feinheit nahm. Sein Ohr unterschied jede Note, doch so sehr er auch aufpaßte, die Fingerbewegung bei dem kleinen Triller, mit dem sie endete, entging ihm auch jetzt wieder.

Er atmete tief ein, dann spielte er langsam nach. Er bemühte sich nicht nur um die gleichen Noten, sondern auch um das exakte Tempo und die Reinheit des Tones. Aber er hörte sehr wohl die ungleiche Stärke seiner Noten, und als er zur Endphrasierung kam, bewegten sich seine Finger nicht schnell genug, und ein abruptes Schwirren zerstörte die Schönheit des Vorhergegangenen. Fluchend riß er die Hände zurück.

»Nun, das war sehr hübsch«, sagte sie gütig. »Euer Zeitmaß war gut und die Noten stimmten genau, nur das Ende ...«

»Nur das Ende ...«, wiederholte er verlegen.

»Laßt mich Eure Hände sehen – habt Ihr Eure Handschuhe auch getragen?«

»Ja, Meisterin Siaran.« Silberhaar seufzte. Vorsichtig stellte er die Harfe aufrecht und streckte die Hände zur Begutachtung aus. Bei seiner ersten Stunde bei Siaran war sie entsetzt über den Zustand seiner Finger gewesen und hatte sogleich Massagen und Pflege mit Ölen und Cremes verordnet, über die selbst eine hohe elayanische Dame beglückt gewesen wäre. Es hatte geholfen. Seine Finger waren nicht mehr rauh und braun, und der größte Teil der Schwielen war verschwunden, doch immer noch waren die weißen Linien alter Narben zu erkennen und die Unregelmäßigkeiten, wo die Knochen nicht genau zusammengewachsen waren, die er sich gebrochen hatte, als sein Pferd seine Hand zerquetschte. Jetzt waren auch Haar und Bart gestutzt und gepflegt. Er trug Sandalen und ein sauberes, purpurnes Gewand. Doch immer wenn Nebel aufstieg, schmerzten seine Finger.

Ihre erfahrenen Hände betasteten und massierten jedes Fingerglied. Dann ließ sie sie los und lehnte sich zurück.

»Ich würde sagen, Ihr macht Eure Sache so gut, wie man es erwarten kann.« Sie schüttelte den Kopf. »Wie konntet Ihr Eure Hände nur so leiden lassen? Sie sind Teil Eures

Instruments – Ihr solltet zumindest so gut auf sie achten wie auf Eure Harfe! Vielleicht sogar besser – eine Harfe läßt sich ersetzen oder reparieren!«

Silberhaar kannte sich mit Reparaturen aus. Er hatte mehrere Wochen damit zugebracht, Goldschwans Risse mit Leim zu füllen. Eine Messingplatte stützte nun Hals und Säule, die sich auf der linken Seite unter der Spannung der Metallsaiten zu verformen begonnen hatten. Aber Ersatz? Genausogut hätte er Ersatz für seine Rechte suchen können!

»Nun, Ihr müßt eben fleißig an Eurer Schnelligkeit und Geschmeidigkeit arbeiten, dann wird es mit der Zeit schon werden. So, aber jetzt gehen wir den Rest des Stückes durch, und denkt daran, die tiefen Noten sofort zu hemmen.«

Silberhaar nickte. Goldschwan hatte keine so tiefen Noten, daß es von Bedeutung gewesen wäre, aber die Saiten der großen Harfe würden in den unteren Oktaven lange nachhallen und dadurch die nachfolgenden Töne verfälschen, wenn er sie nicht mit einem Fingernagelrükken zum Verstummen brachte. Er überprüfte rasch den Klang der Saiten und stimmte dann einige nach.

Meisterin Siaran begann zu spielen, und er folgte, Phrase um Phrase, und plagte sich mit wachsender Verzweiflung. Ihr Spiel hatte technische Feinheiten und eine leichte Eleganz, die es ihm einfach nicht nachzuahmen gelang. Vielleicht, wenn er vor zehn Jahren begonnen hätte, ernsthaft zu lernen ... wenn Jehan nicht gestorben wäre ... wenn es keinen Kataklysmus gegeben hätte!

Er preßte die Lippen zusammen, als er seine ganze Aufmerksamkeit wieder dem Spielen widmete. Er sollte dankbar sein, daß er sich nicht auch noch für den Poesiekurs angemeldet hatte, denn die Musik allein war schon Herausforderung genug. Schon als er hierherkam, hatte er gewußt, daß es schwer sein würde. Und in mancher Hinsicht hatte sein Spiel sich auch verbessert. Er meisterte bereits eine Reihe von Phrasierungen, seine Technik war sauberer, und er beherrschte ein paar neue Wege, Harmonien zu setzen. Und außerdem hatte er sehr viel des westrianischen Harfenrepertoires gelernt, das er zuvor nicht gekannt hatte.

Seine Hände strichen in einem Glissando über die Saiten, und der Dialog der beiden Harfen ging weiter.

»In der Schule der Weisen lehren wir, daß Musik Magie ist – Musik und Poesie.« Die schlanke junge Frau im grauen Gewand machte eine anmutige Geste. Sie war als Gastlehrerin zur Bardenschule gekommen, um die Schüler im Einsatz von Musik beim Ritual zu unterrichten. Das innere Leuchten, das die Pilgerfahrt zum heiligen Tal von Awahna hervorrief, wo sie als Adeptin bestätigt worden war, haftete ihr noch an und ließ sie erblühen wie eine frisch geöffnete Knospe. Sie hatte den Namen Wasserfallmeisterin angenommen. Silberhaar fand, daß dieser Name gut zu ihr paßte.

»Viele von euch wird man vielleicht bitten, Hymnen zu komponieren, oder für die Musik bei den verschiedensten Zeremonien zu sorgen. Deshalb müßt ihr lernen, wie und warum Musik die menschliche Seele berührt.«

Silberhaar setzte sich auf und lauschte aufmerksamer, obwohl ihr glänzend schwarzes Haar und die leicht schrägen braunen Augen ihn schmerzhaft an Faris erinnerten. Ihre Worte ließen ahnen, daß sie die Antworten auf Fragen kannte, die hier offenbar niemand verstehen konnte.

»Ihr alle wißt, daß die Welt, die wir rings um uns sehen, nicht wirklich fest ist«, sagte sie soeben. Mehrere Schüler wechselten Blicke, und einer tätschelte betont die Bank, auf der er saß. »Ebenso stimmt es, daß alles aus Partikeln besteht, die durch den Energiefluß mit unterschiedlicher Geschwindigkeit in verschiedenen Mustern bewegt werden. Die elementaren Bestandteile eines Steines und eines menschlichen Körpers und der Luft, die wir atmen, sind gleich, sie unterscheiden sich lediglich in Gliederung und Dichte. Und sie alle können durch die Energien beeinflußt werden, die von einem gezielten Willen ausgehen oder den Vibrationen eines Tones.«

»Ich verstehe das nicht ...« Eine Rothaarige, die im vergangenen Jahr einen Mitschüler geheiratet hatte und nun einen Säugling an der Brust hielt, hob die Hand. »Kann ich einen Stein zerschmettern, nur indem ich ihn ansinge?«

»In etwa. Ihr wißt doch, daß eine Note, auf einem bestimmten Instrument gespielt, andere Instrumente in der Nähe zum Schwingen bringen kann. Wenn der Ton richtig erzeugt und gelenkt wird, kann er wahrhaftig einen Stein zerspringen lassen. Deshalb lehrt man uns in der Schule der Weisen, die heiligen Namen zu vibrieren. Aber Ihr dürft nicht glauben, daß der Ton nur zur Zerstörung gut ist. Musik kann auch zum Wachstum von Pflanzen beitragen.«

»Oh! Deshalb also singen wir beim Frühlingspflügen Hymnen!« rief der Mann, der Bauer gewesen war. Silberhaar hatte ihn singen gehört, und er dachte, daß die Pflanzen auf seinen Feldern besonders gut gewachsen sein mußten.

»Ist jeder Ton geeignet?« fragte ein Schüler.

»Es gibt für jeden Zweck bestimmte Töne und Klänge undMöglichkeiten sie zu erzeugen«, antwortete die Wasserfallmeisterin. »Das hier, beispielsweise ...« Alle zuckten zusammen, als sie den Atem in einem schwingenden *»AUM ...«* ausstieß, das mehrere Sekunden nachhallte und durch den Boden vibrierte.

»So, versucht es nun alle mit mir gemeinsam – drückt es vom Bauch hoch, und achtet auf die Reinheit der Vokale.« Sie hob die Hände, und mit wachsendem Zutrauen stimmten die Schüler ein, bis der Klang wie der Ton einer großen Glocke im Klassenraum widerhallte.

»Seht ihr?« rief die Meisterin, als die Schüler spontan verstummten.

»Ich konnte es im ganzen Körper spüren, und ich glaube, dem Baby gefiel es auch«, sagte die Rothaarige. »Aber was *bewirkt* es?«

»Das Singen von *AUM* ist eine sehr wichtige Hilfe, den Sänger einzustimmen und einen Energiefluß zwischen ihm und den spirituellen Bereichen herzustellen. Es gibt auch noch andere Möglichkeiten. Man nimmt an, daß die sieben Oktaven Verbindung zu den sieben Machtzentren des Körpers haben. Die Laute der Vokale und Doppelvokale sind ebenfalls Teil dieses Systems. Ihr müßt wissen, daß ein Zauber nur dann richtig wirken kann, wenn sowohl der Sinn als auch der Klang der angewandten Worte stimmt. Außerdem haben die verschiedenen Tonarten, die ihr studiert habt, unterschiedliche Wirkung auf das Gehirn.«

Aurel beugte sich eifrig vor. »Ich habe gehört, daß es Lieder gibt, die einen Menschen lenken können – ich meine, daß er einschläft oder glücklich wird oder nach Kampf dürstet.«

»Das stimmt, doch dazu gehören das richtige Instrument und der richtige Musiker. Eine Beschwörung ist kein Spielzeug, das man aufziehen und laufen lassen kann. Sie ist eher wie ein Schwert, das in der Hand seines Meisters tödlich ist, in der eines Narren jedoch versagt oder ihn selbst verwundet. Der Krieger bildet seinen Körper und seinen Willen aus, so daß er und seine Waffe im Kampf eins sind, und er und sein Gegner Partner in einem ewigen Tanz werden.«

Silberhaar nickte. Er hatte berühmte Schwertkämpfer gesehen, und selbst er hatte im Kampf manchmal diese Einheit gespürt. Doch die meisten seiner Kämpfe waren Handgemenge gewesen, bei denen es wie ein Wunder erschien, wenn überhaupt ein Schlag traf. Er vermutete, daß es bei vielen Zeremonien nicht viel anders war.

»Aber *wie* macht man es?« fragte Aurel.

»Das läßt sich nicht mit Worten beschreiben – man muß es einfach tun, man muß ... Welches Instrument spielt Ihr?«

»Die Viola«, antwortete Aurel hörbar verwundert.

»Nun, gibt es nicht Tage, an denen der Bogen quiekt und die Finger daneben greifen, selbst wenn Ihr Euch noch soviel Mühe gebt? Und dann gibt es andere, an denen Ihr das Gefühl habt, irgend etwas führe Euch und den Bogen, und die Musik fließt mühelos dahin?«

Da nickten alle und riefen beipflichtend durcheinander.

Silberhaar lehnte sich zurück und stieß einen tiefen Seufzer aus. Sie alle kannten diese Momente, in denen man das Gefühl hatte, die Seele der Musik wäre zu ihrer eigenen geworden. Das waren die erhebendsten Augenblicke ihres Lebens. Es war der Grund, weshalb sie in die Bardenschule gekommen waren.

»So ist Magie«, fuhr die Wasserfallmeisterin sanft fort. »Sie ist die Benutzung von Wissen durch die Kraft des Willens. Ihr benutzt euer Wissen, um eure Mittel zu wählen – die Melodie, den Vortrag und den Text –, doch wenn ihr erst angefangen habt, laßt ihr sie zum Strom werden, auf dem die Bedeutung zur lauschenden Seele gelangt.«

»Und das werdet Ihr uns lehren?« staunte Aurel ehrfürchtig.

Die Meisterin lachte. »Um das voll beherrschen zu können, müßt ihr in der Schule der Weisen ausgebildet werden. Doch ich kann euch zumindest den ersten Schritt auf dem Weg dorthin weisen ...«

Silberhaar beugte den Kopf, bis sein Ohr den Schallkörper fast berührte. Eine winzige Spur nur drehte er den Wirbel und zupfte die Saite erneut. Er konzentrierte sich darauf, die Note über das Durcheinander all der anderen Instrumente zu hören, die gestimmt wurden. Er tippte ganz leicht auf Meisterin Siarans Arm, die zum Aufwärmen ein paar Akkorde auf ihrer großen Harfe spielte.

»Könnt Ihr mir bitte ein E über dem mittleren C geben? Ich bin nicht ganz sicher, daß ich es richtig habe.«

Sie tat es, und er zupfte seine Note, während ihre Obertöne noch vibrierten. Einen Augenblick summten die zwei Saiten gemeinsam und ließen den Ton schwellen.

»Das ist nahe genug.« Sie lächelte. »Macht Euch keine solchen Sorgen, es ist ja nur eine Probe.«

Er zuckte die Schultern und grinste. »Ich weiß, aber die Hälfte aller Musiker von Westria werden zuhören. Es macht mir Angst.« Er schaute sich um. Seine Behauptung war eine Übertreibung, aber es stimmte, daß sehr viele

Musiker, die hier ausgebildet worden waren, zu diesem Konzert zu Ehren von Meister Andreas' fünfzigstem Geburtstag gekommen waren. In seinem ganzen Leben hatte Silberhaar bisher nie so viele Instrumente an einem Ort gesehen.

Einige jüngere Schüler hängten am anderen Ende des Saales noch immer grüne Girlanden auf. Silberhaar strich über die glatte Oberfläche des Resonanzkörpers der großen Harfe und wünschte sich, er dürfte auf Goldschwan spielen. Doch ihr verhältnismäßig leiser Ton würde in dieser Herde verlorengehen wie eine Antilope unter den Büffeln, die er auf dem Weidemeer gesehen hatte.

Vor ihm hörte ein Fiedelspieler auf, seine Tonleitern auf und ab zu sägen, und wandte sich seiner Nachbarin zu. »Ihr seid von Sanjos, nicht wahr? Gibt es Neuigkeiten aus dem Süden? Ich kam mit dem Schiff von Santibar, und als ich abreiste, erwartete die Stadt jeden Augenblick einen Angriff von Elaya.«

Silberhaar horchte auf. Plante Elaya erneut die Eroberung Santibars? War es Caolin nicht gelungen, dies zu verhindern? Oder steckte er etwa gar selbst dahinter? Silberhaar erinnerte sich ganz genau an sein Gespräch mit Caolin in Saticoy vor knapp drei Jahren. Der ehemalige Seneschall hatte von einer großen Zukunft gesprochen, und Silberhaar wußte besser als jeder andere, wie wenig Grund Caolin hatte, Westria gegenüber loyal zu sein.

»Ja, wir hörten etwas«, antwortete die Frau. Silberhaar glaubte sich zu erinnern, daß sie die Fiedel im Orchester an Lady Alessias Hof spielte. »Es kommt seit Wochen immer wieder zu Kämpfen, doch bisher hat sich die Festung Balleor gut gehalten.«

»Ich verstehe es nicht. Wir schickten sofort nach Lord Robert, als wir erfuhren, daß sich elayanische Truppen auf dem Marsch befanden. Er hätte doch längst Verstärkung schicken müssen. Was ist nur los mit ihm?«

»Man erzählt, daß er sehr krank war«, antwortete die Frau. »Und er war immer übervorsichtig, wenn es um Kriegführung ging, doch ein sehr guter General, sobald es zum Kampf kam.«

Der Fiedelspieler seufzte. Er hob sein Instrument ans Kinn, doch dann setzte er es wieder ab. »Wenn er auch jetzt zu vorsichtig ist, wird Elaya Santibar einnehmen, und dann gehört mehr als nur ein wenig Verstärkung dazu, es zurückzugewinnen. Das würde nicht passieren, wenn wir einen König hätten ...«

Silberhaar schauderte. Nur zu gut erinnerte er sich an die Monate, als sie sich auf den Krieg vorbereitet hatten, den Elaya sofort anfing, als des Königs Tod bekannt wurde. Sollte sich all das wiederholen? Entschlossen beschäftigte er sich mit seinen Saiten. Er hatte nichts mehr mit Krieg und Politik zu tun – sein Leben gehörte jetzt der Musik. Wenn es zu Schwierigkeiten kam, wollte er es gar nicht wissen.

Der Lärm ließ nach, als die Musiker ihre Instrumente gestimmt hatten und sich zurücklehnten, um auf den Probenbeginn zu warten. Die warme Nachmittagssonne fiel schräg durch die hohen Fenster, glühte auf der Rotholztäfelung des Saales und den unterschiedlichen Hölzern der Instrumente, und glitzerte auf dem polierten Messing und Silber, wenn die Musiker sich bewegten.

Jedes Instrument war ein Kunstwerk, doch Silberhaar war froh, daß er eine Harfe spielte, selbst wenn es nicht Goldschwan war. Wie jeder Schüler hatte er sich Grundkenntnisse über alle Arten von Instrumenten aneignen müssen, und er wußte die Geschicklichkeit zu schätzen, die erforderlich war, sie zu spielen. Die Klaviatur war für ihn einfach gewesen, doch verglichen mit der Harfe mochte er den stumpfen Klang nicht. Früher einmal war er mit Saiteninstrumenten wie der Gitarre recht gut gewesen, das Kreischen des Bogens der Streichinstrumente jedoch hinterließ einen bleibenden Respekt für Bratschen- und Fiedelspieler. Und obwohl er die Theorie der Blasinstrumente verstand, fehlten seinen Lippen und der Lunge die Beherrschung, die Blockflöten-, Schalmei- und Hornbläser durch jahrelanges Üben erlangten.

Ras von Santierra beendete sein Gespräch mit Meister Sebastian und kam den Mittelgang herunter. Seine dunkle

Haut glänzte im Sonnenschein wie polierter Nußbaum. Er war jetzt der Leiter der Stadtkapelle von Laurelynn, eine Stellung, die ihm die zweifelhafte Ehre eingebracht hatte, aus dieser ungeheuren Schar von Spielern etwas zu machen, das wirklich Musik hervorbrachte. Silberhaar hatte seine Befürchtungen gehabt, als er erfuhr, daß Ras kommen würde, denn er hatte den Mann am Hof kennengelernt. Doch offenbar hatte sein Aussehen sich so weit verändert, daß er nicht erkannt wurde. Und glücklicherweise schien Meister Ras seine Aufgabe nicht zu erschrecken.

Meister Ras lächelte, tauschte Scherze mit den Musikern aus, die er kannte, und stieg auf das Podest. Er hob eine Hand, und sofort wurde es mäuschenstill. *Er ist der Musikmeister, und wir sind seine Instrumente,* dachte Silberhaar. *Ich hoffe, er kann spielen!*

»Meine Freunde und Mitmusiker, ich freue mich, euch alle hier zu sehen. Ich glaube, gemeinsam wird es uns gelingen, etwas zu schaffen, das hier zur Legende werden könnte, aber wir haben nicht viel Zeit, also fangen wir am besten gleich an. Ihr habt alle eure Instrumente gestimmt, und ich möchte euch gern nach Instrumenten hören. Als erstes die Fiedeln, bitte.«

Der Meister, der Unterricht in Streichinstrumenten gab, nickte, und acht Fiedler spielten zusammen die vier Noten ihrer Saiten und eine einfache Tonleiter. Meister Ras nickte beifällig, woraufhin die größeren Violas ihrem Beispiel folgten. Als sie fertig waren, bemerkte Silberhaar Aurels Blick und lächelte. Das Gesicht des Jünglings glühte vor Aufregung. Silberhaar spürte die Spannung wachsender Erwartung im Saal. Aber es war eine angenehme Spannung, ähnlich wie zu Beginn des Liebesaktes. Nun zwitscherten die Flöten wie eine Vogelschar, dann folgten die Schalmeien, und schließlich das Schmettern der Hörner. Mehrmals ließ Meister Ras die eine oder andere Gruppe eine Note wiederholen, und ein paar Musiker mußten ihre Instrumente neu stimmen.

Dann waren die drei Harfen an der Reihe, und Silberhaar sackte erleichtert auf seinem Stuhl zusammen, als ihre chromatischen Läufe Zustimmung fanden. Unwillkürlich zuckte er zusammen, als die Schlaginstrumente mit Klirren und Krachen anfingen.

»Vielen Dank«, sagte Meister Ras. »Und nun können wir gleich mit dem Beginn des Geburtstagskonzerts anfangen, das Meister Sebastian komponiert hat. Ihr müßtet eure eigenen Partien inzwischen ja kennen, also dürfte es lediglich darum gehen, diese Partien zu einer Einheit zusammenzufügen. Seid ihr bereit?« Er hob die Arme und nickte den Saiteninstrumenten zu.

Dann fiel die dunkle Hand hinab, und die Fiedelspieler setzten ihre Bogen an, um ihren Instrumenten einen weichen Hauch von Tönen zu entlocken, gerade am Rand der Hörschwelle, der wie der Wind zwischen fernen Bäumen war. Er schwoll an, als die Violen mit ihren tieferen Klängen einstimmten, und Silberhaar sah, wie die Saiten seiner Harfe im Einklang erzitterten. Die Härchen auf seinem Nacken stellten sich auf. Er wußte, welche Freude es machte, mit mehreren anderen zu spielen, doch bereits jetzt war etwas an der Qualität dieses Klanges anders.

Dann drehte sich Meister Ras herum, und der graziöse Schwung seines Armes wurde von einem einzelnen Hornruf erwidert. Sodann fingen die Flöten wie Vögel über dem tieferen Singen der Saiten zu zwitschern an. Meister Ras wiegte sich wie ein Tänzer; seine Hände leiteten sie, als hielte er sie an unsichtbaren Zügeln.

Nun schallten die Hörner wieder und wieder. Silberhaars Herz pochte heftig, doch fast ohne sich dessen bewußt zu sein, griff er nach seiner Harfe, als Meisterin Siaran neben ihn rückte. Die drei Harfen neigten sich in der gleichen Bewegung zurück. Es war wie im Augenblick vor einem Sturmangriff, wenn das Licht über die Reihe sich hebender Schwerter funkelt. Trommeln dröhnten plötzlich hinter ihnen, dann hielt Ras sie mit einer Hand zurück, während die andere auf die Harfner deutete, und ihre Finger glitten die Harfensaiten auf und nieder, im Glissando, das die Luft mit einem Schimmer goldenen Klanges füllte.

Dann unterstützten die Streichinstrumente sie, und die

Lüfte woben einen Kontrapunkt, der durch das eindringliche Rufen der Hörner hervorgehoben wurde und durch den Trommelschlag, der wie der Puls in Silberhaars Ohr pochte. Die Musik war nun um ihn und in ihm – die Vibrationen schwangen durch jeden Hohlraum seines Körpers, durch das Mark jedes Knochens. Silberhaars ganzes Bewußtsein drängte einem Höhepunkt reinen Klanges entgegen.

Takt um Takt baute sich das gewaltige Gebilde der Musik um ihn auf. Seine Finger huschten über die Saiten. Sein Bewußtsein war mehr von der Musik gefangen, denn je beim Liebesakt. Dann wurde das Tempo gemächlicher, die Klänge leiser. Die Akkorde der Harfen wurden langsamer. Dann war ihre Partie zu Ende, und sie richteten sich stumm und behutsam wieder auf. Nun spielten nur noch Streichinstrumente wie Wind, der im Röhricht der Erinnerung singt. Und schließlich verstummten auch sie.

Längeres Schweigen setzte ein. Die Spieler bemühten sich, wieder gleichmäßig zu atmen, und wurden sich bewußt, daß sie getrennte Seelen waren. Meister Ras entspannte sich und richtete sich mit einem Seufzen auf.

»Ausgezeichnet! Ausgezeichnet – ihr seid eine erstaunliche Gruppe, wißt ihr das? Um so bewundernswerter, weil wir noch nie zuvor zusammen gespielt haben. Es gibt jedoch einige Stellen, wo wir unsere Taktgeschwindigkeit verbessern könnten. Beispielsweise beim zweiten Einsatz der Hörner ...« Er begann mit einer langen eingehenden Analyse.

Doch Silberhaar hörte den Rest seiner Worte nicht mehr. Die Welt schien sich um ihn zu drehen, und er sackte auf seinem Stuhl zusammen.

»Nun«, sagte Meisterin Siaran zufrieden. »Ich glaube, daß alles recht gut ging. Unser Einsatz war absolut präzise – unsere Übungen haben sich gelohnt. Was meint Ihr, Silberhaar?«

Der Harfner schüttelte den Kopf. Er brachte kein Wort hervor. Als die Harfen einstimmten, hatte er einen Schock wie von einem Pfeil empfunden, der sein Herz getroffen hatte. Die Gesamtheit der Musik war so viel mehr als ihre Teile – eine Vielzahl einzelner Stimmen schlossen sich zu einem organischen Ganzen zusammen, getrennte Teile verflochten sich zu einem komplexen Muster, das gespürt, doch nicht erklärt werden konnte. Einen Augenblick lang hatte er die Schönheit gefunden, die er in seiner Vision erlebt hatte, und er verstand nun, daß Musik der Sinn des Universums war.

Doch nun war er wieder allein.

Meisterin Siaran tätschelte ihm die Schulter, und er wandte das Gesicht ab, damit sie seine Tränen nicht sehen konnte.

13

Sie beurteilten jetzt ihn. Silberhaar wandte der geschlossenen Tür den Rücken zu und ging schleppend in den Meistergarten, ohne auf den feinen Nebel zu achten, der sich um die Bäume schlang und zwischen den Stämmen wallte. Seine Finger schmerzten, wie immer, wenn es feucht war. Wenn die Prüfer ihn durchfallen ließen, wäre es eine Entschuldigung – wie konnte man von ihm erwarten zu spielen, wenn seine Finger sich anfühlten wie ein verrostetes Stück Maschinerie aus der Zeit der Alten?

Doch einen echten Barden würde ein körperlicher Defekt nicht behindern. Es war nicht seine Schuld, aber man setzte ja einen Einarmigen nicht in der Vorhut einer Armee ein, nur weil er ohne seine Schuld zum Krüppel geworden war. Ohne daß es ihm überhaupt bewußt wurde, ließ Silberhaar sich auf der Steinbank in der Mitte der Anlage nieder.

»Mach dir doch keine solchen Sorgen, Silberhaar – sie werden dir bestimmt die Meisterwürde geben. Ich fand dein Spiel großartig!«

Es war Aurel. Sein goldenes Haar ließ den Nebel scheinbar leuchten wie ein Fleckchen Sonnenschein.

»Wie könntest du es gehört haben? Nur die Prüfer sind beim Vorspielen anwesend.«

Aurel zuckte die Schultern und ließ sich neben dem Harfner nieder.

»Wenn man sich an den richtigen Platz setzt, kann man es hören.«

»Ich wollte, ich hätte gewußt, daß mir ein wohlgesinntes Ohrenpaar lauscht. Es hätte mir vielleicht geholfen«, sagte Silberhaar. Doch wo immer sich Aurel auch versteckt haben mochte, er konnte ganz sicher nicht deutlich genug gehört haben, als daß er auf die Feinheiten hätte achten können, die für die Prüfer so wichtig waren. Nur zu gut erinnerte sich Silberhaar, daß eine Saite nachgeschwungen hatte, weil er sie nicht richtig angehalten hatte; daß er sich bei den Phrasierungen schwergetan und daß sein Takt nicht immer gestimmt hatte.

Er hatte sich noch nicht wirklich bereit für die Prüfung gefühlt, aber es war üblich, daß man sie nach drei Jahren in der Bardenschule ablegte. Wieso hatte er sich eingebildet, daß er immer hier bleiben könnte? So oder so würde er die Schule in spätestens zwei Jahren verlassen müssen. Die einzige Frage war, ob als Meisterbarde oder mit der einfachen Auszeichnung, daß er hier das Harfenspiel studiert hatte. Unsichtbar im Nebel über ihm zwitscherte ein Spatz, und plötzlich erinnerte sich Silberhaar fast wehmütig an silbern schimmernde Morgen und das Frühkonzert der Vögel auf seiner Wanderschaft.

Der feuchte Wind küßte sein Gesicht und brachte den Geruch von trocknendem Gras und der See mit sich. Etwas regte sich in ihm, und er wußte nicht, ob es der Kummer über den baldigen Abschied von hier war, oder freudige Erregung bei dem Gedanken, daß er seine Wanderschaft wieder aufnehmen würde. *Aber es ist unwichtig,* sagte er sich, *ich diene dem Geist der Musik.*

Aurel tippte ihm auf die Schulter. Die Tür war aufgeschwungen, und Meisterin Siaran winkte Silberhaar zu. »Viel Glück!« wünschte ihm der junge Mann, als er aufstand.

Einen Moment blendete ihn der Lichtwechsel, dann blickte Silberhaar auf die Prüfer, die so prächtig in ihren Umhängen aus purpurnem Samt wirkten. Auf Brust und Rücken waren mit Goldfaden Harfen gestickt. Wie fremd erschienen ihm plötzlich die Gesichter von Meisterin Siaran und Meister Sebastian, von Meisterin Huldah und Meister Pfeifwind und selbst von Meister Andreas. Er verbeugte sich vor ihnen und nahm Platz neben der großen Harfe, auf der er vorgespielt hatte. *Ich wäre besser gewesen, wenn sie mich auf Goldschwan hätten spielen lassen*, dachte er.

»Zunächst müßt Ihr wissen, daß dies nur eine vorläufige Prüfung war. Ihr habt die Gelegenheit, es noch einmal zu versuchen«, begann Meisterin Siaran. Ihre Stimme war gütig, doch ihre taktvollen Worte verrieten ihm bereits, daß er es nicht geschafft hatte.

»Euer Spiel beweist eine gute Beherrschung der Grundtechnik und ein feines Gefühl für Stil, aber Ihr müßt verstehen, daß wir den Meistertitel nur jemandem verleihen können, der überragend mit seinem erwählten Instrument ist und der auch alle anderen Aspekte der Musik beherrscht«, fuhr Meister Sebastian fort.

»Nur wenn ein Musiker eine außergewöhnliche Begabung beweist, können diese Regeln großzügig ausgelegt werden. Euer Spiel ist zwar recht ordentlich, aber Ihr habt keine ungewöhnlichen Fähigkeiten gezeigt«, sagte Meisterin Huldah nun weit weniger taktvoll.

Wie hätte ich das können? dachte Silberhaar. *Unter deinem eisigen Blick und deiner Skepsis, die mein Herz erstarren läßt!* Er hatte Männer gekannt, die sich bei Kriegsspielen ungeschickt anstellten, aber auf dem Schlachtfeld zum Schrekken für den Feind wurden. Doch er würde hier nie eine Chance bekommen, seinen Wert zu beweisen.

»Wir danken Euch, daß Ihr heute für uns gespielt habt«, sagte der Schulleiter ernst. »Seid nicht zu entmutigt – Ihr werdet die Prüfung noch einmal machen können.«

Nachdem die anderen gegangen waren, setzte sich Meisterin Siaran zu ihm und erklärte ihm eine halbe Stunde lang genau, was er falsch gemacht hatte. Überraschenderweise schmerzte es ihn, obwohl er selbst es genausogut hätte aufzählen und erklären können – vielleicht sogar besser, denn da waren noch ein paar Dinge, die er bemerkt hatte, die Siaran jedoch nicht erwähnte. Doch als sie offenbar fertig war, sah er, daß sie lächelte.

»Aber Ihr werdet keine Gelegenheit haben, darüber nachzugrübeln, Silberhaar, denn wir möchten, daß Ihr uns auf der alljährlichen Tournee begleitet.«

Silberhaar blickte sie scharf an. Jedes Jahr reiste eine Gruppe Meister und Schüler zu irgendeiner Stadt in Westria, um dort ein Musikfest zu veranstalten. Das gab den Schülern Erfahrung bei öffentlichen Auftritten, den Bürgern die Möglichkeit, gute Musik zu hören, und der Schule die Gelegenheit, sich von einheimischen Musikern vorspielen zu lassen, die vielleicht für eine Ausbildung in Frage kämen. Doch Siaran mußte wissen, daß Erfahrung mit öffentlichen Auftritten das letzte war, was Silberhaar brauchte.

»Wohin soll die Reise gehen?« erkundigte er sich vorsichtig.

Sie errötete leicht. »Man will, daß wir nach Santibar kommen. Lady Alessia hat persönlich darum gebeten.« Ziemlich hastig fuhr sie fort: »Die Stadt hat sich tapfer verteidigt, doch allmählich verliert man dort den Mut. Lord Robert hat Lady Alessia nicht sehr unterstützt, und ich nehme an, sie glaubt, daß es den Bürgern Zuversicht gibt, wenn wir das Fest so durchführen, als würde sich gar nichts Ungewöhnliches tun.«

Unter Farins forschendem Blick senkte sie die dunklen Augen. Es gehörte schon eine Portion Unverschämtheit dazu, daß die Meister, nachdem sie Silberhaars Selbstvertrauen zerstört hatten, nun von ihm verlangten, daß er sich in eine Stadt begab, die jeden Augenblick vom Feind überrannt werden mochte.

Aber er konnte sich denken, weshalb sie ihn ausgewählt hatten. Meisterin Siaran hatte zwar keine Ahnung, wer er war, aber Meister Andreas wußte sehr wohl, daß er ein Krieger gewesen war. Und alle wußten sie, daß er Spaniol beherrschte. Was sie jedoch nicht wußte war, wie sehr er davor zurückscheute, sich an einen Ort zu begeben, wo man ihn erkennen mochte.

»Ja, ich weiß, wie Ihr Euch fühlen müßt«, sagte Siaran, die Silberhaars Miene falsch deutete. »Aber wir brauchen Euch. Und ich werde mich viel besser fühlen, wenn Ihr mitkommt.«

»Ihr wollt ebenfalls dorthin?« fragte er scharf.

»Ja, mit dem Schulleiter, Tamira, Elli und Aurel.«

Silberhaar holte tief Luft. Für einen Mann von seiner Sanftheit war Meister Andreas ungewöhnlich eigensinnig. Wenn er beschlossen hatte, nach Santibar zu reisen, würde ihn nichts davon abhalten können. Aber Lady Alessia schuldete Silberhaar noch aus alter Zeit einige Gefallen, und wenn er sie schon wiedersehen mußte, würde er verdammt dafür sorgen, daß sie die Gruppe sogleich wieder nach Hause schickte!

Das sanfte Tal von Daneburg war voller Soldaten. Auf den Feldern standen Zelte in geraden Reihen wie Getreidegarben nebeneinander, und der Rauch von vielen Lagerfeuern befleckte den Spätsommerhimmel. Hier war der Beweis der Neuigkeiten, die sie unterwegs gehört hatten – Santibar war gefallen und jetzt in elayanischer Hand. Weder die Garnison von Balleor, noch die Männer, die Lady Alessia zur Verstärkung geschickt hatte, hatten genügt, die Stadt zu halten, und die Truppen, die Lord Robert in den Süden gebracht hatte, waren zu spät gekommen, um noch irgendwelche Hilfe leisten zu können.

Silberhaar schaute sich mit einer Mischung aus Ärger, Gereiztheit und Erleichterung um. Die Musiker brauchten seinen Schutz nicht – er hätte genausogut in der Bardenschule bleiben können. Statt dessen würde er jetzt mit Leuten in Berührung kommen, die ihn vermutlich erkannten, egal wie sehr die Jahre ihn auch verändert hatten. Und das ganze Getue, dem er bisher glücklicherweise hatte aus dem Weg gehen können, würde beginnen.

Trotzdem schlug sein Herz schneller, als er das rotschwarze Hausbanner stolz im Abendwind flattern sah, daneben das purpurgoldene der Felsmark, und darüber in einem Kreis das goldene Kreuz von Westria auf grünem Feld. Er hatte unter diesen Bannern gekämpft, und etwas zitterte in seinem Innern, als er eine Trompete schallen hörte. Zum erstenmal seit drei Jahren fehlte ihm das Gewicht eines Schwertes an der Seite.

Ein Gemurmel von meist freundlichen Bemerkungen wurde laut, als sie durch das Lager zu Lady Alessias Zelt ritten. Und als sie davor anhielten, trat die Herrin von Las Costas selbst heraus, um sie willkommen zu heißen.

»Lady, ich fürchte, wir sind zu spät gekommen, Euch zu helfen«, bedauerte Meister Andreas, als er steif von dem knochigen weißen Maultier absaß.

Lady Alessia schnaubte verärgert: »Zu spät! Das ist die Geschichte dieses Feldzugs. Doch die Stadt fiel bereits, als meine Botschaft Euch erreichte. Es ist nicht Eure Schuld. Nein«, fuhr sie fort. »Es ist die Schuld anderer, die schon vor sechs Monaten gewarnt wurden!«

Sie hatte sich nicht verändert. Ihr Gesicht war härter geworden, und Silberfäden durchzogen ihr rotbraunes Haar, doch sie bewegte sich immer noch wie eine Tigerin, die ihre Jungen beschützt. Sie hielt sich mit ihren Worten zurück, doch die zwei roten Flecken auf ihren Wangen und die Schärfe ihrer Stimme drückten alles aus, was sie nicht aussprach. Ihr Gemahl, Brian, war bei der Rettung Santibars gefallen, und nun war die Stadt verloren.

Die anderen Musiker kletterten von ihren Tieren. Sie erkundigten sich, wo sie diese anbinden dürften und wo ihr Gepäck, wichtiger aber noch, ihre Instrumente, sicher untergebracht werden konnten. Ein junger Mann kam aus dem Zelt hinter der Lady und rief Gefolgsleute herbei, um zu helfen. Silberhaar starrte auf das Wappen auf dem Wams des jungen Mannes und erkannte benommen, daß es Brians Sohn war, den er das letztemal über eine Wiese hatte laufen sehen, als Faris' Kind vor dreizehn Jahren seinen Namen bekommen hatte. Ein schwerer Ring schimmerte am Zeigefinger des Jungen, als er den Gefolgsleuten Handzeichen gab, und Silberhaar hielt den Atem an. Zu deutlich erinnerte er sich an den Augenblick, als Eric dem kleinen Jungen den Ring gegeben hatte, den er von des toten Lord Brians Finger gezogen hatte.

Caolin war die Spinne in dem Netz gewesen, das Brians Verhängnis gewesen war, obgleich den Tod selbst ihm die Armbrustschützen von Prinz Palomon geschickt hatten. In Silberhaars Kopf hallte die Frage, die ihn seit Beginn dieses Krieges bewegte: Wo war Caolin jetzt? Welche Rolle spielte er bei der Eroberung von Santibar?

Lady Alessia unterhielt sich noch angeregt mit Meister Andreas. Silberhaar versuchte, die anderen zu ihrem Lagerplatz zu bringen, doch als sie sich endlich auf den Weg machten, rief die Lady sie wieder zurück.

»Alex – wo hast du deinen Kopf? Die Musiker müssen hungrig sein nach der langen Reise. Ehe sie sich ans Auspacken machen, brauchen sie ein Mahl!«

Resigniert schüttelte Silberhaar den Kopf und folgte den anderen unter das lange Vordach des Zeltes. Dort standen Bänke und ein langer Tisch mit weißer Decke. Nach der einfachen Kost in der Schule waren die Fleischmengen und der feingewürzte Reis und das Gemüse fast zu üppig. Doch im Laufe des Mahles entspannte sich Silberhaar, und unmerklich ging er zu der Hofsprache über, die er in Laurelynn gelernt hatte. Aurel, Elli und Tamira schauten sich staunend um, doch Silberhaar erinnerte sich, daß er einst Sir Farin Harfner und vom gleichen Stand wie Lady Alessia gewesen war.

»Es ist ganz gut, daß Ihr zu spät angekommen seid«, sagte die Herrin von Las Costas. »Es war eine törichte Idee von mir, Euch um unserer Sache willen in Gefahr zu bringen.« Diener räumten die Bratenbretter weg und servierten Schalen mit dicker Erbsensuppe.

»Es ist mir eine Ehre, Euch dienen zu dürfen«, versicherte ihr Meister Andreas. Silberhaar erinnerte sich, daß die Schule, auch wenn sie Musiker aus ganz Westria aufnahm, in Las Costas lag, und so unterstand der Schulleiter gewissermaßen dem Lordbefehlshaber der Provinz.

Ein Knabe ging mit der Suppenterrine herum, und Silberhaar ließ sich seine Schale ein zweites Mal füllen. Mit dem guten Schwarzbrot und dem wirklich ausgezeichneten Danburgbier wäre es eine vollständige Mahlzeit gewesen, auch ohne die Delikatessen, die Lady Alessia noch servieren ließ. Als er wieder hochblickte, sprach die Lady erneut.

»Nun, da ist *doch* etwas, das Ihr tun könnt, obgleich ich zugeben muß, daß es nur als Trost für meinen Stolz dienen kann. Wir haben uns einverstanden erklärt, morgen mit Prinz Palomon über die Abtretung der Stadt zu verhandeln ...« Sie unterbrach sich, um ihren Zorn zu unterdrükken, dann fuhr sie fort. »Er wird mit einer ganzen Abteilung Gardisten und Trommlern erscheinen. Lord Robert sagt, daß wir nicht stark genug sind zu kämpfen, aber ich will verdammt sein, wenn ich zulasse, daß dieser elayanische Kojote uns mit seinem Aufzug einschüchtert. Würdet Ihr und Eure Musiker mit uns kommen und spielen?«

»Meinst du nicht, daß wir uns erst einmal mit den Musikern bekannt machen sollten, ehe du sie zum Feind mitzerrst, Mutter?« fragte Alex trocken.

»Meisterin Siaran kennt Ihr bereits ...«, sagte der Schulleiter rasch. »Und das sind die Schüler unserer Oberstufe, Elli, Tamira, Aurel und Silberhaar.« Seine geschulte Stimme zählte ihre Namen unbewegt auf. Silberhaar saß ganz still. Mit gesenkten Augen, die Fingern auf dem Schoß verkrampft, wartete er, bis sie ihre Aufmerksamkeit wieder anderen Dingen zuwandten.

»Alex hat völlig recht, und Ihr müßt mir verzeihen – ich verlange sehr viel von Euch«, hörte er die Herrin von Las Costas sagen.

»Oh, Lady Alessia, es ist unser Bedürfnis, Musik zu machen, und wenn wir Euch damit auch noch helfen können, sind wir glücklich!« rief Aurel überschwenglich. *Wie ein Hündchen*, dachte Silberhaar, aber in Aurels Alter hätte er das gleiche gesagt. Das war einer der Gründe, weshalb er und der Jüngere Freunde geworden waren.

»Und was ist mit euch anderen? Weder euer Meister noch ich haben das Recht, euch in dieser Sache zu befehlen.«

Einer nach dem anderen drückten die Musiker begeistert ihre Bereitschaft aus. Warum auch nicht – es würde eine schöne Geschichte für ihre Enkel abgeben, wenn alles gutging.

»Und Ihr, *Silberhaar*?« Lady Alessia zögerte ganz leicht bei diesem Namen. »Ihr habt offenbar mehr von der Welt gesehen, als diese anderen«, fuhr sie fort, »und ich würde mich gern mit Euch unterhalten.«

Er seufzte und blickte sie zum erstenmal an. »Ich stehe Euch und Eurem Haus zu Diensten, Lady Alessia. Wie schon immer«, fügte er trocken hinzu, als er sich damit abgefunden hatte, daß er erkannt worden war.

»Sie hatte recht – sie treiben wahrhaftig Prunk!« sagte Aurel fast ehrfürchtig. Prinz Palomon hatte seinen Pavillon auf einem Hügel an der Straße nördlich von Santibar aufschlagen lassen. Er war aus blauem und silbernem Brokat, der in der Sonne blendend glitzerte, und die Löwen oben an den Fahnenstangen waren aus Gold. Selbst aus dieser Entfernung konnten sie die wippenden blauen Federbüsche von Palomons Leibgarde sehen und das Funkeln der Spitzen ihrer Wurfspieße. Silberhaar war froh, daß er sein Schwert aus dem Gepäck geholt und es sich umgegurtet hatte.

Doch Blau war nicht die einzige Farbe. Gegenüber von Palomons Leibgarde stand ein geschlossener Trupp Männer, deren glänzende Harnische halb von weinroten Wollumhängen bedeckt waren, und deren Helme rote Federbüsche trugen. Unter Palomons sprungbereitem Löwen hing noch ein Banner – ein nach vorn blickender Wolfsschädel auf rotem Samt, der wie frisches Blut schimmerte.

Silberhaars Magen zog sich schmerzlich zusammen, als er hiermit Gewißheit für seine Vermutung bekam. Es gab nur einen einzigen, der es Elaya ermöglicht haben konnte, das Ziel zu erreichen, das sich ihm bisher stets entzogen hatte. Caolin!

Silberhaar hatte gehofft, Caolin empfände wenigstens

noch eine Spur Loyalität gegenüber Westria, die ihn davon abhielte, Palomon in dieser Sache zu unterstützen. Er hatte dem ehemaligen Seneschall geglaubt, daß er sich damit zufrieden gab, die Campos del Mar für sein Kind zu schützen.

Aber sagte nicht auch ich, daß ich nichts anderes wollte, als Musik zu studieren? Und er glaubte mir. Doch jetzt bin ich hier unter dem Gefolge der Herrin von Las Costas ..., dachte er. Da setzte der kleine Zug sich wieder auf den blauen Pavillon zu in Bewegung.

Palomons Höflichkeit war wie Zuckerguß auf einer madigen Torte. Die Musiker setzten sich auf Bänke ganz hinten in dem großen Pavillon und spielten, während die Unterhandlungsteilnehmer ihre Plätze um den quadratischen Tisch einnahmen und Diener Wein und Feingebäck servierten.

Man merkt dem Prinzen allmählich sein Alter an, dachte Silberhaar, während seine Finger über die Saiten glitten. Palomons Augen funkelten vor Triumph, doch sein Haar war nun grau, und er war sehr dünn geworden. Sein Neffe saß freundlich lächelnd neben ihm und glättete die türkise Seide seines Gewands. Der goldene Löwe des Fürstenhauses baumelte an den Kettchen um seine dunklen Arme, und Silberhaar fragte sich, ob es Ali gelingen würde, an die Macht zu kommen, wenn Palomon starb. Und wenn, ob er dann Caolin im Amt belassen würde? Vielleicht nicht, und vielleicht war das der Grund, daß Caolin neues Territorium für sich hatte erobern wollen.

Es gelang Silberhaar nicht, den Blick von dem anderen Mann an der elayanischen Tischseite zu nehmen. Er trug natürlich das Gesicht eines Fremden – mit brauner Haut, schwarzem Haar, dunklen Augen. Doch das rote Gewand kennzeichnete ihn, und die gewisse Haltung seiner Schultern und die Art, wie er den Kopf bewegte, verrieten dem, der ihn kannte, seine Identität.

»... und ich schlage vor, daß wir die Küste zwischen hier

und der Danburg zur neutralen Zone erklären, denn von nun an wird wohl Steintor Eure Grenzfestung sein ...«, sagte Palomon seidenglatt.

Die Augen Sven Anderssens, des Lords von Danburg, blickten finster über dem üppigen blonden Bart. Sein Haus war immer Westrias vorderste Verteidigung gewesen, falls Santibar fallen sollte. Fast schien er zu hoffen, die Elayaner würden es auf einen Kampf mit ihm ankommen lassen. Und Lady Alessias Gesicht war starr, als unterdrücke sie Schmerz.

»Ja ...«, stimmte Lord Robert heiser zu. »Aber Ihr habt von Bezahlungen und Versicherungen gesprochen. Was, genau, meint Ihr damit?«

Silberhaar unterdrückte den Schrecken, der ihn beim Anblick des Regenten von Westria befallen hatte. Roberts Haar war stumpf und dünnn, und seine einst mächtige Statur war geschrumpft. Der Lordbefehlshaber der Felsmark war nie imstande gewesen, etwas zu sehen, das ihm nicht direkt unter die Nase gehalten wurde. Deshalb brauchte Silberhaar nicht zu befürchten, daß Robert ihn bemerken würde, obgleich er ihn sehr gut gekannt hatte. Silberhaar hatte den Eindruck, als koste es Robert alle Kraft, sich aufrecht auf seinem Stuhl zu halten. Der Regent hatte Caolin um die Herrschaft über Westria gebracht. Wie mußte Caolin jetzt triumphieren!

Die Unterhandlungen gingen weiter, während erst die eine, dann die andere Seite Ausgleiche vorschlug und Bedingungen stellte. Westrias Hoheit über Santibar war zwar tot, doch es erwies sich als schwierig, die Leiche zu begraben. Schließlich schlug Lord Robert eine Pause vor – um sich mit seinen Leuten zu besprechen, wie er behauptete, aber Silberhaar glaubte, daß der Regent sich ein wenig ausruhen mußte, ehe er die Verhandlungen weiterführen konnte. *Es muß auch für ihn schwer sein*, dachte der Harfner. *Er muß befürchten, daß Brians Geist ihm keine Ruhe mehr lassen wird!*

Auch die Musiker erhielten Erlaubnis, sich die Füße zu vertreten, und Silberhaar schritt hinaus auf die Landzunge.

Er atmete tief die Meeresluft ein und blickte über das silberblaue Glitzern des Wassers. Inseln lagen wie schlafende Meerestiere am Horizont. Er dachte: *Wenn unten in der Bucht ein Schiff vor Anker läge, würde ich sogleich die Klippen hinunterklettern und bitten, daß es mich mitnimmt.*

Während er so stand, fiel ein Schatten über den seinen. Alessias Stimme riß ihn aus seinen Gedanken.

»Farin, warum seid Ihr weggelaufen? Ich dachte, Ihr wärt einverstanden gewesen, Euch mit mir zu unterhalten. Ich weiß nicht, warum Ihr diese Rolle spielen und Euch nicht zu erkennen geben wollt, aber es ist natürlich Euer gutes Recht«, fügte sie hinzu, als Silberhaar sich ihr zuwandte. »Ich behielt es für mich, obgleich ich weiß, wie gut es Robert täte, wüßte er, daß Ihr lebt. Er hat sich die Schuld gegeben, als Ihr verschwunden seid – er suchte immer nach Gründen, sich schuldig zu fühlen, doch jetzt, da er es verdiente, bringe ich es nicht übers Herz, ihm Vorwürfe zu machen.«

»Er sieht sehr krank aus ...«

»Er hat nicht mehr lange zu leben, Farin. Doch selbst wenn Robert gesund und uns sogleich zu Hilfe geeilt wäre, als ich ihn darum bat, hätte es vielleicht nichts genutzt. Es liegt an diesem anderen Mann, den sie den Protektor der Los Campos nennen. Er griff uns an, als hätte er eine Karte der Befestigungen im Kopf.« Alessia blickte übers Meer, und der Seewind spielte mit dem schwarzen Schleier um ihr Gesicht.

»Hat er auch ...«, murmelte Silberhaar gedankenversunken.

»Was?«

»Nichts – ich dachte an etwas anderes«, entgegnete er rasch. *Hör auf, Alessia,* bat er stumm. *Ich möchte mich nicht für jemanden entscheiden müssen.*

»Farin, was wißt Ihr? Wer ist dieser Mann?« Ihre Stimme war jetzt furchteinflößend. Sie faßte ihn an der Schulter und zwang ihn, sie anzusehen.

Die Stadt ist bereits gefallen, und er ist Palomons rechte Hand. Was könnte Alessia tun, selbst wenn sie es weiß? Da sprach er.

»Er ist Caolin.«

Seltsamerweise schob sich in diesem Moment nicht des ehemaligen Seneschalls narbiges Gesicht vor sein inneres Auge, sondern Diwis anklagender Blick.

Meister Andreas winkte den Musikern zu, ihre Instrumente zur Seite zu legen, als Lord Robert mit den anderen Teilnehmern hereinkam. Seine Wangen waren gerötet, als habe er sich einen Schluck gegönnt, um seine Kraft wenigstens für eine kurze Weile wieder aufzufrischen.

»Also gut«, sagte Palomon, »nehmt Ihr meine Bedingungen an?«

»Wir nehmen sie an«, antwortete Robert stumpf.

»Mit einer Ausnahme«, warf Lady Alessia ein. Alle starrten sie an, außer dem Regenten, der starr auf seine gefalteten Hände blickte. Silberhaar bemerkte plötzlich, daß er den Atem angehalten hatte. Er zwang sich zu atmen.

»Ich habe diese Stadt verteidigt, so gut ich konnte.« Alessias Stimme klang, als kratze ein Fingernagel über Stahl. »Wenn ich sie aufgeben muß, verlange ich das Recht, mitbestimmen zu dürfen, wer mein neuer Nachbar sein wird! Gebt Santibar, wem Ihr wollt, nur nicht dem Mann, der sich jetzt Protektor der Campos del Mar nennt!«

Die anderen Westrianer rissen die Augen weit auf, und Silberhaar bemerkte, daß Caolins Züge verschwammen, als hätte diese unerwartete Forderung seine Selbstbeherrschung erschüttert. *Werden ihn jetzt alle so sehen, wie er wirklich ist?* fragte sich Silberhaar entsetzt. Doch da festigte sich die Maske wieder, und Caolin wandte sich an Palomon.

»Mein Prinz, ich habe Euch diese Stadt gewonnen – dieses Juwel, das Ihr Euch so lange ersehnt habt. Wahrlich habe ich mir das Recht verdient, sie jetzt für Euch zu verwalten!« sagte er sanft. Prinz Palomon runzelte die Stirn, und sein Neffe Ali beugte sich aufmerksam vor.

»Prinz! Ich schwöre Euch, wenn dieser Mann in Santibar das Sagen hat, bleibe ich auf Daneburg und werde, solange ich lebe, dafür sorgen, daß es an der Grenze keinen Augenblick Frieden gibt!« drohte Alessia.

»Lady, es ist doch gewiß Sache des Regenten ...«, begann Palomon, doch sie unterbrach ihn und wandte sich an Lord Robert.

»Ihr kennt meine Gründe – wollt Ihr dagegen sprechen?«

Der Kranke schüttelte den Kopf. »Ihr habt das Recht, diese Bedingung zu stellen.«

»Da Ihr nun Herr von Santibar seid, bestimmt allein Ihr darüber, wer diese Stadt regieren soll«, sagte Alessia mit gewinnendem Lächeln. »Warum gebt Ihr sie nicht einem aus Eurem eigenen Geschlecht? Gebt sie Lord Ali!«

Alis Zähne blitzten in dem dunklen Gesicht. Prinz Palomon seufzte, und Caolin war ganz still.

»Damit würdet Ihr einverstanden sein, Lady?« fragte Palomon. Stumm nickte Alessia. Palomon vermied es, Caolin anzusehen. »Also gut.« Rasch strich er einen Namen auf dem Dokument vor sich aus und fügte statt dessen einen anderen hinzu, dann unterzeichnete er das Abkommen und schob es über den Tisch Lord Robert zu. Einen Augenblick war das einzige Geräusch im Zelt das Kratzen des Federkiels.

Alle anderen verfolgten offenbar fasziniert die Bewegungen der Feder, doch Silberhaar, der schließlich zögernd den Blick hob, zuckte unter der eisigen Wut in Caolins Augen zusammen.

Die Musiker befanden sich etwa fünf Meilen südlich von Steintor auf der Küstenstraße, als Silberhaar Hufschlag hinter ihnen hörte. Er drehte sich um und sah ein rotes Banner über der Staubwolke auf der Straße flattern. Er fluchte und drückte die Fersen in die Flanken seines Pferdes. Er hatte gehofft, wenn sie vor Lord Robert aufbrächen, würden sie des Regenten Garde zwischen sich und möglichen Verfolgern haben, doch Caolin mußte seine Leute über irgendwelche Pfade in den Bergen hierhergebracht haben. Und die Männer des Protektors der Campos del Mar ritten langbeinige elayanische Pferde, für die es ein Kinderspiel war, die müden Klepper einzuholen, die der Bardenschule gehörten.

Auch die anderen hatten das Klappern der Hufe gehört. Sie zügelten ihre Tiere und drehten sich im Sattel um, um zu sehen, wer es da so eilig hatte.

»Es ist der Protektor der Campos del Mar!« rief Meister Andreas erstaunt, als er das Wappen auf dem Banner erkannt hatte, und wandte sich zu Silberhaar. »Was macht er denn hier? Glaubt Ihr, er ist aus Prinz Palomons Diensten ausgetreten?«

Silberhaar drehte sein Pferd um. Caolins Männer waren zu schnell – falls sie wirklich versuchten, die Flucht zu ergreifen, würden sie rasch eingeholt werden. Er lenkte das Pferd zurück durch die Reihen der Packtiere, welche die Straße blockierten.

»Nein ...«, begann er, doch wie könnte er es erklären? Lady Alessia hatte keinen Grund genannt, weshalb sie gegen den Protektor als Lord von Santibar protestiert hatte. Meister Andreas' Blick und der der anderen schweifte mit wachsender Besorgnis zwischen Silberhaar und den näherkommenden Reitern hin und her.

»Rasch, zieht euch zurück, ihr alle! Sie wollen nur mich«, rief Silberhaar. Meister Andreas öffnete den Mund, doch Silberhaar schüttelte verzweifelt den Kopf. »Bitte, reitet weiter – es ist alles meine Schuld! Der Protektor der Campos del Mar ist Caolin, und das sagte ich Lady Alessia.«

Doch es war bereits zu spät. Zwei Dutzend Reiter, deren Helme im Sonnenschein blitzten, umzingelten sie mit ausgestreckten Lanzen. *Sinnlos, auch nur zu versuchen, das Schwert zu ziehen*, dachte Silberhaar. Der vorderste in dem Kreis war Ordrey, Caolins Diener und Lieblingsfoltermeister.

»Farin! Farin Silberhaar, komm her zu mir!« Die Gardisten rückten ein wenig auseinander, um einen rotgewandeten Reiter durchzulassen. Caolin hatte die Maske fallen lassen, die er während der Unterhandlung aufrecht gehalten hatte. Nun wurden seine Züge nur durch eine Art Dunst verschleiert, der wallte, als wäre er sichtbar gewordener Zorn.

»Hast du dir eingebildet, du könntet mir entwischen?« tobte Caolin. »Komm hervor zwischen diesen singenden Kaninchen! Hast du ihnen gesagt, wer und was du wirklich bist? Farin, der Feigling! Farin, der Undankbare! Farin, der Säufer – komm her zu mir!«

Farin versuchte sich zwischen den Lastmaultieren hindurchzuzwängen, doch Aurel griff nach seinen Zügeln.

»Laßt ihn sofort los!« brüllte Caolin. »Vergeßt ihn, ehe er Eure Güte mit Verrat dankt, wie er es bei mir gemacht hat!«

»Ich komme, verdammt!« schrie Silberhaar. Er entriß Aurel die Zügel und klatschte dem Pferd damit über den Nacken, daß es einen Satz durch die Maultiere machte. »Meine Begleiter wissen nichts – laßt sie in Ruhe! Laßt sie weiterziehen!«

»Silberhaar, du darfst dich nicht opfern! Wir lassen dich nicht in ihrer Gewalt!« rief Aurel und bemühte sich, sein aufbäumendes Pferd zu beruhigen.

»Oh, ist er dein Liebster?« Caolins Stimme war gedämpft, doch jedes Wort ätzte. Aurels Gesicht wurde kreidebleich, als er Caolin anstarrte.

»Wir müssen uns etwas ganz Besonderes für *ihn* einfallen lassen, nicht wahr, mein Lord Sangrado?« sagte Ordrey höhnisch.

»Vielleicht ist aber auch diese Frau dort seine Liebste ...« Caolin musterte Meisterin Siaran. »Seht doch, wie meine Männer sie anstarren! Wie sie sich den weißen Busen unter dem purpurnen Gewand vorstellen! Welche Art von Musik habt ihr miteinander gemacht, Silberhaar?«

Ordrey lachte kichernd. Die anderen grinsten und drängten die Pferde näher, so daß der Kreis noch enger wurde. Silberhaars Herz hämmerte. Seit der Unterhandlung hatte er sich verzweifelt gefragt, was Caolin ihm antun würde, doch er hatte nicht daran gedacht, daß sein Zorn auch die anderen einschließen könnte.

»Caolin, sie haben überhaupt nichts damit zu tun. Weshalb vergeudet Ihr Eure Zeit mit ihnen? Ich bin hier. Was wollt Ihr von mir?«

»Ich will alles! Ich will mein Leben zurück, denn du hast

es zum zweitenmal zerstört!« Caolins Wut war wie heißer Sturmwind.

»Ich wußte nicht, daß es etwas ausmachen würde – ich hatte keine Ahnung, was Alessia tun würde ...«, sagte Silberhaar nun entschuldigend.

»Du wußtet es nicht! Aber es gibt so viel, was du nicht weißt, armseliger Klimperer! Zehn Jahre hast du nach deiner Schwester gesucht, die sich mir einst als Hure anbot! Hast du das gewußt? Oder wußtet du es nur zu gut? War sie auch deine Schlampe, daß du ihr so lange nachtrauerst? Du hättest sie in den billigen Freudenhäusern von Aztlan suchen sollen!«

Silberhaar brüllte auf und langte nach seiner Seite. Lanzen richteten sich auf ihn, und er ließ sein Schwert wieder los. Vor seinem inneren Auge wirbelten Bilder von Faris in Caolins Armen.

»Nun, von jetzt an kannst du sie im Reich der Toten suchen. Vor zehn Jahren überlegte ich, auf welche Arten ich dich töten sollte ... Ich dachte, ich hätte sie alle vergessen, aber ich erinnere mich nun wieder.« Mit seltsam ruhiger Stimme, die schlimmer als sein Zorn war, fügte er hinzu: »Als erstes, denke ich, werde ich dir die Hände brechen und deine Harfe zerschmettern!«

Kurze Stille trat ein. Silberhaar war sich vage der entsetzten Gesichter seiner Freunde bewußt. Tränen rannen über Meisterin Siarans Wangen. Der Himmel war unglaublich blau, und die Berge flirrten golden in der Sonne. Hoch über ihnen schrie ein Vogel, und als Silberhaar hinaufblickte, sah er, daß ein Falke über ihnen kreiste.

Ich kann nicht sterben, dachte er staunend. *Die Welt ist zu schön ...* Seine Hände zitterten.

»Wenn Ihr beabsichtigt, sowohl mich als auch meine Musik zu zerstören, dann gestattet mir als letzten Wunsch, noch einmal auf meiner Harfe zu spielen«, sagte er schließlich heiser. »Ihr wart selbst einmal Musiker – laßt mich wenigstens mein eigenes Totenlied spielen!«

»O Meister«, sagte Ordrey, »wollen wir uns nicht anhören, was ein Vogel in der Schlinge singt?«

Einen Augenblick herrschte angespanntes Schweigen, dann nickte Caolin bedächtig.

Steif saß Silberhaar ab und löste die Gurte, die den Harfenkasten am Sattel hielten.

Seine Hände waren eisig. Er hatte das Gefühl, als bewege er sich unter Wasser. Doch wenn dies das letzte war, was er in seinem Leben tat, mußte er es so vollkommen tun, wie er nur konnte. Behutsam breitete er den Umhang über den Straßenstaub und machte sich daran, die Harfe zu stimmen, präzise, geduldig, wie ein Priester, der ein Ritual vorbereitet.

Und während er seinen Willen darauf verwandte, jede vertraute Bewegung noch zu vervollkommnen, schwand nach und nach seine Furcht, und er vermochte klar zu denken. Er schmiegte Goldschwan an seine Schulter und zupfte einen weichen Mollakkord. Dabei achtete er darauf, jede Saite in der Mitte anzuschlagen, damit der Ton auch rein und klar wurde. Ein Klagelied sollte im jonischen Modus gespielt werden, aber welche Melodie wäre für dieses Lebewohl passend?

Da regte sich etwas in seinem Gedächtnis, und wieder hörte er die Wasserfallmeisterin von den drei magischen Tonfolgen der Harfe sprechen. Es war bekannt, daß sie in den jonischen, dorischen und mixolydischen Modi gespielt werden mußten, doch niemand wußte, wie die Weise sein sollte.

»Dieses Wissen ist in der Seele verborgen«, so hatte sie es erklärt, *»nur der Musiker selbst kann es wecken, mit der Reinheit seines Willens ... Vereint bewirken der Modus, die Weise und die Resonanz, wie sie der Harfe eigen ist, die Magie, doch das allerwichtigste ist die Kraft des Willens. Die Musik muß sich des Harfners und des Instruments bedienen, nicht umgekehrt!«*

Silberhaars Blick folgte dem Kreisen des Falken hoch über ihnen, und seine Finger zögerten auf den Saiten. Da glaubte er, wieder den Falken zu sehen, der ihn in seiner Vision geleitet hatte.

O du Herr aller Musik; Windlord, Geist aller Lieder, erhöre mich jetzt! betete er. *Ich kann sterben, aber rette deine anderen*

Diener hier! O du Herr aller Mächte der Luft, gib mir deine Musik!

Seine Hände bewegten sich auf der Harfe, doch dabei fühlte er sich wie von einem mächtigen Wind emporgetragen. Und da war ein Klang ... Mit doppeltem Bewußtsein spürte er, daß er durch die Lüfte segelte, und wußte gleichzeitig, daß seine Finger mit jener Geschicklichkeit und Präzision über die Harfensaiten glitten, die er immer zu erlangen versucht hatte, ohne es je zu schaffen. Er war das Instrument, er war das Lied ...

Er hörte eine Klage, und ihre Trauer galt allem, was je sinnlos und zu jung gestorben war. Es war die Trauer Westrias über den Tod seines Königs, die Trauer Caolins über den Verlust der Stadt, über die er zu herrschen erhofft hatte; es war ein Schmerz, wie die Trauer um die ganze Welt. Aurel weinte, genau wie die anderen von der Bardenschule. Tränen rannen in die dunklen Bärte von Caolins Männern.

Allmählich schwand das Leid, als Silberhaars Geist sich in ein Reich schwang, wo aller Schmerz zur Freude wurde. Die Klänge, die seine Finger den Saiten entlockten, wandelten sich, bis er in Dur spielte, im dorischen Modus, der den Geist hob, als wäre er neugeboren. Musik tanzte unter seinen Fingern, und ein verspielter Wind trocknete den Zuhörern die Tränen. Jemand lachte wie ein kleines Kind, das soeben die Sonne entdeckt hatte.

Immer noch schlugen die mächtigen Schwingen. Die Musik zog weiter durch ungeheuren Raum, wo es keinen Unterschied zwischen Sicht und Laut, zwischen Bewegung und absolutem Frieden gab. Silberhaar schwebte glücklich in dieser Stille, doch seine Finger ruhten nicht. Eine neue Musik entquoll der Harfe, in miyxolydischem Modus diesmal, die weder fröhlich noch traurig war, sondern etwas anderes, eine friedlich heitere, harmonische Melodie, die Körper und Geist entspannte und beide zu heilender Ruhe trug. Und in dieser Stille glaubte er, Worte zu hören:

Der Sturm der Stürme ist ein leiser Wind;
Ein Augenblick der Stille in MEINER Melodie;
Wenn Sterbliche am Tor des Todes sind,
Wird Zeit zur Ewigkeit für sie ...

»Silberhaar! Silberhaar, steh doch auf!«

Jemand rüttelte ihn. Er bemühte sich, den Frieden festzuhalten, in dem er geruht hatte, doch sein Quälgeist ließ nicht locker. Er öffnete den Mund, um zu protestieren, doch eine warme Hand legte sich auf seine Lippen. Jemand löste die Harfe aus seinen Händen, denen scheinbar die Bewegungskraft entzogen war. Und plötzlich befand er sich wieder ganz in seinem Körper. Verwirrt öffnete er die Augen und versuchte zwischen der Erinnerung an den Flug durch die Sphären und der Wirklichkeit auf der staubigen Straße zu unterscheiden, als sein Blick auf Aurels verstörtes Gesicht fiel und auf die schlafenden Soldaten rings um sie.

»Komm schnell, ehe sie aufwachen!« flüsterte Aurel heiser.

Kopfschüttelnd schob Silberhaar Goldschwan in den Kasten zurück, und irgendwie gelang es ihm auch, ihn zuzuschnallen.

Dann half ihm der Jüngling, auf sein erstaunlich ruhiges Pferd zu klettern, und führte ihn vorbei an den reglosen Gestalten seiner Feinde.

Meisterin Siaran hatte bereits die anderen aus der Umzingelung geführt. Mit wachsendem Mut trieben sie ihre Tiere die Straße entlang und holten alles an Schnelligkeit aus ihnen heraus, bis sie an den hohen Felsen und den schmucklosen Befestigungen von Steintor vorbei waren und sich der Danburg näherten.

Endlich wagten sie es, ihre schweißtriefenden Tiere langsamer laufen zu lassen und auch selbst wieder zu Atem zu kommen. Und dann sprach Aurel das aus, was alle so erstaunt, erschüttert und bewegt hatte.

»Silberhaar, was hast du *getan*? Nie habe ich dich so spielen gehört – überhaupt nie jemanden!« rief er mit bebender Stimme. Die anderen nickten. Ihre Augen wirkten noch benommen und verwundert.

»Das war das Extratalent – diese andere Eigenschaft, die den Bardenmeister macht.« Meister Andreas nickte ernst, als wäre irgendwie er für das alles verantwortlich.

»Das war die Art von Harfenspiel, von der man träumt. Das war meisterhaft ...« Siaran schenkte Silberhaar ein zittriges Lächeln.

Der Harfner starrte sie alle an. »Wovon redet ihr? Das war nicht *ich*!«

»Es war der Geist der Musik ...«, sagte Meister Andreas, »und Ihr seid sein Meister!«

»O ja ...«, Silberhaar wurde nun zornig, »...das war wahre Musik, doch nicht das, was Ihr mir in der Schule beizubringen versucht habt! Wollt Ihr etwa sagen, daß Ihr mich zum Meister ernennt, weil der Herr der Musik mich zu *seinem* Instrument machte, um ein Wunder zu wirken? Behaltet Euren Samtumhang für jemanden, der sich einbildet, es bedeute etwas! Ich weiß es jetzt besser!« Er lenkte sein Pferd von ihnen fort.

»Silberhaar, wo wollt Ihr denn hin?« Meisterin Siaran trieb ihr widerwilliges Pferd hinter ihm her.

»Irgendwohin, solange es nur fort von all dem führt! Ich habe versucht, mich an eure Regeln zu halten! Ich versuchte es, bis mein Körper und mein Geist stumpf wurden und dahinwelkten wie ein Vogel im Käfig. Und jetzt wollt ihr mich für etwas belohnen, das nicht ich geleistet habe!« Sein Herz schmerzte vor Verlangen nach der Harmonie, die ihm so kurz vergönnt gewesen war. Wie konnte er sie wieder erreichen, so unvollkommen, wie er war?

Er blickte Meisterin Siaran voll ins Gesicht und spürte, wie sein Zorn unter dem Mitgefühl in ihren Augen schwand. Sie war immer gütig zu ihm gewesen, und sie hatte ihn alles gelehrt, was er lernen konnte. »Ich muß fort, Siaran – versteht Ihr denn nicht? Meine Dummheit hat uns alle in Gefahr gebracht! Selbst wenn ich in der Schule bleiben wollte – es wäre nicht sicher für euch, sobald Caolin wüßte, daß ich dort bin.«

»Ich verstehe es, Silberhaar. Aber auch Ihr müßt etwas verstehen. Daß es nämlich viel schwieriger ist, sich selbst zum Instrument zu machen, als eines zu spielen. Ich spürte es ein wenig, manchmal, und ich suche Perfektion in meinem Spiel, weil sie mir als der einzige Weg erscheint, dem näherzukommen, was wir alle ersehnen. Paßt auf Euch auf, und versucht gut von uns zu denken. Euer Umhang wird auf Euch warten, wann immer Ihr bereit seid, zu uns zurückzukehren...« Sie beugte sich aus dem Sattel und gab ihm rasch einen Kuß.

Silberhaar versuchte zu lächeln. »Vielleicht tue ich es eines Tages – wer weiß? Jedenfalls aber werde ich voll Liebe an euch alle denken ... doch jetzt muß ich weiter.«

Wieder drehte er sein Pferd herum und trieb es zu einem müden Trott an. Er blickte nicht mehr zurück, aber er spürte, daß Siarans Mitgefühl ihm folgte, ebenso des Schulleiters tiefe Sorge, die Liebe Aurels und die Ehrfurcht der anderen Schüler.

Die Straße wartete auf ihn, und ein Falke segelte über den Bergkamm.

14

Durch den gemächlichen Ritt von der Schule zur Danburg hatte sich Silberhaar wieder ein wenig an den Sattel gewöhnt, doch während er weiter nordwärts zog, wurde ihm schmerzhaft bewußt, wie lange er nicht mehr auf Wanderschaft gewesen war. Es gab vieles, was sowohl Geist wie Körper erst wiedererlernen mußten. Er war nicht völlig mittellos – er hatte im Lager kurz Halt gemacht, um sein müdes Pferd gegen ein ausgeruhtes zu tauschen und sich den Sack mit seiner Reisekleidung zu holen. Eine Decke mußte den Umhang ersetzen, den er im Straßenstaub hatte liegenlassen. Aber es würde eine Weile dauern, bis er die zweckmäßige Anordnung seines Gepäcks wiederhergestellt hatte, wie früher, als er jedes einzelne Stück nach möglichst geringem Umfang und Gewicht und größter Nützlichkeit ausgewählt und verstaut hatte.

Er ritt nordwärts, weil ihm der Weg in den Süden verschlossen war. Außerdem kannte er Normontaine noch nicht, hatte jedoch gehört, daß Harfner dort geschätzt wurden. Als er die Bucht am Flammengebirge erreichte, verkaufte er das Pferd und wurde von einem Küstenkauffahrer mitgenommen, der in jeder kleinen Bucht Halt machte, wo er einen Ankerplatz finden konnte. Der bescheidene Handel reichte vom Kauf von Salzheringen, grob gewebten Stoffen und Lederarbeiten und dem Verkauf von Ballen feinen Stoffes, Wein, Farben und Gewürzen, die von den Einheimischen an dieser Küste vor einem guten Jahr bestellt worden waren. Er beförderte auch Post. Doch es gab niemanden, dem Silberhaar schreiben wollte, wohin er unterwegs war.

Das Wetter war angenehm, der Himmel klar. Die Sommernebel hatten sich aufgelöst, die Winterstürme würden noch eine Weile auf sich warten lassen, und das Schiff machte gute Fahrt. Der Kapitän grinste und sagte, daß das nicht so bleiben würde, doch Silberhaar achtete nicht darauf. Er hatte sich eine Rolle geteerten Taus im Bug der *Robbenschwester* ausgesucht, auf dem er für gewöhnlich saß, und Goldschwan echote das Singen des Windes in der Takelung und das Gurgeln des Wassers unter dem Bug. Die Seeleute glaubten, Silberhaar bringe ihnen Glück.

Manchmal tollten Tümmler neben dem Schiff her und sprangen in Deckhöhe, so, als wollten sie sehen, woher die Musik kam. In der Nähe ihrer Anlegeplätze sahen sie Seeotter und die glatten dunklen Köpfe ihrer Namensgefährten, der Robben.

Doch wenngleich das Meer ruhig war, gab es schleichende Gefahren an Land. Ein Seemann, der in der Langbucht an Land ging, kehrte mit einem seltsamen Fieber und Husten zurück, welche sich von einem auf den anderen der wenigen Besatzungsmitglieder übertrugen, bis sie kaum noch genug Kraft hatten, das Schiff in einer Bucht zu verankern, die so winzig war, daß Silberhaar ihren Namen nicht erfahren konnte.

Ein furchiger Weg führte von der kleinen Ortschaft dort durch die Berge zur Nordstraße, versicherte man ihm. Einen Tagesmarsch oder auch zwei die Küste hoch gab es einen Hafen, der groß genug war, daß zwanzig Schiffe anlegen konnten. Für ein paar Lieder bekam Silberhaar Wegzehrung und Neuigkeiten über die Feldzüge im Süden. Er bedankte sich und zog weiter. Selbst als ihm bewußt wurde, daß er sich bei seinen Schiffskameraden angesteckt hatte und das Fieber nun bei ihm ausbrach, marschierte er weiter. Dies war ein Land, in dem selbst zur Zeit der Alten nur wenige Menschen gelebt hatten, darum gab es auch nichts, was er sonst hätte tun können.

»Eh, Junge, könnt Ihr jetzt nicht aufstehen? Ich kann Euch zu Hause an meinem Feuer pflegen, aber meine alten Knochen schaffen es nicht, Euch zu schleppen ... Seid ein guter Junge, steht auf ...«

Benommen richtete sich Silberhaar auf. Er war doch die ganze Zeit *gegangen*, oder etwa nicht? Aber wieso saß er da am Straßenrand und ließ zu, daß der Nieselregen ihn bis auf die Haut durchnäßte? Er war auch allein gewesen, zumindest hatte er das gedacht, aber hier war ein alter Mann, der an seinem Arm zerrte. Er mußte wohl einiges vergessen haben.

Er lächelte höflich, plagte sich, auf die Beine zu kommen, und sackte zurück in den Schlamm. »Schon gut ...«, murmelte er. »Ich werde einfach hier schlafen ...«

Doch der alte Bursche ließ ihm keine Ruhe. Nach einer Weile kämpfte Silberhaar sich auf die Beine. Er hielt sich am Harfenkasten fest, während der Greis sich seinen Rucksack umschlang. Dann stützte er sich auf die knochigen Schultern des Mannes und stolperte einen Pfad entlang, der scheinbar endlos durch Bäume führte, bis es zu dunkel wurde, als daß er noch etwas hätte sehen können.

Die letzte Meile mußte er wohl allein durch unterbewußte Willenskraft geschafft haben und dann die Besinnung verloren haben, denn als er wieder zu sich kam, lag er in rauhe Decken gehüllt auf einem Lager aus Tannenzweigen in einer Hütte, die aus Ästen und bleichen, vom Meer angespülten Brettern zusammengebastelt war. Er erinnerte sich voll Sehnsucht an die Medizin der Weißvogelfrau, aber offenbar war auch die Fischsuppe des Alten nicht ganz ohne, denn nach ein paar Tagen verging das Fieber. Allerdings war er noch recht schwach und konnte den Husten nicht loswerden.

»Ich habe Euch noch nicht gedankt, daß Ihr mir das Leben gerettet habt. Ich kenne nicht einmal Euren Namen …« Silberhaar war nun bereits drei Tage in der Hütte des Greises. Er konnte das stete Trommeln des Regens auf das Dach hören und das Brausen von Wellen an einen nicht sehr weit entfernten Strand. Der Alte schaute vom Kochkessel hoch und lächelte.

»Ich konnte Euch doch nicht wie einen Hund auf der Straße verrecken lassen. Aber es ist ein Wunder, daß ich es schaffte, Euch bis hierherzubringen, so wie Ihr getorkelt seid, und wo ich doch keine Kraft mehr in den Armen habe.« Er schöpfte Brühe in die mit Teer ausgegossene Schale eines Seeohrs, die er als Schüssel benutzte, und trug sie zum Bett. »Eßt – es wird Euch Kraft geben.«

»Seid Ihr Fischer?« Silberhaar tauchte seinen Löffel in die Brühe, nippte und blies dann darauf, um sie abzukühlen. Außer dem Alten schien es hier niemanden zu geben. Er fragte sich, wovon der Greis lebte, und was er hier so ganz allein machte.

»Fischer? So kann man sagen, Junge. Und früher einmal auch ein Fisch. Als Kind nannte man mich Schwimmer, weil ich immer im Meer war. Und jetzt nennt man mich Fischbein oder den Meermann der Robbenbucht. Aber eine Zeitlang hörte ich auf das …«, seine runzligen Lippen spitzten sich zu einem eigenartig süßen Pfeifen, »… und ich lebte beim Meervolk.«

Ein Meermann! Silberhaar starrte ihn an. Das erklärte vieles, was ihn verwundert hatte – die eigenartige Hütte, das weiße Haar, die verwitterte Haut, und die seltsame Art des Greises, der so weise war wie das Meer selbst, und so arglos wie ein Kind. Und er hatte geglaubt, daß Meermänner – Menschen, die von Delphinen, manchmal auch Robben, als Gefährten anerkannt wurden – lediglich eine schöne Sage wären! Oder wollte der Alte ihm nur etwas weismachen?

»Aber jetzt müßt Ihr schlafen und wieder zu Kräften kommen.« Der Meermann nahm Silberhaar die Schale ab und drückte ihn sanft aufs Kissen zurück. Als der Harfner die Augen schloß, dachte er, daß es keine Rolle spielte, ob der Mann tatsächlich mit den Delphinen gelebt hatte, oder es sich nur einbildete. Was würde er für Geschichten erzählen können! Das Wiegenlied des Regens und der See lullte ihn wieder in Schlaf.

Ein frischer Wind blies vom Meer, aber bleicher, wäßriger Sonnenschein filterte durch den Dunst. Es genügte, Silberhaar ein bißchen Wärme vorzutäuschen. Er lehnte sich auf seinem Felsbrocken zurück, holte tief Atem, hustete und atmete wieder tief ein. Die Luft fühlte sich an wie vom Meer frischgewaschen. Die Harfe lag neben ihm in ihrem Kasten. Nach einer Weile nahm Silberhaar sie in die Arme und versuchte einige ungewohnte Akkorde, die zum Seufzen des Meeres passen würden.

Auf der *Robbenschwester* hatte er sich bemüht, sich durch das Schaukeln von Schiff und See zu betäuben. Doch nachdem er das Fieber überwunden hatte und schlapp wie ein Fisch auf dem Trocknen gewesen war, hatte er das Grübeln nicht mehr vermeiden können. *Ich hätte auf der Straße sterben können, und mein Leben wäre umsonst gewesen! Niemand würde je erfahren haben, was aus mir geworden ist!* Wie eine Litanei wiederholten sich diese Gedanken. Er hatte nicht so sehr Angst vor dem Sterben, als davor, zu sterben, ohne etwas geleistet zu haben – ohne auch nur das geringste hinterlassen zu haben, das an ihn erinnern würde.

»Aber Farin und ihr Kind sind unauffindbar. Was in aller

Welt bleibt mir da noch?« fragte er laut. Er hustete schmerzhaft und hielt sich ganz still, bis die Pein in seiner Brust nachließ.

Er wollte nicht nach Hause zurückkehren. Obwohl es noch ein paar Personen gab, wie Lady Alessia, die sich an ihn erinnerten und alles andere als aufdringlich oder neugierig waren, hatte sein Erlebnis in der Danburg ihm schmerzlich klargemacht, daß in Westria die wenigsten überhaupt wußten, daß er je existiert hatte, und sicherlich war es ihnen auch egal. Wenn er jetzt darüber nachdachte, fragte er sich, wieso er je etwas anderes erwartet hatte.

Falls er nach Westria zurückkehrte, was könnte er dort tun? Die Zeit war vorüber, da er wie seine Freunde hätte heiraten, eine Familie gründen und sich ein eigenes Zuhause schaffen können. Zumindest erwartete niemand etwas von einem unbekannten Wanderer.

Der Nebel, der das Meer verborgen hatte, lichtete sich und trieb in weißen Fetzen seewärts, bis Silberhaar sehen konnte, daß sich das Fleckchen, auf dem er saß, am Nordende einer winzigen Bucht, mit halbmondförmigem, weißem Strand befand, wo der Bach aus dem Wald hinunter zum Meer plätscherte. Die mit Tannen, Fichten und Kiefern bewaldeten Berge fielen steil bis fast zum Ufer ab. Wo die Hänge zu schroff waren, Baumwurzeln Halt zu geben, hatten sich grauer Ginster und dürres, jetzt winterbraunes Gras angesiedelt. Es war eine Welt aus Silber und Braun und Grün, mit da und dort einem Aufflackern von Turmalin auf dem Meer, wenn ein Sonnenstrahl es berührte.

Musik regte sich in Silberhaars Erinnerung; die Harfe echote ein paar Klänge seines alten Reitliedes, als wollte sie die Erinnerung an seine Wanderschaft zurückbringen. Und nun fielen ihm neue Strophen ein.

Weiße Berge in der Nacht, windumtost,
Und silberbleiches Mondlicht auf dem Meer.

Aber die Schönheit der Welt genügte nicht mehr.

Doch in der Schönheit find' ich keinen Trost
Und hör' kein Lied der Hoffnung mehr.
Ist dies fortan des Wanderers Los?

Etwas platschte im Wasser, offenbar nahe am Strand. Überrascht blickte Silberhaar von der Harfe auf und sah etwas Dunkles dicht unter der Wasseroberfläche. Dann stieß ein brauner Kopf hindurch, und schwarze, glänzende Augen begegneten neugierig seinem Blick. Bisher war Silberhaar das unregelmäßige, heisere Singen gar nicht aufgefallen, das sich der gleichmäßigen Melodie des Meeres angeschlossen hatte. Nun gestattete ihm das Lichten des Nebels, die niedrigen Felsen zu sehen, welche die ersten brandenden Wellen der See weiter draußen in der Bucht brachen – es wimmelte dort von Robben.»Was ist? Gefällt euch meine Musik?« Plötzlich lachte er. »Ich kenne da ein ganz altes Lied ...«

Ein Mann bin ich auf dem festen Land,
Ein Selkie bin ich in der See,
Doch bin ich fern vom festen Land,
Ist meine Heimstatt auf der Skule Skerrie ...

Er setzte die Ballade vom Seemann fort, der eine Maid an Land hatte, und der, ebenso wie ihr gemeinsamer Sohn, von dem Jäger getötet wurde, der sie zum Weib nahm.

Und du nimmst einen kühnen Jäger zum Mann,
Und er wird auf die Jagd geh'n für dich,
Und der erste Schuß, den er tut sodann,
Tötet meinen Jungen und mich.

»Das Lied entstand lange vor dem Kataklysmus und dem Abkommen«, fügte er entschuldigend hinzu. »So leichtfertig geht das zweibeinige Volk jetzt nicht mehr mit dem Leben um.« Die Robbe richtete sich immer noch im Wasser auf, als lauschte sie.

Silberhaar hatte die Ballade in einem Buch in der Bardenschule entdeckt, das dem Datum nach zwei Jahrhunderte vor dem Kataklysmus erschienen war. Es war eigenartig, daß einige ältere Bücher immer noch lesbar waren, während solche, die zu der Zeit gedruckt waren, als die Menschen den Höhepunkt ihrer Herrschaft über die Welt erreicht hatten, in den Händen zu Staub zerfielen. Gewiß mußte es doch auch in jenen Tagen Bücher gegeben haben, die es wert gewesen waren, auf haltbarem Papier gedruckt zu werden!

Die Robbe glitt unter Wasser, ohne daß sich die Oberfläche kräuselte, und tauchte wenige Fuß entfernt wieder auf. Silberhaar grinste und kehrte zu seiner Musik zurück. Er versuchte eine Weise, die das Bellen der Robben und das Gurgeln der Wellen zu einer gemeinsamen Harmonie verband. Das war keine Antwort auf die Fragen, die ihn quälten, doch im Sonnenschein, mit den herumtollenden Robben vor sich, wurde der Schmerz wenigstens eine Weile gelindert.

Silberhaar setzte seine Schale ab und blickte über das Feuer auf den Meermann, der bedächtig aus kleinen Stücken Barte hübschen Zierrat schnitzte, den er verkaufte, um die paar Notwendigkeiten erstehen zu können, mit denen die Bucht ihn nicht versorgen konnte. Er war selbst wie Fischbein, fand Silberhaar, von den Jahren mit Legenden geschnitzt.

»Und dann kam eines Tages der Sturm, weißt du«, setzte der Greis seine Geschichte fort, »und als er endlich vorbei war, fand ich einen des Volkes hilflos an unserem Strand liegen ...«

Silberhaar nickte. Die langen Winterabende eigneten sich gut zum Geschichtenerzählen. Er hatte bereits gehört, wie der Meermann als Kind versucht hatte, mit den Delphinen zu schwimmen, die in den Hafen des Fischerdorfs gekommen waren, in dem er gewohnt hatte.

»Er hatte Angst, weißt du, denn an Land wäre er gestorben. Da habe ich ein paar Kameraden geholt, die mir helfen sollten. Wir banden Lumpen um unsere Seile, um sie zu polstern, und zogen ihn zurück ins tiefe Wasser.« Seine Augen glänzten wie die eines Mannes, der sich an seine erste Liebe erinnert. »Das war Wellenläufer. So jedenfalls nannten wir ihn, doch beim Seevolk ist sein Name ...« Er stieß wieder diese komplizierten Pfeiftöne aus, die Silberhaar immer noch vergebens nachzuahmen versuchte. »Er blieb den ganzen Sommer und lehrte mich seine Sprache und auf seine Weise zu schwimmen, und erzählte mir einige Geschichten vom Meer. Deshalb nannten die Burschen aus meinem Dorf mich Fischbein, weißt du? Aber das machte mir nichts. Ich habe dir doch die Geschichte von dem Harfner schon erzählt, der von einem Delphin gerettet wurde, nicht wahr?«

Der Meermann blickte Silberhaar plötzlich bestürzt an. Sein Verstand war ungewöhnlich klar und scharf, doch manchmal vergaß er tatsächlich etwas und wiederholte sich. Silberhaar vermutete, daß das nicht so sehr am Alter lag, sondern daran, daß er so lange allein gelebt hatte. Er fragte sich, wie alt der Mann sein mochte.

»Ja, die Geschichte von Arion aus dem Lande der Griechen, aus der Zeit vor den Alten«, antwortete der Harfner sanft. Er hatte versucht, ein Lied aus dieser Geschichte zu machen.

»Nun, ich nannte mich Arion, als in jenem Winter der Tag meiner Namensgebung kam, obwohl ich, bis ich dich kennenlernte, noch nie eine Harfe auch nur berührt hatte. Doch es war der Name eines Mannes, den das Seevolk liebte, weißt du? Und in jenem Winter fertigte ich ein kleines Boot für mich an, und als Wellenläufer mit seinem Stamm wiederkehrte, zog ich mit ihnen hinaus ins Meer.«

»Aber wovon hast du gelebt?«

»Von Fisch, den sie für mich fingen, und dem Wasser, das ich mitnahm. Roher Fisch schmeckt köstlich, weißt du, und das Volk zog bei ruhiger See mein kleines Boot.«

Er erzählte weiter. Während der Sommer war Arion mit seinem Delphinstamm durchs Meer vor der Küste von Westria gestreift, und ehe sie für den Winter weiterzogen, setzten sie ihn jeweils an irgendeinem Küstendorf ab, wo er sich seinen Lebensunterhalt durch Hilfsarbeiten verdiente, bis sie ihn im Frühjahr wieder abholten.

Es war ein freies Wanderleben gewesen, auf gewisse Weise noch ungebundener als das Silberhaars, doch der alte Meermann schien sich nicht einsam zu fühlen. Vielleicht lag es daran, daß er die Delphine geliebt hatte und sie ihn.

»Habe ich dir auch schon von der treibenden Insel erzählt?« fragte der alte Mann plötzlich.

»Wie kann eine Insel treiben?« Silberhaar lächelte.

»Nun, diese tat es. Fünfhundert Schritt war sie lang und etwa halb so breit, und sie wogte im Wasser auf und ab wie eine Schlange im Gras. Sie war ganz aus Seetang, weißt du? Ganz verdreht und miteinander verflochten wie eine riesige Matte, und darauf hatten sich Sand und Muscheln gesammelt.« Arion beugte sich vor, als wolle er sehen, ob der Harfner es wagte, an seinen Worten zu zweifeln.

»Aber wer hat sie gemacht? Und warum?« fragte Silberhaar gehorsam.

»Keine Menschen, nicht das Festlandvolk. Die Hüter machten sie, Junge, um einen Ort zu haben, wo sie sich auf See treffen konnten.«

»Aber gewiß können sie doch schwimmen! Wozu brauchten sie da eine Insel für ihre Zusammenkunft?« Silberhaar warf ein weiteres Stück Treibholz aufs Feuer und sah zu, wie die farbigen Flammen emporloderten. *Seefeuer …*, dachte er, *Seefeuer*.

»Vielleicht hielten sie es für leichter sich zu unterhalten, wenn sie alle Menschengestalt annahmen. Oder es war ein Ort, wo sie sich mit den Geistern des Landes trafen. Ich hörte, daß sich Meister aus der Schule der Weisen dort hinbegeben …« Der Meermann nickte bedächtig, und plötzlich erinnerte er Silberhaar an den Wacholdermeister.

»Und warum bist du dorthin?« fragte er behutsam.

»Oh, meine Brüder brachten mich dahin, vielleicht, um ein bißchen anzugeben. Jedenfalls sah ich Wunder dort – der Fürst des Delphinstammes verwandelte sich in einen jungen Mann, der so glatt wie wassergeschliffener Stein war, mit silbrigem Haar, vergnügten Augen und einer Stimme wie ein Balladensänger, den ich einst auf einem Volksfest hörte.« Seine Stimme klang nun weich, und Silberhaar war gefangen von dem Bild, das seine Worte zeichneten. Einen Augenblick lang vermochte auch er die Schönheit der Hüterinnen und Hüter zu sehen, die über die See herrschten. Natürlich kannte er ihre Namen – die Seemutter, die über alle Geschöpfe des Meeres wachte, dann die mächtige Lady der Tiefsee, und die ganzen niedrigeren Führer aller Arten der Meeresvölker. Wie mußte es sein, sie mit eigenen Augen zu sehen?

»Was ist mit den Robben?« fragte er. »Ich habe sie so viele Stunden in der Bucht beobachtet, und ein- oder zweimal glaubte ich, eine menschliche Gestalt zwischen ihnen schwimmen zu sehen.«

»Meinst du, es wäre ein Robbenmensch wie aus einem deiner Lieder gewesen?« Arion schüttelte den Kopf. »Wenn es so einen gibt, dann nicht hier. Gewiß, einige Menschen leben mit den Robben in der See, so wie ich mit meinen Meeresbrüdern lebte, doch auch sie müssen in der kalten Jahreszeit an Land zurückkehren. Vielleicht hast du die Robbenschwester gesehen, die Lady höchstpersönlich, die sich in den Wellen vergnügte! Gewiß lieben alle von den Seevölkern, die Luft atmen, deine Musik ...«, fuhr er fort. »Vielleicht erinnert es sie an die Zeit des großen Abschieds, als sie uns verließen, um ins Meer zurückzukehren ... Komm jetzt, ich habe zuviel geredet, und meine Kehle ist trocken. Greif nun zu deiner Harfe, und mach Musik für mich!«

Silberhaar holte die Angelleine ein, nahm zwei kleine, verzweifelt zappelnde Fische von den Haken und warf sie in den Korb. Seine Finger schmerzten von der Kälte, aber er zwang sich, den Rest der Leine nachzuziehen und die Köder an einigen der Haken daran zu erneuern. Ein Haken war verschwunden, und Silberhaar schüttelte den Kopf.

Ausgerechnet einer seiner kostbaren Eisenhaken, die viel stärker waren als die aus Fischbein, die Arion schnitzte. Es würde schwierig sein, neue eiserne Haken zu bekommen.

Er blinzelte in den beißenden Wind, schwang den Arm zurück und warf die Leine wieder hinaus in die Brandung. Nicht zum erstenmal fragte er sich, was er hier machte. Er hatte den ganzen Winter gelitten, sich nach der Hitze der südlichen Wüsten gesehnt, während ein Sturm nach dem anderen vom Meer her tobte. Eines Tages hatte er sich entschlossen, den alten Mann zu verlassen und sich in irgendeine Stadt zurückzuziehen.

Aber er war immer noch da. Zunächst war er zu schwach gewesen, um wegzugehen, dann war das Wetter zu schlimm. Vor dem Frühjahr würden sich keine Schiffe an diese Küsten wagen, also wäre es sinnlos, zu einem Hafen zu wandern. Auf gewisse Weise betrachtete er sein Hierbleiben als Strafe für seinen Verrat an Diwi und Caolin.

Silberhaar hustete und krümmte sich, so sehr machte es ihm zu schaffen, trotzdem hielt er weiterhin die Leine der langen Rute gestrafft, die tief im Sand steckte. Anfangs war er entsetzlich unbeholfen gewesen, aber Arion hatte es ihm geduldig immer wieder gezeigt. Auch, wo bei Ebbe genießbare Muscheln und Tang zwischen den Felsen zu finden waren. Arion besserte ihren Speiseplan durch Kaninchen auf, die er in Schlingen fing – es war eine karge Kost, aber mit dem Meer vor ihrer Tür brauchten sie jedenfalls nicht zu verhungern.

Zumindest dann nicht, wenn es nicht mehr Tage wie diesen gab, an dem alle Fische, von denen es in dieser Bucht gewöhnlich wimmelte, sich scheinbar zu einem entfernten Fest begeben hatten. Silberhaar spähte über das Wasser und bemerkte die schwerfälligen, doch gewaltigen Wellen, und die dunkle, wie stählerne Wolkenwand, die von Westen herantrieb. Der Wind war nicht sonderlich stark, noch nicht, doch offenbar würde es wieder einmal zum Sturm kommen. Selbst die Möwen schienen besorgt, denn sie kreisten bis fast zum Strand hinab und dann aufgeregt wieder hoch.

Ja, zweifellos war ein Sturm im Anmarsch, und anscheinend ein gewaltiger, denn die meisten Robben hatten bereits die Sicherheit des offenen Wassers gesucht. Nur zwei hielten sich noch in der Bucht auf. Sie tollten zwischen den Felsen herum, als wollten sie die Macht des Sturmes herausfordern. Sie waren Fischer wie er und waren Silberhaar in den vergangenen Monaten gute Gefährten geworden. Er hob grüßend eine Hand, dann zog er die Leine ein und warf der nächsten Robbe den einsamen Fisch zu, der daran gehangen hatte. Die Robbe tauchte halb aus dem Wasser, fing den zappelnden Fisch in der Luft auf, und verschwand in gurgelndem Gischt.

Silberhaar grinste und rollte die Leine auf. Dann griff er nach der Rute und dem Korb, der seinen mageren Fang enthielt. Wenn ein starker Sturm aufzog, mußte er unbedingt noch rasch ein paar Schindeln am Dach stärker befestigen, und so, wie es aussah, blieb ihm nicht mehr viel Zeit dazu.

»Nein, ich mag nichts mehr! Du mußt es essen, Junge – du bist derjenige, der neue Kraft braucht! Ich habe mich mit deiner Hilfe vollgestopft wie eine Entenmuschel mit einem Wal!« Der Greis wandte den Kopf ab.

»Zier dich nicht, Arion ...« Silberhaar streckte ihm aufs neue die Schale mit Brühe entgegen. »... Du hast mich wieder aufgepäppelt, als ich es brauchte. Was hast du jetzt an meiner Hilfe auszusetzen?« Er blickte beunruhigt auf, als die Hütte unter einer besonders heftigen Böe erbebte, dann wandte er sich wieder dem Meermann zu. Arion hatte die Augen geschlossen. Er schüttelte den Kopf, als könnte er nicht mehr aufhören. Eine kalte Hand legte sich um Silberhaars Herz, als er wieder bemerkte, wie tief die Augen des Greises eingefallen waren, wie durchsichtig seine Haut wirkte. Er dachte: *Was soll ich tun, wenn er stirbt und mich allein läßt?*

»Du mußt essen!« rief er verzweifelt. »Ich brauche dich, du mußt wieder zu Kräften kommen!«

»Ach, Junge«, sagte der Greis mit einem Hauch von Lächeln. »Ich versuche es ja. Deinetwegen! Aber im Meer stirbt man, wenn man nicht stark ist. Es schmerzt meine Seele, hier wie ein gestrandeter Wal herumzuliegen!« Gehorsam öffnete er die runzligen Lippen und gestattete, daß Silberhaar ihn fütterte.

Die Sonne war noch nicht untergegangen, doch schon rüttelte der Sturm die Hütte mit gewaltiger Faust. Zwischen den Windstößen hörte Silberhaar Regen auf die Schindeln hämmern und das Krachen von Wellen gegen den Strand. Er fragte sich, ob das Ruderboot auch sicher war. Er hatte es über die normale Flutgrenze für diese Jahreszeit gezogen, und die Vorleine um den Stumpf einer alten Tanne gebunden, doch wenn der Wind die Wellen höher trieb, könnte es losgerissen werden …

Um sie beide zu beruhigen, griff Silberhaar nach der Harfe und versuchte, seine Musik den unheimlichen Tönen des Sturmes anzugleichen. Fast bildete er sich ein, er höre die Worte des Liedes, das die Windgeister ihren Schwestern in den Wellen sangen.

»Silberhaar!«

Der Harfner blickte hoch. Arion bemühte sich, sich aufzusetzen. Silberhaar wollte schon fragen, was denn sei, als er sah, daß der Greis einen Finger auf die Lippen drückte und sichtlich angestrengt lauschend den Kopf geneigt hatte.

»Es ist nur der Sturm …«, sagte er, doch der alte Mann schüttelte den Kopf, und da hörte es auch Silberhaar: das verzweifelte Klingen einer Schiffsglocke!

Silberhaar legte die Harfe auf sein Bett und langte nach seinem Umhang. Er versuchte, ihn am Hals zu schließen, während er sich mühte, die Tür gegen den Druck des Sturmwinds zu öffnen. Plötzlich schmetterte der Wind die Tür zur Seite, riß ihm den Umhang von den Schultern und peitschte Regen durch die Stube.

Doch er achtete kaum darauf, denn er sah, daß das Schiff bereits unglaublich nahe an den Felsen war und mit jeder Welle nähergetragen wurde.

»Es wird jeden Moment auflaufen«, sagte eine Stimme an seiner Schulter. »Wenn du ein Ende des langen Seiles um deine Hüften wickelst und das andere um eine Kiefer, kannst du vielleicht ein paar von ihnen retten, ohne davongeweht zu werden.« Es war Arion, doch Silberhaar nahm sich nicht die Zeit, sich jetzt darüber zu wundern, woher der Greis plötzlich die Kraft genommen hatte, hierher zu kommen. Mit gesenktem Kopf kämpfte er sich zur Seite der Hütte, packte die große Seilrolle und mühte sich ab, das Ende festzubinden.

Kaum hatte er das Ufer erreicht, überschwemmte ihn auch schon die erste Welle. Flüchtig sah er etwas Farbiges, jemand, der über Bord sprang oder von der See davongetragen wurde. »Harrt aus!« brüllte er und winkte mit beiden Armen, doch der Wind trug seine Worte davon. Die Kälte und Heftigkeit der Wellen, die wie eisige Hände nach ihm griffen, ließen Silberhaar nach Luft schnappen, als er ins Wasser watete.

Selbst über das Tosen des Sturmes konnte er Schreie hören, dann ein gräßliches Schmettern, dem anhaltendes Ächzen berstenden Holzes folgte, als das Schiff voll gegen die Felsen prallte.

Silberhaar kämpfte sich Schritt um Schritt vorwärts. Mehrmals wurde er von den Füßen gerissen. Es wurde dunkler, aber er gab nicht auf. Da sah er etwas im Wasser zappeln. Er griff danach und spürte Stoff. Er zog, und kleine Hände klammerten sich an ihn. Er stolperte und wäre fast untergetaucht.

»Meine Lady! Rettet meine Lady...«, rief die Frau heiser. Er sah noch jemanden im Wasser hinter ihr. Ihm war klar, daß diese zweite Person nicht mehr zu retten wäre, wenn er jetzt die Frau ans Land brächte und dann zurückkehrte, um den zweiten im Wasser treibenden Körper zu bergen.

»Könnt Ihr es allein schaffen?« brüllte er. »Langt hierher, da ist ein Seil. Zieht Euch daran an den Strand!«

Er löste eine Hand der Frau von seinem Arm, legte sie um das Seil und spürte, wie ihr Gewicht sich verlagerte, als sie auch mit der anderen Hand danach griff und sich landwärts zu ziehen begann. Durch ihr Gewicht und den ständig wechselnden Druck von Wind und Wellen vermochte er kaum noch, sein Gleichgewicht zu halten, aber er wußte nicht, was er sonst hätte tun können. Mit aller Kraft kämpfte er sich auf die andere Frau zu. Ihre schwerfälligen Bewegungen wurden zusehends schwächer.

»Seemutter! Sant' Yemaya!« betete er. *»Hilf mir, deine Tochter an Land zu bringen!«* Da war er erstaunlicherweise auch schon neben ihr, und als er die Arme um sie schlang, wurde ihm bewußt, daß sie guter Hoffnung war. »Habt Ihr meinen Gemahl gesehen? Ist er in Sicherheit?« murmelte sie an seiner Schulter. Silberhaar hielt sie fest und schaute sich um. Verschwommen sah er weitere Personen, die im Wasser um ihr Leben kämpften – einige gingen unter, andere plagten sich zum Strand. Aber er konnte sich jetzt nicht um sie kümmern, denn diese Frau hier hatte nicht die Kraft, sich allein am Seil entlangzuziehen. Er mußte sie tragen.

Er drehte sich um und sah Bewegung ganz in der Nähe – etwas Bleiches schoß vorbei, wie es Robben oder Delphine tun – er erschrak, als sich flüchtig nackte, menschliche Füße bleich aus dem Wasser hoben.

Fischbein! dachte er staunend und verzweifelt zugleich. Das konnte Arion unmöglich überleben! Obwohl er sich im Augenblick offenbar weit geschickter anstellte als Silberhaar. Seine Bewegungen ließen ihn durch die Wellen gleiten, statt gegen sie anzukämpfen. Während der Harfner ihn noch beobachtete, hatte der alte Mann bereits einen Überlebenden erreicht und brachte ihn zum Strand.

Die Frau in Silberhaars Armen rührte sich schwach. Er holte tief Luft und schleppte sich mit ihr zum Land. Er hatte geglaubt, der Rückweg wäre einfacher, aber in der Enge der Bucht wallte das Wasser wie Brühe in einem Kessel, und die Wellen versuchten ihn meerwärts zu reißen. Er stolperte, taumelte rückwärts und spürte, daß etwas nachgab. Er versuchte, das Seil zu fassen, doch er brauchte beide Arme, um die Frau festzuhalten. Dann verlor er das Gleichgewicht, und das eisige Wasser schloß sich über ihnen.

Das Seil war fort. Nun gab es nichts mehr zum Festhalten, und in dem Nebelvorhang konnte er die Küste nicht sehen. Die Wellen verrieten ihm die Richtung nicht – so, wie sie wallten, fiel es ihm schon schwer zu erkennen, ob sie auf oder ab wogten. Und ihm war keine Luft zum Rufen geblieben – nicht, daß irgend jemand ihn hätte hören können!

Er schluckte sehr viel Wasser. Mit stumpfem Entsetzen erkannte er, daß seine Kraft nachließ – gleich würde er nicht mehr gegen die Elemente ankämpfen können. *Was soll's?* dachte er vage. *Ich habe es wenigstens versucht, und mein Leben war ohnehin für niemanden mehr von Bedeutung. Mögen unsere Seelen in der Gnade des Allschöpfers ruhen!*

Da spürte er, wie sich etwas Glattes, Hartes unter ihn schob. Arme schlossen sich um seine Brust, während andere Muskeln sich kräftig bewegten und ihn hochstießen. *Arion?* Nein, unmöglich! Selbst in seiner Verwirrung spürte Silberhaar, daß dieser Körper Rundungen aufwies, viel muskulöser und von glatterer Haut war.

Muskeln zogen sich zusammen, dehnten sich, und er wurde mit der Frau vorwärtsgeschoben. Er ließ die Beine baumeln und versuchte sich so ruhig wie möglich zu halten, um den Retter nicht zu behindern. Er erspähte eine glatte braune Schulter und dunkles Haar, das sich im Gischt wie ein Fächer ausbreitete. Dann tauchten sie und schossen wieder vorwärts, und er kniff die Augen zu, als sich das Wasser aufs neue über ihm schloß.

Herzschläge später prallten seine Zehen gegen Grund. Ihre Vorwärtsbewegung endete, und er bemühte sich, aufrecht zu stehen. Die starken Arme, die ihn gestützt hatten, ließen ihn los. Er taumelte und hockte plötzlich breitbeinig in seichtem Wasser, mit der Frau schlaff in seinen Armen. Er machte einen Schritt, einen zweiten, dann drehte er den Kopf in den Wind, um nach seinem Retter zu schauen.

Es war inzwischen fast dunkel, doch Silberhaars Blick wurde von etwas angezogen, das heller als die Wellen war. Blinzelnd erkannte er ein Gesicht – das einer Frau mit langem dunklen Haar und glänzenden Robbenaugen. Doch kaum hatte er sie erblickt, drehte sie den Kopf, und mit vertrauter Aufundabbewegung verschwand sie unter Wasser.

Jetzt war keine Zeit zum Staunen. Rufe vom Strand verrieten ihm, daß auch andere dem Schlund der See entgangen waren. Sekunden später erreichten sie ihn, griffen nach ihm, lösten die Frau aus seinen verkrampften Armen und halfen ihm auf den Strand.

»Ich konnte nie sonderlich gut schwimmen, und ich zweifelte schon nicht mehr daran, daß der alte Seatco, der Seedämon, mich kriegen würde, als jemand mich packte und zum Strand zog. Ich sah ihn nur flüchtig, als er mich im Sand absetzte – es war ein alter Mann, nackt wie ein Neugeborenes, und er schwamm wie ein Delphin. Ich versuchte, ihm zu danken, doch er winkte nur und tauchte zurück ins Meer.« Der Mann, der offenbar der Führer der Überlebenden war, zupfte an seinem braunen Bart und starrte Silberhaar hilflos an.

Der Harfner nickte. Arion hatte noch zwei Männer gerettet und war, nachdem er auch sie sicher auf dem Strand hatte, wieder ins Wasser zurückgetaucht. Doch er war nicht zurückgekehrt, und nun, obwohl der Sturm endlich nachgelassen hatte, machte die Nacht jede weitere Suche unmöglich.

Sie hatten das Feuer geschürt und die Suppe aufgewärmt. Durch die Wärme so vieler Menschenleiber war es nun fast heiß in der Hütte, und es roch nach Treibgut und dampfender Wolle. Von den dreißig Personen an Bord hatten es fünf Besatzungsmitglieder, drei Passagiere nebst dem Lord, der Lady und ihrer Leibmagd an Land geschafft. Silberhaar ließ die Schultern hängen und hustete. *Arion*, fragte er sich, *wo bist du jetzt?*

»Ich bin Sir Rudiard Apfelgard, Sondergesandter von Königin Mara von der Normontaine ...«, machte sich der braunbärtige Mann bekannt. »Die Dame, die Ihr gerettet habt, ist meine Gemahlin, Elena. Ihr könnt von mir haben, was Ihr wollt, Ihr braucht es bloß zu sagen – meine

Gemahlin ist alles für mich, schon gar jetzt ...« Er blickte besorgt zum Bett, wo die Leibmagd sich ihrer Herrin annahm.

»Was, in aller Welt, hat Euch veranlaßt, bei solchem Wetter zu reisen?« fragte Silberhaar. »Ihre Entbindung dürfte nicht mehr fern sein.«

»Wir hatten sehr schönes Wetter im Süden, und sie wollte, daß das Kind das Licht der Welt zu Hause erblickt. Es wäre noch reichlich Zeit gewesen, ein ganzer Monat, wenn nicht mehr!« Er schüttelte den Kopf. »Aber ich hätte mich trotzdem nicht überreden lassen dürfen. Nur – ich konnte es ihr einfach nicht abschlagen. Wir haben so lange auf dieses Kind gewartet!«

Seine Aufmerksamkeit galt bereits wieder der Frau im Bett, und Silberhaar ließ ihn in Ruhe. Wenn Lady Elena vorzeitig entband, gab es nichts, was sie tun könnten. *Und wenn Arion nicht zurückkehrt*, fragte er sich da, *was soll ich dann tun?*

Sobald es hell wurde, würden sie die Küste nach den Leichen jener absuchen, die sich nicht hatten retten können. Doch Silberhaar glaubte nicht, daß Arion sich darunter befinden würde. Er erinnerte sich, wie unglücklich der Alte über seine Schwäche gewesen war, wie sehr er sich davor gefürchtet hatte, im Bett zu sterben und an Land bestattet zu werden wie eine Landratte.

Als hätte er es miterlebt, glaubte Silberhaar plötzlich zu wissen, wie es gewesen war – wie Arion, nachdem er gemerkt hatte, daß seine letzte heldenhafte Kraft aufgebraucht war, sich willig dem Meer hingab.

Mögen die geheimen Strömungen dich in die Tiefe tragen! betete er. *Mögen deine Geschwister, die Delphine, deinen Leichnam zu jener letzten Ruhestätte bringen, die auch ihre Toten birgt. Und möge der Gott des Meeres deine Seele zu sich holen ...*

15

Silberhaar saß auf einem Stück Treibholz vor der Hüttentür. Er spielte auf seiner Harfe, was ihm gerade in den Sinn kam, und bemühte sich, nicht daran zu denken, was in der Hütte vorging. Er konnte die gedämpften Stimmen der Männer um das Feuer im Freien hören und das Wispern der Wellen, die sich der Flutgrenze näherten und wieder zurückfielen, als hätten die Männer sie erschreckt. Der Morgen hatte so friedlich gedämmert, als hätte es nie einen Sturm gegeben – nur das geborstene Holz und Treibgut, das Wrack und die bleichen Leichen jener, die das Meer nicht losgelassen hatte, bezeugten stumm die Schrecken des vergangenen Tages.

Doch nicht das wollte er vergessen, sondern das Stöhnen der Frau, deren Wehen verfrüht gegen Mittag begonnen hatten und die sich nun so hilflos im Bett herumwarf, wie das Schiff es in den Klauen des Sturmes getan hatte.

»Wenn es nur etwas gäbe, was ich tun könnte!«

Silberhaar blickte auf und sah Sir Rudiard neben sich stehen. Er hatte sich zum Schutz gegen die Abendkälte in seinen Umhang gehüllt.

»Es ist meine Schuld. Möge der Herr mir vergeben! Ich hätte sie nicht in den Süden mitnehmen dürfen! Aber Elena war noch nie zuvor in Westria gewesen, und sie sagte, sie würde nicht mehr so leicht zum Reisen kommen, wenn das Kind erst da sei. Ich konnte es ihr nicht abschlagen – habt Ihr je zugesehen, wie eine Frau Euer Kind gebärt?« fragte er plötzlich.

Silberhaar schüttelte den Kopf. Keine Frau hatte ihn je Gemahl genannt, kein Kind würde ihn je Vater rufen. Selbst die Schwester, die er geliebt, und das Kind, das sie dem König geboren hatte, waren auf eine geheimnisvolle Weise verschwunden, die er nicht hatte ergründen können.

»Nein«, sagte er leise. »Ich bin ledig.«

»Ich hätte Mara sagen sollen, daß ich nicht reisen

würde ...«, fuhr Sir Rudiard fort, als hätte er es gar nicht gehört. »Es war ja nur die Amtseinsetzung eines Regenten. Es wäre etwas anderes gewesen, wenn sie den kleinen König gefunden hätten!«

Silberhaars Finger stockten auf den Saiten. »Ein neuer Regent?« fragte er scharf. »Ist Robert gestorben?« Natürlich war Robert tot, das sagte ihm die Vernunft, noch ehe Sir Rudiard nickte. Der Regent war bereits im Sterben gewesen, als er nach Danburg gekommen war, und die Unterzeichnung der Aufgabe Santibars mußte sein Todesstoß gewesen sein.

O Caolin, dachte Silberhaar bitter, *deine Rache an ihm hat sich endlich erfüllt. Nun bleiben von deinen Feinden nur noch Alessia und Eric und Rosemarie. Und ich ...*

»Sie wollten, daß Lady Jessica an seiner statt regiert, oder sogar Königin wird«, fuhr der Lord aus der Normontaine fort. »Doch sie riet, auch noch die restlichen sechs der zwanzig Jahre abzuwarten, auf die man sich dereinst geeinigt hatte, und dann einen neuen König zu wählen. Man erzählt, daß sie in die Felsmark zurückgekehrt ist.«

Ein neuer König! Ja, dachte der Harfner. *Wenn Faris' Kind lebte, wäre der Junge jetzt vierzehn.* »Wen hat man dann zum Regenten erwählt?« fragte er laut.

»Welche Wahl gab es denn schon? Lord Philip von der Felsmark ist noch zu jung, und Lady Alessia hat die Ausbildung ihres Sohnes zum Herrscher noch nicht beendet. Lord Theodoric besitzt kaum noch die Kraft, sich auf einem Pferd zu halten. Also wählten sie, trotz seiner Proteste, Lord Eric vom Seetor. Und nun sitzt er in dem Sessel vor den leeren Thronen.«

Eine Welle brandete wie ferner Jubel, und Silberhaar seufzte. Er fragte sich, wie Eric mit all den schwierigen Aufgaben zurechtkommen würde, die das Regieren mit sich brachte, und wie es Rosemarie in Laurelynn gefiele. Es wäre besser gewesen, Jehan hätte gleich sie geheiratet, sagte er sich bitter, da das Ergebnis nun schließlich doch das gleiche war.

Die einfache Tür scharrte über den Boden, und Feuerschein fiel über den Sand. Sir Rudiard wirbelte herum und erblaßte, als er die Leibmagd seiner Gemahlin im Eingang stehen sah.

»Ist – ist ...«, begann er stockend, doch die Frau schüttelte den Kopf.

»Nein, noch nicht, mein Lord. Meine Lady ruht sich soeben aus und fragt, ob der Harfner ...«

»Oh? Störe ich sie? Es tut mir leid, ich dachte nicht, daß man es in der Hütte hören könnte.« Silberhaar machte sich daran, seine Harfe wegzupacken.

»Sie kann Euch nicht gut genug hören, Sir«, verbesserte die Frau. »Sie schickt mich, Euch zu bitten, ob Ihr nicht vielleicht in die Hütte kommen und für sie spielen könntet?«

»Was?« riefen Silberhaar und Sir Rudiard gleichzeitig.

»Würdet Ihr für sie spielen? Sie meint, die Harfenmusik mache ihre Schmerzen erträglicher.«

Panik kämpfte bei dem Gedanken, weiblichen Geheimnissen so nahezukommen, mit der Erinnerung an Zeiten, als seine Musik wahrhaftig Schmerzen gelindert hatte, selbst seine eigenen. Aber diese Frau gehörte nicht zu seiner Familie – er hatte kein Recht dabei zu sein, wenn sie gebar.

»Bitte!« flehte ihn Sir Rudiard an. »Ich bin sicher, daß es ihr helfen wird, und ich habe solche Angst ...«

Wortlos nickte Silberhaar und ging hinein.

Im Lauf der Stunden wuchs Silberhaars Bewunderung für Lady Elenas Tapferkeit immer mehr. Sie war eine starke Frau, und sie wollte das Kind, aber bei dem Schiffsunglück war sie arg hin und her geworfen worden, und die Wellen waren ebenfalls nicht sanft mit ihr umgesprungen. Und nun hatte sie nur ihre Leibmagd, die ihr bei der Entbindung helfen konnte. Silberhaar spielte, zögernd zunächst, dann mit mehr Zuversicht, Lieder von Westria, dann solche, die er auf seinen Wanderschaften gelernt hatte, und manchmal eine beruhigende, namenlose Weise, die sich wie von selbst dem Rhythmus der Wehen anpaßte, welche die Frau, für die er spielte, tapfer ertrug. Seine Finger wurden wund und seine Arme wollten nicht mehr in der richtigen Haltung bleiben. Doch während Lady Elenas Wehen andauerten, schämte er sich, Schluß zu machen.

Er hörte das geduldige Rauschen der Wellen, die den Strand allmählich höherspülten, und manchmal suchte sein Verstand diesen gleichmäßigen Rhythmus als Flucht vor dem, was in der Hütte vorging. Immer wieder hob sich aus seiner improvisierten Musik eine gewisse Mollmelodie hervor, und nach einer Weile erkannte er, daß er den Anfang eines neuen Liedes gefunden hatte. Endlos spielte er mit der Form einer jeden neuen Zeile, und schließlich wuchs das Lied.

Wogen rollen über den Sand,
An einem regenverhangenen Strand.
Im steten Rhythmus der Gezeiten,
Mondbeherrscht, seit Anbeginn der Zeiten.

Nun wechselte die Melodie zu einer zweiten Strophe über.

Die stete Streitbarkeit des Meeres –
Jede Woge ein Krieger, schaumgekrönt,
Teil des stürmischen Brandungsheeres,
Auf ewig mit dem festen Lande unversöhnt …

Das sagte aus, was er heute abend über die See dachte, doch nicht, was sie ihm bedeutete. Weshalb sah er sich gezwungen, alles, was ihn bewegte, durch Musik auszudrücken? Die Wellen suchten ihr Ziel auf dem Strand. Was war sein Ziel? Die Frau auf dem Bett krümmte den Rücken und fiel zurück, immer wieder. Der Eifer, mit dem sie zunächst mitgeholfen hatte, erlosch, als immer mehr Zeit verstrich. Ihr Gemahl saß nun neben ihr und hielt ermutigend ihre Hand. Silberhaar fühlte sich wie durch eine unsichtbare Mauer von ihnen getrennt.

Fern in einer düsteren Kammer,
Sucht ein Harfner eine Melodie,
Die ihm durch den Kopf geht,
Noch ohne Form und Harmonie.

Er spielte weiter.

Er zupft versunken an den Saiten,
Stund' um Stund' die Finger gleiten,
Die Klänge das Bewußtsein weiten –
Er ist allein mit seiner Melodie.

»Nein!« rief die Frau auf dem Bett plötzlich. »Rudi – sorg dafür, daß es aufhört. Ich will nicht mehr!«

Sir Rudiard blickte die andere Frau panikerfüllt an, doch die schüttelte mit grimmigem Lächeln den Kopf. »Es ist in diesem Stadium der Wehen völlig natürlich«, beruhigte die Leibmagd ihn. »Sie ist sehr müde.«

Elena schüttelte den Kopf, bäumte sich auf, als eine weitere Wehe ihren Bauch zusammenzog, und fiel wieder zurück.

»Ich will meine Mama – es tut weh, und Mama würde ein Ende machen! Wo ist Mama?«

»Eure Mutter hat genau das gleiche durchgemacht, als sie Euch auf die Welt brachte, meine Lady, und unsere gute Mutter Erde wird Euch jetzt helfen!« sagte die Ältere scharf. »Also nehmt Euch zusammen – seht Ihr denn nicht, wie sehr Ihr Euren Gemahl beunruhigt?«

Einen Moment klärte sich Elenas Blick, und sie tätschelte die Hand Rudiards. »Schon gut, Liebster«, sagte sie. »Es ist nur ...«

Da setzte eine neue Wehe ein, und ihr Blick wandte sich wieder nach innen.

Da sah Silberhaar plötzlich die Verbindung zwischen ihnen und zwischen ihnen und dem Meer, zwischen allem, was einem unbekannten Ziel entgegenstrebte.

Auf einem Lager eine Frau sich windet,
Unter Kräften, wie nie sie gespürt,
Um etwas auf diese Welt zu bringen,
Das tief in ihrem Fleische sich rührt.
Ihr Körper beherrscht nun den Verstand,
Die ganze Welt ist nur aus Pein,
Auch wenn andre Beistand leisten,
Ist sie doch im Kampf allein.

Doch das Lied hatte immer noch kein Ende, die Wellen plagten sich immer noch den Strand hoch, und das Baby war immer noch nicht geboren. In diesem Augenblick deuchte Silberhaar, daß der Ausklang für alle drei derselbe sein mußte. Er hörte zu spielen auf und trat vor die Tür. Die Wolken waren aufgebrochen, und dazwischen sah er die bleiche, schmale Sichel des zunehmenden Mondes. Blasses Licht schimmerte auf der höhersteigenden Flut. Die weiße Gischt am Ufer hatte jetzt den spitzen Felsen erreicht. Er schätzte, daß es noch eine halbe Stunde dauern würde, bis die Flutgrenze erreicht war.

Er kehrte in die Hütte zurück. Elenas Wehen kamen offenbar nicht mehr so regelmäßig wie zuvor. Sie krümmte sich und schrie, murmelte vor sich hin, wenn die Wehe aufhörte, und schlug einmal nach der Hand ihres Gemahls. Silberhaar blickte ihre Leibmagd an.

»Wie lange, glaubt Ihr, wird es noch dauern?«

Sie zuckte die Schultern. »Die Lady hat die Eröffnungswehen hinter sich, und die Preßwehen haben begonnen. Ihr Körper sucht den Rhythmus, der das Baby austreibt. Das ist das schmerzhafteste Stadium. Wir können nur hoffen, daß es kurz ist, denn wenn es zu lange dauert, hat sie vielleicht nicht mehr die Kraft, die sie zum Schluß braucht.«

Der Harfner nickte und überlegte kurz, während seine Finger müßig über die Saiten wanderten. Wenn Harfenmusik Krieger in den Schlaf schicken konnte, müßte ihm doch auch etwas einfallen, das einer Frau die Geburt leichter machte! Die Musik, die er während der so lange dauernden

Eröffnungswehen gespielt hatte, war in Moll gewesen. Jetzt brauchte er etwas anderes.

Elena schlug um sich und schrie wie Männer in der Schlacht, wenn die Kampfformation gebrochen ist und sie blind um sich hauen. Silberhaar hatte einmal gesehen, wie durch einen Hornruf wieder Ordnung in das wirre Getümmel gebracht wurde. Er versuchte, diesen einfachen Akkord nachzuahmen – ein Durakkord, der ständig wiederholt wurde. Allmählich ergab sich daraus eine neue Melodie, einfach, geradeheraus, mit kräftigem, starkem Takt und der frohgemuten Entschlossenheit des stürmenden Kriegers, der sein Ziel vor Augen hat.

Diese Melodie spielte er immer aufs neue. Da kam ein heftiges »Oh« vom Bett, und die Leibmagd rief: »Jetzt macht Ihr es richtig, meine Lady. Wartet, bis die nächste Wehe einsetzt, und preßt mit ihr. Wartet – wartet – jetzt!«

Ein heftiger, gutturaler Aufschrei von Elena folgte diesen Worten. Es war wie der Laut, den ein Mann ausstoßen mochte, wenn er sich plagt, einen schweren Stein aufzuheben. Aber Silberhaar hatte ähnliche auch auf dem Schlachtfeld gehört, wenn Männer, die zu lange zurückgehalten wurden, endlich auf den Feind losstürmen dürfen.

Immer wieder schrie die Frau auf, während ihr Gemahl die Zähne zusammenbiß, wenn sie die Finger in seine Hand krallte, und er dann Ermutigungen flüsterte, bis er atemlos war.

Dann kam eine neue Wehe, und Elena hatte keine Kraft mehr mitzupressen.

»Kommt, meine Lady, strengt Euch an, Ihr habt es gleich geschafft! Ich kann bereits des Babys Kopf sehen! Kommt!« Die Ältere kniete nun mit ausgestreckten Händen am Fuß des Bettes. Einen Moment sah Silberhaar etwas zwischen den Schenkeln der Gebärenden hervorquellen, doch dann verschwand es wieder.

Es ist das Baby! dachte er staunend. Ihm wurde bewußt, daß er trotz allem, was er je gehört hatte, trotz der vergangenen Stunden, nicht wirklich *geglaubt* hatte, daß Babys auf diese Weise geboren wurden. *Es geschieht!* dachte er. *Dort ist wirklich ein neuer, winziger Mensch!* Seine Musik schallte triumphierend.

»Mein Lord, steht auf und haltet sie, daß sie halb sitzt und pressen kann ...«

Zwischen den Wehen setzte Sir Rudiard sich hinter seine Frau. Sein Gesicht war rot, und sein Haar hing in feuchten Strähnen in die Stirn. Mit einer Mischung aus Angst und Aufregung blickte er auf seine Gemahlin hinunter und reichte ihr seine Hände.

Elenas Gesicht war verzerrt, Tränenspuren zeichneten ihre Wangen, doch ihre Miene drückte jetzt feste Entschlossenheit aus. Mit einem Seufzer der Erleichterung lehnte sie sich gegen ihren Gemahl zurück und holte tief Luft, als ihr Bauch sich wieder aufzubäumen begann. Silberhaar hörte das Meer ganz dicht am Haus. Die Flut hatte also fast ihr Ziel erreicht.

Er merkte kaum, was er spielte. Sein Bewußtsein hatte sich erweitert und schloß das Rauschen der Flut ein, die Anstrengungen der Gebärenden, und alles drängte nun dem Abschluß entgegen. Der Mond hatte den Zenit erreicht, die Flut griff nach den Bäumen, die Wände der Hütte vibrierten unter triumphierender Musik, und dann erklang ein Schrei, der die Tür in ihrem Rahmen rüttelte, als das Kind in die wartenden Hände der Hebamme glitt.

Zwei Stimmen hatten sich in diesem Triumphschrei vereint, und zwei Gesichter strahlten gleichermaßen, als die Leibmagd das Baby hob und auf die noch heftig wogende Brust der Mutter legte. Elena schloß schützend die Arme um das Kind, und Tränen verschleierten Silberhaars Blick.

»Preist die Erde, unsere Mutter!« sagte die Hebamme. »Ihr habt einen Sohn!«

Silberhaar lehnte sich zitternd zurück. Er fühlte, daß die Flut nach ihrer langen Mühe nun wendete; er spürte das Glück der Vollendung, das von dieser neuen Dreieinigkeit von Mutter und Vater und Kind ausging; und er hörte, wie die Musik unter seinen Fingern wie von selbst von Dur in mixodylischen Modus überging, der Ruhe brachte.

Die Flut ist hoch, die Stunden ungezählt;
Tränen begleiten nun des Harfners Spiel;
Das Neugeborene gleitet in die Welt,
Der Mann teilt seines Weibes Hochgefühl.
Dann holt die Ebbe das Meer zurück,
Die Musik verklingt, ist vorbei,
Die Mutter hat das Kind an sich gedrückt –
Nie mehr allein, sie sind nun drei …

Die Leibmagd beschäftigte sich am Bett, kümmerte sich um die Nachgeburt, wickelte das Kind und legte es neben seine Mutter.

Silberhaar ließ die Hände von den Saiten fallen und hörte das Nachschwingen und das sich zurückziehende Wispern des Meeres. Dann waren die einzigen Geräusche in der Hütte das Knistern des Feuers und sanftes Saugen, als das Baby die Mutterbrust suchte.

Sie gaben dem Kind den Namen Arion. Lady Elena hatte ihn Silberhaar nennen wollen, doch sein Haar war vom Braun seines Vaters, und die Normontainer gaben ihren Kindern keine ›Milchnamen‹. Silberhaar nannte ihnen seinen richtigen Namen nicht, teils, weil dessen Verheimlichung zum Instinkt geworden war, und teils, weil er nun wirklich Silberhaar war, wie ihm bewußt wurde. Genau, wie das Kind vergessen war, wenn ein Junge seinen ›wahren Namen‹ annahm, so war der eifrige junge Mann verschwunden, den man Farin Harfner genannt hatte.

Schließlich einigten sie sich darauf, daß es angemessen war, Elenas Kind nach dem Mann zu nennen, der das Leben seines Vaters gerettet hatte, auch deshalb, weil es ebenfalls ein Harfnername war.

Als die kurze Zeremonie vorüber war, stieg Silberhaar zum Rand des Wassers hinunter und blickte über die trügerisch ruhige See.

»Mein alter Freund, du hast dein Leben nicht nutzlos gegeben«, sagte er leise, als enthielten die Wellen immer noch etwas von Arion, das hören und verstehen konnte. »Du hattest kein Kind von deinem Blut, aber dein Name wird unter den Menschen nicht vergessen werden.« Eine Möwe segelte an ihm vorbei, und draußen im Meer hüpfte etwas und tauchte platschend wieder unter – ein Delphin oder vielleicht eine Robbe. Silberhaar dachte an den glatten Körper, der ihn zum Strand getragen hatte, und lächelte.

Hinter ihm halfen Männer Lady Elena und ihr Kind in eine Pferdesänfte für die Reise zur Balenabucht, der Ortschaft, die man mit ein wenig gutem Willen Hafenstädtchen nennen konnte. Sir Rudiard hatte seine Männer dorthin um Hilfe geschickt, sobald das Wetter es zugelassen hatte, und nun, da das Kind eine Woche alt war, hielten sie es für kräftig genug, daß sie mit ihm reisen konnten. Im Dorf würden sie auf ein Schiff warten, das sie nordwärts bringen konnte, denn dieser letzte Sturm hatte den Winter offenbar endlich vertrieben. Und selbst bei den unvermeidlichen Gefahren einer Seereise schien es doch der sicherste Weg für eine Frau mit einem Neugeborenen zu sein.

Und Silberhaar würde sie begleiten. Sie hatten gezögert, ihn zu fragen, doch er hatte sofort zugesagt. Warum auch nicht? Er war ohnehin nordwärts unterwegs gewesen, ehe er krank wurde, und Sir Rudiard könnte ihn der normontainischen Königin empfehlen. Ohne den alten Arion hielt ihn hier nichts mehr.

»Seht Euch die Wassermutter an! Das Tor in die Normontaine!« Sir Rudiard deutete stolz auf das Wasser, das Silberhaar für eine weitere der vielen Buchten gehalten hatte. Wenn dieses weite, von Klippen geschützte Gewässer eine Flußmündung war, hatte Sir Rudiard wahrhaftig Grund stolz zu sein. Silberhaar hatte den Dorada, wo er in die Großbucht floß, für einen mächtigen Strom gehalten, doch als das Schiff um die Klippen ostwärts bog, wurde ihm bewußt, daß es hier mehr Süßwasser gab, als er sich je vorgestellt hatte.

Durch die Jahre, die er in Elaya und Aztlan verbracht

hatte, wo Wasser kostbarer als Gold war, und seine Jugend in Westria, wo Monate der Dürre der Ruin einer Provinz sein konnten, fand er diese Wassermengen berauschend. Nun verstand er die Bedeutung der zahllosen Bäche und kleinen Flüsse, die sie auf ihrer Fahrt ins Meer hatten münden sehen. Hier war ein Land so reich an Wasser, wie ein Westrianer es sich nicht einmal in seinen kühnsten Träumen vorstellen könnte.

Silberhaar beugte sich über die Reling, als das Schiff in die Mündung einfuhr. Über der kleinen Stadt an der Mündung waren die Hügel mit Bäumen gekrönt, und während das Schiff weiter flußauf fuhr, wurden die hohen Felsen am Nordufer immer klarer. Tief atmete er den Landwind ein, der den Geruch von Tannen, Fichten und Kiefern mit sich trug und den Duft von frischem Gras und Frühlingsblumen. In der Ferne kreiste ein großer Vogel, vielleicht ein Adler, am blauen Himmel.

»Wenigstens segnet Sonnenvater unsere Rückkehr – nach allem, was wir durchgemacht haben!« Sir Rudiard streckte die Arme der Sonne entgegen. Silberhaar erinnerte sich, daß er einst in der Wüste mit derselben Inbrunst die Hände den kühlen Tropfen eines seltenen Sommergewitters entgegengestreckt hatte. Sir Rudiard seufzte und lächelte Silberhaar an, dann seine Gemahlin, die mit ihrem Sohn in den Armen im Schatten des großen Luggersegels saß.

»Wann werden wir die Hauptstadt erreichen?« erkundigte sich der Harfner.

»Wenn der Wind günstig bleibt, dürften wir Riverwatch gegen Mittag mit eigener Kraft erreichen. Von dort aus werden uns Galeeren das restliche Stück nach Antyr ziehen. Ich hoffe, wir erreichen es vor Anbruch der Nacht.«

Silberhaar nickte. Sir Rudiard setzte sich zu seiner Gemahlin, doch der Harfner blieb an der Reling stehen und beobachtete, wie die sich allmählich verengenden Ufer vorbeiglitten. Die Majestät der Felsen, die sich nun zu beiden Seiten erhoben, war schier überwältigend, ihre Pracht um so auffälliger im Vergleich zu den sanften Wiesen und niedrigen Wäldern der Inseln in Flußmitte. Einige dieser Inseln waren bewohnt. Dort kamen Leute ans Ufer, um dem Schiff zuzuwinken. Auf anderen sah er Rotwild, das flüchtig vom Äsen aufblickte und sie mit sanften Augen ansah.

Ihm war, als schwebe er in einem Traum, während alle Sorgen seiner Vergangenheit hinter ihm den Fluß hinuntertrieben. Gewiß war dies ein gesegnetes Land, wo er ein neues Leben beginnen konnte, frei von allem, was ihn noch an die Vergangenheit gebunden hatte.

Sie erreichten Antyr bei Sonnenuntergang, als die Klarheit des Tages in einem sanften Rosa verschwamm, das den Himmel überzog und auf den schneebedeckten Hängen der hohen Gipfel des Nebelgebirges glühte, welches das Rückgrat der Normontaine war. Nordwärts, über der Wassermutter, sah er andere weiße Gipfel, die sich vom getönten Himmel abhoben. Rauch kräuselte empor, und er fragte sich, ob dort ein Waldbrand ausgebrochen war.

Doch seine Aufmerksamkeit galt hauptsächlich der Stadt aus Holz- und Ziegelbauten, die aus den bewaldeten Hügeln gewachsen war, wo der Vale aus seinem breiten Tal floß, um sich mit der Wassermutter zu vereinen. Auch dort gab es Inseln und einen schönen Hafen, der mit seinen zahlreichen Masten aussah, als wären die Bäume von den Bergen bis hinunter ins Flußbett gewachsen.

Eine weiße Straße führte von der Stadt zur Wehrmauer aus Holz und Schotter der Festung Norgard, doch deren Tore standen weit geöffnet, und überall in der Stadt und auf dem Weg zur Festung glühten bunte Lampions zwischen wahren Massen von Rhododendren. Lady Elena erklärte, daß diese gewaltigen Blüten in sämtlichen Rosatönen sich eben erst geöffnet hatten.

»Aber weshalb behängt man sie mit Lampions?« wunderte sich Silberhaar. »Feiert man die Rückkehr des Gesandten?«

Lady Elenas dunkle Augen wirkten noch schräger, als sie laut lachte. »Das wäre wahrhaftig eine große Ehre! Nein, das Fest begehen wir jedes Frühjahr, wenn das Wetter es gestattet, um die Rückkehr des Sonnenscheins und der Blumen zu feiern. Im Sommer wird die Stadt voller Rosen sein.«

»Meine Gemahlin wird sich gleich ausruhen müssen, sobald wir angekommen sind.« Sir Rudiard deutete auf das nun nahe Tor, dessen senkrechte Balken gewaltig waren und dessen Querbalken an seinen Enden auf eine Weise nach oben gerichtet waren, wie Silberhaar es noch nie zuvor gesehen hatte. »Ich jedoch muß mich so schnell wie möglich bei meiner Herrin zurückmelden. Ich würde mich freuen, wenn Ihr mich begleitet, Silberhaar.«

Der Harfner blickte mit bedauerndem Lächeln auf seinen verblichenen purpurnen Kittel und die verschlissene Kniehose. »Ich bin wohl kaum passend für eine Audienz bei der Königin gekleidet.«

»Sonnenvater! Wofür haltet Ihr mich? Glaubt Ihr, ich würde zulassen, daß der Mann, der mir Weib und Kind rettete, in Lumpen herumläuft?« rief der Gesandte. »Alles, was ich besitze, würde nicht genügen, das aufzuwiegen, was Ihr mir wiedergegeben habt! Und wenn meine Herrin Euch ebenso schätzt wie ich, werdet Ihr bald keinen Bedarf an irgend etwas von mir haben. Erlaubt mir deshalb, daß ich Euch belohne, solange ich es kann!« fügte er etwas gemessener hinzu.

Silberhaar blickte auf die geschnitzten und bemalten Dachtraufen des Schlosses und machte sich seine Gedanken. Einst war er vertraut mit dem Leben am Hof gewesen, doch das war lange her. Wie würde er mit dieser nordischen Königin zurechtkommen?

Silberhaar nahm einen kleinen Schluck Apfelwein und setzte seinen Zinnbecher wieder ab. Ein Bechervoll hatte ihn bereits gelehrt, die Stärke dieses Getränkes zu respektieren, und der Met, der zur Auswahl an der Tafel der Königin serviert wurde, war noch schwerer. Er blickte mit wachsendem Respekt auf die normontainischen Lords und Ladys um ihn herum, die immer wieder ihre Becher zum

Nachschenken hochhielten. Nur leicht röteten sich die Gesichter mancher, und lediglich die zusehends lebhaftere Unterhaltung an dem langen Tisch verriet die Wirkung des Alkohols.

Die Normontainer trugen Gewänder aus Wolle in kräftigen Farben oder aus pelzverbrämtem Leder. Silberhaar war froh, daß er sich aus der großen Auswahl, die ihm Sir Rudiard zur Verfügung gestellt hatte, ein langes weinrotes Gewand ausgesucht hatte, das am Hals und den Ärmelbündchen mit Silber bestickt war. Er hatte schon befürchtet, es wäre zu auffällig, doch in dieser Gesellschaft wirkte es eher bescheiden. Natürlich hatte man ihm gewisse Aufmerksamkeit geschenkt, als die Geschichte vom Schiffbruch des Gesandten bekannt wurde, doch die Höflinge hatten, so freundlich sie auch waren, ihre Neugier in Schach gehalten. Er vermutete, sie warteten, bis die Königin ihnen offenbarte, welchen Stand der Fremde am Hof einnehmen würde.

Wieder suchte sein Blick das Podest, auf dem die Königin mit ihren Offizieren saß. Als erstes fiel ihre ungewöhnliche Farbzusammenstellung auf – ihr Haar wie der Sonnenuntergang, ihre Augen von kühlem Graublau wie die nordischen Gewässer. Ein eingehender Blick offenbarte den guten Schnitt ihrer Züge, die gesunde Gesichtsfarbe und die feste Mund- und Augenpartie mit den unverkennbaren Linien von Macht. Silberhaar erinnerte sich, daß Mara nur eine Spur älter gewesen war als Jehan, demnach müßte sie jetzt Ende Vierzig sein. Doch das feine blaue Gewand betonte eine immer noch ausgezeichnete Figur, und sie bewegte sich wie eine Frau, die wußte, daß Männer sie anziehend fanden.

Im Augenblick lauschte sie einem ihrer Hofbarden – Sir Rudiard hatte erwähnt, daß die Kunst des Geschichtenerzählens in der Normontaine hochgeschätzt war. Der Mann hatte eine wohlbekannte nordische Fassung der Geschichte des Kataklysmus zur Ballade gemacht. Sie erzählte, wie der nahe Berg, den sie den Wächter nannten, grollend und feuerspeiend ausgebrochen war und an einem einzigen Tag die mächtige Stadt vernichtete, welche die Alten am Fluß erbaut hatten.

Nun waren die Wälder um den Fuß dieses Berges heiliges Land. Eine Gemeinschaft von Initianden lebte an seinen Hängen, um zu beten und die Leute zu warnen, sobald sie bemerkten, daß der Berg wieder zornig wurde. Doch obwohl andere Gipfel des Nebelgebirges immer noch rauchten oder hin und wieder Flammen und Asche ausspien, hatte der Wächter sich ruhig verhalten. Nach der Sage hatte vor langer Zeit ein Sohn des Königshauses dem Vulkan sein Leben geopfert, um diese Ruhe zu sichern.

Der Barde endete mit einem Kompliment für die Königin und einem Gebet zum Veränderer, damit er alles beim alten lasse. Plötzlich wurde Silberhaar bewußt, daß die Normontaine kein Abkommen mit den Mächten der Natur getroffen hatte. Für sie war der Kataklysmus nicht das primäre Desaster, von dem ab die Menschheit ihre Geschichte zählte, sondern lediglich eine Episode in einer Reihe von Veränderungen, die jene Macht herbeiführte, welche die Welt schon immer verändert hatte, und die sie eines Tages wieder verändern würde. Der Abend war warm, trotzdem fröstelte Silberhaar plötzlich.

Da flüsterte jemand in sein Ohr, und ihm wurde bewußt, daß die Geschichte geendet und die Königin nach ihm geschickt hatte. Er holte tief Atem, um seinen Herzschlag zu beruhigen, dann griff er nach seinem Harfenkasten und folgte dem Pagen zum Podest.

»Meister Harfner, Ihr seid uns in der Normontaine sehr willkommen. Wie Ihr gesehen und gehört habt, schätzen wir hier die Künste, doch es kommt selten vor, daß sich ein Besucher mit so abwechslungsreichem Lebenslauf zu uns verirrt ...« Die Stimme der Königin war weich, doch Silberhaar blickte sie mißtrauisch an, denn ihm war, als hätte er Untertöne herausgehört, die zwar nicht boshaft, doch amüsiert geklungen hatten. Ob ihr Wissen nun von eigenen Informanten stammte oder von Sir Rudiard – Silberhaar war jedenfalls überzeugt, daß sie genau wußte, wer und was er war.

Unerschrocken begegnete er ihrem Blick, verbeugte sich und suchte nach einer Kraft in sich, die es mit der ihren aufnehmen konnte. »Meine Lady, Ihr seid zu gütig ...«, antwortete er mit ebenso sanfter Stimme. »Ich wanderte auf den Straßen dieser Welt, doch nun ist es mir eine Ehre, Euch mit meinen wenn auch geringen Fähigkeiten unterhalten zu dürfen.«

Sie deutete auf den Hocker vor dem Podest. Er setzte sich, hob Goldschwan aus dem arg mitgenommenen Kasten, und fing zu spielen an.

Er begann mit einer munteren Tanzweise aus der Korona, daß die Füße der Zuhörer unwillkürlich zuckten, und die den Höflingen ein Lächeln entlockte, obwohl sie diesem Fremden eigentlich hatten kritisch begegnen wollen. Silberhaar blickte zu der Königin hoch, und sein Blick sagte stumm: *Ja, meine Lady, hier habe ich angefangen*. Dann wurde seine Musik gemessener und wechselte zu den Melodien aus dem Süden und Westen über, ehe er ein Lied von endloser Wanderschaft anstimmte, dessen Mollharmonien von einsamen Nächten unter dem unendlichen Wüstenhimmel sangen. *Und da*, schien seine Musik zu sagen, *bin ich gewesen*.

Er spielte weiter. Seine Finger wurden präziser, seine Harmonien komplexer, als er sich der Fähigkeiten bediente, die er in der Bardenschule gelernt hatte. Er spielte nun mit einer Meisterschaft, wie sie vielleicht nur in der Schule übertroffen werden könnte, und ging schließlich zu einer einfachen, präzisen Begleitung eines Liedes über, das er für die Königin von einer Hymne an die Lady von Westria abgewandelt hatte. Er fand nicht, daß es ein Sakrileg war, denn nun, da er sie gesehen hatte, spürte er, daß Mara auch in anderer Weise denn der offensichtlichen die wahrhaftige Lady der Normontaine war.

O Königin in Eurer Pracht,
Lady des Tages und der Nacht,
Laßt mich Eure Schönheit sacht
In Harmonien hüllen ...

Die grünen Hügel sind Eure Brüste,
Euer Haar das Abendrot an der Küste,
Die Täler Euer Schoß, an dem ich raste,
Um mein Herz zu füllen …

Euer Zorn ist wie der Winterwind,
Doch Lady, seid mir freundlich gesinnt,
Ich hätt' Euch liebevoll gedient,
Und wär' Euch von Herzen zu Willen …

Er endete, blieb still sitzen und ließ den Nachhall der Harfe ausschwingen, während die Lords der Normontaine von ihm zur Königin und zurück blickten und die Ladys hinter vorgehaltenen Händen wisperten.

Doch Mara lächelte freundlich. Sie ignorierte Silberhaars Herausforderung, oder nahm sie vielleicht auch an, und streckte die Hand aus. Silberhaar setzte die Harfe ab und stand auf. Als er ihre Hand nahm, um sie zu küssen, zogen ihre Finger sich um die seinen zusammen.

»Ihr habt mir Eure Dienste angeboten, Harfner, und ich nehme sie an!« sagte sie leise, doch sein Körper empfing eine andere Botschaft von ihren warmen Fingern, und als sein Herz heftiger pochte, hatte das gar nichts mit Angst zu tun.

Vierter Teil

Der Harfner der Königin

Drittes Interludium

Nun spielt die Harfe wie von selbst Liebeslieder – bittersüße, manche auch mit pikantem Humor gewürzt. Sanft oder leidenschaftlich begleitet die Musik alles, was Mara und der Harfner tun, bis die Höflinge der Normontaine scherzhaft sagen, daß sie nur den süßen Klängen der Harfe zu folgen brauchen, wenn sie die Königin suchen.

Zunächst empfindet der Harfner das Gefühl, untreu zu sein, denn noch nie zuvor hat er seine ganzen Kräfte einer Frau zur Verfügung gestellt. Er fragt sich, ob Goldschwan eifersüchtig ist, wenn seine Finger von ihrem satinenem Nußbaumrahmen zum warmen Pfirsichsamt von Maras Haut wandern. Das Glück liegt zwischen seinen Händen, und er hat Angst, sie darum zu schließen. Mara vertraut ihm mehr als er sich selbst. Wird er auch sie verraten?

Doch seine Musik ist makellos. Sanfte Weisen beruhigen die Königin nach anstrengenden Stunden in der Ratskammer oder dem Audienzsaal; Jigs und Reels lassen ihre Beine zucken; lustige Balladen bringen sie zum Lachen; traurige Lieder schenken ihr den Trost der Tränen; und sinnliche Serenaden verwandeln das königliche Schlafgemach in einem Tempel der Liebe. Die bedächtigen, süßen Akkorde sättigen die Luft und entspannen überreizte Nerven. Harfennoten kräuseln sich wie Wasser, flackern wie züngelnde Flammen, locken Geist und Fleisch fort von allen Sorgen, füllen sie mit Süße, bis die Harfe abgesetzt wird und Harfner wie Zuhörerin, der Musik gleich, ihrem eigenen Höhepunkt entgegenstreben.

16

Fröstelnd händigte Silberhaar dem Jungen Mikhel, der ihm hier als Page zugeteilt wurde, den nassen Umhang aus. Einen Moment gingen alle anderen Gedanken in dem herrlichen Gefühl unter, trockene Wärme auf seinem durchgefrorenen Körper zu spüren. *Die gesamte jährliche Sonnenscheinzuteilung muß in der Woche meiner Ankunft aufgebraucht worden sein*, dachte er, während er sich umdrehte, um die Hände über das Feuer zu halten. Doch zumindest gab es in diesem waldreichen Land keinen Mangel an Brennholz.

Er hängte seine Handschuhe an einen Haken des eisernen Trockengitters vor dem Feuer, und ließ sich dann mit einem Seufzer der Erleichterung in das dicke Bärenfell auf dem Sessel fallen. Mikhel kniete sich nieder, um den rechten Stiefel aufzuschnüren, dann zog er ihn Silberhaar vom Fuß und hängte ihn neben die Handschuhe. Der Geruch von trocknendem Leder vermischte sich mit dem von feuchter Wolle und dem würzigen Duft brennender Kiefernscheite.

Verlegen zog Silberhaar den Fuß zurück. Selbst nach drei Jahren an Maras Hof fiel es ihm schwer, sich mit dieser Art von persönlicher Dienstleistung abzufinden. Doch während er seine kalten Finger rieb, empfand er Dankbarkeit, denn steif, wie sie noch waren, hätte er sich mit den Schnürsenkeln schwergetan, und seine Füße waren schon fast gefühllos. Mikhel war der Sohn eines Grundbesitzers aus der Ostprovinz der Normontaine. Sein Vater hatte ihn an den Hof geschickt, damit er dort seine Ausbildung abschließe. Und, wie er immer wieder beteuerte, würden sie ihn irgendeinem anderen Höfling zuteilen, falls Silberhaar seine Dienste ablehnte. Doch als Diener des von der Königin ausgezeichneten Harfners stand er im Pagenhaus in hohem Ansehen.

Allein bei diesem Gedanken wurde Silberhaar warm. Es überraschte ihn immer noch, daß Mara ihm so viel gegeben hatte und gab, und daß sie, selbst nachdem der Reiz des

Neuen abgeklungen war, ihn immer noch als Mann und Musiker begehrte. Er lehnte sich zurück und genoß die Wärme des Feuers ebenso wie die kunstvolle Relieftäfelung im Stil der Küstenstämme mit dem abstrakten Tiermuster.

Mikhel beschäftigte sich nun mit dem zweiten Stiefel. »Habt Ihr schon das Neueste gehört?« fragte er, als er den Knoten geöffnet hatte und den Schnürsenkel aus den Ösen ziehen konnte.

»Was gibt es denn Neues?«

»Ein elayanischer Kauffahrer berichtete, daß Prinz Palomon gestorben ist und sein Neffe Ali den Löwenthron bestiegen hat!«

Abrupt setzte sich Silberhaar auf. Seine Gedanken überschlugen sich, während Mikhel ihm den Stiefel auszog. Der Junge erzählte weiter, doch Silberhaar hörte es nicht. Er hatte den Prinzen von Elaya einst gehaßt, doch ihm viel länger widerwillige Bewunderung gezollt, und nun war er tot. Unweigerlich wanderten Silberhaars Gedanken zu Caolin. So sicher, wie er in Palomons Gunst gewesen war, hatte er sich mit dem Verlust von Santibar abfinden können, aber was würde aus ihm werden, nun, da Ali an der Macht war? Caolin hatte während Palomons Lebzeiten verhindert, daß er den Thron bekam, und dann hatte Ali Santibar bekommen. Es war unwahrscheinlich, daß Ali dem Mann seine Gunst schenken würde, der sowohl dem Hochprinzen von Elaya gedient hatte, wie zuvor dem König von Westria; und ebenso unwahrscheinlich, daß Caolin seinem Rivalen helfen wollte. Doch wenn Caolin seine Macht in Elaya verlor, was würde er dann tun?

Voll Gewissensqual wurde Silberhaar bewußt, daß Caolin, wenn ihm gestattet worden wäre, über Santibar zu herrschen, sich nun vielleicht hätte retten und Westria dienen können, indem er die Stadt in ihr früheres Hoheitsgebiet zurückgab. Doch Silberhaars Indiskretion hatte das unmöglich gemacht. Er dachte: *Ich konnte sein Geheimnis nicht bewahren, und so hat er nun keine Wahl. Kein Wunder, daß er mich töten wollte!* Er hatte sich oft gefragt, was ihn dazu bewegt hatte, Alessia Caolins Identität preizugeben. Er wußte es immer noch nicht.

»Kann ich noch irgend etwas für Euch tun, mein Lord?« Mikhel hatte neues Holz aufs Feuer gelegt und wandte sich wieder Silberhaar zu.

»Glühwein täte mir jetzt gut, falls in der Küche welcher warmgehalten wird ...«, sagte der Harfner und bemühte sich um ein Lächeln. Mikhel nickte, verbeugte sich und ließ Silberhaar allein.

Seine Gedanken waren nun schwerfälliger, als lähmte die Kälte noch seinen Verstand. Wo war Caolin jetzt? Vielleicht hatte Ali ihn bereits verhaften und hinrichten lassen, doch irgendwie glaubte Silberhaar nicht daran. Als könnte er die Anwesenheit des anderen spüren, wußte er, daß Caolin lebte. *Und mich haßt*, dachte er mit einem Schaudern, das nichts mit der Kälte zu tun hatte.

Seine Füße prickelten, als wieder Blut durch sie strömte, und er bewegte sie, damit das Stechen nachlassen möge. Er hörte die Tür klicken und Schritte hinter ihm auf den Bodenbrettern, doch er blickte nicht auf.

»Meister Harfner, meint Ihr nicht, Ihr solltet das trinken, ehe es kalt wird?« Es war eine Stimme, so angenehm wie warmer Honig – und ganz gewiß nicht die von Mikhel.

»Meine Lady!« Silberhaar drehte sich rasch um.

Königin Mara von der Normontaine ging an ihm vorbei und stellte ein Kupfertablett mit zwei Krügen und einer irdenen Kanne auf den Herdrand. Mit hämmerndem Puls plagte sich Silberhaar auf die Füße.

»Bleib sitzen – wir sind doch allein!« Mara stand vor ihm und musterte ihn. Ihr rotes Haar hing geflochten über den Rücken eines tief rosaroten Morgenrocks, der mit Wollstoff gefüttert und mit grauem Kaninchenpelz verbrämt war.

»Und zieh diese Strümpfe aus!« fuhr sie fort. »Sie sind ja patschnaß. Wenn ich gewußt hätte, daß das Wetter heute so schlecht würde, hätte ich dich nicht gebeten, die Jagdgesellschaft zu begleiten.« Sie setzte sich ihm gegenüber in den Sessel.

Errötend beugte er sich nach vorn, um die dampfenden Strümpfe auszuziehen. Er konnte vor ihr nicht verheimlichen, wie sehr er unter der Kälte litt und stellte erstaunt fest, daß ihre Fürsorglichkeit ihn gleichermaßen freute wie reizte.

»Halb so schlimm«, versicherte er ihr. »Es war ein guter Tag, der uns zwei fette Rehböcke für deine Tafel einbrachte.«

Sie nickte. »Und wie hat sich Alyce gehalten?«

Er schaute auf und blickte sie forschend an, doch sie hatte die Augen gesenkt und beschäftigte sich scheinbar eingehend damit, ihren Stoffgürtel zuzubinden.

»Die Kronprinzessin und ihr Gemahl machten ihre Sache gut – Lady Alyce hat den zweiten Bock erlegt!«

»Ihr Vater liebte die Jagd …«, sagte die Königin leise. Silberhaar wußte, welche Besorgnis hinter ihrer Frage gesteckt hatte. Maras Tochter, die Thronerbin, hatte erst vor wenigen Wochen eine Fehlgeburt gehabt.

»Ich glaube die Freude an diesem Ausritt hat ihr gut getan«, beantwortete Silberhaar die nicht gestellte Frage.

»Und die Lords von Takhoman?« Mara schenkte dampfenden Wein in die Krüge, reichte Silberhaar einen und nahm den anderen.

»Gewaltige Aufschneider – im Norden sind die Bäume größer, das Wild ist kräftiger und dergleichen –, aber offenbar sind sie von deiner Gastfreundschaft beeindruckt. Sie sagten, daß Lord McKay erst mit dir reden sollte, ehe er weiteren Handel auf eigene Faust treibt. Offenbar hat er sein Hauptschiff zu den Inselreichen geschickt. Wenn du zu einer Einigung mit ihm kommst, ehe das Schiff zurückkehrt, gelingt es dir vielleicht, das Handelsproblem zu regeln.«

Silberhaar nahm einen tiefen Schluck. Der Wein war heiß und süß, und er begann sich zu entspannen, als die Wärme in seinen Magen drang.

»Ich werde eine Abordnung zu ihrem König schicken müssen«, sagte Mara nachdenklich. »War ihnen klar, daß du zugehört hast?« Sie blickte Silberhaar wieder an.

Er zuckte die Schultern. »Ich stand direkt neben ihnen. Vielleicht dachten sie, es spiele keine Rolle. Vielleicht aber hofften sie sogar, daß ich es dir erzählen würde.«

»Weshalb, glaubst du, habe ich dich gebeten, dich ihnen anzuschließen, mein Freund?« fragte sie sanft. »Du bist ein Ausländer ohne Verbündete im Reich und ohne offizielle Verpflichtungen, aber es ist bekannt, daß dir meine Gunst gehört.« Sie lächelte. »Du warst mir sehr nützlich – stört dich das?«

Silberhaar setzte sich auf und überlegte. Daß er ihr nützlich war, hatte sich im Laufe der vergangenen Jahre allmählich ergeben, und bisher hatte er noch nicht wirklich über die Bedeutung einiger Gespräche nachgedacht, die er mit Mara geführt hatte. Doch wenn er sie aus Maras Sicht sah, wurde ihm klar, daß sie recht hatte. Und obwohl er eine solche Rolle nicht selbst gewählt hätte, genoß er sie seltsamerweise.

Sie beugte sich vor und wartete auf seine Antwort, und der Feuerschein wärmte ihr Gesicht und ihr Haar. *Dein Haar ist wie dieses Land,* dachte der Harfner, der sie anblickte, *Feuer mit Schnee durchzogen ...*

»Ich freue mich, dir in jeder Beziehung dienen zu können, meine Lady ...«, sagte er laut und errötete, als ihm die Zweideutigkeit seiner Worte bewußt wurde. Aber sie kicherte und sah einen Augenblick wie ein Mädchen von achtzehn Jahren aus. Er hob den Krug, um einen weiteren Schluck zu nehmen.

»Deine Tunika ist ebenfalls feucht. Wie soll dir warm werden, wenn du in nasser Kleidung herumsitzt?« rügte sie streng, doch ihre Augen lächelten noch. Sie verließ ihren Sessel und kniete sich halb vor ihn, während ihre Finger sich bereits mit den Bändern am Ausschnitt seiner Tunika beschäftigten. Ihre Hände waren warm und glatt, und ein leichter Rosmarinduft stieg von ihrem Haar auf.

Er hob die Hand, um darüber zu streichen, dann ließ er die Finger über die sanfte Haut ihres Halses zu den Schultern unter dem Morgenrock gleiten, unter dem sie nichts trug.

Sie hatte den Halsausschnitt seiner Tunika nun offen und fummelte an seiner Gürtelschnalle. Rasch setzte er den Krug ab, um ihr dabei zu helfen. Schließlich nahm er ihr

Gesicht in seine Hände und küßte sie. Als ihre Lippen sich trennten, brannte seine Haut, und ihre Augen glänzten wie berauscht. Silberhaar stand auf, schlüpfte aus seiner Tunika, und fing zu zittern an, als Maras Hände um seine nackte Brust zum Rücken wanderten und die harten Muskeln dort zu massieren begann.

Seine Hand glitt Maras Hals zum Busen hinunter und öffnete die Schleife, die den Morgenrock zusammenhielt. Und im selben wirren Augenblick zogen sie beide seine Hose hinunter, ließen sich auf das Bett mit seinen weichen Pelzen fallen und schmiegten sich aneinander.

»Ich erinnere mich an das erste Mal ...«, flüsterte sie, als sie einen Moment auseinanderrückten. »Du hast es mir gar nicht leicht gemacht, dich davon zu überzeugen, daß ich dich begehrte.«

Silberhaar strich sanft über ihren leicht gerundeten Bauch mit den nur undeutlich erkennbaren Silberstreifen, wo er sich gedehnt hatte, als sie ihre Kinder trug – das Zeichen der mütterlichen Fruchtbarkeit. Ihr Atem ging schneller, als seine Finger tiefer wanderten.

»Ich glaube dir jetzt«, murmelte er. Er erkannte, daß sie für ihn bereit war, aber er ließ sich Zeit, berührte sie, wie er seine Harfe berührt hätte, mit Zärtlichkeit, Erfahrung und Geschick, bis sie vibrierte wie eine Harfensaite.

Aber sie hatte noch nicht aufgeschrien, und als wäre es ein Wettbewerb zwischen ihnen, liebkoste sie ihn, bis sie beide vermeinten, das Gemach um sie herum müsse in Flammen aufgehen. Er hätte nicht zu sagen vermocht, ob er sich in süßem Ergeben auf sie hatte fallen lassen oder ob sie ihn in ihrem heftigen Begehren zu sich gezogen hatte. Wie auch immer, er war plötzlich nicht mehr der Musikant, denn etwas anderes schloß sie zu einem Instrument der Liebe zusammen.

Später lagen sie nebeneinander und blickten in das niederbrennende Feuer. Sie fühlten sich noch so warm vom Nachglühen ihrer Leidenschaft, daß sie die Pelze kaum brauchten. Silberhaar strich mit dem Zeigefinger über Maras Stirn und die Lachfältchen um ihre Augenwinkel und versuchte dann, die Linien der Macht um ihre Mundwinkel zu glätten.

Sie lächelte und küßte seine Finger. »Weißt du, daß du mir von großem Nutzen geworden bist?«

»Das will ich doch hoffen!« Er lächelte in Erinnerung.

»Das ist nicht, was ich meinte!« entgegnete sie mit gespielter Strenge. »Ich dachte daran, was du mir heute nachmittag erzählt hast. Die Leute sprechen über gewisse Dinge mit dir – oder erzählen sie dir –, weil sie wissen, daß sie inoffiziell bleiben werden, und ich sie doch erfahre. Aber du verstehst ebensogut zuzuhören wie zu schweigen. Du bist Musiker – hast du etwas dagegen, wenn ich dich auch zum Diplomaten mache?«

Silberhaar war nicht gekränkt. Sie hatten das Vergessen der Leidenschaft miteinander geteilt, doch nun bewegten sich die Überlegungen der Königin wieder in ihren gewohnten Bahnen. Er konnte es ihr nicht übelnehmen – er war glücklich, daß er wenigstens eine Weile den Rechten der Frau Vorrang über jene der Herrscherin hatte geben können.

Und während der Harfner darüber nachdachte, wurde ihm bewußt, daß auch er selbst eine gewisse Befriedigung aus der Arbeit gewinnen mochte, um die sie ihn gebeten hatte.

»Ich werde eine Abordnung zu den Inseln schicken«, sagte sie. »Und ich möchte dich zum Gesandten machen. Du wirst mir fehlen, aber ich brauche jemanden, dem die Zwischentöne nicht entgehen und der mir ein unverfälschtes Bild von dort zeichnen kann. Ich brauche einen Gesandten, der genau zwischen Bedeutendem und lediglich Fremdartigem unterscheiden kann. Würdest du das für mich tun?«

Silberhaar starrte sie an und unterdrückte rasch den unwürdigen Gedanken, daß es vielleicht einen anderen Mann gab, auf den sie ein Auge geworfen hatte, einen, der jünger und stärker war als er. Doch selbst wenn er hierblieb, hätte er weder das Recht noch die Macht, ja nicht einmal wirklich das Bedürfnis, sie davon abzuhalten, sich jeglichen Mann zu nehmen, den sie erwählte. Und er war auch noch nie auf diesen sagenhaften Inseln gewesen ...

»Meine Lady ...« Er hob ihre Hand an seine Lippen und erneuerte den Eid, den er vor ihr abgelegt hatte. »...Ich bin in jeder Hinsicht Euer Diener!«

Nach acht Monaten auf den Inseln hatte Silberhaar vergessen, wie kalt es in der Normontaine war. Er fröstelte, als er durch den Korridor zur großen Halle eilte, und wünschte sich, er hätte seinen Umhang übergeworfen. In der Halle gab es Feuer und die Wärme vieler Menschenleiber. Vielleicht würde das die Kälte vertreiben, unter der er litt, seit die Abordnung zurückgekehrt war.

Silberhaars Gedanken wanderten zurück zu den schier endlosen Stränden, wo das Meer Geschichten von Ländern wisperte, die er sich kaum vorzustellen und noch weniger beim Namen zu nennen vermochte, und die Palmen rauschten und ließen an eine Mutter denken, die ihr Kind in den Schlaf wiegt. Seine Haut war noch braun vom Kuß jener glühenden Sonne. Ehe er die Normontaine verließ, hatte er sich schon fast an das nordische Wetter gewöhnt gehabt, doch nun mußte er noch einmal ganz von vorn damit anfangen. Wieder fröstelte er. Das Bankett, zu dem er etwas zu spät kam, war eine große offizielle Veranstaltung mit vielen hochgestellten Persönlichkeiten. Es würde Wein von Westria und Met vorgesetzt werden. Das würde ihn wärmen.

»Der Harfner!« rief jemand in der Nähe, als die Tür hinter ihm zuschwang. »Silberhaar! Silberhaar! Singt uns vom Inselreich!«

Mara saß auf ihrem Thron auf dem Podest, mit ihren Edelleuten zu beiden Seiten. Des Harfners Hocker stand an seinem üblichen Platz vor ihr, doch ein anderer lehnte sich über die Armlehne ihres Thrones, ein junger Mann, den man als Bogenschützen pries, wie Silberhaar sich vage erinnerte. Während Silberhaar ihn noch musterte, hob der Bursche die Hand der Königin an seine Lippen, und Mara drehte den Kopf in der kleinen zärtlichen Geste, die Silberhaar so gut kannte, und lächelte.

Einen Augenblick stockte Silberhaars Schritt, doch dann ging er weiter auf sie zu. Auf den Inseln hatte es ein Mädchen gegeben mit Haut wie Honig und Haar wie die Mitternacht. Es war schön gewesen, mit ihr in der warmen Dunkelheit zu liegen. Wieso hatte er da erwartet, daß Mara ihm die Treue hielt, während er fort war? Er wußte nur zu gut, daß die Königin der Normontaine nicht zu den Frauen gehörte, die allein schliefen.

Doch wie unvernünftig es auch war – seine Gedanken beschäftigten ihn so sehr, daß ihm erst, als er vor ihr stand, bewußt wurde, wer in den zwei geschnitzten Sesseln zu ihren beiden Seiten saß. Er spürte, wie ihm das Blut aus dem Kopf floß, als er Lord Theodor von der Korona erkannte, und ihm bewußt wurde, daß die junge Lady zu Maras Linken seine eigene Nichte sein mußte, die Tochter seiner Schwester Berisa und Sandremuns, Lord Theodors Sohn. Er wußte nicht einmal, welchen Namen sie angenommen hatte, nun, da sie erwachsen war.

Silberhaar wandte sich mit funkelnden Augen wieder der Königin zu. Mara wußte, daß er nichts mit Westria zu tun haben wollte und schon gar nichts mit diesen Westrianern, seinen Verwandten durch Heirat und Blut. Weshalb hatte sie ihn zu dieser Begegnung überlistet?

Der Blick der Königin begegnete dem seinen, und die plötzliche Strenge ihrer Züge hielt die Anschuldigungen zurück, die ihm über die Lippen sprudeln wollten. Dann wandte sie sich Lord Theodor zu.

»Mein Lord Befehlshaber – Ihr habt es mit dem Zeitpunkt Eures Besuches gut getroffen. Ich möchte Euch meinen Harfner Silberhaar vorstellen. Er hielt sich die letzten Monate auf den Westinseln auf und ist eben erst zurückgekehrt.«

Lord Theodor nickte freundlich, und Silberhaar, der wachsam auf ein Zeichen achtete, daß er ihn erkannte, sah nun, daß Lord Theodors graue Augen verschleiert, ja milchig wirkten. Entsetzt wurde ihm bewußt, daß der alte

Herr fast blind war. Andererseits, sagte sich Silberhaar, war der alte Lord ja schon in seinen Sechzigern gewesen, als Silberhaar vor achtzehn Jahren seine Heimat verlassen hatte. Doch nun, da er Theodor anschauen konnte, ohne Angst haben zu müssen, erkannt zu werden, bemerkte er, daß die früher so starken Schultern nach vorn hingen und seine Hand ganz leicht zitterte, als er sie hob, um den Jüngeren zu begrüßen. *Ich erinnere mich jetzt*, dachte Silberhaar schmerzlich, *daß Theodor nach des Königs Tod alt wurde.*

»Und das ist Lady Elinor, seine Enkelin, die Erbfolgerin der Korona.«

Silberhaar faßte sich. Er beendete die Verbeugung vor Lord Theodor und machte einen Kratzfuß vor der goldhaarigen jungen Frau, die ihn neugierig mit klaren, dunklen Augen musterte.

Als er sie das letztemal gesehen hatte, war sie Linnet gerufen worden und acht Jahre alt gewesen. Er hielt es für unwahrscheinlich, daß sie in diesem weißhaarigen Harfner den jungen Bruder ihrer Mutter wiedererkannte, der vor so langer Zeit verschwunden war.

»Ich hatte einen Oheim, der ebenfalls Harfe spielte«, sagte sie, als hätte sie seine Gedanken gelesen. »Ich habe immer gern seinem Spiel gelauscht. Ich freue mich sehr, Euch spielen zu hören.«

Er blickte sie scharf an, doch ihre Miene war ernst und gemessen. *Ganz bestimmt werde ich keine westrianischen Weisen spielen!* dachte er.

»Ich hoffe, Eure Erwartungen zufriedenzustellen, meine Lady. Ich habe auf den Inseln neue Lieder gelernt, die ich zum besten geben könnte, wenn es der Königin beliebt«, antwortete er mit normontainischem Akzent.

Mara nickte, und als der Herold um Ruhe ersuchte, nahm Silberhaar seinen gewohnten Platz ein, holte Goldschwan aus dem Kasten und begann, sie zu stimmen. *Sie ist froh, wieder zurück zu sein*, dachte er, als eine weiche Note nach der anderen in der Stille der Halle pulsierte. *Nur ich kann die Feuchtigkeit und Kälte hier nicht ertragen.*

»Bei uns sind die Berge Vulkane, doch die Inseln sind

ganz aus dem Feuer des Berges entstanden.« Während Silberhaar sprach, woben seine Finger die Saiten zum musikalischen Gewirk, prüften ihren Klang und hielten hin und wieder inne, um den einen oder anderen Wirbel kaum merklich zu drehen. »Dort gibt es Inseln, wo noch die Ruinen der Alten zu sehen sind und die Ruinen eines Volkes, das schon alt war, als die Alten noch jung waren. Es gibt auch Inseln, die während des Kataklysmus entstanden, als so vieles andere zerstört wurde. Auf der größten Insel lebt die Göttin Pele, die eine der ältesten Geister ist, sowohl Lady der Erde, wie Lady des Feuers. Man erzählt, daß sie wunderschön ist, aber sie kann auch schrecklich sein in ihrem Zorn ...« Er verbeugte sich vor der Königin, während er sprach, und jene, die nahe genug waren, es zu bemerken, lächelten verständnisvoll, aber er glaubte, daß Mara flüchtig ein finsteres Gesicht machte.

Silberhaar wandte sich wieder seinen Zuhörern zu. Er hatte während der ganzen langen Rückreise von den Inseln an dieser Musik gearbeitet, und zwanzig Jahre als Harfner hatten ihn gelehrt, ein Publikum zu einem gemeinsamen, lauschenden Ohr zu machen. Theodor und Elinor würden in diesem Könner gewiß nicht den stümperhaften jungen Harfner wiedererkennen, der sich vor so vielen Jahren an den Weisen der Korona versucht hatte.

»Auf den Inseln gibt es viele Geschichten über Pele. Eine der bedeutendsten erzählt, wie sie während des Kataklysmus getobt hat, bis die Bewohner befürchteten, sie würde die Inseln mit allem darauf zerstören. Doch ein junger Mann, der sie liebte, stillte ihren Zorn, indem er sich ihr als Opfer anbot.«

Während er der Harfe lange, langsame Lautkaskaden wie brandende Wogen entlockte, dachte Silberhaar, daß den Normontainern, die Priestergemeinschaften auf die Hänge ihrer mächtigen Berge schickten, um die Geister zu besänftigen und die Menschen vor Gefahr zu warnen, dieses Lied gefallen müßte. Dann wurde die Musik rauher, vibrierte von bedrohlichen Harmonien und grollendem Donner, und er fing zu singen an:

Es geschah vor langer Zeit,
In den Tagen des Zorns,
In jener Zeit, als des Menschen
Gottloses Tun sich rächte;
In jener Zeit, als alle Götter zürnten.
In jener Zeit war es, daß Pele glühend erwachte,
Die feuerhaarige Göttin.
Sie erhob sich aus ihren Bergen,
In Flammen gehüllt …

Flüchtig schauderte der Harfner, und seine Finger stockten auf den Saiten. Denn er hatte Pele mit den Augen des Fleisches gesehen, als er auf den Inseln war, und dieser Anblick hatte sich sengend seinem Gedächtnis eingeprägt. Doch seinen Zuhörern fiel die flüchtige Pause gar nicht auf. Ihre Phantasie hatte sie bereits zu jenen fernen Stränden getragen, wo sie schreckgelähmt zusahen, wie der Himmel Feuer fing und die rote Lavaschlange unaufhaltsam auf die Städte zukroch.

Die Menschen hatten versucht, Pele mit den letzten aufgesparten Flaschen guten Whiskeys zu besänftigen – das hatte früher schon ein paarmal geholfen –, doch diesmal war die Göttin wahrlich zornig, und Lava zischte durch die Straßen der Stadt. Jene, die Boote hatten, fuhren aufs Meer, doch es gab nicht genügend für alle, und die bedauernswerten Zurückgebliebenen kauerten sich in den Sand und beobachteten zitternd die Feuer.

Doch ein junger Mann sah staunend und ohne Furcht zu. Er war nicht vom alten Blut, sondern ein *haole,* der den Berg seit seiner Kindheit erforscht und die Göttin in seinen Träumen gesehen hatte.

Und so verließ der Held sein Volk.
Er ging zum Fuß des Berges
Und begann allein hinanzusteigen.
›Halt' ein!‹ riefen sie.
›Du wirst in der Asche ersticken!
Bleib' hier! Das Feuer wird dich verschlingen!

Im Rauch wirst du nicht mehr atmen können ...‹
Ihr Geschrei ließ ihn schließlich innehalten,
Und er drehte sich um.
›Wird es mir besser ergehen,
Wenn ich hierbleibe?‹
Er schob die Hand seines Vaters zur Seite.
Er schob die Arme seiner Mutter von sich.
›Wenn ich sterben muß,
Dann im Angesicht der Göttin.
Sie will ich suchen,
So lange ich es noch vermag.‹
›Bleib, ich liebe dich!‹ rief ihm ein Mädchen zu.
Doch der Held hielt nicht an,
Er hörte es nicht mehr.
Besorgt folgten sie ihm mit den Blicken,
Als er höher stieg,
Bis er hinter einem Vorhang
Dunklen Rauchs verschwand.
Sie schrien auf, von Furcht erfüllt,
Doch er kam nicht mehr zurück.

Doch das Lied folgte ihm auf seinem Weg, während die Harfe es mit Musik umwob – dem Toben des Vulkans, dem Schrecken des Pfades, selbst dem Wimmern der Menschen wie ferner Wind. Es folgte dem jungen Mann zum Rand des Kraters, wo das Erdinnere kochte wie der Inhalt eines Hexenkessels und glühende Lava um ihn regnete. Da stand er denn und rief die Göttin an – gebieterisch und flehend rief er sie bei jedem Namen, den die Menschen von ihr wußten, bis schließlich die Feuerfontänen sich in Gestalt einer Frau erhoben, blendend vor Grimm und Schönheit. Er rief ihr zu:

O Göttin, die du schöner
Als alle Schönheit bist,
Und schrecklicher als alle Schrecken,
Und voll der Wunder: meine Göttin,
ich bin zu dir gekommen,
Um zu erbitten, daß du dein Volk verschonst ...

Doch Pele hielt ihm die Sünden der Menschheit vor, die sie gegen die Erde und ihresgleichen begangen hatte, und sie fragte, weshalb er meinte, daß die Erde nicht vernichtet werden sollte. Da antwortete der junge Mann, daß von allen Geschöpfen nur der Mensch Peles Schönheit zu würdigen und sie anzubeten verstünde, und daß lediglich die Menschen ihr Opfer darbringen konnten. Und nun lebten nur noch wenige der Inselbewohner, denn obgleich sie mit Hilfe ihrer Zaubergeräte Botschaften an die Länder jenseits der Meere gesandt hatten, waren weder Hilfe noch Antwort gekommen. Gewiß könne sie das Leben dieser wenigen verschonen!

›Und welches Opfer willst du mir dafür bringen?‹
Die Stimme der Göttin war wie Feuer und Donner.
›Meine Jugend und meine Kraft‹, gab er zur Antwort,
›Alle Leidenschaft in meinem Herzen –
Mich selbst, dein Opfer auf dem Altar der Liebe!‹
Da schlugen die Flammen himmelhoch,
Wogten um sie wie ein Feuerbrunnen.
›Sterblicher, hast du Mut genug?
Wenn nur ein Funke Furcht in deinem Herzen ist,
Wird mein Kuß dich verbrennen
Und dein Fleisch wird zu Asche werden.
Sag mir, Sterblicher, verlangst du noch nach mir?‹
›Ja‹, erwiderte er und stieg lächelnd in den Krater.
Und obgleich sein Fleisch in der Lava schmolz,
Watete er lächelnd auf die Göttin zu,
Bis er in die Umarmung ihrer Flammen sank,
Bis Peles Feuer ihn liebkosend an sich zogen,
Bis er tief in ihrer Feuersbrunst verloren war.

Da schossen Flammen aus dem Vulkan, als wollten sie den Hinmel versengen. Die Menschen am Strand fielen auf die Knie, überzeugt, daß Peles Zorn sie nun treffen und ein Ende mit ihnen machen würde. Doch das Feuer fiel in den Krater zurück, die Erde hörte zu beben auf, und nach einer Weile kühlten die Lavaströme zu steinernen Schlangen ab.

Doch lange danach noch schworen jene, die es wagten, Wache am Kraterrand zu halten, daß sie die Göttin wandeln sahen und sich in ihrer Begleitung ein junger Mann befand, so schön wie sie, dessen Goldhaar wie Feuer flammte.

Atemloses Schweigen herrschte, während die nachhallenden Saiten schließlich verstummten, als banne ein Zauber die Zuhörer. Dann erinnerten sie sich, daß sie atmen mußten, und nach einer Weile fanden sie ihre Stimme wieder. Sie drängten sich um den Harfner, um ihm zu danken, und Stimmengewirr füllte aufs neue die Halle.

Lächelnd nahm Silberhaar das stürmische Lob entgegen, doch nun, da die Musik geendet hatte, fror es ihn wieder, und sobald die Königin abgelenkt war, ließ er sich eine Kanne Met bringen, mit der er sich in sein Gemach zurückzog.

Als sich schließlich die Tür öffnete, wurde Silberhaar bewußt, daß er ebensoviel Angst gehabt hatte, Mara würde kommen, um ihm Vorhaltungen zu machen, wie davor, daß sie die Nacht mit ihrem neuen Liebhaber verbringen würde.

Doch die Kanne war nun beinahe leer, und es war ihm fast alles gleichgültig.

Er grinste und deutete mit großer Geste auf den anderen Sessel. »Willkommen, meine Lady – seht, Euer Thron steht für Euch bereit!« Seine Zunge war nur ein wenig schwer.

Zögernd betrat sie das Gemach. »Genau, wie ich es befürchtete! Doch ich hatte Wichtigeres zu tun, als für jeden Besoffenen in der Normontaine Kinderfrau zu spielen!«

Er blickte sie mit finsterem Gesicht an. Das war nicht fair! Er hatte vor seiner Abreise zwar tatsächlich ziemlich viel getrunken, doch außer bei den *Luaus* auf den Inseln kaum Alkohol angerührt. Hier trank er nur, weil es so kalt war – er fröstelte und nahm einen weiteren Schluck – und weil der Anblick von Lord Theodor zu viele alte Erinnerungen geweckt hatte.

Mara setzte sich auf die Armlehne des Sessels und beobachtete ihn. »Theodor ist hierhergekommen, um über einen gemeinsamen Einsatz gegen die Waldratten zu sprechen. Die Gesetzlosen machten schon genug Ärger, noch ehe du Westria den Rücken zuwandest, doch in den vergangenen Monaten wurden sie geradezu unglaublich kühn. Theodor glaubt, daß jemand dahintersteckt. Er möchte, daß ich Truppen aussende, um ihm zu helfen, mit den Gesetzlosen aufzuräumen. Du kennst die Südgrenze – ich könnte deinen Rat brauchen.«

Silberhaar schüttelte den Kopf. »Ich bin schon viel zu lange fort«, entgegnete er bedächtig. »Und Theodor hätte mich erkannt, wenn ich mehr mit ihm gesprochen hätte.«

»Du Narr! Glaubst du, er weiß nicht genau, wer ›Silberhaar‹ ist? Nachdem du die Bardenschule verlassen hattest, breitete sich die Geschichte von dem wandernden Musiker mit der Schwanenharfe über ganz Westria aus. Was von deiner Familie übriggeblieben ist, respektiert deinen Entschluß wegzubleiben, aber warum mußt du ihnen weiterhin weh tun, wenn dafür keine Notwendigkeit besteht?«

Es gibt eine Notwendigkeit! Es gibt eine! schrie es in ihm, aber er vermochte nicht, es zu erklären. Das goldene Glühen, das den Schmerz der Erinnerung abgehalten hatte, schwand. Wieder griff er nach der Kanne, doch seine Fingerspitzen streiften nur über kaltes Metall, als Mara sie seinem Zugriff entzog.

Er blickte sie an. »Bitte ...«

»Lord Theodor hörte dich husten. Er hat Angst, daß du krank bist.« Mara drückte die Kanne an ihre Brust. »In des Veränderers Namen, er ist über achtzig! Was kann es dich schon kosten, ihm das Glück der Gewißheit zu geben, daß du noch Zuneigung für ihn empfindest? Soll ich zu ihm gehen und ihm sagen, daß du dich lieber sinnlos betrinkst, als ihn wiederzusehen?«

Silberhaar gelang es nicht, ein Wimmern zu unterdrükken. *Es ist mir egal! Es muß mir egal sein! Wenn es mir nicht egal wäre, müßte ich zurückkehren und zugeben, daß ich mein Leben vergeudet – daß ich versagt habe!* Seine Finger verkrampften sich um den feinen Kristallkelch, und er warf ihn ins Feuer.

Mara zuckte beim Klirren des zerbrechenden Glases zusammen.

»Mara! Ich werde keinen Tropfen Wein mehr anrühren! Ich werde alles tun, was du von mir verlangst! Doch bitte mich nicht darum!« rief er verzweifelt und schlug die Hände vors Gesicht. »Zuviel Zeit ist verstrichen – den Mann, den sie liebten, gibt es nicht mehr!«

Nach einer langen Weile seufzte sie. »Na gut. Ich wüßte nur zu gern, von welchen Dämonen du besessen bist, aber es könnte sein, daß du mich an dem Tag verläßt, an dem du den Mut hast, dich ihnen zu stellen. Und das ist etwas, dem *ich* mich noch nicht stellen kann!« Sie setzte die Kanne ab und kam zu ihm. Mit einem Stöhnen grub er das Gesicht in ihren Busen.

»Ich werde dich nicht bitten, mit Lord Theodor zusammenzuarbeiten, aber aus dem Süden kommen seltsame Gerüchte, und jemand muß ihnen nachgehen – jemand, der mit dem Bergvolk umzugehen versteht und sein Vertrauen gewinnen kann. Würdest du das für mich tun? Und herausfinden, was wirklich vorgeht?«

Ihre Hände strichen sanft über sein Haar, aber es weckte kein Verlangen in ihm. Sein Körper schmerzte, als käme er aus der Schlacht. Er nickte und klammerte sich weiter an sie, denn er brauchte ihre Wärme. »Ja, wenn du es möchtest.«

In jener Nacht träumte Silberhaar, daß er eine Frau im Bett liebte, aber er konnte nicht erkennen, ob es Mara war oder Jolande, mit der er in Aztlan zusammengelebt hatte, oder das bronzene Mädchen, das ihm auf der Insel seine Gunst geschenkt hatte. Viele Frauen hatten im Lauf der Jahre gewollt, daß er sie liebe. Doch sein Körper erwärmte sich mit der Leidenschaft, und die Frau unter ihm fing zu glühen an wie die Herrin des Feuers. *Pele!* dachte er und wartete, daß ihre Umarmung ihn verbrennen würde. Doch als ihre Züge deutlicher wurden, erkannte er, daß es seine Schwester Faris war. Er stöhnte und erwachte schweißüberströmt in der kalten Nacht.

17

Ein Vogel zwitscherte zweimal, dann, nach einer Pause, trillerte er fröhlich. Silberhaar rührte sich noch verschlafen, dabei stieg würziger Duft von den Tannenzweigen auf, die er sich am Abend als Matratze geschnitten hatte. Ein paar Minuten blieb der Harfner ruhig liegen, atmete tief und lauschte dem anschwellenden Vogelchor.

Die Luft hatte die reine Frische des frühen Morgens. Er schlug die Augen auf und sah, daß Dunst die Zweige über ihm verschleierte; bald aber würde die aufgehende Sonne ihn aufsaugen. Seine Füße waren kalt, doch die Decken hatten den Rest seines Körpers warm gehalten. Muskeln, die das Schlafen auf dem Boden nicht gewöhnt waren, beschwerten sich, als er sich bewegte, aber er fühlte sich ausgeruht und merkwürdigerweise so glücklich wie schon lange nicht mehr. Die Reise zu den Inseln war schön gewesen, doch er hatte sich von seinem Auftrag gebunden gefühlt, und von der Tatsache, daß er von dem Schiff abhängig war, um wieder nach Hause zu kommen. Und es gab zu viele ungelöste Probleme, die verhinderten, daß er in der Normontaine Zufriedenheit fand.

Er hörte sein Pferd stampfen und das Reißen von tauigem Gras. Er fragte sich, ob es Morgende wie dieser gewesen waren, die ihm gefehlt hatten. Mit einem Pferd, das ihn trug, einem Schwert zum Schutz und Goldschwan als Gesellschaft, hatte er alles, was er brauchte, um glücklich zu sein. Bald würde sich die Straße vor ihm erstrecken und ihn auf seine eigene Weise zu neuen Orten und neuen

Gesichtern bringen. Dann erst brauchte er sich Gedanken um seinen neuen Auftrag zu machen.

Doch zunächst mußte er aufstehen. Vorsichtig schob Silberhaar den Kopf ganz aus den Decken. Tau glitzerte auf der groben Wolle, doch als er die Hand über die Asche seines Feuers streckte, spürte er noch ein wenig Wärme. Wenn er Glück hatte, konnte er es wieder zum Brennen bringen. Fröstelnd wickelte er sich aus den Decken, zog den wollenen Kittel heraus, den er zwischen ihnen trokkengehalten hatte, und schlüpfte hastig hinein. Dann holte er trockenes Reisig unter der oberen Schicht Holz hervor, das er abends gesammelt hatte, und schürte das Feuer neu. Sein Pferd, das ihn herumhantieren sah, hob den Kopf und scharrte ungeduldig mit den Vorderhufen. Es war ein brauner Wallach, Maras letztes Geschenk, ein guter Renner und doch robust.

»Ja, ja, ich verstehe – du hast Durst. Nun, ich auch.« Sobald das Feuer gleichmäßig brannte, griff Silberhaar nach seinem Kupferkessel, löste die Halteleine und führte den Wallach zum nahen Bach. Selbst jetzt noch staunte er über den Wasserreichtum dieses Landes. Er dachte an die Wüstenlager, wo er den letzten Tropfen Wasser mit seinem Pferd hatte teilen müssen, ehe sie sich wieder auf den Weg machen konnten.

Als sie vom Bach zurückkehrten, hängte er den Kessel über das Feuer, um das Wasser für seinen Tee zum Kochen zu bringen. In seinen Sattelbeuteln hatte er Dörräpfelscheiben, luftgetrocknetes, hauchdünnes Fleisch und zweifach gebackenes Brot – kein übles Frühstück für einen Wanderer! Plötzlich bemerkte er, daß er sein altes Wanderlied summte, und er fing zu lachen an.

Silberhaar hatte sein Lager ein Stück von der Straße entfernt unter der Krone einer gewaltigen Eiche aufgeschlagen. Unter dem aufsteigenden Dunst konnte er hangab zu dem mächtigen Strom sehen, dem die Straße folgte, und ein Stück über das Tal hinweg. Es gab viele Täler in der Normontaine, doch dieses war besonders groß – ein weites, welliges Gebiet mit Feldern, Wiesen und Obsthainen zwischen den Küstenwäldern und den schneebedeckten Gipfeln des Nebelgebirges, dem Rückgrat der Normontaine.

Beim Frühstück sah er der Morgenbrise zu, die Nebelschwaden durch die Bäume trieb. Dann und wann brach Sonnenschein durch; dann glitzerten die Tautropfen auf den hohen Halmen. Er ertappte sich dabei, daß er den Atem anhielt, als wäre der Morgennebel ein Vorhang, der, wenn gelüftet, Geheimnisse offenbaren würde, die nicht für Menschenaugen bestimmt waren.

Die Muster aus Sonnenschein und Schatten wurden mit dem aufkommenden Wind immer vielfältiger, und plötzlich sah er die Berghänge mit Frühlingsblumen übersät. Dunst stieg aus allen Mulden, allen Spalten auf, und jede Kuppe, jeder Grat hob sich deutlich ab. Der Name des Gebirges war gut gewählt, fand Silberhaar, denn selbst wenn die Vulkane nicht dampften, trieb und wirbelte Nebel zwischen ihnen, als würden sie in kaltem Feuer brennen.

Eine ganze Weile betrachtete Silberhaar sie staunend, und der Tee neben ihm wurde kalt, bis schließlich die schneeglänzenden Gipfel des Klah Klanee hinter den entferntesten Kämmen aus dem Nebel tauchten. Einen Moment lang schien es zwischen ihm und den Bergen nichts als Dunst zu geben. Da kam etwas Dunkles über ihnen in Sichtweite, das beim Näherkommen wuchs, bis er es erkannte – es war ein rotschwänziger Falke, der über die Eiche flog.

Dann schrie der Greifvogel einmal auf und bog scharf gen Süden ab. Silberhaar schaute ihm nach, bis er nur noch ein dunkler Punkt war, der rasch verschwand.

»Ja, Bruder, ich verstehe, und ich werde ganz gewiß kommen ...« Dann stand er auf, packte schnell seine Sachen zusammen, sattelte sein Pferd und löschte das Feuer. In nachdenklichem Schweigen lenkte er den Wallach wieder auf die Südstraße.

»Ich verstehe es nicht, und das ist die Wahrheit ...« Meisterin Gilda beugte sich zu Silberhaar vor. Ihr breites Gesicht war vor Erregung und von der Feuerwärme gerötet. Sie war eine kräftige Frau von eigener, robuster Schönheit, ähnlich dem Heim, das sie und ihre Lebensgefährtin Raina hier geschaffen hatten. »Es ist schon fünfundzwanzig Jahre her, seit Raina und ich die Erlaubnis erhielten, Land für unseren kleinen Hof hier zu roden. Wir haben zwar manchmal Sasquatch aus der Ferne gesehen und oft ihre Fußspuren, doch hat es mit diesen Riesentieren nie auch nur die geringsten Schwierigkeiten gegeben. Bisher jedenfalls waren die Sasquatch bessere Nachbarn als die meisten Menschen!«

Silberhaar nickte. Die Hütte war stabil aus Fichtenstämmen erbaut, und es war wohlig warm im Innern. Er hatte bereits seine Handschuhe ausgezogen, und nun schlüpfte er auch noch dankbar aus seinem Überrock, während sich seine Gedanken überschlugen. Als er an der Grenze ankam, hatten alle aufgeregt von den Greueltaten der Großfüßer geredet, doch in den zwei Wochen seiner geduldigen Untersuchung waren Gilda und Raina die ersten mit tatsächlichen Beweisen, die er getroffen hatte.

»Würdet Ihr es mir zeigen?« bat er. »Ihr müßt wissen, daß die meisten Geschichten, denen ich nachgegangen bin, sich als maßlose Übertreibungen von Gerüchten erwiesen ...«

»Oh, diese Stadtleute würden alles behaupten, um sich wichtig zu machen!« sagte Gilda abfällig. »Aber der Boden war naß, und dann gefror er. Die Abdrücke sind deshalb gut erhalten. Und natürlich ist da auch das zerbrochene Tor – menschliche Kraft allein hätte das nicht vermocht.«

»Und ich habe sogar einen wegrennen sehen! Es war Vollmond, und ich war inzwischen hellwach. Ich hörte ihn auch pfeifen – so ...« Raina spitzte die Lippen und stieß einen klaren Triller hervor.

Silberhaar kannte diesen Pfiff aus seiner Kindheit, als Trapper ihm Geschichten über Großfüßer erzählt hatten. Offenbar konnte der Pfiff gut nachgeahmt werden, und

Mondschein war trügerisch. Er würde sich die Spuren ansehen müssen und auch das Tor. Er schauderte, als er an die Kälte dachte. Es war trotz des beginnenden Frühlings noch einmal zu einem Kälteeinbruch gekommen. Wie gut, daß er nicht mehr im Freien schlafen mußte.

»Was behaupteten die Leute in der Stadt, das die Sasquatch getan hätten?« erkundigte sich Gilda.

»Daß sie Zäune niederrissen, Vieh raubten und die Leute erschreckten, indem sie um ihre Häuser herumstrichen«, antwortete Silberhaar. »Eine Frau hat sogar gesagt, sie sei von einem vergewaltigt worden«, fügte er zögernd hinzu.

Rainas Augen weiteten sich. »Und sie lebt noch? Der, den ich sah, war bestimmt gut acht Fuß groß, und alles an ihm war entsprechend ...« Sie errötete, als ihre Gefährtin zu lachen anfing.

»Sie erlitt offenbar keine Verletzungen ...«, sagte Silberhaar rasch. »Aber sie beschrieb den Vorfall sehr wortreich.«

»Nun, vielleicht sind die Füße das einzig Große an den Sasquatch«, meinte Gilda immer noch lachend. »Vielleicht war es auch gar kein Großfüßer. Eine hysterische Frau redet so allerhand daher!« fügte sie mit der Verachtung einer Bergfrau für verhätschelte Städterinnen hinzu.

Silberhaar seufzte. Es stimmte, daß die Frau die Aufmerksamkeit, die sie erregte, sichtlich genossen hatte, und daß ihre Geschichte sehr ausführlich gewesen war, was Gewicht und Fell und stinkigen Atem ihres Angreifers betraf, doch ansonsten war ihre Schilderung kurz und ungenau. Trotzdem glaubte sie ernsthaft, daß es geschehen war, davon war Silberhaar überzeugt. Oder zumindest glaubte sie es nun.

»Zeigt mir jetzt bitte das Tor.« Er stand auf und schlüpfte wieder in seinen Überrock. Und als er Gilda zum Tor folgte, sah er unter der Kiste, die sie zum Schutz darübergestellt hatte, den deutlichen Abdruck eines menschenähnlichen Fußes, der gut achtzehn Zoll lang war und sich tief in den Boden eingedrückt hatte.

Drei Tage später stand Silberhaar auf einem schlammigen Hof und starrte auf den riesigen Schädel und das Fell, die an die Scheunenwand genagelt waren.

»Wir hörten Owen schreien«, erzählte der Bauer grimmig. »Er rief etwas von Ungeheuern, und dann hörten wir ein grauenvolles Brüllen ...«

Der jüngere Sohn des Bauern nickte. »Wir rannten sofort hinaus, aber als wir zur Weide kamen, lag Owen schon tot mit aufgerissener Kehle im Gras. Doch an seiner Axt war Blut, und wir sahen diese riesigen Fußabdrücke. Als wir ihnen folgten, fanden wir diesen Burschen verreckt im Wald. Zumindest konnte Owen die Bestie, die ihn umgebracht hat, tödlich verwunden – ich wünschte, er hätte es noch erfahren können!«

Silberhaar ließ den Blick über die bewaldeten, blaugrünen Kämme schweifen, die den Bauernhof im Flußtal umringten, als könnten sie ihm eine Antwort geben. Dann wandte er sich wieder an den Bauern. Etwas an der Geschichte war merkwürdig, aber er konnte den Finger nicht darauf legen. Hier war der Beweis vor ihm: das Fell eines siebeneinhalb Fuß großen Sasquatch – eines alten, aus den weißen Haaren zu schließen, welche die dunkle Mähne durchzogen. Aber das Fell wirkte gesund. Wenn Krankheit oder Hunger die Kreatur in den Wahnsinn getrieben hatte, müßte es seinem Pelz doch anzusehen sein.

Er war tot, als ihr ihn erreicht habt?« vergewisserte sich Silberhaar.

»Und ob er tot war, leider!« brummte der Vater. »Wir sahen natürlich zunächst nach Owen, aber die Fährte war leicht zu verfolgen, und die Fliegen saßen bereits dick auf dem Kadaver, als wir ihn erreichten.«

Selbst wenn ich ein erfahrener Spurenleser wäre, würde ich jetzt nichts mehr herauslesen können, nachdem alle vom Hof darauf herumgetrampelt sind, dachte Silberhaar düster. *Was erwartet Mara von mir?*

»Habt Ihr zur Schule der Weisen geschickt?« fragte er. Von Rechts wegen war dies die Normontaine, aber die

Leute um den Fluß hielten sich gleichermaßen an den Norden wie an Westria und würden im Notfall sowohl dem einen wie dem anderen Lande dienen. Männer aus dem Norden hatten vor vielen Jahren unter Sandremun in der Schlacht auf der Drachenöde gekämpft.

»Wenn die Sasquatch Menschen angreifen, brechen sie das Abkommen. Das sollte die Schule erfahren. Die Sasquatch müssen einen Hüter haben, wie alle anderen Spezies auch. Die Meister der Schule könnten sich mit ihm in Verbindung setzen und dem Schrecken ein Ende machen.«

Der Bauer lachte abfällig. »Diese heiligen Narren? Natürlich haben wir nach ihnen geschickt, aber wir erhielten nicht einmal eine Antwort. Ihr müßt schon lange aus Westria weg sein, wenn Ihr glaubt, daß irgendeiner von ihnen kommen wird. Sie sitzen auf ihrem Berg und meditieren. Das ist aber auch schon das einzige, was sie tun, soweit wir es beurteilen können. Es schert sie absolut nicht mehr, was mit dem Rest der Welt geschieht, solange sie nur ihre eigenen Seelen retten können!«

Silberhaar starrte ihn an. Er erinnerte sich vage, daß es zu seiner Zeit Kritik an der Politik der Schulleiterin gegeben hatte, doch es fiel ihm schwer sich vorzustellen, daß es so weit damit gekommen war. Er verspürte Druck auf dem Magen, als ihm bewußt wurde, daß er sich immer – so weit er auch gewandert war, und welche Gefahren er überlebt hatte – an die Erinnerung von Westria als das goldene Land geklammert hatte, wo Mensch und Natur in vollkommener Eintracht lebten. Aber war dem noch so, jetzt, da es schon so lange keinen König mehr gab?

»Wir haben auch nach Lord Theodor geschickt, genauso wie nach Eurer Königin. Er gab uns Bescheid, daß er uns in einer Woche bei den Geisterfällen treffen würde. Und die Königin hat Euch geschickt, aber wir finden, daß sie selbst ebenfalls kommen sollte. Wir haben bisher noch nichts weiter unternommen. Wir wissen jedoch, wo die Bestien zu finden sind, und wir werden sie vernichten. Und wenn wir den ganzen Wald niederbrennen müßten!«

Silberhaar kannte den Tonfall – halb Hysterie, halb brutale Begeisterung. Er hatte ihn schon früher gehört, in den Ödlanden, wenn Karawanenleute jemanden erwischt hatten, der unterwegs seine Kameraden bestahl, und dem sie eine dauerhafte Lehre erteilen wollten, indem sie ihm die Kniesehnen durchschnitten.

Doch hier stand mehr als nur ein einzelnes Menschenleben auf dem Spiel. Wenn die Sasquatch *unschuldig* waren – obwohl das nun sehr unwahrscheinlich schien –, würde ihre Ausrottung gegen das Abkommen verstoßen. Und wenn die Menschen dabei auch noch anderen Geschöpfen Schaden zufügten, was würden die Mächte der Natur dann tun?

»Geduldet Euch noch ein bißchen länger, bis Ihr Euch mit Lord Theodor beraten konntet«, bat Silberhaar den Bauern. »Wir werden die Sache in den Griff kriegen – wir müssen es!«

Silberhaar blieb die Nacht nicht auf dem Hof, obwohl der Bauer ihm ihre Gastlichkeit eindringlich angeboten hatte. Er glaubte nicht, daß er den unaufhörlichen Gestank von Haß ertragen könnte, der von ihnen ausging, und auch nicht den des Kadavers, der an der Scheunenwand trocknete und der ihm hin und wieder in die Nase gestiegen war.

Immer wieder erinnerte er sich an die Worte des Meisters bei den Iniationszeremonien, bei denen er seinen Erwachsenennamen bekommen hatte: Es kümmerte die Hüter wenig, wenn die Menschen einander in ihren Kriegen töteten, und ein Mensch hatte auch das Recht, ein Wesen einer anderen Spezies zu töten, wenn es sein Leben bedrohte, oder um seine Familie zu ernähren. Doch eine ganze Spezies mit Ausrottung zu bedrohen? Eine größere Blasphemie gab es nicht – und die Sasquatch waren noch dazu etwas Besonderes, ja fast heilig, denn sie waren die Tiere gebliebenen Vettern der Menschen.

Als die Nacht hereinbrach, schlug der Harfner sein Lager in einer Waldlichtung auf. Das Wetter war freundlicher und wärmer geworden, und es gab frisches Gras für sein Pferd und trockenes Holz für ein Feuer. Es war kein schlechtes Fleckchen, sagte er sich, aber er zuckte jedesmal zusammen, wenn Holz im Feuer krachte oder wenn er schwarze Schatten am Rand des Feuerscheins huschen sah. Nur zu genau erinnerte er sich an all die Geschichten, die er gehört hatte. Sein Verstand konnte sie nicht glauben, aber nun war Nacht, und er war allein im Wald, und seine lebhafte Phantasie machte ihm zu schaffen, so daß er vor Angst zitterte.

Er biß die Zähne zusammen, lehnte sich an einen Baum, mit dem Gesicht zum Feuer und Goldschwan in den Armen. In den vergangenen Wochen hatte er wenig Zeit für Musik gehabt. Der Druck des glatten Holzes gegen seine Brust war eigenartig beruhigend. Sorgsam stimmte er die Harfe, dann ließ er die Finger über die Saiten wandern.

Dann grinste er, denn er erkannte, daß dies seine unweigerliche Reaktion auf Angst war. *Wenn ich sterbe*, dachte er grimmig, *dann wahrscheinlich mit Goldschwan in den Armen*!

Doch es genügte ihm nicht, die Harfe nur zu halten. Er mußte sie auch spielen. Nach so vielen Jahren war sein westrianischer Akzent zurückgekehrt, und nun stellte er fest, daß er sich auch wieder an Weisen erinnerte, die er als Junge gelernt hatte. Hier war sein eigenes Land, und nicht bloß, weil sein Vater noch ein Stück südlich von hier in Falkenruh hauste. Sein Großvater mütterlicherseits war ein Karokindianer aus einem Dorf beim Altvater gewesen, einer der Randleute, die schon lange vor dem Kataklysmus in diesem Land gelebt hatten.

Ich gehöre hierher! sagte seine Musik. *Hier ist auch mein Zuhause, und ich will nicht, daß es zerstört wird*!

Nach einer Weile wurde ihm bewußt, daß die Harfe eine neue Musik spielte, ein Klagelied, das sehnsuchtsvolle Lied eines verletzten Geschöpfes, das nicht weiß, weshalb es sterben muß. Doch dieser Harfenmusik fehlte etwas – sie brauchte noch etwas. Nicht die Stimme eines Menschen, sondern einen anderen, reineren Ton. Silberhaar spitzte die Lippen und pfiff einen dünnen Kontrapunktfaden zur

Saitenmusik, der sich zu einer kurzen, getrillerten Phrase entwickelte, die er immer aufs neue wiederholen konnte.

Irgendwo im Wald fiel ein Ast zu Boden, und abrupt entsann sich Silberhaar, wer er war und wo er war. Ihm wurde schaudernd bewußt, daß sein Pfeifen der Sasquatchruf gewesen war. Danach spielte er rein menschliche Musik, bis seine Finger ermüdeten. Schließlich wickelte er sich in seine Decken und schlief ein.

Er erwachte mit einem Aufschrei, als sich harte Hände um seine Arme und Beine legten. Durch schlafverquollene Augen sah er verschwommen dämonische Gestalten, die zwischen ihm und seinem nur noch glühenden Lagerfeuer umhersprangen. Aus einem Alptraum in einen Alptraum erwachend, erkannte er, was sie waren: Dämonen, Teufel, die Finsteren, die der Urseele auflauern!

Er schrie und schlug um sich, als er hochgehoben und gegen eine stark riechende, bepelzte Brust gedrückt wurde. Jener, der ihn festhielt, pfiff, und eine Reihe von Grunz- und Pfeiflauten antworteten. Der Wallach wieherte panikerfüllt, und Silberhaar hörte, wie der Ast brach, an den er ihn gebunden hatte. Danach ertönten das Knacken weiterer Äste und allmählich schwindender Hufschlag. Silberhaar hoffte, daß sich die Halteleine des Pferdes nicht verfangen würde und es Wasser und Nahrung fand, oder eine menschliche Behausung.

Wenn man mein Pferd findet, wird man sich wenigstens denken können, was aus mir geworden ist, dachte er bitter. *Was war ich nur für ein Dummkopf, daß ich an den Beweisen zweifelte! Die Sasquatch haben den Menschen den Krieg erklärt*!

Da setzten sie sich in Bewegung, und Silberhaars Panik ließ keinen vernünftigen Gedanken mehr zu. Er begann zu hoffen, als sich keine Zähne in sein Fleisch gruben. Aber vielleicht schleppten sie ihn nur zu ihrem Stamm, damit alle ein Stück von ihm abbekommen konnten.

Das Tier trug ihn so mühelos, als wäre er ein Kind. Wenn dieser Sasquatch so groß wie der war, dessen Haut Silberhaar an der Scheunenwand gesehen hatte, dann mußten des Harfners fünf Fuß und acht Zoll und seine hundertfünfzig Pfund ihn wirklich wie ein Großfüßerkind erscheinen lassen. *Aber an mir ist genug für eine gute Mahlzeit,* dachte er düster. Er fragte sich, ob die Harfe beim Überfall von den riesigen Füßen zertreten worden war, oder ob sie noch an dem Baum lehnte, wo er sie abgestellt hatte, und zum stummen Denkmal aus verrottendem Holz und zerfallenden Bronzesaiten würde.

Ich habe keine Angst zu sterben, sagte er sich, als der seltsame Transport durch die Dunkelheit weiterging, *aber nicht auf diese Weise, nicht unnütz! Hüterin der Menschen, hab Erbarmen mit mir! Herr der Winde, ich habe dir gedient, hilf mir jetzt!*

Harte Muskeln drückten gegen ihn und lockerten sich wieder, als sein Träger über ein Dickicht sprang und dann wieder gleichmäßigen Schrittes weiterrannte. Silberhaar staunte dumpf über die Kraft dieser Kreatur. *Wie leicht sie uns zerbrechen könnten, wenn sie es wollten!* dachte er da. *Weshalb haben sie die Menschen bisher nie angegriffen?* Verstört fragte er sich, ob wohl in Westria alles so drunter und drüber ging, daß das Abkommen gebrochen worden und der Allschöpfer die Herrschaft auf die Sasquatch übertragen hatte?

Immer weiter ging es durch die Dunkelheit, bis es Silberhaar von der ständigen schwingenden Bewegung so übel war, daß er fast den Tod willkommen geheißen hätte.

Es war immer noch dunkel, als sie endlich anhielten und der Sasquatch den Harfner wie einen Mehlsack auf einen Laubhaufen plumpsen ließ. Als er wieder zu Atem kam, plagte er sich auf Hände und Knie und versuchte davonzukrabbeln, doch eine Pranke langte aus der Dunkelheit und stieß ihn zurück. Er versuchte es nicht wieder. Später, halb besinnungslos und bibbernd in der größten Kälte vor dem Morgengrauen, schien ihm, als legten sich pelzige Körper schützend um ihn. Doch als die Sonne im Gesicht ihn weckte, war er allein, und er dachte, daß er es wohl nur geträumt hatte.

Stöhnend richtete er sich auf, rieb sich die Augen und

schaute sich um. Er saß in einem verborgenen Kessel an einem Hang, vermutlich Teil des Komplexes von Klüften und Schluchten, die zu dem Fluß führten, den er weiter unten rauschen hörte. Ein klares Rinnsal glitzerte an der nahen Felswand. Plötzlich spürte Silberhaar, wie durstig er war. Er plagte sich auf die Füße, torkelte hinüber und trank das Wasser, das er in den Händen auffing.

Als er seinen Durst gestillt hatte, schaute er hinab auf das Wasser, das durch seine zusammengepreßten Hände sikkerte. In dem Morast, auf dem er stand, waren die Abdrücke vieler riesiger Füße zu sehen. Beim Hochblicken bemerkte er einen dunklen Schatten an einem Baumstamm und das Schimmern dunkler Augen, die ihn beobachteten. Er wurde also bewacht! Seufzend gab Silberhaar für den Augenblick die Fluchtpläne auf, die er seit seinem Erwachen geschmiedet hatte. Vielleicht würden die Großfüßer später, in der Mittagsglut, in ihrer Wachsamkeit erlahmen. Jedenfalls lebte er noch, und das war mehr, als er bei dem Überfall erwartet hatte.

Er planschte sich Wasser ins Gesicht und fuhr sich glättend durchs Haar; dann kehrte er zu dem Laubhaufen zurück, in dem er die Nacht verbracht hatte, und setzte sich auf einen liegenden Baumstamm in der Nähe. Den Boden ringsum hatten offenbar Riesenfüße glattgetrampelt. Feste, entlaubte Äste mit zerfransten Enden, als wären sie zum Stochern benutzt worden, lagen da und dort herum. Aber wo waren die Sasquatch?

Silberhaar blieb still sitzen und schaute sich um, als die Sonne sich über den Kamm hob und voll auf ihn hinabschien. Der blaue Himmel versprach einen schönen Tag, und die Sonnenwärme tat seinen schmerzenden Knochen gut. Einmal hörte er schwaches Quieken, das abrupt abbrach. Er versuchte die Richtung des Lautes zu bestimmen, als er einen Schatten in der Felswand sah, dann weitere – es befanden sich Höhlen im Berg! Etwas raschelte über ihm, ein Blatt segelte herab und ließ sich auf seiner Hand nieder. Er blickte hoch. Was er für eine dichte Krone gehalten hatte, waren zu einer Art Nest auf einer Astgabelung geflochtene Zweige. Glitzernde Augen erwiderten kurz seinen Blick und verschwanden.

Er erinnerte sich an die Suchbilder, die ein Maler an Lord Theodors Hof des öfteren gezeichnet hatte. *»Wie viele Bären seht Ihr in diesem Baum?«* hatte er gefragt, und nach längerem Hinsehen erkannte man erst, daß es Köpfe und Ohren und Augen waren, was man für Blätter und Zweige gehalten hatte. Es hing ganz davon ab, wonach man suchte.

Als Silberhaar den Blick entsprechend anpaßte, sah er weiteres Braun zwischen den Blättern, und er spürte die Aufmerksamkeit vieler wachsamer Augenpaare. Der Kessel mußte voll von Sasquatch sein! Plötzlich war er froh, daß er nicht davonzulaufen versucht hatte.

Aber wenn sie so viele waren, weshalb versteckten sie sich dann? Befürchteten sie, ihn zu erschrecken, oder waren sie trotz der Erbarmungslosigkeit, mit der sie ihn verschleppt hatten, diejenigen, die Angst hatten? Nachdem er tief Luft geholt hatte, spitzte er die Lippen zu dem Sasquatchpfiff, den er in der vergangenen Nacht in seine Musik eingeflochten hatte. Als wäre dieser Pfiff ein Zauberwort, wurden ringsum braune Köpfe sichtbar. Einige zogen sich sofort wieder zurück, doch andere blieben und starrten ihn an. Versuchsweise stieß er noch einmal den gleichen Pfiff aus, dann fing er an, eine einfache Weise zu pfeifen. Seine Finger zuckten, sie sehnten sich nach seiner Harfe. Dann hielt er abrupt inne, denn plötzlich fiel sein Blick auf die vertrauten Formen seines Rucksacks und des Harfenkastens, die ordentlich gegen die andere Seite des Baumstamms gelehnt waren. Köpfe verschwanden, als er sich bewegte, und schoben sich scheu wieder aus ihren Verstecken hervor, als er die Harfe herausnahm, sie stimmte und zu spielen begann. Es war schon richtig, sagte er sich und entspannte sich ein wenig. Er war Harfner eines Königs, eines Prinzen und einer Königin gewesen. Wenn die Sasquatch die neuen Herren der Menschheit sein sollten, war es durchaus angebracht, daß er auch für sie spielte!

Wie von seiner Musik angezogen, kamen seine neuen Nachbarn aus ihren Verstecken. Er vermutete, daß es zwei

Familiengruppen mit je vier oder fünf Angehörigen waren. Die Jüngsten waren zunächst die scheuesten, doch nachdem sie sich an seine Anwesenheit gewöhnt hatten, die kühnsten. Sie wagten sich ganz nahe heran, beäugten seine Harfe und legten die Köpfe schief, um zu lauschen.

Wahrhaftig habe ich schon vor anspruchsvollerem Publikum gespielt, dachte er, *doch noch nie, nicht einmal in den Geisterhöhlen von Aztlan, vor einem ungewöhnlicheren! Oder gefährlicheren!* Doch an letzterem begann er zu zweifeln. Die höher steigende Sonne hatte viel von seiner Furcht vertrieben. Er glaubte nicht, daß diese Wesen ihn töten würden, nicht, solange es ihnen Spaß machte, ihm zuzuhören. Und vielleicht hatten sie nie die Absicht gehabt, ihn umzubringen. Er erinnerte sich an Geschichten von Kindern, die sich verirrt, und die die Sasquatch bei sich aufgenommen und großgezogen hatten. Allerdings hatten diese Kinder es nie mehr geschafft, wieder zu richtigen Menschen zu werden.

Es gibt ein Land, wo Wälder die Berge bedecken
Und Täler tief in die Erde schneiden,
Wo kaum Äcker bestellt sind,
An steilen Hängen nur wenige Rinder weiden.
Im ganzen weiten Land
Vermag kaum einer Auskunft zu geben,
Wo die Großfüßer leben …
Es gab einen Sturm, und das Hochwasser
Verschlang eine Siedlung im Tale,
Und in den Hütten und draußen auf den Feldern,
Da ertranken fast alle.
Und über den Hergang
Könnte einer nur Auskunft geben,
Der Mann, der weiß, die Großfüßer leben …
Hütten und Menschen wurden fortgerissen,
Und für immer im Schlamm begraben,
Doch flußabwärts, wo die Großfüßer fischten,
Wurde von den Fluten eine Wiege getragen.
Und über ihren Inhalt
Kann einer nur Auskunft geben,
Der Mann, der weiß, wo die Großfüßer leben …

Singend blickte Silberhaar auf die glänzenden dunklen Augen der jungen Geschöpfe um ihn, und alle seine früheren Zweifel an den Schreckensgeschichten, die man sich jetzt über sie erzählte, kehrten wieder. Sie hatten ihm nichts getan, und er spürte keine feindselige Ausstrahlung. Die Musik, die er vergangene Nacht gespielt hatte, mußte für sie wie eine Einladung geklungen haben, vielleicht, als wolle er sich für den Posten als Harfner der Sasquatch bewerben und spiele ihnen deshalb vor. Er fragte sich, was dieser Pfeifruf in ihrer Sprache bedeutete – etwa: *»Kommt, holt mich, ich bin einsam«*? oder *»Hier bin ich, und ich bin ein Freund«*?

Sie hörten ein Schreien
Und holten die Wiege an Land
Und fanden einen Jungen.
Ein Weibchen mit Nachwuchs
Nahm ihn an die Brust,
Und bald war sein Weinen verklungen.
Über sein weiteres Leben
Könnte nur der Auskunft geben,
Der weiß, wo die Großfüßer leben …
Jahre vergingen, und eine Gruppe von Reisenden
Wäre in den Bergen verloren gewesen,
Doch das Kind hatte Mitleid
Und brachte den Staunenden
Nachts zu essen.
Über die wundersame Rettung
Kann nur der Auskunft geben,
Der weiß, wo die Großfüßer leben …

Ein auf einem Ast näherkriechender Junge verlor das Gleichgewicht und plumpste auf den Hintern. Plötzlich mußte Silberhaar lachen. Solange sie keine Anstalten machten, ihn als ihr Futter anzusehen, wollte er ihr Freund sein und helfen, den Bruch zwischen seiner und ihrer Spezies zu heilen, so, wie sie dem Menschenkind in der Geschichte geholfen hatten, die er jetzt vortrug.

Sie wollten, daß er bei ihnen blieb,
Denn er war ein Menschensohn,
Doch er fürchtete ihre Häuser
Und den Rauch ihrer Feuer,
Und stahl sich davon.
Und die Geschichte
Von seinem Leben in den Bergen
Sie dort zum besten geben,
Wo wo die Großfüßer leben ...

Wenn die Sasquatch Geschichten hatten, kannten sie vielleicht auch diese, dachte er und beendete das Lied. Er spielte weiter und sah zu, während sich ihm hier der offenbar normale Tagesablauf dieser Geschöpfe offenbarte. Junge balgten miteinander oder spielten Fangen im Kessel, Weibchen stillten ihre Säuglinge, andere Sasquatch nahmen ein Sonnenbad. Er sah, wie ein Männchen einen Stock nahm und damit unter einem verrottenden Stamm herumstocherte, dann genußvoll die weißen Maden ableckte, die daran klebten. Es ekelte Silberhaar nicht – er hatte auf der Wanderschaft selbst schon Maden geröstet und war froh über ihren Nährwert gewesen.

Ein junges Männchen kam mit einem Armvoll frischer, belaubter Zweige in den Kessel. An der Öffnung der anscheinend größten Höhle pfiff er, dann wartete er dort. Silberhaar hatte bereits geschlossen, daß sich die Sasquatch durch Zeichen, Grunzlaute und Pfiffe verständigten. Er fragte sich jetzt, was vorging. Alsbald erschien ein anderer am Höhleneingang, warf einen Haufen alte, trockene Zweige hinaus und trug die frischen Matratzenteile hinein.

Erst gegen Mittag begann Silberhaar zu verstehen, worum es eigentlich ging, und erst jetzt beachteten ihn die Erwachsenen wirklich. Er sah Bewegung an der Höhlenöffnung. Zwei junge Männchen halfen einem Sasquatch heraus, der der älteste sein mußte, den je ein Mensch gesehen hatte – so alt, daß sein Geschlecht schwer zu bestimmen war. Sein gewaltiger Körper war gekrümmt wie ein vom

Sturm gebeugter Baum, sein Fell ganz wie mit Silber überzogen, das in der Sonne glitzerte.

Silberhaar war bereits aufgesprungen, noch ehe die beiden Männchen neben ihm erschienen und ihn sichtlich aufforderten, mit ihnen zu kommen. Er blickte zu den gewaltigen Schädeln hoch und sah, wie sie die scharfen Zähne entblößten, weil sie glaubten, daß er zögerte. Da marschierte er rasch los. Als er sich dem Ältesten näherte, der auf einem durch viel Benutzung geglätteten Granitvorsprung saß, bemerkte er etwas in den altersblassen Augen, das ihn auf eigenartige Weise an den Wacholdermeister erinnerte.

Er blieb vor dem Ältesten stehen und erwies ihm dieselbe Ehre, als würde er einem König vorgestellt. »Im Namen Eures Hüters und der Hüterin der Menschen grüße ich Euch, Ältester, und im Namen des Allschöpfers!« Er singsangte es. Zwar wußte er, daß die Sasquatch ihn nicht verstehen konnten, doch er hoffte, daß andere Mächte ihn hörten und ihm beistanden.

Der Älteste machte eine unmißverständliche Gebärde, und Silberhaar setzte sich. Ein paar Sekunden tat sich nichts, dann streckte sich ein knotiger Finger aus, um zuerst des Harfners silbernes Haar zu berühren, dann sein eigenes. *Er meint, daß auch ich ein Ältester bin!* dachte Silberhaar. Er schüttelte den Kopf, dann deutete er von sich zu einem der Männchen. Der Älteste seufzte. Schließlich tupfte er auf seine Brust und stieß einen eigenartigen Grunzlaut hervor. Silberhaar ahmte es ihm nach, und der andere schien zufrieden zu sein.

Wie soll ich mich nennen? fragte er sich nun. *Sie können keine menschlichen Worte bilden*. Er überlegte kurz, dann pfiff er die ersten Noten seines Wanderliedes. Der Älteste pfiff es nach, dann versuchten es auch die anderen, und bepelzte Gesichter verzogen sich zu Grimassen, die, wie Silberhaar vermutete, ihre Art von Lächeln sein mußte. Eine weitere Reihe von Grunzlauten und Pfiffen folgte, doch Silberhaar konnte nur hilflos die Schultern zucken. Er kam sich sehr dumm vor, weil er sie nicht verstehen konnte. Der Wacholdermeister hätte sich mit dem Geist verständigen können. Auch Rosemarie hätte es bestimmt fertiggebracht – sie schien nie Schwierigkeiten gehabt zu haben, sich mit Tieren zu verständigen.

Eine kurze Pause setzte ein, dann sagte der Älteste wieder etwas, und einer der anderen stieg in die Höhle. Als er zurückkehrte, trug er zwei Dinge, welche die Sprache unnötig machten, und die ganzen verwirrenden Beweise, die Silberhaar gesammelt hatte, ergaben ein Bild. Denn was das Männchen ihm nun zeigte, war ein Stück Holz, zu einem Sasquatchfuß geschnitzt, und ein Fetzen rotes Tuch mit dem ihm wohlbekannten Wolfskopfwappen.

Silberhaar vergrub das Gesicht in den Händen und stöhnte. Caolin! Er wußte nicht, was der ehemalige Seneschall seit ihrer letzten Begegnung vor Santibar getan hatte, aber es war offensichtlich, daß er hier für große Schwierigkeiten sorgte. Und so, wie er Caolin kannte, befürchtete er, daß dies nur ein Teil eines größeren Planes war. In seiner Verzweiflung, vor nunmehr fast zwanzig Jahren, hatte Caolin versucht, Westria zu vernichten. Jetzt sah es ganz so aus, als versuchte er es aufs neue.

Ist es meine Schuld? fragte sich der Harfner. *Hätte ich ihn retten können, wenn ich anders gehandelt hätte?* Aber das spielte jetzt keine Rolle mehr. Er hatte keine andere Wahl, als nun gegen Caolin zu kämpfen.

Später an diesem Nachmittag, während er einem der gewaltigen Sasquatch durch den Wald folgte, mit dem abgerissenen Wappen in seinem Rucksack, und dem geschnitzten Fuß unter dem Arm, fiel ihm eine neue Strophe für sein Wanderlied ein.

Doch auf dem Weg, der vor mir liegt,
Seh' ich vieler Menschen Tod –
Die Dunkelheit hat Freund und Feind besiegt,
Und bis zum kühlen Morgenrot
Wird dieser Wanderer weiterziehn …

Er fühlte, daß der Kampf gegen Caolin sehr schlimm werden würde. Und obwohl er seine Suche nach dem Morgenstern aufgegeben hatte, der das Kind von Faris und Jehan war, hoffte er, daß die Hüter von Westria ihn finden oder einen anderen großziehen würden, der seinen Platz einnehmen und Westria retten konnte.

Die Weißvogelfrau hatte versucht, es ihm klarzumachen, doch er hatte es nicht verstanden; die Königin der Normontaine hatte es ihm gesagt, doch er hatte ihr nicht geglaubt: Seine Wanderschaft war keine Suche gewesen, sondern eine Flucht, und der Falke wurde nun schließlich gezwungen, nach Hause zurückzukehren. Alte Fehler, alte Loyalität, beides band ihn gleichermaßen. Der Großfüßer hatte ihn gelehrt, was keinem Mann und keiner Frau, denen er je begegnet war, gelungen war – Verantwortungsbewußtsein!

Die goldenen Berge von Westria mögen ja schön sein und willkommen, dachte er, *doch nicht auf diese Weise wollte ich sie wiedersehen! Was soll ich Mara sagen?* Tränen verschleierten seinen Blick, und er schüttelte den Kopf, damit er den Weg wieder sehen konnte.

Zuerst muß ich Lord Theodor finden! sagte er sich fest. *Wenn wir Caolin nicht aufhalten können, wird es keine Rolle mehr spielen, was Mara denkt; oder was ich empfinde – ganz gleich worüber!*

18

Neun Personen hatten sich in der einfach getäfelten, oberen Stube des Gasthofs zur Tannenmaid eingefunden – Männer und Frauen von beiden Seiten der Grenze. Lord Theodor und seine Enkelin vertraten Westria, Silberhaar vertrat die Königin der Normontaine. Der Harfner saß am Fenster, er achtete fast genausowenig auf das Rauschen des Windes in den Tannen, die dem Gasthof den Namen gegeben hatten, wie auf das Hintergrundgemurmel der Gespräche, noch auf das Scharren der Stuhlbeine, als die Anwesenden Platz nahmen.

Alle blickten erwartungsvoll auf Lord Theodor, doch es war Elinor, die das Wort ergriff und frei heraus redete, mit nur hin und wieder einen Bestätigung heischenden Blick auf den alten Lord. Silberhaar beobachtete sie heimlich. Er fragte sich, ob Lord Theodor dem Mädchen die Führung überließ, um seine Kraft zu schonen, oder lediglich, um ihr Übung zu geben.

»Ich möchte euch allen für euer Kommen danken. Es ist mir bewußt, daß einige von euch zu Hause alles liegen- und stehenlassen mußten, um an dieser Besprechung teilnehmen zu können, aber ich hoffe, daß sie dazu beitragen wird, die Gefahr für uns alle zu verringern.«

»Gefahr für alle?« rief ein stämmiger Grundbesitzer aus dem Westen – einer von jenen, die Silberhaar bei seinen Ermittlungen Auskunft über die Sasquatch gegeben hatten. »Treiben diese haarigen Teufel etwa auch im Osten und Süden ihr Unwesen?«

»Es gibt noch andere Arten von Teufeln. Sie reiten auf Pferden und kämpfen mit Schwertern!« sagte eine Frau aus dem Norden.

»Ich verstehe nicht.«

»Wir wollen der Reihe nach vorgehen!« sagte Lady Elinor brüsk und erinnerte Silberhaar dabei an ihre Mutter. »Wir hörten zum erstenmal von diesen Überfällen, als Boten uns vor Banden aus den Ödlanden warnten, die zwischen uns und den Wüstengebieten liegen. Mein Vater ritt sofort mit einem großen Trupp los und jagte sie bis zur Felsmark. Aber entweder haben sie sich aufgeteilt, oder es sind mehr, als wir uns hätten vorstellen können, denn der Norden hat ebenfalls unter ihnen gelitten.«

»Wir hatten Glück, daß wir mit dem nackten Leben davonkamen«, sagte die Frau, die zuvor gesprochen hatte. »Es gelang mir, meine Kinder in Sicherheit zu bringen. Sie und mein Mann sind jetzt bei Verwandten. Aber die Gesetzlosen haben unseren Hof niedergebrannt und unsere frisch bestellten Äcker zertrampelt. Es ist alles vernichtet, wofür wir so viele Jahre schufteten!«

»Das ergibt doch keinen Sinn! Gesetzlose brandschatzen und töten, aber weshalb sollten sie die Felder verwüsten, wenn sie doch zur Ernte wiederkommen und sie plündern können?« rief ein Mann aus dem Westen.

»Sinn oder Unsinn – das haben sie jedenfalls getan!« warf ein anderer düster ein. »Die Asche meiner Familie liegt unter der meines Hauses! Wenn jemand *dafür* einen Grund finden kann, so möge er sprechen! Ich bin jetzt ein Herdloser mit einem sehr durstigen Schwert!«

Der Harfner spürte, wie ihm ein Schauder über den Rükken rann. Bitter fragte er sich: *Wie viele andere werden gleich ihm Rache fordern, ehe alles überstanden ist?* Er spürte Theodors Blick auf sich, und er wußte, daß der alte Mann sich an ein anderes Mal erinnerte, als die Waldratten mit einer Grausamkeit angegriffen hatten, die jegliche Vernunft überstieg. Doch das war nur eine Bande gewesen, von einem Mann angestiftet und mit seinem Gold bezahlt. Womit konnte man Männer bezahlen, damit sie den ganzen Norden in Brand setzten?

Andere sprachen, und es begann sich ein Muster hervorzuheben. Im Osten kam die Bedrohung von menschlichen Feinden, die rasch zuschlugen und weiterzogen. Bisher waren die Streitkräfte der Korona immer zu spät gekommen, und man munkelte bereits, daß es einen in der Burg gab, der dem Feind Theodors Pläne verriet. Auch anderes hatte Silberhaar munkeln gehört: daß der alte Lord senil wurde, doch den Verlust seiner Kräfte nicht zugeben wollte; daß er seinen Sohn in die Gefahr geschickt hatte, während er sich auf die unerprobte Kraft eines Mädchens verließ.

Wenn er sie so betrachtete, fand Silberhaar nicht, daß Lady Elinor unerprobt aussah. Sie trug sichtlich vielbenutzte Reitkleidung, und mit dem blonden, am Rücken geflochtenen Haar erinnerte sie ihn an Rosemarie, die durchaus fähig gewesen wäre, ein Reich zu regieren. Mit jedem Augenblick fiel es ihm leichter, seine Erinnerungen an das Kind von damals zur Seite zu schieben und in Elinor die Kraft einer anderen jungen Frau zu sehen, die vor achtzehn Jahren an dem Komplott mitgewirkt hatte, das Caolins Sturz herbeiführte.

Und nun muß eine neue Generation wieder von vorn anfangen …, dachte er. Plötzlich fühlte er sich entsetzlich müde.

»Im Westen müssen wir nicht gegen menschliche Feinde kämpfen, sondern gegen Tiere, die zu Ungeheuern geworden sind und uns nicht in Ruhe lassen. Die Sasquatch haben das Abkommen gebrochen, und ich ersuche um eure Hilfe gegen sie, mein Lord und meine Lady! Wir haben früher gegen Waldratten gekämpft und kennen die Grausamkeit der Menschen, doch dies ist uns neu, und wir haben Angst!« Der dicke Mann blickte die anderen funkelnd an, als wolle er sie warnen, ihn ja nicht persönlicher Feigheit zu bezichtigen.

Silberhaar räusperte sich. »Und was ist, wenn die Sasquatch selbst Opfer sind? Meine Freunde, ich fürchte, die Sache ist komplizierter, als ihr glaubt. Darf ich jetzt um das Wort bitten?«

Ein Murmeln setzte ein, als jene, die ihn nicht erkannten, sich bei anderen erkundigten, wer er war. Silberhaar stand auf und wich Lord Theodors Blick aus. Er griff nach dem Sack, den er mitgebracht hatte und wartete, bis Stille einsetzte und man ihm ungeteilte Aufmerksamkeit schenkte.

»Ich wurde als der Gesandte meiner Lady, der Königin der Normontaine, hierhergeschickt«, begann er. »Doch nun bin ich auch der Abgesandte der Sasquatch …«

»Er ist verhext!« entfuhr es einem der Männer.

»Nein, wartet«, warf ein anderer ein. »Hören wir uns doch an, was er zu sagen hat.«

»Ja, hört mich an!« bat Silberhaar. »Vielleicht werdet ihr euren Augen glauben, wenn ihr meint, meinen Worten nicht trauen zu können.« Mit der Meisterhaftigkeit seiner Erzählkunst, die im Lauf der vielen Jahren schier unübertrefflich geworden war, berichtete er, wie er von den Großfüßen verschleppt worden war, und von der Mission, mit der er von ihnen beauftragt war. »Und wenn ihr die

Beweisstücke bedenkt«, fuhr er fort, »könnt ihr dann immer noch absolut sicher sein, daß alles so ist, wie es den Anschein hatte? Es gab keine Zeugen der Vergewaltigung oder der Morde, und ein Bär, aus der Ferne gesehen, könnte sehr wohl mit einem Sasquatch verwechselt werden, wenn sich die Leute erst einmal darauf versteift haben.«

»Und was ist mit den Fußabdrücken? Wir leben in den Bergen – meint Ihr etwa gar, wir wären nicht fähig, die Spur eines Sasquatch von der eines Bären oder eines Menschen zu unterscheiden?« rief Meister Jeremy, dessen Bruder getötet worden war.

»Könnt Ihr die Abdrücke einer lebenden Kreatur von denen unterscheiden, die von einem verschlagenen Verstand künstlich gemacht wurden?« Nun langte Silberhaar in den Sack, holte den geschnitzten Fuß heraus, den die Sasquatch ihm gegeben hatten, und stellte ihn auf den Tisch vor Lord Theodor. Plötzlich redeten alle durcheinander, griffen nach der Schnitzerei und reichten sie von Hand zu Hand.

»Euer Bruder wurde nicht von einem Sasquatch getötet, sondern von Menschen, denselben Menschen, die auch das unschuldige Tier töteten, dessen Fell Ihr an Eure Scheunenwand genagelt habt. Sie legten es so hin, daß Ihr es finden mußtet. Es war sehr geschickt gemacht, und Ihr habt gesehen, was Ihr zu sehen erwartet habt«, sagte Silberhaar zu Jeremy.

»Meister Harfner, Ihr wollt also sagen, daß die Überfälle durch Großfüßer in Wirklichkeit von Menschen durchgeführt wurden, die den Verdacht auf die Sasquatch lenken wollten? Vielleicht von denselben Männern, die hier die Banditen auf uns ansetzten?« Lady Elinors klare Stimme schnitt durch das laute Gemurmel.

»Männer? Ja – Männer, geführt von einem Mann, der sowohl die Fähigkeit wie auch den Willen hat, uns zu vernichten«, antwortete Silberhaar müde. »Die Sasquatch gaben mir noch ein weiteres Beweisstück, und ich bin vielleicht der einzige unter euch, der es zu deuten weiß.« Er zog den Tuchfetzen mit dem Wolfskopfwappen aus seinem Beutel und legte ihn vor Lord Theodor.

»Mein Lord«, zum erstenmal wandte er sich direkt an den alten Mann, »als ich dieses Wappen das letzte Mal sah, trugen es die Gardisten des Mannes, der Santibar für Elaya eroberte. In jenem südlichen Land nannte man ihn den Blutlord, doch wir kannten ihn unter einem anderen Namen – Caolin!«

Silberhaar beobachtete Theodor und wartete voller Furcht darauf, daß der alte Mann dem gleichen Schrecken unterlag, der ihn quälte, seit er das Wappen gesehen hatte. Aber Theodor straffte die Schultern und lächelte wie ein Kind, das die Lösung eines Rätsels gefunden hatte.

»Ich wußte, daß es nicht zu Ende war!« rief er. »Nicht, solange dieser Mann lebt! Ich konnte ihn vor achtzehn Jahren nicht in den Süden verfolgen, doch nun ist er zu mir gekommen, und ich werde nicht ruhen, bis ich ihn zur Rechenschaft gezogen habe!« Der Tisch zitterte, als Theodors Faust auf die Platte hieb.

»Großvater, sei vorsichtig!« Elinor erhob sich halb, um ihn zu beruhigen. »Spare deine Kräfte für den Kampf, denn davon wird es mehr als genug geben, wenn es stimmt, was dieser Mann sagt.« Sie bedachte Silberhaar mit einem anklagenden Seitenblick.

»Ich kenne Caolin fast so lange, wie Lord Theodor ihn kennt ...« Die Worte kamen schleppend aus Silberhaars Mund. »Und ich hatte viel später noch mit ihm zu tun, als irgend jemand in Westria. Ich schwöre, daß ich die Wahrheit spreche. Caolin hat sowohl die Fähigkeit wie den Willen, hier zu tun, was getan wurde. Ich weiß nicht, weshalb er mit dem Norden begonnen hat, aber ich glaube, er beabsichtigt, dieses Land zu schwächen, bis es ihm in die Hände fällt, oder, wenn ihm dies nicht gelingt, das Land zu zerstören ...« *Und möge der Schöpfer mir vergeben,* fuhr er in Gedanken fort, *denn ich war es, der ihn auf diese Bahn brachte.*

»Der Zauberer-Seneschall?« fragte Jeremy. »Ich habe von ihm gehört. Er wird es bitter bereuen, daß er je hierherkam!«

»Wir hier im Norden sind nicht so leicht zu schlagen!« fiel ein anderer ein. Silberhaar setzte sich, bereits vergessen, wieder ans Fenster. Es war vollbracht, und er war darin verwickelt. Er hatte sich entschieden.

»Es ist erfreulich, daß ihr so denkt ...«, sagte Elinor scharf, »aber ich halte es für angebracht, dieses Problem auch mit Verstand anzugehen, wenn dieser Caolin tatsächlich so listig ist.«

Das Stimmengewirr erstarb. Mit Fragen und Antworten ordneten und verteilten Elinor und ihr Großvater die Aufgaben, die bewältigt werden mußten, damit den Menschen im Westen die Furcht genommen und die Streitkräfte auf beiden Seiten der Grenze richtig eingesetzt werden konnten, um die Quelle des Übels zu finden und zu vernichten.

»Die Königin der Normontaine benachrichtigte mich, daß sie einen Trupp südwärts bringt, um die Grenzposten an ihrer Seite des Geisterflusses zu verstärken«, sagte Lord Theodor. Silberhaar richtete sich abrupt auf. Ihm hatte Mara das nicht mitgeteilt. Aber es wäre ja auch schwierig für einen Boten gewesen, ihn, Silberhaar, während des vergangenen Monats zu finden, weil er ja ständig unterwegs gewesen war. Verstärkung war wahrhaftig nützlich, aber weshalb kam Mara selbst mit? Glaubte sie, sie müsse persönlich Hand in Hand mit Lord Theodor arbeiten? Gewiß konnte sie sich doch in dieser Beziehung auf ihre Feldherren verlassen. Oder kam sie aus Sorge um ihn?

Als Theodor die Einzelheiten besprach, welche Truppen wo eingesetzt werden sollten, lehnte sich der Harfner an die Wand. Ein Schmerz quälte ihn bei dem Gedanken an Mara, der nichts mit körperlichem Bedürfnis zu tun hatte. Er hatte sie vermißt, wie er nie geglaubt hatte, eine Frau vermissen zu können. Aber der Gedanke, daß sie hierherkam, in Reichweite von Caolin, machte ihm Angst.

»Was mich selbst betrifft – nun, während Elinor mit der Hälfte meiner Leibgarde westwärts reitet, um die aufzuspüren, die uns mit solchen Täuschungen erschrecken wollen«, sein Finger deutete flüchtig auf den geschnitzten Sasquatchfuß auf dem Tisch, »werde ich mit der anderen

Hälfte und allen Reitern, die wir hier sammeln können, in einem Bogen nach Norden der Königin entgegenreiten. Wenn wir schnell genug sind, gelingt es uns vielleicht, die Waldratten zwischen uns in die Enge zu treiben. Und wenn wir obendrein noch Glück haben, fangen wir unter ihnen sogar den wirklich Schuldigen!«

Silberhaar erkannte plötzlich, daß sein eigener Schrecken vor Caolin von seinem Schuldbewußtsein herrührte – aber es war sinnlos, sich den Kopf zu zerbrechen, was geschehen wäre, wenn er Lady Alessia in Santibar nicht gesagt hätte, wer der Mann in Rot wirklich war. Oder drückte ihn ein schlechtes Gewissen, weil er den ehemaligen Seneschall jetzt schon wieder verraten hatte? In beiden Fällen war er zu einer Entscheidung gezwungen gewesen. Aber auch Caolin mußte sich gezwungen gesehen haben, Entscheidungen zu treffen. Und welcher Weg konnte einen Mann dazu führen, das Land seiner Geburt vernichten zu wollen?

Er zuckte zusammen, als er feststellte, daß Lord Theodor die meisten anderen mit Aufträgen losgeschickt hatte. Nun verließ Elinor mit den restlichen – und einem scharfen Blick über die Schulter auf Silberhaar – ebenfalls die Stube, so daß er mit dem alten Mann allein zurückblieb. Er schluckte und dachte, wenn er ein bißchen wachsamer gewesen wäre, hätte er eine Entschuldigung finden können, sich mit den anderen zurückzuziehen. Doch er war nicht wachsam gewesen, und er erkannte, daß er wieder eine Entscheidung getroffen hatte, indem er hiergeblieben war.

»Farin?« sagte Theodor leise, als die Stille fast greifbar auf ihnen lastete. Der Harfner blickte rasch auf, denn er hörte aus der Stimme des alten Mannes ein Zögern, das ihm ins Herz schnitt. Theodor befürchtete offenbar, abgewiesen zu werden, wenn er mehr sagte als nur diesen Namen.

»Ja – obwohl ich kaum noch weiß, wie ich auf diesen Namen reagieren soll ...«, antwortete Silberhaar und zwang sich, Lord Theodor in die Augen zu sehen. Sie waren verschleiert.

Theodor blinzelte ihn unter den herabhängenden weißen Brauen an und bemühte sich, ihn besser zu sehen.

Er ist alt! dachte der Harfner. *Als ich Elinor so sah, kam ich mir wie ein Greis vor, aber mein Lord ist doppelt so alt wie ich!* Da wurde ihm bewußt, daß er in dem alten Mann wieder seinen Lord sah, wie damals, als er in Falkenruh aufwuchs, noch ehe der König in den Norden kam und seine Schwester Faris zur Königin von Westria machte.

»Ich hätte nichts gesagt – wir befürchteten, wir hätten Euch irgendwie erzürnt, und ich hätte Euer Schweigen auch respektiert, Junge. Aber nun werden wir so eng zusammenarbeiten, und ich konnte es nicht länger ertragen ...«, entschuldigte sich Theodor verlegen.

»O mein Lord, bitte sagt so etwas nicht!« rief Silberhaar. »Ihr und Eure Familie wart immer gütig zu mir – gütiger als ich es verdiente. Und obgleich Ihr zu höflich seid, es mich zu fragen, kann ich Euch sagen, daß ich nichts Böses getan habe. Nichts, das es mir unmöglich gemacht hätte, Euch wieder unter die Augen zu treten. Nun ja ... nicht, daß ich ein makelloses Leben führte ...« Er schüttelte den Kopf, weil er nicht mehr weiter wußte.

»Mein Junge, es gibt keinen unter uns, der das von sich behaupten könnte«, sagte Lord Theodor nun fester. »Aber wenn weder Scham noch Ärger Euch von uns fernhielten, warum dann, im Namen des Bergvaters, habt Ihr uns nicht wissen lassen, was aus Euch geworden ist? Eure Schwester hielt Euch all die Jahre für tot, bis Nachricht von der Bardenschule kam und wir wieder zu hoffen begannen!«

Meine Schwester! Einen Augenblick stockte ihm der Atem, doch dann wurde ihm klar, daß Theodor seine ältere Schwester Berisa gemeint hatte, die mit Theodors Sohn Sandremun verheiratet war. *Von ihr muß Elinor das Talent geerbt haben, das Kommando zu übernehmen,* dachte er. *Ganz sicher nicht von dem gutmütigen Sandremun.*

»Wenn ich Euch den Grund dafür erklären könnte, so hätte ich Euch auch schreiben können!« antwortete Silberhaar mit schiefem Lächeln. »Aber die Meilen und die Jahre zogen dahin, und nach einer Weile fiel es mir schwer, mich zu erinnern, woher ich kam, oder wer ich gewesen war. Wenn ich den Namen Farin höre, drehe ich mich um, um zu sehen, wer noch im Raum ist. Farin von Falkenruh war ein ehrgeiziger Junge, der liebte und haßte und ein Held sein wollte. Ihn gibt es nicht mehr ...«

Theodor lächelte. »Für mich seid Ihr immer noch ein Junge, trotz Eures weißen Haares. Ich erinnere mich: Als ich vierzig wurde, glaubte ich, alles zu kennen, was die Welt zu zeigen hat. Nun bin ich über achtzig, und wenn die Welt noch etwas Neues hat, sollte sie sich beeilen, es mir zu zeigen, denn viele Jahre werden mir nicht mehr bleiben.« Er lachte. »Aber wenn Ihr möchtet, daß ich Euch Silberhaar rufe, tue ich es natürlich, obwohl es mir komisch vorkommt.«

Silberhaars Gedanken wanderten flüchtig zu einigen der Dinge, die er gesehen hatte. Er wollte den alten Mann nicht kränken und sprach es darum nicht aus, aber diese Dinge hatten ihn vielleicht mehr verändert als doppelt so viele Jahre zu Hause.

»Danke«, sagte er laut. »Ich weiß, es muß Euch töricht erscheinen. Einst hatte ich Angst, Ihr würdet mich nach Hause holen, wenn Ihr wüßtet, wo ich bin. Doch die, die mir etwas bedeuteten, wußten immer, wer ich bin, und es spielt keine große Rolle, was die anderen von mir halten.«

»Vielleicht habt Ihr recht«, überraschte ihn Theodor. »Ich denke an Elinor immer noch als kleines Mädchen, und selbst Sandremun erscheint mir manchmal noch wie ein Junge. Es fällt den Alten schwer einzusehen, daß auch der Rest der Welt sich verändert.«

»O mein Lord, Ihr dürft mich nennen, wie Ihr wollt! Doch bitte bedenkt, daß ich die Hälfte meines Lebens allein war, und wenn ich Euch jetzt kalt oder seltsam vorkomme, dann verzeiht mir. Es ist nicht, daß ich nicht zu Eurer Familie gehören möchte – ich weiß nur nicht mehr, wie das ist ...«

»Sobald ich Zeit habe, muß ich Rosemarie schreiben.« Theodor lächelte. »Sie hat sich mehr Sorgen um Euch gemacht als alle anderen. Wißt Ihr, daß sie drei Söhne und eine Tochter hat? Der älteste hat vergangenes Jahr seinen Namen angenommen. Er heißt jetzt Frederic und studiert in der Schule der Weisen.«

Nichten und Neffen waren aufgewachsen, und Silberhaar hatte es nicht miterlebt. Er kam sich vor wie der Mann aus der Sage, der eines Nachts auf einem heiligen Hügel schlief, und als er aufwachte, hatte er bereits Enkel, und alle seine Freunde waren alt geworden. *Was habe ich versäumt?* fragte er sich. Und dann: *Was habe ich gewonnen?*

Er spreizte hilflos die Hände. »Ich kann nichts versprechen, nur daß ich helfen werde, gegen Caolin zu kämpfen. Ich habe im Laufe der Jahre genug Kampf gesehen, und ich glaube nicht, daß ich Euch Schande machen werde, obwohl es lange her ist, seit ich Gürtel und Kettenhemd des Ritters trug.«

»Und werdet Ihr an den Abenden, wenn wir uns nach einem langen Tag ausruhen, auch für uns harfen?« Theodor blickte Silberhaar eigenartig an. »Ich habe Geschichten über Euer Harfenspiel gehört ...«

Silberhaar spürte, wie Wärme in sein Gesicht stieg. »Das war nicht ich ...« sagte er leise. »Es geschieht manchmal, wenn die Not groß ist. Ich befand mich in Begleitung von solchen Menschen, die den Tod nicht verdient hatten. Doch was Caolin betrifft – ich bin kein Adept, Lord Theodor, und ich glaube nicht, daß er noch einmal auf denselben Trick hereinfallen wird ...«

Silberhaar erstarrte und lauschte. Dann beendete er die angefangene Bewegung im Sattel, um sein Gewicht zu verlagern und die Muskeln ein wenig zu entlasten, die von einer ganzen Woche auf dem Pferderücken schmerzten. Er hatte vermeint, etwas gehört zu haben, das den weichen Aufschlag der Hufe auf dem morastigen Weg übertönte – etwas wie das Knarren von Leder und das musikalische Klingeln von Kettenrüstungen, doch offenbar war niemandem sonst etwas aufgefallen. Gerüchte über Caolins Banden hatte es überall gegeben, doch Silberhaar und die anderen waren lediglich auf Tage alte Spuren gestoßen. Caolin! Hier nannte man ihn den Wolfmeister, oder manchmal, in furchtsamerem Tone, den Blutlord.

Silberhaar spürte einen Lufthauch an der Wange, als der Wind sich drehte, und mit ihm schwachen Rauchgeruch. Außerdem hörte er einen Laut – ja, das war ganz gewiß ein Schrei! Der Rauchgeruch wurde stärker, und nun wurden auch Theodors Männer darauf aufmerksam. Der alte Lord richtete sich im Sattel auf und rief Befehle, woraufhin seine Leute sich sofort dicht formierten. Sie lehnten sich in ihren Sätteln vor und schlüpften in die Schlaufen ihrer Schilde.

Jemand stieß einen Jubelruf aus, als sie ihren Schritt beschleunigten, und wurde sogleich zum Schweigen ermahnt, obwohl Silberhaar überzeugt war, daß das Donnern von vierzig kanternten Pferden den Ruf verschluckt hatte. Seine Harfe holperte gegen seinen Rücken. Flüchtig dachte er, wie gut es war, daß er für den Harfenkasten einen dicken Lederüberzug hatte machen lassen, als er seinen eigenen Lederharnisch erstanden hatte. Mit der Harfe auf dem Rücken brauchte er sich wenigstens keine Gedanken zu machen, was mit ihr geschah. Denn jeder Feind, der sie beschädigen könnte, würde vermutlich auch ihn tödlich treffen. Mit Goldschwan sah er in der Schlacht gewiß seltsam bucklig aus, aber es störte Silberhaar nicht, wenn er den Feind erschreckte.

Er rückte seinen Schild am Arm zurecht und hielt die Zügel kürzer, als ihm bewußt wurde, wie trocken sein Mund war. So viele Tage waren sie einer kalten Fährte gefolgt – die Vorstellung, daß sie vielleicht jeden Moment um ihr Leben kämpfen würden, wirkte irgendwie unwirklich. Vielleicht lag es aber auch an der Tatsache, daß er nach so vielen Jahren des einsamen Wanderns nun wieder voll gerüstet Lord Theodors Rabenbanner folgte. Als er dies zuletzt tat, war er noch ein Jüngling gewesen, begierig auf Ruhm und Ehre, und hatte es kaum erwarten können, den Helden für den König zu spielen.

Das war meine erste Schlacht …, wurde ihm plötzlich fast erschrocken bewußt. *Wird die bevorstehende etwa meine letzte sein?* Der Gedanke hatte eine seltsam anziehende Symmetrie. Heftig schüttelte er den Kopf. Solche Grübeleien könnten schneller sein Tod sein, als ihm vorbestimmt war. Er richtete den Blick auf Theodors geraden Rücken.

»Er sieht zwanzig Jahre jünger aus als noch heute morgen ...« sagte er unwillkürlich zu dem Mann an seiner Seite.

»O ja – und weil Lady Elinor nicht dabei ist, wird er auch auf niemanden hören, der ihm rät, auf sich aufzupassen. Er war in jüngerer Zeit ein beachtlicher Recke, und nun gibt die Aufregung ihm neue Kraft. Aber wenn sie nachläßt, was dann?« Der Mann fluchte, als sein Pferd stolperte und riß es wieder hoch.

»Dann werden wir seinen Leichnam heimbringen, und die Schmach wird auf unserer Seele lasten – so wird es aussehen ...«, brummte ein anderer. »Ich hatte gehofft, wir würden noch vor der Feindberührung auf die nordische Königin stoßen. Sie hätte sich des alten Lords annehmen können. Aber jetzt ist es zu spät – wir müssen ihm folgen und ihn beschützen, so gut wir können.«

Silberhaar nickte. Ganz in seine eigenen Sorgen vertieft, hatte er gar nicht darüber nachgedacht, wie sich Theodors Leute fühlen mußten. Die meisten waren jung – die Söhne oder Neffen der Männer, an deren Seite Silberhaar gekämpft hatte –, und ihnen mußte Lord Theodor so alt wie der Allschöpfer vorkommen. Zweifellos hatten sie recht, aber an Theodors Stelle hätte er es genauso gemacht. Es war viel besser, im Kampf zu fallen, als griesgrämig alt zu werden wie sein Vater. *Und wenn ich so alt bin, werde ich dann wie Lord Theodor handeln?* fragte er sich grimmig, aber er konnte sich nicht vorstellen, daß er ein so hohes Alter erreichen würde, daß eine solche Wahl getroffen werden mußte.

Der Weg bog durch die letzten Bäume und führte vorbei an einem Stück Weideland am Ende eines ovalen Tales tief in den Bergen. Der Geruch des Holzrauches wurde stärker, und alsbald konnte Silberhaar sehen, daß der Rauch von einer mit Palisaden umgebenen Siedlung hoch in den Himmel aufstieg.

Die Zeit verzerrte sich seltsam, als sie ihre Pferde zum Galopp antrieben. Theodors Trompeter stießen herausfordernd in ihre Instrumente, und die Luft schimmerte von den gezückten Schwertern. Silberhaar biß die Zähne bei dem schüttelnden Ritt zusammen. Er wußte, in wenigen Augenblicken würde es soweit sein.

Dunkle Gestalten drängten sich vor dem Tor. Da die Siedler noch heftigen Widerstand leisteten, hatten die Banditen beschlossen, sich auf dem offenen Feld Theodors Truppen entgegenzuwerfen, wo sie ihre Zahl vorteilhaft einsetzen konnten. Mit jedem Augenblick wurden es mehr, und schließlich sammelte sich das Durcheinander zu einer geordneten Reiterformation, die sich zum Ansturm in Trab setzte.

Die Gardisten drängten ihre Pferde an Lord Theodor vorbei, um einen verlängerten Keil von der Breite der Straße zu bilden, der ihn und seinen Bannerträger schützen sollte. Silberhaar lenkte sein Pferd vorwärts, bis er an der Seite des alten Lords ritt. *Wenn dies eine Ballade wäre, würde allein schon das Blitzen von Theodors Augen den Feind vernichten,* dachte Silberhaar. Und dann trafen die beiden Trupps aufeinander, und er hatte keinen anderen Gedanken mehr, als den Griff um Schwert und Zügel zu verstärken.

Die Westrianer schossen durch ihre Gegner, und beide Seiten mühten sich ab, ihre Pferde zu wenden, um den Feind vor die Klinge zu bekommen. Sie breiteten sich über die Straße hinweg aus und zertrampelten die frisch bestellten Äcker. Blut spritzte auf Silberhaars Stiefel, als ein Bandit den Schenkel des Reiters neben ihm aufschlitzte. Der Wallach schnaubte und bäumte sich bei dem Blutgeruch auf. Silberhaar zerrte am Zügel, um ihn herumzudrehen. Er wünschte sich, er hätte ein kampferfahrenes Pferd finden können, während er sich gegen die Steigbügel stemmte, als die Klinge des Banditen gegen seinen Schild schmetterte.

Sein Wallach tänzelte noch immer im Kreis. Silberhaar hieb unter den erhobenen Arm des Angreifers und zielte auf den Spalt im eisenverstärkten Harnisch. Die Klinge drang mit voller Wucht ein, und Silberhaar umklammerte wild den Griff, als sein Pferd sich drehte. Doch dann kam die Klinge plötzlich frei, und er duckte sich hastig, als das Schwert seines Gegners den nun kraftlosen Fingern entglitt und dicht an ihm vorbei durch die Luft flog.

Silberhaar gab dem Wallach die Fersen, um ihn zurück in die Schlacht zu drängen. Das weiße Banner schaukelte heftig mitten im Getümmel, und er hörte Lord Theodors Schlachtruf. Ein Bandit warf sich Silberhaar entgegen. Der Aufprall seines Schwertes auf dem hochgeworfenen Schild des Gegners hätte es ihm fast aus der Hand geprellt. Er riß den verstörten Wallach auf die Hinterbeine, drehte sich im Sattel und hieb zu. Das Schwert schnitt durch den dicken Pelz des Gegners, ohne das Fleisch darunter zu berühren.

Ein Pferd in der Nähe wieherte grell. Der Wallach bäumte sich hysterisch tänzelnd auf und wirbelte Silberhaar heraus aus dem Getümmel. Er sah durchgehende Pferde und zu Fuß kämpfende Männer. *Ich hätte von vornherein absitzen sollen,* dachte er. Er zog die Füße aus den Steigbügeln und lenkte den Wallach in engen Kreisen, bis das Tier sich einen Augenblick lang still genug hielt, daß er den Schild fallen lassen und aus dem Sattel rutschen konnte.

Jemand rannte auf ihn zu. Silberhaar plagte sich verzweifelt, den Schild wieder auf den Arm zu bekommen. Noch auf einem Knie, hob er ihn an, um den ersten Hieb des Angreifers aufzufangen. Einen Moment konnte er sich nur mit dem Schild verteidigen, doch dann fanden seine tastenden Finger den Schwertgriff. Er schwang die Klinge zurück und herum, ehe sein Gegner rückwärts zu springen vermochte, und dann spürte er, wie sie durch Leder und Muskeln und Knochen des Mannes Bein schnitt, und er hörte den gellenden Schrei, als sein Gegner zu Boden ging.

Schwer atmend kam Silberhaar auf die Füße. Mit seinem Schild schlug er den des anderen zur Seite, stieß dem Mann die Schwertspitze in den Hals und lehnte sein ganzes Gewicht auf die Klinge, bis der Gegner sich nicht mehr regte. Nicht sehr elegant, fand er, aber es hatte ihn gerettet.

Er richtete sich auf, nahm Kampfstellung ein und hob die tropfende Klinge, als ein neuer Gegner auf ihn zustürmte.

Als er für einen Augenblick seinen Blick in die Runde schweifen ließ, sah er, daß auch die meisten anderen bereits abgesessen waren. Er blickte zu der befestigten Siedlung und sah etwas Weißes aufblitzen, als das Banner mit den zwei Raben schwankte und fiel. Er schrie Theodors Namen und begann zu laufen.

Mit Wutgebrüll drängten Theodors Gardisten eine Schar Banditen zu der Siedlung zurück, wo die Bewohner, die den ersten Ansturm überlebt hatten, auf sie warteten. Doch wo das Banner gefallen war, hatte sich ein kleiner Trupp gesammelt. Als Silberhaar sie erreichte, stieß jemand soeben das Banner aufrecht in den Boden, aber er sah nur Lord Theodor quer über der morastigen Straße liegen, als hätte jemand einen mächtigen Baum gefällt.

»Wie schlimm ist es? Wo ist er verwundet?« fragte er den Jungen, Theodors Knappen, der des alten Mannes Kopf auf seinen Schoß gehoben hatte.

»Ich weiß nicht – ich weiß nicht ...« Die Wangen des Jungen waren naß von Tränen der Angst und Wut. Ein anderer, der Lord Theodors Beine ausgerichtet hatte, blickte auf. »Es ist keine Wunde zu sehen – der Bannerträger wurde niedergeschlagen, und mein Lord tötete seinen Mörder. Dann schrie er auf und fiel.«

Obwohl er schweißüberströmt war, fröstelte Silberhaar plötzlich. Er kniete sich neben Lord Theodor, legte sein Schwert ab und griff nach den Händen des alten Mannes. Der Puls war schwach, und er sah, wie unregelmäßig sich Theodors Brust hob und senkte.

Jemand hatte einen Wasserbeutel gefunden, den Silberhaar dem alten Lord an die Lippen drückte, als dieser die Lider hob.

»Mein Arm – bin ich verwundet? Mir ist, als quetsche eine Riesenhand mein Herz!« Theodor nahm einen Schluck Wasser, und seine Augen richteten sich auf Silberhaar. Dann begann er zu husten und keuchen, und der Harfner nahm rasch den Wasserbeutel von seinen Lippen.

»Sorgt dafür, daß er sich ganz still hält!« murmelte Silberhaar. Er versuchte sich zu erinnern, was er von diesen Symptomen gehört hatte, und was man in einem solchen Fall tun mußte. Auf die eine oder andere Weise hatte er eine Menge über die Behandlung von Verwundeten gelernt, doch Lord Theodor war nicht durch die Hand eines Sterblichen niedergestreckt worden.

»Mein Lord, mein Lord – versucht, Euch zu entspannen! Atmet tief und gleichmäßig – kämpft nicht gegen den Schmerz an ...« Seine Finger lagen noch auf Lord Theodors Handgelenk. Er spürte den Puls wild flattern, dann beruhigte er sich.

»Farin ...« Theodor hatte die Augen wieder geschlossen, doch er atmete leichter.

»Ich bin hier«, antwortete Silberhaar, so gefaßt er es vermochte.

»Legt – mein Schwert – in meine Hand.«

Silberhaar nickte einem der Gardisten zu, und dieser hob das große Schwert auf und gab den mit Silberdraht umwikkelten Griff in die Hand seines Lords. Einen Moment schlossen sich Theodors Finger ganz fest um ihn, und er lächelte zufrieden – wie jemand, der eine schwierige Aufgabe vollendet hat.

»Ich habe immer gehofft, ich dürfe mit dem Schwert in der Hand auf dem Schlachtfeld sterben.« Er öffnete die blauen Augen und sie waren klar. Silberhaar wollte widersprechen, doch Theodor schüttelte fast unmerklich den Kopf. »Nein«, sagte er. »Gleich wird die Faust sich wieder um mein Herz schließen. Sagt Sandremun und Elinor, daß ich es so wollte. Und Rosemarie müßt Ihr sagen, daß ich der erste von euch war, der in diesem Krieg fiel, den Caolin angezettelt hat. Ich hoffe, daß ich der einzige bleibe, denn meine Zeit ist längst abgelaufen. Doch Ihr müßt weitermachen, Farin – er war schon einmal nahe daran, uns zu vernichten. Laßt nicht zu, daß es ihm jetzt gelingt!«

»Nein – nein! Theodor, vergebt mir, ich ...«

»Was vergeben?« flüsterte Theodor. »Bewahrt mir ein gutes Gedenken ...«

Silberhaar stammelte eine Antwort, doch Theodor hörte nicht zu. Einen Moment verschleierten sich seine Augen überrascht, und er lächelte. Seine Brust hob und senkte sich noch zweimal, dann nicht mehr. Silberhaar wurde bewußt, daß es diesmal keine Riesenfaust gewesen war, sondern eine ganz sanfte Berührung. Doch sie hatte genügt, den alten Mann nach Hause zu rufen. Als er Theodor noch einmal in die Augen blickte, waren sie leer.

Weinend beugte sich der Knappe darüber und schloß sie. Silberhaar gab Theodors Hand frei und setzte sich auf die Fersen zurück. *Gleich werde ich weinen wie sie,* dachte er. *Oder ich werde meinen Schmerz hinausbrüllen. Nein, ich werde ein Klagelied für ihn machen, das allen Tränen entlockt, selbst wenn sie nicht einmal seinen Namen kannten ... Das ist, was ich immer tue! Das ist alles, was ich jetzt tun kann ...*

Doch statt dessen griff er nach seinem Schwert, stand auf, stapfte davon und fing schließlich zu rennen an, ohne die Fragen derer zu beantworten, die um den Leichnam des Mannes kauerten, der der Lordbefehlshaber der Korona gewesen war. Am Siedlungstor wurde noch gekämpft, und durch Silberhaars tränenverschleierten Augen sahen alle Banditen wie Caolin aus.

19

»Wie konntest du deine Hände nur so in Gefahr bringen, Silberhaar? Ich dachte, Harfner hüteten sie wie einen Schatz. Ich habe dich doch nicht in den Süden geschickt, daß du als Einmannarmee in den Krieg ziehst!« Mara schüttelte den Kopf.

Silberhaar drückte dem Wallach die Fersen in die Flanken, um ihn in gleiche Höhe mit der Fuchsstute der Königin zu bringen, und seufzte. »Mara, es ist schon gut. Immerhin liegt es bereits einen Monat zurück – gib Frieden.« Er streckte die behandschuhte Linke aus und bog und streckte die Finger.

Er erinnerte sich nicht, was nach Lord Theodors Tod geschehen war, aber offenbar war er wie ein Wahnsinniger über die restlichen Banditen hergefallen und hatte mehrere getötet, bis einer seine Hand mit der flachen Schwertklinge zerquetschte. Trotz seiner Worte an Mara hatte er einen Schauder unterdrücken müssen bei dem Gedanken, was geschehen wäre, hätte der Gegner die Klinge richtig gezielt. Ein fingerloser Harfner? Das wäre so schlimm wie ein beinloser Reiter. Ohne seine Hände hätte er sich sofort töten können, um es hinter sich zu bringen.

»Wenn du vorhast, dergleichen öfter zu tun, solltest du eiserne Handschuhe tragen«, sagte sie streng. »Ich werde dafür sorgen!«

Silberhaar blickte von der kurvenreichen Straße hoch. Nur ein paar Schäfchenwolken trieben über den Himmel, und jede Tanne hob sich in dem klaren Licht deutlich ab. Es fiel schwer zu glauben, daß Caolin irgendwo an den Hängen vor ihnen lauerte. Würde es ihnen gelingen, ihn zu stellen? *Wenn ja, gehören mehr als eiserne Handschuhe dazu, mich zu schützen!* dachte er grimmig.

Doch das erinnerte ihn an die Angst, die ihn schon den ganzen Tag quälte, und er wandte sich wieder Mara zu. »Kann ich dich denn gar nicht überreden, zurückzubleiben, wenn wir auf sie stoßen?«

Sie schüttelte den Kopf. »Ich führe ein Schwert zwar nicht gut genug, daß ich im Nahkampf eine große Hilfe wäre, aber ich kann Befehle erteilen, und vielleicht gibt es auch Arbeit für meinen Bogen. Wenn wir ankommen, möchte ich dich und den Trompeter an meiner Seite haben. Ich will selbst unterhandeln. Auf diese Weise kann ich mich außerdem versichern, daß du nicht wieder zum Berserker wirst!«

Silberhaar wollte erwidern, wie lächerlich das war, aber ihn hatte nach Theodors Tod tatsächlich der Kampfrausch gepackt, und er wußte nicht weshalb. Es war schließlich nicht das erstemal gewesen, daß jemand starb, den er gemocht hatte. Er fragte sich, ob er vielleicht unterbewußt den Tod gesucht hatte, um zu sühnen, weil er seinen Lord nicht hatte retten können. Vielleicht aber auch, weil niemand erwarten konnte, daß er aus dem Reich der Toten nach Hause zurückkehrte. Für Theodor war der Tod ein ruhmvoller Abschluß gewesen. Doch der Tod würde sich von jemandem abwenden, der ihn suchte, weil er Angst zu leben hatte. Wieder seufzte er, und Mara griff nach seiner Hand.

»Ich liebe dich, weißt du? Ich würde dir helfen, wenn du mir nur sagtest, was ich tun kann«, versicherte sie ihm leise.

Er blickte sie an. Der Sonnenschein ließ das Silber in ihrem kupferfarbenen Haar aufglänzen und spielte um die feinen Linien der Erfahrung um ihre Mund- und Augenwinkel. Ihre Haut war während dieser Tage an frischer Luft gereift wie ein Apfel, und ihre Augen waren klar wie der Himmel.

»Ich habe nie verstanden, wieso du mich magst ...«, gestand er stockend. »Ich trinke, ich schmolle, und ich hacke wie ein frisch gefangener Falke nach der Hand, die mich beruhigen will. Und doch kannst du immer noch sagen, daß du mich liebst ...«

»Wenn du es verstehen könntest, würde ich dich vielleicht gar nicht so sehr lieben.« Sie lachte ihn an, dann wurde sie wieder ernst. »Ich weiß, daß du mich eines Tages verlassen wirst. Wenn es soweit ist, werde ich weinen, doch weil ich dich liebe, werde ich dich gehen lassen.«

Silberhaar vermochte ihr nicht in die Augen zu blicken. Er starrte hinunter in die Schlucht, die schon seit einigen Meilen parallel zu ihrem Weg verlief. Rauhe Bimssteinwände fielen steil zu einem kleinen, sumpfigen Tal ab, das mit frischem Gras und Blumen überwuchert war. Er hätte leicht einen Stein hinunterwerfen können, doch die unberührte Schönheit dieses Tales war unerreichbar für ihn und jedes andere Geschöpf, das keine Flügel besaß.

Ich wollte, ich wäre da unten in Sicherheit, und Mara mit mir, dachte er, dann wandte er sich ihr erneut zu.

»Meine Lady, bitte, kehr um, solange es noch möglich ist. Ich würde noch mehr als zum Berserker, wenn dir etwas zustieße!« flehte er sie an.

»Nein«, antwortete sie sanft. »Wir werden diese Schlacht gemeinsam schlagen!«

Schweigend folgten sie dem aufwärtsstrebenden Weg. Bald schon ritten sie zwischen Schneefeldern hindurch, doch da und dort kam auf baumfreien Flächen bereits der Boden zum Vorschein. Der Weg war grau und matschig, wo Pferdehufe Schlamm in den Schnee getrampelt hatten – viele Pferde hatten diesen Weg genommen, und vor noch gar nicht so langer Zeit. Silberhaar spürte seinen Pulsschlag schneller werden, und er wußte, daß es nicht an der Höhe lag. Die Sonne schien warm, von den Schneefeldern aber wehte eine eisige Brise herüber. Doch nicht die Kälte war es, die Silberhaar frösteln ließ.

Und plötzlich war kein Hang mehr vor ihnen, nur noch der weiße Kraterrand, der sich vom tiefblauen Himmel abhob. Maras Feldherr, Nikolas vom Tal, hob die Hand. Sie hielten in den tiefen Schatten der letzten Nadelbäume an. Er winkte, woraufhin zwei Männer absaßen und zwischen den Bäumen verschwanden. Nach einer Weile glaubte Silberhaar, Bewegung am Hang zu sehen, doch beide Männer hatten weiße Umhänge über ihre Reitkleidung geworfen, und er war nicht sicher.

Er ist dort, ich weiß es!! Schon jetzt verriet ihm der schmerzhafte Druck im Magen, was die Kundschafter bei ihrer Rückkehr melden würden. Er wünschte sich jetzt, jemand von der Schule der Weisen hätte sie begleitet, oder einer von Maras Priestern. Die Spannung in der Luft ließ seine Haut prickeln. Er glaubte nicht, daß es nur der Schatten war, der Mara so bleich aussehen ließ. Der Sage nach hatten sich einst Zauberer auf der Insel des Sees bekriegt, der den Krater füllte. Nun befand sich dort vielleicht wieder ein Zauberer.

Etwas rührte sich zwischen den Bäumen. Silberhaar sah, wie die zwei Kundschafter ihre weißen Umhänge ablegten und Sir Nikolas Bericht erstatteten. Der Feldherr nickte, dann lenkte er sein Pferd den Weg zurück zu Mara und Silberhaar.

»Wir haben ihr Lager gefunden – am Kraterrand, genau

wie wir erwarteten. Unsere Kundschafter töteten den Vorposten und konnten verhältnismäßig nahe herankommen. Sie sagten, daß es Hütten für etwa fünfzig Mann gibt und Gehege, daß sich jedoch nur wenige Pferde dort befanden ...«

Mara nickte. »Glaubt Ihr, daß sie das Lager aufgegeben haben?«

»Nicht aufgegeben, meine Lady, aber wahrscheinlich ist der Haupttrupp weitergezogen. Wenn wir oben sind, erfahren wir Näheres aus den Fährten. Da ist jedoch noch etwas – die Kundschafter sahen Rauch auf der Insel«, sagte Sir Nikolas.

Maras Knöchel hoben sich weiß unter der Haut ab, als sie die Zügel umklammerte, und ihre Stute warf nervös den Kopf herum.

»Ich hätte es wissen müssen«, murmelte die Königin. »Es war zu erwarten! Wenn sich dort jemand aufhält, müssen wir sofort etwas gegen ihn unternehmen!«

»Wieso?« fragte der Harfner.

»Die Insel ist das Zentrum der Kräfte des Berges, und der Mazama ist mit jedem anderen Gipfel des Nebelgebirges verbunden. Wenn jemand dort Zauberei wirkte ...«

»Könnte er jeden Vulkan der Normontaine zum Ausbruch bringen«, beendete Silberhaar den Satz für sie.

»Nicht nur der Normontaine ...« Mara deutete westwärts. »Der Gipfel, den ihr Bergvater nennt, gehört ebenfalls zu dieser Kette. Von der Insel aus könnte Caolin die Schule der Weisen zerstören!«

Hinter ihnen summte eine Sehne wie eine Harfensaite, als eine von Maras Frauen ihren Bogen spannte.

»Dann reiten wir jetzt ...« Sir Nikolas salutierte und wendete sein Pferd. Alle setzten sich wieder in Bewegung, und Silberhaar blinzelte in die grelle, blendende Helligkeit, als sie in die Schneefelder hinausritten. Die Pferde rutschten, weil der matschige Weg immer steiler wurde. Zwischen dem dunklen Grün der Nadelbäume glitzerte der weiße Kraterrand wie eine Messerklinge an der Kehle des Himmels.

Und dann waren sie oben. Silberhaar bemühte sich, die Vielfalt der Eindrücke zu ordnen – die kreisrunde Fläche des Sees unter ihnen, von einem tiefen Kobaltblau mit purpurnen Schatten, wo sich die roten Steilwände des Kraters im Wasser spiegelten, und die spitze graue Insel, von der Rauchfähnchen aufstiegen; das glitzernde Weiß des Schnees rings um den Rand, der von der Sonne zu phantastischen, feinen Gebilden geformt war; und schließlich die flache Felsplatte vor ihnen, wo die dunklen Gestalten vieler Männer aus den Hütten traten, die so leer erschienen waren. Auch zwischen den windverkrüppelten Bäumen kamen Männer hervor.

Maras Trompeter blies drei klare Noten, und Sir Nikolas ritt mit seinen Leuten im Kanter auf den Feind zu. Zurück blieben die Königin, ihre beiden Bogenschützinnen, vier Leibgardisten, der Trompeter und der Harfner. Während die Normontainer auf den Feind zudonnerten, hatte Silberhaar das Gefühl, diese Szene in den vergangenen Wochen schon viele Male gesehen zu haben. Gewiß hatte man sie getäuscht! Gewiß war dies auch nur eine weitere Banditenschar!

Er straffte die Zügel, um den anderen nachzureiten, als er sah, daß bereits alles vorbei war. Caolins Männer flohen! Einige über den Berg zu der Senke, wo sie ihre Pferde versteckt hatten, andere zum unmittelbaren Kraterrand, wo ein Fellboot wartend an einer Winde hing. Ein paar kletterten hinein, während andere ihnen Schutz gaben und sie die Kraterwand zum Wasser hinunterließen. Sie zogen die Taue wieder hoch, um ein zweites Boot zu befestigen, als Sir Nikolas' Männer sie erreichten und niederstreckten. Da ließ Mara Silberhaars Hand los, und sie ritten zum Kraterrand, um sich Sir Nikolas anzuschließen. Es schien plötzlich sehr still zu sein, abgesehen von einem Geier, der am blauen Himmel aufgetaucht war, und dem Fellboot, das über das Wasser kroch.

Die Stimme der Königin durchbrach die Stille. »Es sind noch zwei Boote da. Wir müssen ihnen folgen. Es hat wenig Sinn, dem Ungeheuer die Arme abzuschlagen, wenn der Kopf noch da ist, der Befehle erteilen und neue Arme nachwachsen lassen kann. Und er befindet sich ohne Zweifel auf der Insel ...« Silberhaar erinnerte sich, was sie zuvor gesagt hatte.

»Gut«, sagte Sir Nikolas. »Ich werde meine Männer aufteilen und wir ...«

»Nein, Ihr bleibt hier. Laßt den Feind verfolgen, dem es gelungen ist, den Berg hinunter zu fliehen, und deckt uns den Rücken. Ich werde Leibgardisten mitnehmen und zur Insel rudern.«

»Aber, meine Lady!«

»Mara!« protestierte auch Silberhaar. Nach einem Moment der Stille streckte Nikolas beschwörend eine Hand aus, schwieg jedoch.

»Mara, meine Königin, das war zu leicht!« rief Silberhaar. »Caolin hat uns auf der Insel eine Falle gestellt! Er wartet dort unten auf dich!«

Sie seufzte. »Das ist mir völlig klar. Aber haben wir ihn nicht verfolgt, um ihn zu stellen? Es ist meine Pflicht, ihm jetzt gegenüberzutreten. Verstehst du das nicht? Er befindet sich auf der heiligen Insel, und ich bin die Königin der Normontaine. Ich habe keine Wahl – er vermag das Herz meines Reiches in seiner Hand zu zerquetschen!«

Silberhaar starrte sie an. Er erinnerte sich, wie er sie zuerst gesehen hatte: als die Lady des Reiches. Ebenso erinnerte er sich, daß er den König und die Königin von Westria gesehen hatte, wie sie die Kraft der Elemente gegen einen Waldbrand einsetzten. Und ebenso, wie sein Harfenspiel für ihn eine Art Priesterschaft bedeutete, hatte auch Mara etwas, das ihr heilig war.

»Ich komme mit«, sagte er da, ohne auf Sir Nikolas zu achten. Sein Blick ruhte auf Mara, und so entging ihm nicht, daß sie es zuerst verbieten wollte. Und als hätte sie laut gesprochen, hörte er die Worte, die sie vor den anderen nicht äußern konnte – unausgesprochene Worte, die auch seine eigenen waren: *»Warum fällt es mir soviel schwerer, dich dem Tod ausgesetzt zu sehen als mich selbst?«*

Da wurde ihm bewußt, daß er nun – vielleicht zum

ersten Mal – wirklich glaubte, daß sie ihn liebte. Doch ihm war nicht die Zeit vergönnt, jetzt darüber zu staunen, denn strenge Befehle der Königin hatten Sir Nikolas' Proteste erstickt, und der Feldherr teilte Männer für die Boote sowie zur Bewachung und Bedienung der Winde ein.

Sechs Männer wurden bereits schaukelnd im ersten Boot hinuntergelassen. Das zweite wurde für vier weitere Gardisten, Silberhaar und die Königin bereitgemacht. Jemand fragte, ob er den Harfenkasten beim Rest seiner Ausrüstung zurücklassen wollte, doch er machte sich nicht einmal die Mühe, zu antworten.

Es war nicht leicht, mit dem Fellboot umzugehen, doch glücklicherweise begleiteten sie Männer vom See oberhalb der Geisterfälle, die mit den Booten zurechtkamen. Das andere Boot wartete auf sie, und nebeneinander paddelten sie die halbe Meile über den tiefen Kratersee zur Insel. Beim Näherkommen schien das Wasser dunkler zu werden. Silberhaar blickte auf und sah, daß finstere Wolken den Himmel überzogen. Ein kalter Wind kräuselte die Oberfläche des Sees und schaukelte das Fellboot.

Bewaffnete erwarteten sie auf dem felsigen Ufer. Das andere Boot landete als erstes, und die Normontainer stiegen rasch aus und bildeten einen Schildwall, damit das Boot der Königin sicher anlegen konnte. Doch die Banditen machten keine Anstalten, sie anzugreifen. Sie standen abwartend da, während die Luft immer dunkler und der Wind immer kälter wurde.

Der Wind ächzte. Gereizt schüttelte Silberhaar den Kopf, bis ihm bewußt wurde, daß es nicht die Luft selbst war, die ihm zu schaffen machte, sondern ein Laut, den sie herbeitrug: ein seltsames, dröhnendes Summen. Er blinzelte, denn er war nicht ganz sicher, ob sein plötzliche Unsicherheit auf das wechselnde Licht oder auf das Geräusch zurückzuführen war. Sowohl Augen wie Ohren wollten ihm offenbar einen Streich spielen – die Formen der feindlichen Krieger schienen zu verschwimmen und sich zu verdoppeln, und etwas war hinter ihnen, etwas, das aussah wie der Schatten eines Sasquatch oder eines großen Bären ...

»Silberhaar, was geht hier vor?« flüsterte Mara. »Ist das dein abtrünniger Zauberer?«

»Ein Gestaltwandler!« zischte ein Gardist. »Sie können in jedem Lande erscheinen, wenn ein Zauberer sich Schwarzer Magie bedient. Wir müssen ihn verbrennen!«

Silberhaar schüttelte den Kopf. Caolin war von den Steinen der Macht gebrannt worden, doch ihr Feuer war nur eine vorübergehende Ausbrennung gewesen. Er wußte, daß der Exseneschall seine alten Kräfte in Elaya wiedergewonnen hatte, doch dieser Schatten, der vor ihnen wogte, war etwas anderes. Es war eine neue und noch schrecklichere Zauberei, die Caolin seit ihrer letzten Begegnung bei Santibar gelernt haben mußte.

Mara griff nach ihrem Bogen. »Das gefällt mir nicht. Ein Pfeil könnte vielleicht ...«

»Nein, tu es nicht!« flüsterte Silberhaar. »In diesem Licht würdest du ihn nicht treffen, und wenn er dich unbewaffnet sieht, hält er dich vielleicht für ungefährlich ...« Gewiß würde Caolin nicht so töricht sein, der normontainischen Königin etwas anzutun, wenn er wußte, wer sie war!

Er holte tief Luft, um Caolin zuzurufen, doch einer der Normontainer, den dieses Summen um den Verstand brachte, stürmte mit einem Aufschrei über die Steine auf den Feind zu. Andere folgten ihm. Schwerter schimmerten im kalten Licht. Schreie gellten, wo Männer miteinander kämpften; doch wo der Schatten hinter ihnen zuschlug, fielen sie stumm zu Boden.

Der seltsame Gesang des Schattens summte in Silberhaars Kopf. Es war ein Zauberlied, ähnlich dem der Weißvogelfrau, nur daß dieses Lied eine völlig andere Art von Helfern herbeirief, und daß schon sein Klang obszön war.

Silberhaar nahm plötzlich den Harfenkasten vom Rükken, stellte ihn auf einen Felsbrocken und öffnete ihn mit zittrigen Fingern. Ohne auf Maras Frage zu achten, nahm er Goldschwan in die Arme. Doch selbst mit dem Ohr dicht über die Saiten gebeugt, vermochte er kaum etwas zu hören – er konnte nur hoffen, daß die Harfe gut genug gestimmt war. Er versuchte sich an etwas zu erinnern, was die Wasserfallmeisterin in der Bardenschule gesagt hatte – etwas über die Wirkung von Vibrationen, und wie einem Laut durch einen anderen harmonisch begegnet werden konnte.

Er bemühte sich, Caolins Noten zu hören, ohne von ihnen beherrscht zu werden. Dann griff er rasch nach den Saiten, die sie beantworten würden. Er zupfte einzelne Noten, dann Akkorde, bis Sänger und Harfe in einem ungewöhnlichen Duett vereint waren. Silberhaars Verwirrung ließ nach, und alsbald hörte er Mara erleichtert seufzen. Kurz darauf hielt die dunkle Gestalt an und drehte sich um. Da wußte er, daß auch Caolin ihn gehört hatte.

Grimmig lächelnd spielte Silberhaar nun lauter. Das Handgemenge um sie endete, und der Schatten, der Caolin war, kam den Hang herab auf sie zu. Ein paar Schritte von ihnen entfernt blieb er stehen, und nun, als hätten Nebelschleier sich gelüftet, sahen sie den Mann, wie er war – das verwüstete Gesicht unverfälscht über dem dunkelroten Umhang.

»Ihr seid Caolin, den sie den Wolfmeister nennen?« Maras Stimme klang ruhig und gefaßt.

»Der bin ich, meine Lady. Man gab mir schon viele Namen, doch so nennt man mich hier.«

Es war fast bestürzend, diese wohlbekannte Stimme so kühl, ja fast liebenswürdig zu hören, wenn man wußte, daß dieser *Gesang* aus derselben Kehle gekommen war. Silberhaars Finger zuckten über den Saiten, als er auf Maras nächste Worte wartete. Sie hatte diese Begegnung gewollt, und er durfte nichts dagegen unternehmen, obwohl jeder Nerv in ihm danach schrie, zu kämpfen oder zu fliehen.

»Ich bin gekommen, um für Westria und die Normontaine mit Euch zu unterhandeln. Ich nehme an, daß Ihr Forderungen stellen wollt. Was verlangt Ihr, wenn Ihr uns in Frieden laßt? Wir könnten Euch vernichten, doch ich möchte nicht noch mehr Leben und Zeit vergeuden. Wenn Ihr vernünftig seid, können wir gleich hier zum Abschluß kommen.« Mara stand kerzengerade, und ihre Lippen waren weiß vor Zorn, doch Caolin mochte das als Furcht deuten.

Caolin blickte von ihr zu Silberhaar und wieder zurück. Dann lachte er.

»Meine teure Lady, was hättet Ihr mir zu bieten? Ihr wärt bereits alle tot, wenn ich nicht das Bedürfnis hätte, eine ganz bestimmte und sehr persönliche Rechnung mit Eurem Lieblingsspielmann zu begleichen. Findet Ihr ihn als Bettwärmer denn brauchbar? Ich würde meinen, daß es unbefriedigend ist, mit einem Mann zu schlafen, dessen erster Instinkt bei Gefahr ihn nach seiner Harfe greifen läßt. Aber vielleicht könnt Ihr nichts Besseres finden ...« Er zuckte abfällig die Schulter.

»Ich werde den Harfner nehmen«, fuhr Caolin dann fort, »und wenn ich mit ihm fertig bin, lasse ich Euch vielleicht noch eine Weile am Leben. Die Königin von Westria erbot sich einmal, meine Hure zu werden. Es wäre recht passend, wenn ich auch die Königin der Normontaine derart ... benutzte.«

Die Normontainer, die seine Worte hören konnten, schrien wutentbrannt auf, und Silberhaar spürte, wie Mara erstarrte. Die Knöchel seiner Fäuste wurden weiß, aber er hatte diese Beleidigung Faris' schon einmal von Caolin gehört. Sie hätten nie den Kraterrand verlassen dürfen, das wußte er jetzt. Keiner von ihnen hatte die Macht, sich dem zu stellen, was aus Caolin geworden war.

»Mara ...«, wisperte er, »lauf zum Boot – ich versuche, ihn aufzuhalten.«

»Bleibt, wo ihr seid!«

Silberhaars Muskeln verkrampften sich, entspannten sich jedoch, als die Stimme des Zauberers dann wieder sanfter wurde. Er fühlte sich schwach und zittrig.

»Dein Verrat bestürzt mich nicht mehr so, daß ich die Selbstbeherrschung verliere, Silberhaar, und seit ich dich das letztemal sah, habe ich viel dazugelernt ...« Völliges Selbstvertrauen schwang aus der kühlen Stimme, ein Selbstvertrauen, das viel erschreckender war, als jede Drohung oder Prahlerei sein könnte. »Ich werde deine Liebste auf jeden Fall nehmen, Silberhaar. Doch wenn sie sich vom Fleck rührt, zerbreche ich nicht nur ihren Leib, sondern auch ihren Geist. Durch sie werde ich über die Normontaine herrschen. Oder ziehst du es vor, wenn ich den Norden auch ohne sie regiere? Es spielt keine Rolle. Von hier aus kann ich sowohl über die Normontaine wie über Westria herrschen ...«

Silberhaar spürte, wie sich ohne sein Zutun der Grimm in ihm regte, doch seine Muskeln zitterten nicht einmal. Tatsächlich hatte sich seit des Zauberers Befehl keiner von ihnen auch nur im geringsten gerührt.

»Wahrlich, ich habe viel gelernt, Harfner! Keiner von euch wird sich bewegen, bis ich es gestatte. Ich nehme an, ich sollte dir dankbar sein, daß du mich um Santibar gebracht hast, Silberhaar. Wenn du dadurch mein Leben nicht ein zweites Mal ruiniert hättest, würde ich wohl nie den Mann gefunden haben, der eine Zeitlang mein Meister war. Nun habe ich die volle Beherrschung all meiner Kräfte erlangt, und meine Macht ist ohne Grenzen!«

»Jeder hat seine Grenzen, selbst die Hüter!« brachte Silberhaar hervor.

»Die Menschen legen sich selbst Beschränkungen auf – durch ihren Glauben, durch ihre Hinnahme der Gesetze anderer Menschen, durch ihre Weigerung, den Preis für die Macht zu bezahlen. Aber ich schaffe meine eigene Wirklichkeit und bin durch kein Gesetz gebunden.«

Caolins Augen funkelten. Unter den Narben war sein Gesicht kreideweiß. Vielleicht hätte der Wacholdermeister ihm mit Worten Widerstand leisten können, doch Silberhaar spürte nur verzweifelt, daß Caolin nicht recht haben konnte.

»Was wollt Ihr wirklich – außer meinem Tod, Caolin?« fragte er heiser.

»Was habe ich je gewollt?« antwortete der Zauberer. »Ich bin zum Herrschen geboren, und für keinen Herrscher gibt es Sicherheit ohne die absolute Macht. Obwohl ich mich nun auch mit der Normontaine beschäftigen werde, so ist doch meine größte Befriedigung, die Macht über Westria auszuüben! Ich bin dir in gewisser Hinsicht dankbar, daß du mich auf diesen Weg gebracht hast. Doch jetzt bist du mir lästig, Harfner, und es ist an der Zeit, daß ich mich deiner entledige.«

»Und wie wollt Ihr mich töten, Caolin? Ich habe immer noch mein Schwert, und Ihr werdet die Kontrolle über die anderen hier verlieren, wenn Ihr mit mir kämpft ...« Silberhaar hörte seine Worte hohl gegen den Stein klingen. Der Puls pochte in seinem Hals, und seine Arme hatten kaum die Kraft, die Harfe zu halten, geschweige denn sein Schwert zu heben.

»O wirklich? Das glaube ich nicht – aber ich habe es nicht nötig, eine Waffe gegen dich zu erheben. Ich sagte doch, daß ich neue Kräfte entwickelt habe, und du sollst das Wissen mit in den Tod nehmen, daß ich dich mit deiner eigenen Kunst besiegen kann!« Silberhaars Seele gefror bei Caolins erbarmungslosem Lächeln, und dann fing der Zauberer zu singen an.

Es war ein ähnlicher Gesang wie zuvor, nur mit seltsamem, wiederholtem Halbintervall, das an den Nerven zerrte und am klaren Verstand rüttelte. Aber Caolin hatte Silberhaars Muskeln freigegeben, und er konnte den Gesang des Magiers gut genug hören, um die Gegenharmonien zu versuchen, die er zuvor gezupft hatte. Doch als die Vibrationen aufeinandertrafen, wechselte Caolin die seinen kaum merklich. Die Harfe konterte die Obertöne der Stimme des Zauberers nebst ihren eigenen Noten, und ihre Verzerrung bewirkte eine feine Verstimmung der Saiten.

Verzweifelt paßte Silberhaar sein Spiel immer wieder an. Er zupfte die Saiten oben oder unten, um einen helleren oder tieferen Ton zu erzielen. Doch die Verzerrung wurde stärker, bis eine Saite sprang, dann eine zweite, und Blut von des Harfners Händen tropfte, als die gerissenen Enden auf seine Handrücken peitschten. Er spielte mit mehr Geschicklichkeit, als er für möglich gehalten hatte, auf den restlichen Saiten weiter, doch ihm war auf schreckliche Weise bewußt, daß Caolin durchaus imstande sein mochte, seine Ankündigung wahrzumachen.

Er konnte hören, wie Mara die Geister ihres Landes beschwor, doch er wußte, daß sie nur ausgebildet war, die

Rituale der Jahreszeiten durchzuführen – konnte sie da genug Kräfte wecken, um dem Zauberer zu widerstehen? Verzweifelt blickte er hoch und sah Bewegung – der Geier? Nein, es war ein Falke, der lässig über den Bäumen und ein Stück über dem Wasser kreiste. *Herr des Windes und der Worte!* rief er stumm. *Hilf mir!* Vielleicht wäre es möglich, Zuflucht in jenem Wolkenreich zu finden, wohin der Geist ihn einmal gebracht hatte, wenn er nur sicher sein könnte, daß Caolin Mara nichts anzuhaben vermochte.

Er gab jegliche vernunftgebotene Strategie auf und spielte eine Anrufung, die er von der Wasserfallmeisterin gelernt hatte. Als er die Melodie hören konnte, begann er zu singen:

Schöpfer von Wort und Wind und Weisheit,
Flügeln, die mich tragen, Wegen für den Wanderer;
Höre mein Gebet, nicht nur um meinetwillen,
Auch um des Leides und der Schmerzen anderer –
Bei deinen geflügelten Füßen rufe ich dich!
Beim Stab deiner Macht!
Beim gefiederten Mantel deiner Pracht!
In dieser schweren Stunde beschwöre ich dich!

Caolins Stimme erklang immer noch, doch Silberhaar vernahm es nicht mehr. Mühelos fielen ihm weitere Worte ein, die er nie gelernt hatte, obgleich er dieselbe, einfache Weise spielte. Bei allen heiligen Namen des Windlords rief er ihn, bei sämtlichen Namen, die er je für den Fürsten aller Mächte der Luft gehört hatte, der auch der Herr der Magie und des Lautes und des gesprochenen Wortes war. Auf einer Bewußtseinsebene war ihm schmerzhaft klar, wer er war und was er tat, doch gleichzeitig erkannte er, daß er das Geschehen von einem anderen Ort aus beobachtete. Er befand sich im Tempel seiner Vision, und von beiden Orten aus rief er seinen Lord mit der ganzen Kraft seines Willens, und durch ihn den EINEN, der über alles herrschte.

Nach einem Augenblick sah er, wie sich eine strahlende

Gestalt vor ihm formte. Als sie deutlicher wurde, verriet ein stockender Atem hinter ihm, daß Mara sie ebenfalls sah. Bemerkte auch Caolin diese strahlende Gestalt? Oder war er noch völlig in seinen eigenen Gesang vertieft? Leidenschaftlich spielte der Harfner weiter, oder vielmehr: Er gestattete einer anderen Macht, sich seiner Stimme und seiner Finger zu bedienen. Ein frischer Wind hob den Umhang seiner Vision wie gewaltige Schwingen und strich durch des Harfners Haar. Er atmete diese reine Luft tief ein und spürte, wie das Blut in seinen Adern prickelte.

Stärker blies der Wind. Nun konnte Silberhaar, selbst wenn er sich bemühte, nicht den geringsten Laut von Caolin mehr hören. Und dann erschallte aus dem Wind eine Stimme, die durch jede Faser seines Körpers vibrierte, und doch war das einzige Wort, das er heraushörte, Caolins Name. Für eine Weile vernahm er etwas, das zweifellos eine Ansprache war, und dann sah er, wie der Zauberer innehielt, wie er sich umdrehte und wie sich seine Züge vor Staunen, Wut und Schmerz verzerrten. Dann verbarg er sein Gesicht in den narbigen Händen und bebte wie ein Baum im Sturm. Die Ansprache wurde zum Gesang – eine Melodie, die Silberhaar bereits zweimal zuvor gehört hatte, und zu Worten, die sein Herz verstehen konnte.

Jeder Lufthauch ist ein Teil meines Liedes;
Herz und Lippen rufen, und ich höre sie;
Alle Flüche werden zu Gebeten!
Aller Mißklang wird zur Harmonie …

Den Harfner überwältigte eine unbeschreibliche Freude, doch der Zauberer stieß einen gellenden Schrei aus, rannte stolpernd den Hang hinunter, daß sein Umhang wie blutige Schwingen flatterte, und warf sich in eines der Boote.

Der Wirbelwind brauste noch über der Insel. Er fegte Caolin in seinem Boot davon. Doch Silberhaar spielte unbeirrt weiter. Selbst wenn der Lord des Windes ihn töten sollte, wäre das immer noch besser, als Caolins schmutzige Hände auf seiner Seele. *Schöpfer des Windes und der Worte,* betete er, *ich bin dein Diener, und mein Leben liegt in deiner Hand …*

Die geflügelte Gestalt kam näher. Silberhaar holte tief Atem und machte sich bereit zu einer jähen Trennung vom Leben. Er hatte keine Angst, denn nie war er der Wesenheit seines Sehnens näher gewesen. Dann toste der Wind durch seinen Körper und seinen Geist, und einen aufwühlenden Augenblick lang war ihm nichts anderes bewußt als die Stimme, die ihm antwortete:

»Du hast mir gedient, doch du bist noch nicht mein Diener. Erst wirst du eine Probe bestehen müssen. Wappne deinen Geist, damit ich in dich dringen mag …«

Nach einer Weile wurde Silberhaar bewußt, daß ER verschwunden war. Seine Finger zupften immer noch die Saiten seiner Harfe. Zitternd hob er sie, doch die Saiten schwangen weiter, wie von unsichtbaren Händen bewegt, oder vom Wind. Der Harfner stützte die Stirn auf Goldschwans glatten Hals und spürte das Brennen ungeweinter Tränen. Er war Angesicht zu Angesicht mit dem Ziel all seines Strebens gewesen, und es hatte ihn abgewiesen. Durch das Holz spürte er die Vibrationen der Harfe wie die Erinnerung an Musik. Schließlich schwand auch das gespenstische Summen, und die einzigen Laute waren das Klingen in Silberhaars Ohren und das Rauschen der Wellen, die über den Strand spülten.

Wie Mara es vorhergesehen hatte, weinte sie, als Silberhaar sich von ihr trennen mußte. Doch selbst jetzt konnte er keine Tränen finden. Seine Kehle schmerzte von den Worten, die er nicht herausbrachte, und er konnte ihr nicht einmal versprechen, daß er zu ihr zurückkehren würde. Die Männer, die sie zur Bewachung auf dem Kraterrand zurückgelassen hatten, meldeten, daß Caolins Boot am nordöstlichen Kraterende anlegte, wo ein Pfad von einem schmalen Strandstreifen den Hang hochführte. Die Männer suchten, fanden jedoch keine Spur von ihm. Aber seine Macht war im Norden gebrochen, zumindest für eine

Weile. Jemand mußte den Herrschern von Westria die Kunde bringen. Und wer wäre besser geeignet, ihnen alles zu berichten, als der Mann, der dabeigewesen war und mehr über Caolin wußte als jeder andere?

Doch Silberhaar ließ sich Zeit auf seinem Ritt gen Süden. Vom Kampf mit Caolin war seine Kehle noch wund, und seine Muskeln schmerzten; außerdem scheute er sich davor, Rosemarie und Eric die Neuigkeiten zu bringen. So reiste er in kurzen Etappen. Zunächst hinab ins lange Tal der Geisterfälle, dann wieder bergauf und um den Fuß des Bergvaters herum, zur Südstraße. So kam es, daß er sich am vierten Tag an der Abbiegung zur Burg Falkenruh befand.

Er sagte sich, daß es keine andere Behausung gab, die er vor Einbruch der Dunkelheit erreichen könnte, und daß es seltsam passend war, wenn er seine Wanderschaft beendete, indem er den Ort wieder aufsuchte, an dem sie begonnen hatte. Doch ein schmerzhaftes Flattern im Magen deutete auf andere Gefühle hin, für die er keinen Namen hatte.

Jeder Baum, jeder Felsen, jede Wegbiegung war ihm gleichermaßen vertraut und schreckliche fremd. Silberhaar schien es so, als verfolge er den Geist des Jungen, der er einst gewesen war. Da stand noch der Baum, den zu erklettern er Faris herausforderte, was damit geendet hatte, daß er zum Verwalter laufen mußte, weil sie allein nicht mehr herunter konnte. Und dort, ein Stück weiter, war der Felsen, auf dem er ungeduldig Ausschau gehalten hatte, wenn Lord Theodors oder Sandys Besuch erwartet wurde.

Doch die Zäune entlang des Weges lagen zerfallen im Gras, und von Wagenspuren war kaum etwas zu sehen. War sein Vater noch auf der Burg, oder hatte Berisa ihn endlich doch überreden können, bei ihnen auf der Hochburg zu wohnen? Was war, wenn auf Falkenruh außer Mäusen und Ratten gar niemand mehr hauste?

Da sah er eine dünne Rauchfahne über den Eichen am Ende der Weiden. Geister zündeten sich keine Feuer an. Wer auch immer jetzt dort wohnte, würde ihn gewiß zumindest sein Pferd versorgen lassen und ihm ein Nachtquartier geben. Er trieb den Wallach mit den Fersen an, doch alsbald zügelte er ihn wieder. Was war, wenn sein Vater noch dort wohnte? Was könnten er und sein alter Herr sich jetzt noch zu sagen haben?

Silberhaar bog um die Eichen und sah den gewaltigen Bau aus Granit und Holz, der Burg Falkenruh war. Schindeln fehlten am Dach der großen Halle, und die Fenster des Turms, wo seine und Faris' Gemächer gewesen waren, hatte man mit Brettern verschlagen. Dürre Blätter vom vergangenen Jahr hatten sich dicht auf der Steintreppe gesammelt, die zum Haupteingang führte. Er spürte Angst in seinem Magen. Doch er hatte Ziegen auf der Weide gesehen, und zumindest der Teil des Gartens hinter dem Küchenflügel war bestellt. Er lenkte den Wallach um die Ecke und hielt ihn abrupt an, als ein kleiner schwarzweißer Hund heftig bellend aus dem Haus schoß.

»Flecki! Flecki! Sei still und laß sehen, wer es ist. Ich kann mich selbst schützen, wenn es nötig sein sollte. Also, gib Ruhe!« Die Tür schwang auf, und Silberhaar sah eine alte Frau, ein wenig gebückt, aber durchaus noch kräftig, mit gespanntem Bogen in den Händen auf die Terrasse treten.

Silberhaar seufzte und fühlte sich ein wenig wohler. Zumindest hatte Hannah Rotbäckchen sich nicht verändert.

Sie machte einen vorsichtigen Schritt vorwärts, dann einen zweiten, und starrte den müden Mann auf dem müden Pferd an, der geduldig wartete, daß sie ihn erkannte. Als er bemerkte, wie ihre roten Bäckchen erblaßten, wurde ihm bewußt, daß sie ihn als Geist betrachtete.

»Keine Angst, Hannah, ich bin es. Ich bin heimgekommen …«

Sie blinzelte ihn an. »Farin? Farin, bist du es wirklich? Dein Haar ist weiß wie Schnee, und dein armes Gesicht ist bis auf die Knochen abgemagert!« Der Hund hatte zu bellen aufgehört, und seine Zunge hing ihm wie in erwartungsvollem Grinsen aus dem Maul.

Mit einem Stöhnen schwang sich Silberhaar vom Pferd.

»Das ist wohl eines von Rabes Jungen …« Er deutete mit dem Kopf auf den Hund.

»Ein Urenkel«, antwortete Hannah tonlos, ehe sie den Bogen senkte und auf Silberhaar zueilte. »O Farin, was hast du nur gemacht? Fast achtzehn Jahre sind es her, und wir hielten dich für tot, weil wir nie von dir hörten! Ich würde dir ja den Hintern versohlen, wie ich es früher gemacht habe, weil du uns nicht einmal geschrieben hast, aber ich fürchte, dann klapptest du mir auf der Stelle zusammen. Komm herein, komm ins Haus, ich habe eine gute Fleischbrühe auf dem Herd!«

Nachdem er sein Pferd im einzigen noch benutzbaren Stall untergebracht hatte, folgte Silberhaar Hannah in die Küche und stellte seinen Harfenkasten neben sich auf den Fliesenboden. Hier zumindest schien alles noch wie früher zu sein. Fast mochte man glauben, daß Faris jeden Augenblick lachend durch die Tür treten würde.

Faris! So viel hatte er auf sich genommen, um mit ihr an seiner Seite hierher zurückzukehren!

Abrupt wandte er sich Hannah zu. »Und mein Vater? Ist er hier?«

»O mein armer Junge!« Sie blickte ihn mitfühlend an. »Hat es dir denn niemand gesagt? Dein Vater starb vor zehn Jahren, in dem Winter, als der Schnee nicht schmelzen wollte. Mein Mann starb ein Jahr darauf.«

Einen Augenblick saß Silberhaar ganz still. Er hatte sich gegen dieses Wiedersehen gewappnet, und nun würde es nicht stattfinden. Was immer er und sein Vater sich zu sagen gehabt hätten, blieb nun für ewig ungesagt.

»Lord Theodor hat es mir nicht erzählt …« Ihm war kaum bewußt, daß er laut sprach. »Aber wenn es so lange zurückliegt, hat er es vielleicht vergessen oder angenommen, daß ich es längst wußte.«

»Oh, der alte Lord! Es ist so schrecklich, daß ein Mann seines Alters nach all diesen Jahren noch im Kampf fallen mußte!« sagte Hannah, während sie Brühe in eine Schale schöpfte, doch Silberhaar hörte es kaum.

Mein Vater ist tot, und Theodor ist tot, und Faris ist nicht auffindbar … Ich bin allein, dachte er.

»... so begruben wir ihn auf dem Berg unter dem Apfelbaum, neben dem Grab deiner armen Mutter«, sagte Hannah gerade. »Weißt du, daß er in den letzten Jahren oft hinaufgestiegen ist und sich auf den Stein gesetzt hat? Ich glaube, er hat ihr schließlich verziehen. Deshalb hielten wir es für das beste, ihn dort zur letzten Ruhe zu betten. Und es gab niemanden, der Anspruch auf Falkenruh erhob. Die Kinder deiner Schwester sind durch die Sippe ihres Vaters gut versorgt, darum sagte der alte Lord, daß ich hierbleiben könnte, wenn ich wollte. Bird ist jetzt Falkenmeister von Lord Sandremun. Er hat ein Mädchen von Elder geheiratet, und sie haben zwei Söhne.«

Silberhaar trank einen Schluck Brühe. Er nahm an, daß sie gut war, doch er war zu gedankenabwesend, als daß er ihren Geschmack wahrgenommen hätte. Er versuchte, sein Bild von zu Hause, von dem er irgendwie gedacht hatte, daß es immer gleich bleiben würde, der Wirklichkeit anzupassen.

»Ich nehme an, daß du nach dem Essen zu den Gräbern hinaufsteigen willst«, sagte Hannah und stellte ein großes Stück Schwarzbrot und Ziegenkäse vor ihn.

Silberhaar nickte. Ja, das würde er wohl.

Es war Sonnenuntergang, als Silberhaar den ungepflegten Obstgarten mit den Apfelbäumen erreichte, wo ein Steinkreis das gestutzte Gras auf den beiden Gräbern umgab. Ohne ihn wäre es schwierig gewesen sie zu finden, denn die Grabhügel waren zusammengesunken und nun nicht mehr höher als der Boden ringsum – so lange war es her!

Er setzte sich auf den Felsblock, der aus dem Hang herausragte, und beobachtete, wie das Grün der Hügelkämme allmählich zu Blau und Purpur wurde, als die Sonne unterging. Selbst der Wind hatte aufgehört zu wehen, und es war sehr still. Das einzige, was sich bewegte, waren zwei Falken am Himmel, und er fragte sich, ob es etwa Nachkommen des Paares waren, das er vor achtzehn Jahren freigelassen hatte. Einen Augenblick wünschte er sich, er hätte seine Harfe mit heraufgenommen, doch die Stille war selbst für Musik zu tief.

Sie sind tot … Schier pausenlos echoten diese Worte in seinem Kopf. *Auch Faris muß wohl tot sein, wenn man in all der Zeit nichts von ihr gehört hat.* Hier an diesem Ort, wo sie sich am nächsten gewesen waren, erkannte er schließlich, daß es das Band zwischen ihnen nicht mehr gab. Und er wußte nicht einmal, wann es geschwunden war.

Ich habe versagt, dachte er bitter, *und all die hehren Schwüre, die ich ablegte, bedeuten nichts. Es spielt nicht einmal mehr eine Rolle, daß ich versagte, denn es lebt kaum noch jemand von denen, die meine Schwüre kannten …*

Und da, in der Stille, spürte er, daß etwas sich löste wie ein verrostetes Schloß, das endlich aufspringt. Seine Augen brannten, und als er zu ihnen hochlangte, spürte er, daß seine Wangen feucht waren. Tränen! Als er dies bemerkte, überwältigte ihn all das Leid, das er so lange in sich verschlossen hatte, und er weinte mit dem weißen Kopf auf den Knien so heftig, daß das Schluchzen seinen ganzen Körper schüttelte.

Es war die Trauer um Theodor, den Lord, den er wiedergefunden und so schnell wieder verloren hatte; um seinen Vater, den er nie zu lieben verstanden hatte; um Faris, mit der er einen Teil seiner Seele verloren hatte; und vor allem um den Jungen, Farin, der nun für immer verloren war.

20

In der dritten Juniwoche erreichte Silberhaar den südlichen, dichter bevölkerten Teil von Seetor. Er bog zum Küstental ab, wo Erics Burg Bongarde stand, und wo die Lady vom Seetor sich aufhielt, wie er erfahren hatte. Einer menschenleeren Straße folgte er durch dämmriges Hügelland, wo die Äcker sich bereits golden färbten. Er hatte gehofft, irgendwo hier ein Nachtquartier finden zu können, aber es war lange her, seit er diesen Weg genommen hatte, und vielleicht täuschte er sich in seiner Erinnerung, denn seit vielen Meilen hatte er keine Spur von einer menschlichen Behausung mehr gesehen.

Es würde ihm nichts übrigbleiben, als ein Fleckchen für sein Nachtlager zu suchen. Sein Pferd wurde müde, und er wollte nicht um Mitternacht an Rosemaries Tür klopfen. Wenn er kein Wasser fand, würde ihm der Rest in seinem Wasserbeutel genügen. Da änderte der Wind die Richtung und trug den würzigen Rauch brennenden Lorbeers herbei, wie von einem rituellen Feuer. Vor zwei Tagen war Sommersonnenwende gewesen, also konnte dies kein Feuer der Mittsommerzeremonie sein. Aber vielleicht hatte ein Hirte in der Nähe sein Lager aufgeschlagen.

Silberhaar lenkte den Wallach über den Hügel. Im schwindenden Licht sah er die bleiche Linie zertrampelten Grases, wo offenbar ein Pferd über die Wiese und in den Schutz eines Lorbeerhaines geritten war. Er lenkte den Wallach von der Straße, und das Tier, das ein anderes Pferd witterte, hob den Kopf und fing zu laufen an. Silberhaar lächelte, als er erkannte, daß er sich, genau wie der Wallach, nach Gesellschaft sehnte. Morgen würde er Rosemarie gegenübertreten müssen, möglicherweise auch dem Wacholdermeister. Gesellschaft könnte ihn vielleicht von den Erinnerungen ablenken, die ihn gewiß des Nachts überwältigen würden, wenn er alleinblieb.

Er saß ab und führte sein Pferd an den Rand des Feuerscheins. Ein junger Mann blickte ihm mit einer Miene entgegen, die gleichermaßen Hoffnung wie Besorgnis ausdrückte. Doch als Silberhaar näherkam, sah er, daß der Jüngling ihm freundlich zulächelte, und er fragte sich, ob der Ausdruck, den er zuvor zu sehen geglaubt hatte, ihm lediglich vom Feuerschein vorgegaukelt worden war.

»Darf ich mich zu Euch ans Feuer setzen?« fragte Silberhaar.

»Oh, verzeiht«, entschuldigte sich der junge Mann. »Ich habe wohl meine Manieren vergessen. Ihr seid mir herzlich willkommen. In der Schluchtsohle gibt es Wasser. Ich habe mein Pferd dort hinter den Bäumen angebunden.«

Der Harfner nickte, ließ die Zügel fallen und nahm dem Wallach den Sattel ab. Dann ließ er seine Sachen am Feuer und führte das Tier um die Lorbeerbäume herum zum Bach, wo er es für die Nacht anband. Als er zurückkehrte, hing ein Kessel über dem Feuer.

»Kaninchen ...« Der junge Mann deutete auf den Topf. »Ich habe ein bißchen Grütze dazugegeben – es müßte leicht für zwei reichen.«

»Danke«, sagte Silberhaar. »Und ich habe ein wenig Brot, Dörrobst und etwas Wein.«

»Das wird ja ein Festschmaus!« Der junge Mann grinste, beugte sich vor und rührte seinen Kanincheneintopf um.

Während Silberhaar die Satteldecke zum Auslüften über den Sattel breitete und seine Schlafdecken auf den Boden legte, hatte er Zeit, seinen neuen Gefährten zu mustern. Er war offenbar jünger, als er beim ersten Blick gedacht hatte: ein Junge, der doch schon ein Mann war, mit dichtem erdbraunen Haar, das er am Nacken mit einem Lederband zusammenhielt, und geraden, breiten Brauen über dunklen Augen. Seine Schultern waren ungewöhnlich muskulös, als hätte er viele Bäume gefällt, doch als er sich streckte, um nach mehr Brennholz zu greifen, bemerkte Silberhaar auf seiner Schulter das Wappen der Felsmark, und neben seinem Beutel ein keinesfalls neues Schwert.

»Ihr steht in Lord Philips Diensten?« erkundigte sich Silberhaar, als ihm nach einigem Überlegen der Name von Roberts Sohn und Nachfolger wieder eingefallen war.

»Ja, ich war noch nie in Seetor. Man sagte mir, dies sei der Weg nach Bongarde, doch als die Sonne unterging und ich mich noch immer in einer völlig menschenleeren Gegend befand, begann ich mir Gedanken zu machen. Habt Ihr eine Ahnung, ob es noch weit bis zur Burg ist?«

»Etwa zehn Meilen, glaube ich. Allerdings ist es schon eine Ewigkeit her, seit ich diesen Weg nahm.« Silberhaar ignorierte die stumme Aufforderung, zu erzählen, was ihn jetzt dorthin führte.

»Nun, am Morgen können wir sie gemeinsam suchen. Zwei verirren sich nicht so leicht wie einer.« Wieder grinste der junge Mann, und Silberhaar lächelte ein wenig widerwillig. Er hatte sich auf Gesellschaft gefreut, doch die Offenheit dieses jungen Burschen ging ihm nach der langen Zeit des Alleinseins ein wenig gegen den Strich.

»Ich bin Julian vom Steintal, einer von Lord Philips Knappen«, stellte der Junge sich vor, dann schnupperte er am Eintopf. »Ich glaube, es ist fertig. Habt Ihr einen Teller?«

Silberhaar nickte, hielt dem jungen Mann einen Kupfernapf hin, der ihn schon seit vielen Jahren begleitete. Julian schöpfte Eintopf hinein und danach in seine Holzschale. »Ihr seid Harfner?« Julian deutete mit einer Kopfbewegung auf den Harfenkasten, während er sich wieder zurücklehnte.

»Ja. Man nennt mich Silberhaar.« Zweifellos hatte der Junge Botschaften für Eric von seinem Herrn, und wenn er Silberhaar für einen wandernden Barden hielt, der eine Anstellung beim Regenten suchte – um so besser. Er schuldete ihm keine Erklärung.

»Und wie steht es in der Felsmark?« wechselte er das Thema.

Der Knappe zuckte die Schultern. »Vermutlich so, wie auch anderso in diesen Zeiten. Wir hatten Schwierigkeiten mit Banditen in den Bergen. Ein Jahr lang war ich im Grenzdienst, und wir hatten alle Hände voll zu tun, die Ordnung in einigen Ortschaften wiederherzustellen – aber das wäre jetzt eine zu lange Geschichte, und nach allem, was wir hörten, gab es in diesem Jahr Probleme an allen Grenzen. Es war ein Schock, als wir von Lord Theodors Tod erfuhren. Nach allem, was man sich über ihn erzählt, war er ein guter Mann.«

Silberhaar nickte stumm. Seine Trauer war noch zu frisch, als daß er mit einem Fremden über Lord Theodor hätte sprechen können. Abgesehen davon hatte er das Gefühl, daß auch der junge Mann einige Themen zu vermeiden suchte, und vielleicht war das ganz gut so.

Silberhaar aß seinen Eintopf, der überraschend gut schmeckte, obwohl er mit etwas zu vielen der hier reichlich vorhandenen Lorbeerblätter gewürzt war. Dann langte er automatisch nach dem Harfenkasten.

»Ah!« rief Julian. »Ich hatte gehofft, daß Ihr spielen würdet, aber ich befürchtete, Ihr wolltet Euch lieber entspannen.«

»Auf Goldschwan zu spielen, bringt mir Entspannung ...«, antwortete Silberhaar. Er zog die Harfe heraus und überprüfte die Saiten.

»Oh, das ist schön! Ich habe leider gar keine Begabung für Musik, aber ich habe immer schon gern zugehört. Vor allem dem Harfenspiel, das mir wie Musik aus einem fernen Traum erscheint ...«, gestand der junge Mann. Er lehnte sich gegen den Stamm eines Lorbeerbaums zurück und beobachtete interessiert die Vorbereitungen des Harfners.

Silberhaar blickte ihn flüchtig, aber scharf an, denn die Bemerkung des Jungen hatte eine Erinnerung an ähnliche Worte ausgelöst, die jemand vor langer Zeit einmal gesagt hatte. Er runzelte die Stirn, doch so sehr er auch überlegte, ihm fiel nicht ein, wer dieser andere gewesen war. Aber zweifellos sagten viele Leute das gleiche, vor allem im Hinterland, in das sich ausgebildete Musiker selten verirrten.

»Was möchtet Ihr gern hören?« fragte er entgegenkommend. Das Essen hatte seine Laune verbessert, und er erinnerte sich, daß Robert von der Felsmark nicht gerade ein Musikpatron gewesen war. Auch würde der Junge im Grenzdienst nicht viel Gelegenheit gehabt haben, Musik zu hören. »Ich habe in Schenken und Palästen von Aztlan bis zur Normontaine gespielt«, fuhr Silberhaar mit des Unterhalters üblicher Einleitung fort. Julians Augen weiteten sich leicht, und Silberhaar wurde bewußt, wie prahlerisch das geklungen haben mußte, obwohl es ja völlig der Wahrheit entsprach.

»Spielt, wozu immer Ihr Lust habt«, sagte der Junge rasch. Silberhaar begann mit einer Weise, die er gelernt hatte, während er noch in der Felsmark nach Faris suchte, dann fuhr er mit einem Lied aus der Wüste fort und ging zur Ballade von der Willa über, und alles rief Erinnerungen wach.

Ihm wurde bewußt, daß er einen musikalischen Rückblick auf seine Wanderschaft spielte, und er fand das plötzlich sehr passend, nun, da sie fast zu Ende war. Er fuhr mit aztlanischer Musik fort und spielte dann, was gar nicht in die Reihenfolge paßte, ein paar Stücke, die er für Palomon komponiert hatte. Julian hörte aufmerksam zu. Er hatte sein Gesicht ein wenig abgewandt, so daß der Harfner seine Augen nicht sehen konnte. Hinter ihm, am östlichen Himmel, ging der Mond auf. Da wurde Silberhaars Musik ein wenig weicher; er spielte eine Sonate, die er von Meisterin Siaran gelernt hatte, und dann eines von Arions Liedern über das Meer.

Als Silberhaar zu der robusteren Musik der Normontaine kam, hatte der Junge sich in seine Decken gewickelt und war eingeschlafen. Im Feuerschein wirkte Julians Gesicht seltsam verwundbar, als wären alle sorgsam erworbenen Linien der Männlichkeit verwischt. Etwas verkrampfte sich in des Harfners Brust, während er ihn beobachtete. Einst war auch er so unschuldig und unerfahren gewesen. Was würde die Zukunft für diesen Jungen bereithalten?

Obgleich sein Publikum nicht mehr zuhörte, spielte Silberhaar weiter, Lieder ohne Worte, Musik, die seine Harfe ohne seinen Willen machte. Während er so spielte, erklangen wie von selbst die vertrauten Akkorde seines Wanderlieds unter den Fingern, und nach einer Weile fiel ihm eine neue Strophe ein. Sie drückte die Sehnsucht aus, die ihn hier an diesem Feuer befallen hatte.

Erst wenn der Weg zu Ende wär',
Alles erreicht, alles vollbracht,
Ein Freund an meiner Seite wär',
Wenn ich mich niederleg' zur Nacht,
Dann erst wär' des Wanderns Last zu schwer.

Doch im Augenblick war nichts erreicht und nichts vollbracht, und sein Suchen nicht zu Ende.

Als Silberhaar im Morgengrauen erwachte, zuckte er zusammen, denn seine Muskeln hatten sich auf dem harten Boden verspannt, und er schimpfte sich einen sentimentalen Narren. Das Leben des Wanderers hatte seine Romantik schon längst verloren, und er wünschte sich, er hätte irgendwo ein Dach über dem Kopf gefunden, egal wie armselig, mit einem Bett, in dem er hätte schlafen können.

Julian war bereits wach. Er pfiff tonlos, während er Teewasser kochte und seine Decken ordentlich zusammenrollte. Der Harfner beobachtete ihn düster, doch der Tee tat ihm gut, und bis sie alles zusammengepackt hatten und aufbruchbereit waren, stand die Sonne bereits hoch genug, ihm mit ihrer Wärme ein wenig die Schmerzen im Rücken zu lindern, und nach einer Weile war er sogar fast guter Laune.

Doch nicht lange, denn zehn Meilen auf einem frischen Pferd sind ein kurzer Weg, und schon viel zu rasch sah er die gut instand gehaltenen Stein- und Holzmauern auf dem Hügel am Nordostrand des Tales aufragen. Er und Julian ritten zwischen Apfelbäumen und Weiden und wohlgenährten Rindern dahin. Hin und wieder begegneten sie Wagen, deren Fuhrleute sie mit einem Lächeln grüßten. Julian erwiderte ihren freundlichen Gruß, doch Silberhaar dachte nur an die bleierne Schwere in seinem Magen, die er als Angst erkannte.

Am Tor standen Posten, doch niemand hielt sie auf. Es wimmelte hier von Menschen, und sie mußten einen flachsblonden Jungen, der Silberhaar an Sandremun als Knabe erinnerte, nach dem Weg zur Halle fragen. Nun, da sie angekommen waren, schien Julian ebenso nervös zu sein wie Silberhaar.

»Wenn Ihr hungrig seid, dann geht in die Küche.« Der Junge deutete dorthin. »Da ist immer irgendwas übrig.«

»Dann füttert deine Mutter also nach wie vor andere Leute durch? Hat sie auch noch immer eine eigene Menagerie?« fragte Silberhaar impulsiv.

Der Junge blickte ihn überrascht an, dann grinste er. »Momentan zwei Falken, eine Krähe und ein Pumajunges. Außerdem hat unsere Hündin gerade erst wieder geworfen. Wir hatten auch ein Bärenjunges«, seine Stimme klang fast traurig, »doch Papa bestand darauf, daß wir es im Frühling in die Berge zurückbrachten. Papa ist nicht da, aber er kommt heute abend zurück – falls Ihr zu ihm wollt.«

»Und der Wacholdermeister ...?« fragte Julian plötzlich. »Wo kann ich ihn finden? Falls er hier ist, meine ich.«

»O ja, der Meister wohnt jetzt bei uns. Er hat seine Gemächer im Westturm.« Er wies mit der Hand dorthin. »Erwartet er Euch?«

Julian nickte und wirkte einen Augenblick lang viel älter als zuvor. »Ich hoffe es ...«

Erstaunt blickte Silberhaar seinem zeitweiligen Begleiter nach, der sein Pferd zum Turm lenkte. Dann saß er ab und machte sich daran, seinen Wallach an einen Pfosten vor der großen Halle zu binden.

»Ich bringe Euer Pferd in die Stallung, wenn Ihr bleibt ...«, erbot sich der Junge. »Ich hoffe, Ihr bleibt – meine Mutter liebt Harfenmusik.«

Jeder hier liebt Harfenmusik, dachte Silberhaar grimmig, während er nun auch Rosemaries Sohn nachblickte, der den Wallach wegführte. *Ich wollte, ich könnte ihnen auch Neuigkeiten bringen, die sie erfreuen würden!*

Langsam stieg er die breiten Sandsteinstufen hoch und trat ins Halbdunkel der großen Halle. Als seine Augen sich angepaßt hatten, sah er ein Mädchen die Halle auskehren. Die gleichmäßigen, flinken Bewegungen ihres Besens ließen Staubkörnchen golden in den Lichtstreifen wirbeln, die durch die Westfenster fielen. Vom Mädchen abgesehen war die Halle leer, doch die langen Tische und Bänke, die auf einer Seite aufgereiht standen, und die zahlreichen Waffen, Bilder, Trophäen und Teppiche an den Wänden deuteten darauf hin, daß hier der Mittelpunkt des Gemeinschaftslebens war.

An einer Seite des Podests, in sicherer Entfernung von der Feuerstelle, ragte eine große Stehharfe auf. Silberhaars Lippen zuckten. Er ging zu ihr hinüber, legte seinen Harfenkasten auf den Boden daneben und strich probeweise über die Saiten des Instruments, das fast so groß war wie er selbst und einen geschnitzten Pferdekopf hatte, wo der Hals in die Säule überging. Die Darmsaiten waren völlig verstimmt.

Das Mädchen hatte seine Arbeit in der Halle beendet und ging. Instinktiv griff Silberhaar nach dem Stimmschlüssel, der von einem Wirbel hing, und stimmte die Saiten. Dann setzte er sich auf den Hocker, zog das Instrument an seine Schulter und fing zu spielen an.

»Um einen Falken zu fangen, muß man einen Köder hochwerfen, und will man einen Harfner einfangen, muß man wohl eine Harfe aufstellen, denke ich ...« Die Worte waren ironisch, doch die sanfte Stimme zitterte. »Farin – *bist* du es?«

Silberhaar schaute auf und sah Rosemarie. Er nahm die Hände von den Saiten, blickte hinunter auf seine langen braunen Finger mit ihren Schwielen und den Narben, dann wieder hoch zu ihr. Er fand, daß sie älter aussah. Silber glitzerte im Gold ihres Haares, und feine Linien zeichneten ihre Augenwinkel. Da lächelte sie ihn an, und er sah, daß sie noch dieselbe war.

»Wo hast du dieses Monstrum her, Rosemarie?« Er deutete mit dem Kopf auf die Harfe. »Sie hat zwar eine gewaltige Lautstärke, aber ihr Klang erinnert mich an eine Wäscheleine im Wind!«

»Es war ein Hochzeitsgeschenk ...«, antwortete sie mit einer Stimme, die zwischen Weinen und Lachen schwankte. »Aber Eric findet sie schön, und wenn jemand es versteht, sie zu spielen, ist sie als Begleitung für gemeinsames Singen in der Halle recht brauchbar.«

Sie macht es mir leicht, dachte Silberhaar und stand auf. Er zuckte zusammen, als kräftige Hände sich um seine Schultern schlossen. Rosemarie schüttelte ihn, dann drückte sie ihn fest an sich, als befürchte sie, er würde wegfliegen. Er spürte, wie sie an seiner Brust weinte. Unbeholfen legte er die Arme um sie und tätschelte beruhigend ihren Rücken.

»Du herzloser Kerl!« schluchzte sie. »Ich würde dir am liebsten das Fell gerben, aber du bestehst ja nur noch aus

Haut und Knochen. Ich werde dich aufpäppeln und dir *dann* das Fell gerben, weil du uns allen solche Sorgen gemacht hast!«

Nach einem Moment richtete sie sich auf, tat einen Schritt zurück und blickte ihm fest in die Augen. »Wo, in des Allschöpfers Namen, hast du dich herumgetrieben?«

Trotz seiner tiefen Bewegtheit mußte Silberhaar lachen. »Wie viele Jahre hast du Zeit, mir zuzuhören?« Dann wurde er ernst. »Zuletzt war ich in der Korona und der Normontaine, mit deinem Vater, Rosemarie, und ich versprach ihm, heimzukehren ...«

Sie schluckte, und er sah neue Tränen in ihren blauen Augen, doch sie nickte und deutete auf die Bank neben dem Feuer. »Erzähl«, bat sie.

Die Geschichte von Caolin mußte warten, bis Eric ebenfalls zuhören konnte, doch Lord Theodors Tod war eine Sache, die nur seine Tochter etwas anging. Als Silberhaar geendet hatte, blieb Rosemarie still sitzen und machte Knoten in ihr feuchtes Taschentuch, die sie aufknüpfte, um dann wieder neue zu binden. Schließlich seufzte sie.

»Ich weiß, daß dies der Tod war, den er sich wünschte, und nun hat er seinen Frieden. Aber – beim Allvater – er fehlt mir!« sagte Rosemarie. »Irgendwie hatte ich immer das Gefühl, er würde ewig leben. Nun, zumindest ist der Wacholdermeister noch unter uns, und er ist mir fast ein zweiter Vater. Komm – er soll erfahren, daß du zurückgekehrt bist!«

Silberhaar erstarrte. Nachdem er die Hürde des Wiedersehens mit Rosemarie genommen hatte, war ihm völlig entfallen, daß er einem noch strengeren Richter gegenübertreten mußte. Doch es war wie bei einer Schlacht – sie mußte geschlagen werden. Zu warten, machte es nur noch schlimmer.

»Wie geht es ihm? Hat er sich verändert? Lebt er jetzt bei euch?« fragte er rasch, während sie ihn über den Hof zum Turm führte. An der Tür blieb sie stehen, um ihm zu antworten.

»Ich glaube, er ist so ziemlich der alte geblieben – vielleicht lächelt er jetzt mehr und redet weniger als in unserer Jugend. Er verbringt die meiste Zeit in seiner Hütte auf dem Berg der Herrin, doch manchmal verschwindet er, und niemand weiß wohin. Er kam zu mir, als er vom Tod meines Vaters erfuhr, und blieb, ohne Erklärung – nicht, daß jemand auf die Idee gekommen wäre, ihn zu fragen. Wir freuen uns immer, wenn er da ist.« Sie blickte Silberhaar an und lächelte schwach. »Vielleicht hat er auf dich gewartet.«

Der flachsblonde Junge kam auf sie zugerannt und faßte Rosemarie am Arm.

»Mutter!« Nun erst fiel ihm Silberhaar auf, und er wandte sich an ihn: »Da seid Ihr ja! Habt Ihr die Botschaft des Meisters erhalten? Er möchte mit Euch sprechen.«

Silberhaar wechselte einen Blick mit Rosemarie und unterdrückte einen Schauder. »Vielleicht hat er tatsächlich auf mich gewartet.« Er bemühte sich um einen leichten Ton. Da kam ihm der Gedanke, daß der Jüngling, Julian, ihn erwähnt haben mußte. Das würde erklären, woher der Wacholdermeister wußte, daß er hier war. Silberhaar holte tief Atem und stieg mit schleppenden Schritten die Treppe hoch.

Es war eine andere Jahreszeit und ein anderes Gemach, doch plötzlich wurde Silberhaar schmerzlich an das letztemal erinnert, als er und der Wacholdermeister beisammengesessen hatten. Der Teekessel auf dem Herd mochte derselbe sein, und nach Silberhaars erstem Blick auch der kleine, graugewandete Mann auf dem hölzernen Stuhl. Nein – was der Meister noch an Haar hatte, war dünner und ganz silbern, doch die braunen Augen, die ihm fest entgegenblickten, waren die alten.

Einen Moment zögerte Silberhaar an der Tür. Ihm war etwas schwindelig, als stünde er am Rande eines Abgrunds. Da winkte der Meister ihm zu, und er trat ein.

»Möchtest du einen Schluck Tee?«

Wortlos nickte Silberhaar und setzte sich.

»Nun, Farin Silberhaar – du bist heimgekehrt.« Der Meister schenkte ihm Tee ein und blickte ihn unter den buschigen Brauen an. »Warum?«

Silberhaar holte tief Atem. »Ich bin gekommen, um Euch zu warnen, daß Caolin zum zweiten Mal dem Bösen verfiel und nun von einer schrecklichen Macht besessen und auf unsere Vernichtung aus ist ...« Hastig fügte er hinzu. »Und ich bin gekommen, um zu gestehen, daß es meine Einmischung war, die ihn wieder auf den Pfad des Bösen brachte.«

Vielleicht begann meine Schuld schon eher, dachte er plötzlich, *als ich dieses Kind, Diwi, zurück in die Gefangenschaft von Willasfall brachte, weil ich mich nicht mit ihr belasten wollte.* Sein Kopf klingelte unter dem schrecklichen Druck, aber er vermochte nicht zu sagen, ob es von innen oder außen kam. *Ich bildete mir ein, daß es nicht von Bedeutung war, was ich tat, doch jetzt weiß ich es besser und kann mich meiner Verantwortung nicht mehr entziehen.*

»Caolin!« Der Meister blickte ihn scharf an. Dann schüttelte er seufzend den Kopf. »Ich hatte so sehr gehofft, daß er geheilt werden könne, und ich glaube immer noch, daß er eines Tages geheilt wird – wenn auch wahrscheinlich nicht durch dich oder mich. Doch wir alle müssen unsere eigenen Entscheidungen treffen. Wenn Caolin sich aufs neue zerstören will, dann aus freiem Willen, egal, was *du* getan hast.«

»Ich dachte, ich hätte mich für meinen eigenen Weg entschieden ... Immer wieder entschied ich mich dafür«, murmelte der Harfner. »Doch nun, nach all meinem Umherwandern, bin ich hier und unterhalte mich aufs neue mit Euch. Bin ich auf etwas zu- oder von etwas weggelaufen, oder ...«

»Hast du aus dieser langen Wanderschaft irgend etwas gelernt?« unterbrach ihn der Meister.

Silberhaar kräuselte die Stirn. Der Puls in seinem Kopf war wie das Schlagen mächtiger Schwingen. »Ich habe ein wenig über Musik gelernt und über den Herrn der Musik ...«, antwortete er mit gesenktem Blick. Selbst hier konnte er nicht von seinem Gebet an den Windlord sprechen. Wenn er nur in jenem Augenblick hätte sterben können! Wenn nur der Herr des Gesangs bei ihm geblieben wäre! Er blickte auf und fragte sich plötzlich staunend, ob vielleicht *das* es war, was er die ganze Zeit gesucht hatte.

Aber es spielte keine Rolle mehr. Der Windlord hatte ihn abgewiesen, und der Wacholdermeister wartete darauf, daß er fortfuhr.

»Wenn es irgend jemanden gibt, der Caolin kennt, wie er jetzt ist, dann ich«, sagte er. »Und ich habe die Lieder von einem halben Dutzend Ländern gelernt, und mehr über Kämpfen, als mir lieb ist. Auch, wie man sich in fremden Gegenden zurechtfindet ...«

»Keine schlechte Vorbereitung«, sagte der Meister ruhig. Silberhaar schloß die Augen. *»Erst wirst du eine Probe bestehen müssen«*, hatte der Windlord gesagt. Hatte er das damit gemeint? Da sprach der Meister wieder.

»Hast du dich nie gefragt, weshalb ich dich nicht zurückhielt, als du beschlossen hattest, wegzulaufen?«

Silberhaar riß die Augen auf und starrte den Älteren an. Den Windlord hatte er für den Augenblick vergessen.

»Es gibt noch einen anderen Grund, weshalb ich zurückkehrte, eine Frage, die ich Euch vor achtzehn Jahren nicht stellte«, sagte er abrupt. »Wißt *Ihr*, was aus Faris und ihrem Kind geworden ist? Wußtet Ihr es damals?«

Wie konnte ein Gesicht gleichzeitig so viel Schmerz und so viel Freude ausdrücken? Atemlos beobachtete Silberhaar, wie der Meister nickte, und dann noch einmal.

»Faris ist tot. Ich war bei ihr, als ihr Geist gegen Caolin kämpfte und seine Macht brach. Doch ihr Leib war bereits geschwächt und sie verließ ihn zu lange, als daß er hätte überleben können. Jedes Jahr habe ich ihr Grab besucht.«

»Ich glaube Euch nicht!« rief Silberhaar. »Ich hätte ihren Todeskampf gefühlt!« An diese Überzeugung hatte er sich all die langen Jahre geklammert.

»Es gab keinen Todeskampf, Farin«, entgegnete der Meister sanft. »Sie war entschlossen, für ihr Kind zu kämpfen und für Westria. Und sie errang den Sieg.«

Der Harfner starrte auf seine leeren Hände. Faris hatte ihre Ängste bezwungen und war weitergezogen, und ihn hatte sie allein gelassen. Er sollte sich für sie freuen, doch er verspürte nur Leere. Dann wurde ihm die Bedeutung von des Meisters zweitem Nicken bewußt, und er ballte die Fäuste.

»Wenn Ihr es seit achtzehn Jahren wißt, warum habt Ihr es mir dann nicht gesagt, alter Mann? Warum habt Ihr es *mir* nicht gesagt?« Seine Stimme zersprang wie eine überspannte Harfensaite.

»Weil Faris mein Schweigen bis zur vorbestimmten Zeit verlangte. Ich schwor es ihr und Jehan!« Unbewegt begegnete der Meister dem Zorn des Harfners.

»Und jetzt ist diese vorbestimmte Zeit? Weil ich jetzt klug genug bin, Eure Täuschung zu durchschauen, und weil Euer Leben nun in meiner Hand liegt?« Silberhaar hatte sich über ihn gebeugt, und seine kräftigen Harfnerhände schlossen und öffneten sich krampfhaft. »Alter Mann! Mein halbes Leben ist verstrichen!«

»Wenn du gewußt hättest, daß Faris tot ist, wärst du dann friedlich zu Hause geblieben?« fragte der Meister. »Du wolltest keine Gewißheit – du wolltest Rache! Und glaubst du wirklich, daß du der Versuchung hättest widerstehen können, Caolin zu sagen, was du wußtest, wenn du Rache an ihm hättest nehmen können?«

Silberhaar atmete heftig und versuchte, sich die armselige Kammer in Los Leones ins Gedächtnis zu rufen, und Caolins narbiges Gesicht, das schmerzverzerrt gewesen war. Caolin selbst hatte angenommen, daß er gekommen war, ihn zu töten. Und sogar damals, als er geschlagen und reumütig gewesen war, hatte eine Kraft in ihm gesteckt, die Farin Angst einflößte. Ja, er hätte versucht, Rache an Caolin zu nehmen, doch er fragte sich, ob es ihm selbst damals gelungen wäre.

»Aber wie konnte es noch etwas ausmachen?« fragte er mit einem letzten Aufbegehren. »Wenn Faris bereits tot war, warum spielte es da noch eine Rolle, wer es wußte? Caolin hätte ihr nichts mehr anhaben können.«

»Nein …«, antwortete der Meister leise. »Ihr nicht, aber ihrem Kind. Es blieb am Leben, Farin. Der Junge lebt noch!«

Silberhaars Beine waren plötzlich weich, und er mußte sich setzen. Die Luft um ihn wurde dunkel, und er holte keuchend Atem, als er zu begreifen versuchte, was er da gehört hatte.

»Ihr habt geschworen, bis zur vorbestimmten Zeit zu schweigen …«, murmelte er schleppend. »Warum sagt Ihr es mir dann?«

»Farin«, antwortete der Wacholdermeister geduldig. »Wenn du eine Phrase spielst, wie weißt du dann, was die nächste sein wird? Das ist deine Kunst, doch das Muster in Ereignissen zu erkennen, ist meine … Farin, hör mir zu – du bist heute der zweite, dem ich dies kundtat!«

Silberhaar schüttelte den Kopf. Hatte der Verstand *ihn* verlassen oder den Meister? »Ich verstehe Euch nicht!«

»Meine Schuld, nehme ich an. Ich habe die Wahrheit so lange vertuscht, daß es mir schwerfällt, mich klar auszudrücken. Aber ich hoffte, daß du es irgendwie vermutet hättest. Du, Farin, bist heute Seite an Seite mit ihm durch das Burgtor geritten!« Der Meister lehnte sich zurück und nahm einen hastigen Schluck Tee.

»Dieser Junge aus der Felsmark … Julian …« Silberhaar mußte sein Gedächtnis anstrengen, damit ihm der Name überhaupt wieder einfiel. Caolin hatte gesagt, daß Faris im Osten war … Silberhaar hatte die ganze Felsmark nach ihr abgesucht. Es konnte stimmen. Schmerzlich ließ er den heutigen Morgen und gestrigen Abend vor seinem inneren Auge vorüberziehen. War da etwas gewesen, das ihn hätte darauf aufmerksam machen sollen? Vielleicht hätte er Faris' Brauen erkennen müssen, oder Jehans Lächeln?

»Seid Ihr sicher?« Die Worte kamen als Schrei – als Todesqual der Verzweiflung oder als Geburtsschmerz der Hoffnung? Er wußte es nicht.

Silberhaar stemmte sich vom Stuhl hoch und trat ans Fenster. In dem kleinen Garten am Turm sah er Bewegung. Ein dunkler Kopf war nachdenklich gesenkt, und sein

Besitzer schritt ruhelos hin und her. Einmal hielt Julian an, als wolle er eine Rose in der Rabatte pflücken, doch dann zog er die bereits danach ausgestreckte Hand zurück.

Es fiel Silberhaar noch schwer, in diesem Jungen eine Verbindung zu Jehan oder Faris zu sehen, doch das konnte warten. Silberhaar spürte, wie sich etwas in ihm krümmte, und er erinnerte sich abrupt, wie Lady Elena sich geplagt hatte, ihr Kind zu gebären. Er hatte gedacht, er würde als Versager enden, doch da war nun Julian, dieses Verbindungsglied mit der Zukunft, der die Rosen betrachtete, als wisse er nicht mehr, wo oder wer er war.

Seine Lippen verzogen sich zu einem unwilligen Lächeln. Wie gut er dieses Gefühl kannte!

»Fällt es dir schwer, damit fertig zu werden?« fragte der Meister. »Dann überleg, wie es für ihn ist …«

Silberhaar nickte. Er fragte sich, ob sein Gesicht seine Gefühle verriet. Und *was* empfand er? Seine Emotionen wurden vom Schlag gewaltiger Schwingen geschüttelt. In seinem Ohr klang ferne Musik. Er richtete sich auf, und instinktiv langte seine Hand nach dem Verschluß des Harfenkastens.

»Zumindest haben wir eines gemein«, brachte er gepreßt hervor. »Auch ich würde gern ein Fleckchen finden, wo ich allein sein kann.«

Der Meister nickte verständnisvoll. »Die Treppe führt zum Turmdach. Dort wird dich niemand stören.«

Silberhaar nickte. Sein ganzes Sein vibrierte unter der Musik, die er jetzt hörte, als hätte Julians Anblick eine Tür geöffnet, die bisher nur die Berührung durch des Todes Schwingen hatte aufzureißen vermocht. Er nahm den Harfenkasten an sich, so daß Goldschwans Gewicht seine Arme füllte. Konnte denn der Meister die Musik nicht hören?

Der alte Mann schob ihn sanft auf die Treppe zu, und dann rannte Silberhaar leichtfüßig die Stufen hinauf, als wäre er nicht älter als der Junge im Garten, hinaus in den Sonnenschein und die klare Luft, wo ein rotschwänziger Falke seine Kreise zog.

Postludium

Die Hände des Harfners halten kurz inne, ehe sie in die Saiten greifen. Eine einzelne Note erklingt, dann eine zweite, wie ein zartes, hörbares Schimmern, welches das Sonnenlicht einem goldenen Regen gleich auf den Bronzesaiten verteilt. Wundersamerweise ist die Harfe gestimmt. Der Harfner atmet tief ein – eine weiche Brise bringt ihm aus der Ferne den würzigen Geruch von Heu und von näher her süßen Rosenduft. Sein Herzschlag erschüttert die Brust mit unregelmäßigem Pochen, und er bemüht sich, ihn zu beruhigen, ebenso wie er sich um gleichmäßigen Atem bemüht und um den steten Rhythmus seines Liedes.

Er hält die Harfe viel zu verkrampft und klammert sich an sie, als befürchte er, die Hoffnung, die ihm eben zuteil wurde, könnte wieder verloren sein. Er zwingt sich, aufrecht zu sitzen, die Harfe leicht an seine linke Schulter zu lehnen und seinen Armen Spielraum zu geben. Er zupft die Melodie zuerst mit der rechten, dann mit der linken Hand, während er jeweils die Finger der anderen streckt und schüttelt.

Jetzt ist es schon besser – gemessene, gleichmäßige Akkorde schwingen aus dem Resonanzkörper, die tiefen Noten erklingen, eine nach der anderen in Wogen von Schall. Was er spielt, ist ein Marschrhythmus, doch er kann die Melodie nicht finden. Die Linke versucht zunächst eine Kombination, dann eine andere auf der Suche nach dem Lied, das im Turmgemach in seinem Ohr summte.

Worte waren nie seine Stärke gewesen, obgleich er sich hin und wieder den Text zu seinen Melodien ausdachte. Immer war die reine Schönheit des Klanges sein Mittel und sein Zweck, seine Möglichkeit, das Verlangen in ihm auszudrücken und die Macht zu beschwören, der er dient. Nur auf diese Weise kann er gegen diese verwirrende Sehnsucht ankommen, die ihm die Brust zerreißt.

Er probiert Teile von Stücken aus, die er vor längerer Zeit komponiert hat – eine Phrase des Klagelieds für Jehan, verknüpft mit Faris' Melodie. Doch sie sind abgeschlossen, ihr Ende vibriert in der stillen Luft und schwindet. Julian braucht eine eigene Weise, und der Harfner weiß noch nicht, wie sie klingen soll.

Er setzt sich auf die Turmspitze, wo er ungeschützt dem Wind ausgesetzt ist, denn er hat aufgehört davonzulaufen. Die Musik wird klarer, und er fängt an, ihr Thema zu erkennen. Es ist das Lied des Schöpfers der Musik, des Windlords. Er hat IHN in Traum und Vision gesehen. Zweimal hat die Todesnot den Harfner veranlaßt, IHN zu rufen.

Jetzt ruft er IHN zum drittenmal, doch nun, ohne daß er sich durch eine äußere Bedrohung dazu gezwungen sieht; diesmal ist es nur ein innerer Druck, das Ende seiner Suche einzugestehen und sich SEINER Macht zu unterwerfen. Er zittert vor Angst und Verlangen, doch seine Finger beginnen sich von selbst in jener Symbiose von Musiker und Instrument zu bewegen, aus der die wirklich große Musik erwächst.

Die Klänge vertiefen sich, gebieten Aufmerksamkeit. Die Melodie schwingt und trillert so behende wie ein Vogel in der Luft. Klar tönt die Musik, mächtiger als der Wind, der die Bäume rüttelt, gebieterisch und zwingend verkündet sie den Heiligen Namen. Wind wirbelt um die Turmspitze, summt durch die goldenen Harfensaiten, macht des Harfners Haar zum Silberbanner.

Schneller und immer schneller wirbelt die Musik; seine Finger fliegen, bemühen sich mit den Klängen in seinem Innern Schritt zu halten. Wind braust in seinen Ohren, raubt ihm den Atem. Seine Hände heben sich von der Harfe in Ehrerbietung für das strahlende Leuchten, das ihn blendet, doch der Wind in den Saiten setzt das Lied fort.

»Schöpfer von Wind und Worten ...« Mehr bringt er nicht hervor.

»Schöpfer von Musik ...«, antwortet die STIMME in seiner Seele, »dein Opfer findet mein Gefallen. Mein Kind, ich war bei dir auf allen deinen Wegen. Nun heiße ich dich zu Hause willkommen.«

Der Harfner sitzt still im Herzen des Wirbelwinds. Doch von der Harfe, die an seiner Brust liegt, fließt Musik in einem Lied ohne Ende.

ENDE